中国新锐派
作家作品文库

# 蒲公英飞舞

【闫岩长篇小说作品】

闫岩◎著

中国财富出版社

**图书在版编目(CIP)数据**

蒲公英飞舞/闫岩著.—北京:中国财富出版社,2017.3
(中国新锐派作家作品文库)
ISBN 978-7-5047-6393-8

Ⅰ.①蒲… Ⅱ.①闫… Ⅲ.①长篇小说—中国—当代 Ⅳ.①I247.5

中国版本图书馆 CIP 数据核字(2017)第014596号

**策划编辑** 刘瑞彩 **责任编辑** 刘瑞彩
**责任印制** 方朋远 **责任校对** 孙会香 张营营 **责任发行** 张红燕

---

**出版发行** 中国财富出版社
**社　　址** 北京市丰台区南四环西路188号5区20楼 **邮政编码** 100070
**电　　话** 010-52227588转2048/2028(发行部) 010-52227588转307(总编室)
010-68589540(读者服务部) 010-52227588转305(质检部)
**网　　址** http://www.cfpress.com.cn
**经　　销** 新华书店
**印　　刷** 北京兴星伟业印刷有限公司
**书　　号** ISBN 978-7-5047-6393-8/I·0247
**开　　本** 710mm×1000mm 1/16 **版　　次** 2017年3月第1版
**印　　张** 22 **印　　次** 2017年3月第1次印刷
**字　　数** 317千字 **定　　价** 48.00元

---

# 目　录


第一章 …… 1

第二章 …… 21

第三章 …… 43

第四章 …… 66

第五章 …… 85

第六章 …… 108

第七章 …… 131

第八章 …… 150

第九章 …… 174

第十章 …… 195

第十一章 …… 219

第十二章 …… 239

第十三章 …… 260

第十四章 …… 285

第十五章 …… 307

第十六章 …… 328

# 第一章

## 1

二月二龙抬头。民间有个习俗，正月里剃头不吉利，所以孩子们普遍要在过年前剪一次头，然后一直等到二月二才会理发去“旧”，剃个“龙头”。

尤其北方，更注重这个习俗。由此，北方很多学校都在这一天放假，让孩子们回家剃“龙头”。茂平县的茂平私立中学也不例外，在二月初一这天下午就提前放假。放学铃声一响，孩子们叫着吵着喊着跳着疯狂往外涌，似一匹匹脱缰的野马，尽情释放着久违的自由。

茂平私立中学是一所初中学校，成立才两年，管理非常严格。初一的学生两个星期回家一次，初二的学生三个星期回家一次，初三的学生一个月才能回一次家。所以，孩子们最高兴的事情就是放假，回家享受天伦之乐。

柳树沟村十六岁的成小龙就在这所中学读初三。成小龙品学兼优，老师对他非常器重，断定他考个县里的重点高中是不成问题的。成小龙认为老师器重不器重都无所谓，主要是不能让父亲的希望破灭。

想到父亲，想到父亲的不容易，成小龙心里有着蜂蜇一样的疼痛感，虽然不剧烈，但让人久久不能平静。

小龙的母亲在生下小龙不久就得病死了，之后，父亲既当爹又当娘，东要一口奶西要一口饭，才把小龙养得像个人样。

当初给小龙起名字的时候，他爹是经过一番仔细琢磨的。当然，不是因为他们姓成才起这个和明星成龙相近的名字。那时他们家穷得连个收音机都没有，成龙这个明星人物再有名气他也不知道，他就是希望孩子长大后能成龙成虎，为成家光宗耀祖。

小龙的父亲叫成耀银，一米六五的个头，五十五公斤的体重。在小龙刚上初中学历史课时知道有位唐朝名将叫程咬金，曾开玩笑地对父亲说："爹，你说爷爷奶奶怎么给你起个成耀银，叫成耀金多好，虽然字不同，起码也和唐朝开国名将程咬金有点瓜葛，说不定你还会长高个子当个猛男呢。"

成耀银听到这话后，哈哈大笑，特别是听到"猛男"这两个字，觉得既新奇又好笑，问小龙："小龙，你从哪儿学的这词？"小龙说："历史老师讲的，老师说程咬金是唐朝的猛将，那你不是大将，但你是男人，我就只能用'猛男'了。"听着儿子有理有据的解释，成耀银更坚定了要培养儿子成才的决心。

茂平私立中学一成立，就来村里散发宣传广告。宣传页上，有漂亮阔气的三层小楼照片，还有每个老师的详细介绍。这些老师大多都是正规师范毕业生，不像镇上中学的老师，都是一些代课的年轻人，自己都没学多少知识，怎么教学生呢。也不光成耀银这么想，整个镇上的人都这么想，因为这么多年来，镇中考上高中的寥寥无几。就为这，成耀银当即决定把儿子送到这所私立中学。不只是成耀银，周围好多村子里家境好一点的家长都把孩子送到了这所私立中学读书。

要说家境，成耀银的家算是贫穷的。成耀银原来的老家在哪儿、姓什么，他自己也不清楚，是他爷爷在火车站把他捡回来的。爷爷是个老光棍，在外面流浪了大半辈子，几乎所有的累活苦活都干过，捡破烂时，就在火车站候车室的座位上把成耀银给捡回来了。捡回他的时候，他只裹着一个小棉被，身上光溜溜的一丝不挂。当然，爷爷告诉他的也只有这些，其余的都是爷爷去世后，爷爷最好的朋友福有爷爷告诉他的。

福有爷爷说，爷爷年轻时好吃懒做，村里村外都没有丫头愿意嫁给他，他又不愿意听大人的训斥，就常年流浪在外，碰到什么活干什么，干上十天半月就不想干了，要了钱就去找个女人玩，花完了再去找活干，干完了再花。后来，年纪大了，他干不动费力气的活了，就在城里捡破烂。也算老天可怜他，让他捡了一个孩子，改变了他的品性。他把孩子带回家来，把家里的三间破房子修了修，才算真正过上了有家的日子。把孩子抱回家后，爷爷好些天高兴得嘴都合不上，他想让孩子叫他爹，但那时他已经四十六岁了，叫爹不合适，就让孩子叫他爷爷。

对于自己的出身，成耀银从没过多地想过。爷爷死后他就跟着一个表叔在山里拼命地打石头，然后在成年后翻盖了那三间房子，娶了一房媳妇。媳妇叫翠珍，是个多病的女人，生了小龙后不久就病死了。媳妇死后，他就把小龙当成了他全部的希望。小龙大一点的时候，也有媒婆给他说过邻村一个死了丈夫的女人，可他听说那个女人蛮横无理，没有同意。他怕小龙在后妈手里受罪。

小龙上小学那年，离村十公里外的范家庄突然来了一群专家，因为他们勘测到范家庄地下蕴藏着一个很大的煤矿。于是，范家庄一下子沸腾起来，在当地政府的统一安排下，村民们不久就搬了家，住上了新农村。这个新农村离范家庄有十公里，叫“范家庄新村”。而原先的范家庄则变成了“范家庄煤矿”。一时，省里、市里的领导开着小车不断出现在范家庄煤矿。几个月的时间，一条条通往范家庄煤矿的公路就修成了。政府还给这条公路起了个好听的名字叫“好运路”。

柳树沟村和范家庄有着三山之隔，到范家庄去就得走山路。要说老天不公平就不公平在这儿，两个村就十公里的距离，柳树沟村就四周都是大山，连条正经路都没有，也没法修。而范家庄除了一面有山，就是靠柳树沟的这面，三面都是平原。这“范家庄煤矿”一问世，更是繁荣了一方，范家庄附近十里八乡的都沾了光。有本事的就贷款买了车跑运输、投资办煤厂，没本事的就上煤矿当工人。

柳树沟村当然也跟着沾了光，不少人依靠这个煤矿发了财，在茂平县买了房子、车，过上了城里人的生活。还有一部分人当了煤矿工人，这部分人挣的钱虽然不如做买卖多，但是也不算低，地不种了，房子翻盖了，甚至在这个小山沟里，还冒出了几栋小洋楼。

村子人少了，欢笑声却不少，打麻将的有，打扑克的有，买了“卡拉 OK”唱歌的有。村民的业余生活越来越丰富，日子过得也越来越滋润。

这日子一天比一天好了，欲望就一天比一天多了。他们不再满足于在村里的小卖部购物，但到镇上去要走两条山路，到茂平县还要从镇上坐公共汽车才能到，这路就成了柳树沟村最闹心的事。买东西还不是大事，这煤运进来可是大问题。在范家庄还没有开采煤矿之前，村里都烧柴火，这守着煤矿当然就不再烧柴火了。煤是现成的，就是这路，不用说拖拉机，就是机动三轮车走都很危险。村里有人买了机动三轮车，第一次开车拉煤就从山路翻到了沟里，见了阎王。以后再也没有人敢开三轮车拉煤了。

这样，村里就需要拉煤的劳动力。成耀银因为个子小，斤两不足没有当成煤矿的工人，只好干起拉车的活，拉一排子车煤到村里也能挣二十元钱。他也不光拉煤，比方说村里人盖房子，水泥、青砖什么的，都是用排子车拉过来的，包括从城里买来的家具，也是从城里拉到镇上卸下，再用排子车拉回村里。别看成耀银的个头小，干起活来并不服输，和村里另外几个拉车的比起力气来，他还算不上㞞。

几年下来，成耀银已经变得不是他了。一次，小龙在抽屉里翻出一张发黄的小照片问他：“爹，这个人是谁呀？”成耀银听了这话很生气地骂：“真是个狼羔子，怎么连你爹都认不出来了？”小龙瞅了照片又瞅他，怎么瞅怎么不像，他把照片递到爹的手里，又从墙上摘下镜子来让他照，问他：“你自己看，像吗？还骂我！”成耀银看了看照片，又在镜子里照了照自己，真是半点也不像。照片虽小，人却黑白分明，轮廓清晰。而镜子里的他，脸和头发一样黑。他冲镜子龇了一下嘴，嘴里马上露出两排白牙。这牙是相对于脸来说的，其实他的牙由于长期不刷已经黄得不成样子了。而他还是笑着给儿子开玩笑："嘿嘿，黑多好，不认识的人还以为你有个外国爹呢。"

## 2

自从有了范家庄煤矿，成耀银进一步开阔了眼界。每次拉着排子车走在好运路上的时候，总是对路上像飞一样的小车充满向往。他想，靠他拉排子车，就算拉到下辈子也买不起一辆小轿车。可他还是努力地拉，努力地向往着。他不能挣够买小车的钱，但他可以挣够儿子上学的钱，然后让儿子考高中考大学，出来当个官，哪怕是小官，也能开上车。儿子的车就是自己的车，到时候不照样也能坐上自家的车嘛……

小龙每次从学校回来，都想帮爹去推车，让爹省点劲儿。成耀银总不让小龙挨近这车，每次小龙要跟他去，他都会很生气，训斥他："一边儿做作业去，不许碰这车，这车不是你碰的，你是开轿车的人。"他是怕小龙一旦碰了这车，会一辈子和这车结下孽缘，黏在一起。他要小龙做开车的人，不能做拉车的人。所以，他非常在乎小龙和这辆车的距离，有事没事总是嘱咐小龙："不管车上有没有东西，你都不允许碰这辆车，你一定要做开车的人。"每次听到这句话，小龙总会懂事地说："知道了。"小龙懂父亲的心。

小龙看着父亲那么辛苦，想让父亲也和别的拉车的一样买头骡子，这样就轻巧多了。成耀银算了算账，一头骡子起码要五千元，一个骡子拉的排子车加上大车轱辘也得一千多元，而且骡子又吃得多，还得成年给它买干草吃。他不舍得买，就对儿子说："人的力气不值钱，费多大力气长多大力气，你爹不比一头骡子的力气少。"听到这话，小龙的眼睛湿润了，紧接着眼泪不听话地掉下来。爹笑着骂他："瞧你那点出息，小丫头似的，你要是真心疼爹，就好好读书，考高中考大学，毕业了当个官，在城里买高楼买轿车，再娶个城里媳妇，那时候爹坐在你的车里才威风哩。”

小龙把爹的话牢牢地记在了心里，刻苦学习，在茂平私立中学仅仅半年的时间就从下中游赶到了上中游，一年时间就冲到了第一名。对于这样的学生，学校自然也重点培养。小龙这一届是这所私立学校的第一批毕业生，中考成绩的好坏决定着学校的前途，往大的说，决定着这所私立学校的生死存亡。

年后，成耀银还没拉过几趟活。因为年前，各家各户都把煤备得足足的，都想过个清闲的正月。

他只拉过两趟土坯，是村支书他娘的火炕塌了，让他拉两趟土坯盘炕的。老人家和儿子分开住，儿子住着新房，她住的还是嫁过来的那间老房子。老人家的屋里也非常简单，除了吃饭用的家当就是炕上破烂的被褥。如果不知底细，一定会认为他是个孤寡老人。成耀银知道老人家的两个儿子不孝顺，就没有要老人家的钱，还花了一天的时间帮老人家把火炕给盘起来了。老人家感动得不知怎么表达，只管掉眼泪。

岂料，这帮忙也惹下了大祸。第二天，老人家的两个儿媳找到了成家，没等成耀银开口就你一句我一句地骂上了：“成耀银你也太不是人了，你看我们姚家没人了是吧，你想给我们姚家当儿子是吧？你妄想！你给我们当孙子我们姚家也不要。”

“成耀银你个狗孙子你给我听着，我们姚家不缺你这个孙子，你想当孙子你给别人当去，你少管我们家的闲事。”

……

后边骂的什么，成耀银一句也听不清了，他只觉得耳根子嗡嗡作响，脑袋瓜子像炸了一样。他把屋门锁了，把窗帘拉上不敢出门，他怕一出门被这两个女人吃了。等骂声渐渐远去，再也听不到了，他确认那两个女人已经走了才敢出门。

大门外还守着几个邻居正在议论这件事，看到成耀银出来忙劝他："耀银，你千万别为这事着急，咱村里的人谁不知道姚家那俩媳妇不是人哪。"

"就是就是，就当两只狗在门口叫了几声，别往心里去。"

"耀银以后可得长个出息啊，姚家老太太的忙不能再帮了，她冻死饿死那是她自己的命，谁让她养了两个逆子呢。"

……

成耀银嘴笤心实，不知怎么对邻居们说感谢的话，只"嗯"了一声就回院里去了。等邻居们都走完了，他把家里的大门也锁上了，这一锁上大门，心里的委屈才敢"咕咚咕咚"冒出来。他竟然还掉下了几滴眼泪。

这些年来，除了媳妇死时他掉过眼泪，这还是第一次。他骂自己没出息，他恨自己没出息，如果自己不是拉车的，是个开小车的，看那两个娘儿们敢不敢来这里撒野。他突然想起了自己的媳妇，虽然体弱多病，却温柔贤惠。老天为什么不长眼，让她早早地离开了他，离开了这个世界。他的心开始无尽地疼痛，他甚至开始抽泣。

那一晚，成耀银不由得跑到了媳妇的坟前，向媳妇唠叨自己的委屈。他没有了眼泪，只是不停地唠叨他这么多年来受过的苦，还有，他在媳妇面前把那两个娘儿们骂得一文不值。也许，只有这样他才能发泄自己的怨气。他发泄完怨气又唠叨起儿子小龙。当然，这种唠叨是自豪与兴奋的，他唠叨小龙成长中的一点一滴，还把自己想让小龙当官做个开车的人的想法给媳妇说了。这一晚，他虽然很晚才回家，身上却轻松了不少，仿佛去的时候背着一大袋子沉重的东西，然后统统倒在了野外，或者是被媳妇扛走了，他背着空袋子回来了。

死死地睡了一个晚上，第二天一大早他被"噼里啪啦"的鞭炮声惊醒。他突然明白，这是正月过完了，人们在放鞭炮送年呢。

成耀银觉得头昏脑涨。他用手摸了一下头，烫手。

大概是昨晚在坟上待的时间长了着了凉，他赶紧起床在盆子里倒了开水烫了烫黑黢黢的毛巾敷在头上，又躺在了炕上。中午，他起来胡乱做了点饭吃，觉得好点了才捣鼓起他那辆排子车。因为这是挣钱的家伙，所以他把这辆排子车看成家里的宝贝，没事了就得查查有没有毛病。

当然，这只是他的宝贝，对儿子小龙来说，是最忌讳的东西，绝对不能碰一下。

## 3

小龙放假回到家的时候，成耀银还在捣鼓那辆排子车。冷不丁小龙的声音从背后冒出来："爹，我回来了。"

成耀银被这突然冒出来的声音吓了一跳，马上回过神来问："怎么现在回来了，还差一个星期才一个月。"

"提前放假了。"小龙说着凑过来问父亲，"爹，排子车哪儿又坏了，我帮你修吧。"

小龙这一凑可把成耀银吓坏了，赶紧把小龙往远处使劲一推说："你离这排子车远点，没记性是不是?"

小龙被父亲推得打了一个趔趄，然后边往屋里走边说："知道了。"

"还没说呢，你怎么提前放假了?"

小龙放下书包从簸箩里拿了一块干粮啃着走出来："明天二月二龙抬头，所以，我们提前放假了。"

成耀银"哦"了一声，看了看小龙的头发说："还真是，你看这日子过得快的，糊里糊涂都出正月了，明天我给你把头推推，也剃个'龙头'去去旧。"

小龙长这么大，一直保留着一个头型，那就是平头。从小到大，都是父亲用推子给他推头。那把推子是父亲专门为给他推头买的，十几年来，小龙不记得谁还用这把推子推过头，只记得每次给他推完头，父亲总是吹掉上面的头发，然后膏上油很小心地装进塑料袋里放起来，等小龙头发长了再拿出来用。

父亲的头也是用推子推的，他总是让别人帮着推，用别人家的推子。这村里推子不缺，上了年纪的家里都有，所以，他从不带自家推子去推头。

也许是小龙长大的缘故，他不再喜欢平头，他喜欢长一点的头发。当然他喜欢的长，并不是像女孩子那样的长发，是稍稍长一点，帅帅的那种，像那些电影明星，有一头潇洒的长发。于是他用试探的口气问父亲："爹，我不推头了行不行，我想留长一点的头发。"

父亲一听儿子要留长头发，坚决反对："不行，女孩子才留长头发，你是男人，留头长发算什么。"

"不是的，爹，我就想留长一点点，就比现在还长一点点就行，我们班里的男同学就我一个人留平头。"小龙解释着。

父亲听了这话站起身来，又仔细盯了一下小龙的头发，还用手在他的头上揪了几下，然后笑着说："既然同学们都留长发，你也就留着吧，不过，下个月一定要推头啊。"

小龙接着解释："头发要是长了，就不能用推子推了，我到学校门前的理发馆去理，才两块钱。"

父亲再次盯着儿子看了几眼，发觉儿子真的是长大了，于是带着复杂的表情拍了拍小龙的肩膀说："随便你吧，但是明天我还是要给你推头的，我就拿着推子在你头上比画比画，把脖子那儿多少推一下，也算推过头了，去去旧。"

小龙想不到父亲会答应得这么痛快，高兴得一口把干粮塞到了嘴里，胡乱嚼吧嚼吧就往下咽，噎得他捣了半天胸脯。父亲一看心疼得赶紧上前拍小龙的后背说："你慢慢吃，着什么急呀。"小龙终于把干粮咽了下去，冲父亲傻笑："嘿嘿，咽下去了。"

龙抬头的日子不能过得太寒酸了，成耀银早早地去老皮家割了两斤猪肉。老皮媳妇问他："割这么多肉是不是你家小龙回来了？"成耀银笑着点头："是是是，小龙上学费脑子，一个月才回来一回，我给他好好补补，再说了，今天二月二龙抬头，我不能让天上的神仙小看我不是。"

一句话逗得来买猪肉的好多娘儿们都哈哈大笑起来。这些娘儿们一笑，成耀银脸就红了，迅速红到了脖子根儿。幸好，他人小腿快，很快迈出了老皮家的大门。

回家的路上，成耀银碰上了赵汉文的媳妇，她截住成耀银说："割肉去了啊耀银哥，正说待会去找你呢，我们家的煤快烧完了，你给拉两车吧。"

这二月二龙抬头的日子，出门就碰到活干了，看来是个好兆头，今年运气一定不错。成耀银满心欢喜着走到家，往屋里炕上看了看，小龙睡得正香。

听小龙说，在学校早上五点半就得起床跑早操，然后上自习，晚上到十点才下课，洗漱一下，睡着也得到十一点了。算算，孩子连八个小时的睡眠时间都没有。每次小龙放假回家的四天时间里，他都让小龙睡个够，睡到什么时候就什么时候，决不叫醒他。

成耀银蒸了一锅大米饭，然后又把肉炖了，盛出来一半的肉，再把白菜放到锅里和肉一起炖。这样炖出来的肉菜很香，小龙最爱吃。小龙最喜欢吃大米饭，每次回来都能饱饱地吃上一顿大米饭。虽然这对成耀银来说算是很奢侈，他还是觉得舍得。能让他最亲的儿子吃一顿爱吃的饱饭，他很高兴。特别是看到儿子美美地打着饱嗝，他感觉特别满足。无论儿子吃饱了剩下多少他都不舍得吃，下一顿给孩子用白菜炒着吃。小龙走后，成耀银没吃过一粒大米，连小米粥都很少喝。不是没有小米，家里地里种着呢，他把一部分小米拿到镇上换大米，剩下的喝粥也没问题，他就是累，发懒，做小米粥麻烦，费火，不如用棒子面打糊糊，简单。

菜和饭都熟了，成耀银眼馋了，看着饭菜都不少，又是龙抬头的日子，他就奢侈地盛了一大碗吃起来。吃完后他又拿了一块干粮吃了，这才把饭菜都盖好放在灶台上，拉着车走了。

成耀银边拉车边想着今年的计划。他想今年该多种点棒子和谷子，谷子可以换大米，棒子除了人吃还可以多喂头小猪。他每年都喂一头猪，圈里能攒点粪上到地里，到年头就把猪整个卖了。村里也有人家杀一头猪的，吃不了红烧一下，再用猪油灌注，能吃一年。他想喂两头猪，卖一头，杀一头，也让猪油灌起来放着慢慢吃。小龙马上就要上高中了，得经常给他补脑子才能考上大学，得让他多吃肉。

想到小龙上高中考大学，成耀银就决定了要多喂一头小猪。

想完了这个，成耀银也来到了青山镇上的煤厂。这两年来，他一直在青山镇拉煤，自从青山镇开了煤厂以后他就没再到过范家庄煤厂拉煤。到范家庄要走三条山路，到青山镇只走两条，煤价相同，路却近多了，省了不少力气和时间。

磅房的孟师傅迎出来说："老成来了，好久不见你了，过年好吧?"

成耀银笑着回应："好好好，好着呢，我这就拉着车过磅去。"

孟师傅说："别过了，去装吧，就你和排子车，已经过一千遍了，重量都刻我心里了，装吧。"

成耀银还笑："那好，那我装了。"

"装吧装吧。"

"老成啊，我听县政府的人传出话来，要排除万难，修青山镇到柳树沟村的路，解决村民的交通问题。"

"孟师傅你又听谁瞎说的，是真的吗?"

"当然是真的，听说文件都已经下了。"

"那好呀，路修通了，我拉煤就省劲儿了。"

"老成你怎么这么傻，路要是修好了，汽车都能跑到你村里，谁还叫你这人力排子车一口一口地叼啊。"

"也是，那要是这路修好了，我就买个机动三轮车拉煤。"

"老成啊老成，我看你这辈子就认准拉煤这差事了，你就不能动动脑筋干点别的？你看你浑身上下都被煤染了，就不怕被煤淹死。"

“这就是命哪，老天没赐给我别的本事，这脑袋瓜子也开不了窍，就认准拉煤了，既然已经掉煤窝里了，被煤淹了也是命中注定的。”

“唉，我算服你了老成，你装吧，车来了，我去过磅去。”

## 4

也许是一个正月没怎么干力气活，这浑身的筋骨都有些松散了。成耀银拉着这车煤没走多远就觉得很吃力。这车拉得越吃力，他就越精神，使蛮劲儿硬拉。要不这样，他觉得很对不起早上吃的那碗大米饭肉菜。

好不容易才走过一条山路，拐弯走到另一条山路时，成耀银才停下车来，扯下脖子上那条黑毛巾，擦了擦头上的汗，又把毛巾搭回脖子上，一屁股蹲在了车辕上。屁股刚蹲下去，他又觉得口渴，站起身来解下拴在车帮上的水壶，拧开盖对准嘴“咕咚咕咚”一口气喝了个光。他笑着嘀咕：“这肉菜就是有斤称，吃这么多水。”

重新蹲下去后，成耀银突然想起煤厂看磅房的孟师傅说要修从青山镇到柳树沟村这条路的话。他歪头瞅了瞅车前和车后的路，又环视了一下周围的山，想要是真修路应该怎么修，要修多宽的路。他想来想去都没有底。

这山说是叫山，其实并没有多高，实际应该叫丘陵。“丘陵”这词成耀银听说过，是有点文化的人对他说的，就是没有山高。村里人没文化，也不会用这文化词，就把这一带的丘陵都叫山。

这四面的山都是石头山，除了些生命顽强的小草可以生长，别的也没什么了。这山路虽然有些难走，却不在山的最高处，所以走起来不是太陡，太陡了恐怕成耀银也拉不动一排子车煤了。

成耀银琢磨了一会儿这路，又环视了一周的山，他总想象不出要是修条大路会是什么样子。琢磨来琢磨去，他开始骂自己咸吃萝卜淡操心。他用手摸了摸坐在屁股下的车辕，又想，要是真修大路了，他就真买台机动三轮车，不会开不要紧，他还不老，还可以学。这样一想，仿佛自己真的开着一辆机动三轮车在大路上走，“嘣嘣嘣嘣”的声音让他陶醉，连身体和胳膊都驾起了开车的动作。“嘣嘣嘣嘣”，他竟然顺着自己开车的动作叫出来。叫出来后，他才感觉自己失态了。前后左右都看了一眼，没见人。天上是没有人的，他就瞥了一下山下。这一瞥，还真瞥见了一个人在下面。下面有人也不会看到他的，是一个割干草的丫头，看起来和小龙岁数差不多。

看到这个割干草的小丫头，成耀银的思维又一下子转到了小龙身上。他想，小龙一定睡醒了，吃得饱饱的，趴在火炕上写作业呢。想到小龙，他的身上就立马来了劲儿，拉起车，把拉绳套在肩上，一使劲，车就动了。

成耀银刚走几步，看见前方有一个人向这边跑来，他看清了，那是小龙。他的火气一下子就蹿上来了，等小龙跑近了，连个喘气的机会都没有给他就破口大骂：“你个小兔崽子不在家里写作业，你跑这儿来撒什么野?”

小龙“嘿嘿”地傻笑着，还在喘着气说：“我作业写完了，没事干，看到车没在，知道你来拉煤了，就跑过来找你。”

小龙又凑到了车前面。

成耀银大吼一声：“滚，离这车远点。”

“爹，你就让我帮你推吧，你别迷信了，这车和考大学没什么关联，也不是什么关联词。”小龙半开着玩笑求父亲。

“不行，你就不能碰这车，我专门找人给你算过卦，说你命里不能和这车沾上边。”成耀银死犟着说。

小龙把父亲截在前面，不让他走，还犟嘴：“爹，你怎么还这么老封建，现在都新年代了，还信什么命，命运掌握在自己手里，我的命掌握在我自己的手里，不拴在这辆排子车上。”小龙在犟嘴的时候还伸手做着掌握在自己手里的动作。

这是小龙第一次这样咬文嚼字地和他顶撞，成耀银有点恼羞成怒，把排子车放在路上照着小龙的头就是一巴掌："你个兔崽子才到县里上了几天学，就看你爹不是个爹了，敢嚼着字来骂你爹了，有本事你到城里找个爹去，再也别回来了。"说着他又蹲在了车辕上，头也跟着耷拉下去。

小龙还是不服气，还犟："我没骂你，我是在和你讲理，你不能不讲理啊。"

成耀银微抬了一下头，斜着眼瞪了儿子一眼，有气无力地说："好好好，你讲理，我不讲理，他妈的我养着你，把你养大了，让你吃好喝好，让你读书长出息，你还真出息了，敢教训老子了。"

看着父亲的声调低下来，小龙也换了口气："爹，我真不是在教训你，我真的是在讲理。爹你好好想想，你为什么拉车，是因为你大脑里没知识没文化，干不了别的。所以你拼命地挣钱让我读书，把我送到最好的学校，让我学知识学文化，让我将来有出息。现在我的知识越学越多了，懂的也越来越多了，我也明白了，我的命不拴在这辆排子车上，而是掌握在我自己手里。"

成耀银没都听懂小龙说的话，但他内心那根紧绷绷的弦仿佛开始松弛，被小龙的话碰得一颤一颤的，有点说不出的感觉。因为给他讲道理的不是老师不是别人，是自己亲生亲养的儿子小龙，他用自己学到的知识在给他讲道理，不管这道理对不对，和村里没文化的孩子说的话还真不一样。

成耀银冷不丁疑惑而又平静地问小龙："小龙，书上真那么说，谁的命运掌握在谁的手里？"

"是呀，现实生活中就没有命运一说，根本就没有什么老天爷，也没有什么神，爹，你以后别在初一、十五烧纸烧香了，没有用的，白花钱。"

"来，你过来小龙，坐在爹身边，给爹讲讲书上还讲了什么？"成耀银用手打了个过来的手势。

小龙又"嘿嘿"傻笑，故意拿捏着说："我不敢，爹你不是不让我碰那排子车吗?”

成耀银也笑了：“小兔崽子，爹那还不是怕你和爹一样拉一辈子车啊。”

小龙坐过去，和爹面对着面。

这是小龙和这辆排子车第一次亲密接触，小龙感到特别新奇，他前后左右把这辆排子车仔仔细细看了一遍，还用手摸了摸车辕，笑着问：“爹，它好使不?”

成耀银摸着小龙的头疼爱地说：“它是爹的东西，在爹手里它敢不好使，不好使爹就修理它。”

小龙和爹一起哈哈大笑起来。笑完了，小龙又问：“爹，今天能不能让我拉车，你在后面推车。”

成耀银的脸立马严肃起来：“那可不行，你还小，拉不动，你就在后面给我推车，推回去了就离它远点，我还是害怕它会黏上你。”

小龙做了个鬼脸说：“不会的爹，我穿着铁盔甲，它不会黏上我的。”

“什么是什么呀，什么盔甲不盔甲的，你今天不能拉这车，你在后面推，爹就省劲多了，早点回家咱们包顿饺子吃。”

“行，爹，我听你的。”

“那你好好地在这儿坐着等会儿，我喝水有点多了，到边上撒泡尿去，回来咱们就走。”

“好”。

看到爹尿尿去了，小龙的手就痒痒了。他的手痒并不是因为这排子车有多大吸引力吸引着他，他是真心心疼父亲，他不想让父亲那么劳累，同时也想让父亲看到，他已经长大了，能拉得动排子车了。

趁爹尿着的空当，小龙使劲搬起车辕，把拉绳套在了自己的肩上，蛮劲一拉，车竟然转动了。他听到爹在背后喝他：“小龙，你拉不动，快放下，我马上就尿完了。”

小龙不听，还拉，车连续转动了几下就再也转不动了，他就拧着方向往前拉，车轱辘还是不往前走，他不知道看车轱辘底下掩住了什么东西，以为是自己劲儿小的缘故，就把浑身的劲儿都使出来了。

“小龙，你快放下，你拉不动，我来拉。”成耀银边捆腰带边往车跟前赶。

小龙想，爹一旦走到跟前他就拉不成了，一使猛劲儿，车“咯噔”一下忽然快速往前冲，小龙没有料到会出现这种情况，更没有防备，还低着头使蛮劲儿拉，拉绳死死地凹进他的衣服里。这一下子可不得了，小龙掌握不住车辕，也控制不住车轱辘，还来不及清楚怎么回事，“啊”的一声连人带车翻下了山。

## 5

在听到小龙“啊”的那一刻，在看到排子车连同“啊”的声音一起翻下山的那一刻，成耀银似乎变成了一具僵尸，浑身的血液猛地冲到了头顶，致使他身体僵硬得不听使唤。他拼命地嘶喊着小龙的名字，可不管怎么拼命，声音就是从嘴里发不出来。他想摇头，摇不动。他想甩头，甩不动。

这种“植物人”状态不知持续了多久，成耀银觉得有一个世纪那么久，他才有了知觉。他撕裂地喊着小龙的名字，箭一样飞下山去。他看到那车已经翻到了山的最下面，他仿佛还听到了小龙在车下撕裂的求救声。

那一段到山下的距离是那么的漫长，成耀银觉得走了三十八年的路都没有它长。当他终于走到那辆排子车跟前时，他看到的是车下红红的一片。他不敢再往里看，而是拼命地搬这辆排子车。此时，这辆每个地方他都非常熟悉的排子车，这辆为他挣钱卖命的排子车，成了他最大的敌人，让他恨之入骨，他恨不得变成一捆炸药把它炸得粉碎。

因为熟悉它，能摸清它的脉络，排子车还是被成耀银搬开了。

在往一边扔排子车的同时，他嘶喊着：“小龙，小龙！”

然而，当成耀银返身想要抱孩子起来的那一刻，他惊呆了，这个孩子不是他儿子小龙，是一个穿红衣服的丫头，他顿时想起，是割干草的那个丫头。

成耀银的大脑此时一片空白，仿佛这个红衣丫头根本就不存在，他只想着他的儿子小龙，他疯了一样到处乱跑，到处乱叫："小龙你在哪儿？小龙你听到爹在叫你不？小龙，你说话呀！小龙你别吓唬爹好不？"

这时，山腰间，一个小人头突然间冒出来，冲山下大喊："爹，我在这儿，我怎么了这是，怎么在这儿睡着了。"

成耀银听到这一声"爹"后，出窍的灵魂才又回到了他的身体。他箭步冲上去，紧紧地抱住了儿子，眼泪哗哗地往下掉："儿子，你吓死爹了，爹再不会让你碰这排子车了。"

小龙还满不在乎地说："我记起来了，我刚使劲拉着排子车走，突然排子车'咯噔'一下，自己跑起来，我掌握不住，就掉山沟里了。"

成耀银看着儿子的头还在流血，把脖子里的毛巾给他包上说："我说人都得信命，命中你不能碰这排子车，你非说书上说命运掌握在自己手里，和排子车没关系，看，这回明白了吧，你一碰这排子车就出事，这差点把命丢了，以后爹不准你再碰这排子车。"

"行，我今后一定听爹的，不碰这排子车了，好好学习，考高中考大学，找个好工作，当个官，在城里买栋楼房，娶个城里媳妇，当个开车的人，让你威风威风。"小龙几乎是把爹的原话又重复加深了一遍。

成耀银脸上马上露出灿烂的笑容，说："这就对了。"

小龙问："爹，排子车肯定摔坏了吧，我跟你去看看，我不碰它，它这么不听话，我看着你怎么修理它。"

小龙没想到，这句自认为幽默的话让成耀银的脸色立马失去了血色。

“快走小龙，排子车砸人了，是死是活还不知道呢？快快快，快点。”

他们慌忙向山下跑去，红衣丫头没有死，刚才是被砸晕了，她已经睁开了眼睛，看着父子两人，很痛苦地用微弱的声音说：“我的腿很疼。”

还是小龙反应快，来不及和爹商量就让爹把丫头放到他背上：“爹，我年轻跑得快，我背她到二拐子家看腿，你就别管这排子车了，跟我后边追着，看万一有什么事。”

这时的成耀银听话得像个孩子，答应着追在小龙后面。他不时问：“小龙，还背得动不，要不我背会儿。”小龙不说话，也不停，一口气跑到村里的二拐子家。

“二叔，快，快来看她的腿。”刚跑到二拐子的家门口，小龙就喘着粗气大声喊。

二拐子随着叫声迎出来，家里的老母亲也赶出来帮忙把丫头扶到床上躺下。

二拐子是柳树沟村唯一的医生。说是医生，他也没有正经学过医，他的一个亲戚在县里开着一个门诊，他在那里帮了一年忙，多多少少学了点医学知识，头疼脑热感冒咳嗽小病之类的他都能看。小龙叫二拐子叔，那是按村里辈分论的，要说岁数，他就比小龙大个四五岁。

小龙看到丫头时，丫头只说疼，所以小龙不认为丫头的腿会有多严重，以为二拐子就能看。岂料，二拐子在丫头的腿上捏了捏，严肃地对他们说：“你们赶紧想办法到县里吧，镇上恐怕也治不了，她的左腿已经断了，闹不好要截肢。”

成耀银也不会想到丫头的腿会严重到这种地步，还有些疑惑地问：“真有那么严重啊，还得截肢？”

二拐子边捣鼓针头边说：“截肢不截肢我不敢说，反正挺危险的，我在县里遇到过好多这样的情况，有的截肢了，有的残了。我给她先打个止痛针，你们赶紧想办法到县里医院给她看，越快她的腿就越有希望。”

打了止痛针，小龙背起丫头就走，但又转头对父亲说：“爹，我先走，你回家去拿钱，多拿点，这事儿不是紧巴的事儿。”

成耀银点着头，问：“那你怎么到县里去，到青山镇才能坐上汽车。”

小龙有点不耐烦地催他：“你就别管我了，快回家拿钱去吧。”说完，就背着丫头往青山镇跑。

这两条山路不是太长，平常走起来不觉得有多远，每次到县里上学小龙都是跑步到青山镇，然后随便扒上一辆拉石头的拖拉机，就到县里了。这次不同，他背着一个说不定要截肢的丫头，而且这丫头的腿是他拉排子车砸的，他无论如何也要跑快点，让丫头留下这条腿。小龙背着丫头边跑边难过，因为这丫头看起来和自己岁数差不多，还小呢，要是截一条左腿，这辈子可怎么过哪。再就是，自砸到丫头到现在，丫头除了说了句“我的腿很疼”还没有说过一句话，也没有叫过一声，只是软绵绵地趴在小龙的肩膀上不动。

小龙跑了一会儿，突然想到还不知道这丫头是哪个村的，就试着先问：“喂，你疼吗？疼了就叫出来，叫出来就不疼了。”丫头不说话，在他的背上摇头，小龙感觉到了。

小龙又问：“那你叫什么，是哪个村的，能告诉我吗？”

“坪窖村的，叫英子。”丫头说话了，声音微弱，清楚简单。

坪窖村和柳树沟村有着一山之隔，就是到范家庄的那条路上，离小龙的村子有五公里左右吧。小龙突然想到刚才父亲以为儿子出事的那种无助的疯狂。他想，英子的父母如果知道女儿被砸断了左腿，而且还有截肢的可能，那该是一种怎样的心痛啊。小龙不敢再往下想，此时，他也开始怪老天，为什么不砸自己的腿，偏偏砸在别人的腿上。

丫头不重，但再轻的东西你一直背着跑也会累得够呛。小龙不敢停下来，尽管上气不接下气，他也不敢停。能喘气时，小龙还能有点自己的思维，喘气不顺利了，小龙就什么也不想了，光剩下喘气了。

“我不疼，你累了就歇会儿吧。”小龙的背后传来英子微弱的声音。

“我不能歇，我要早一点赶到县医院，我不想让你的腿残废。”小龙喘着气回答。

终于，听到了汽车的喇叭声，青山镇到了。

# 第二章

## 1

成耀银到县医院的时候，小龙已经快马加鞭地往坪窖村赶了，英子独自在急救室的推车上躺着呢。

小龙是赶到坪窖村找英子的父母去了，英子动手术非得家属签字不可，因为不能保证手术顺利，有截肢的危险。

小龙对医生说了一箩筐好话，让医生先给她做着手术，他回去叫英子的父母去。医生偏偏认死理，说是家属不签字不能做手术。小龙急猴似的问医生：“是不是做手术晚了就保不住她那条腿了。”医生脸上毫无表情地回答：“是，越快希望越大。”

“那你们怎么不快点给他做手术，还等什么签字，救死扶伤是你们医院的职责。”小龙急得把大道理都摆出来了。

医生竟然在这样的紧急状况下，不怀好意地给了小龙一个笑脸说：“小鬼，说话要注意分寸，我们什么时候不救死扶伤了，你要知道你的病人是未成年人，必须监护人签字才能做手术。”

小龙知道再争下去英子的手术也做不成，只有耽误时间。他就追着那个医生说：“我现在就回去叫他的爹娘来签字，你们给我照看着点她，如果她喊疼了，就给她打个止痛针，我很快就回来。”

医生说：“你打个电话让他父母来不就得了。”

医生这么一提醒，小龙还真觉得是个有效的办法。他赶紧跑到急救室问英子："你家有电话吗?"

英子摇了摇头说："我家没有，我邻居家安着电话。"

"那你快说电话号码，我记下。"

"我不知道。"

"这不等于白说嘛。"小龙叹了口气说，"我还是去你家一趟吧，你是未成年人，监护人不签字医生不给做手术。"

"什么是监护人呀，你算不算我的监护人?"

"监护人就是养育你的人，我不是，我不给你瞎扯了，你说你都快没腿了，怎么还扯得这么轻松，真是个没心没肺的人，我得去你家了，你腿疼了就叫医生给你打止痛针，我得走了。"小龙话说完，人已经走出急救室，快步向外跑了。

小龙前脚走，成耀银后脚就赶来了，问明了情况后问医生在哪儿交钱，医生说在收费处，到大厅往左一拐就是，窗户上写着字儿呢。

成耀银先到急诊室看了看英子，看她没事，把身上的大衣脱下来搭在了英子的身上，才放心地去交费。

"交费。"成耀银冲窗户里面收费的女人说。

"来，单子。"里面的人向他伸过手来。

"什么单子，我交钱还用什么单子，我没有单子。"成耀银疑惑地说。

里面的人立马把手缩回去，没好气地说："没单子你交什么费，我知道你交什么费，交谁的费，交多少费?"

成耀银还是不太明白，他贴近窗户说："你不知道我给你说呀，是刚才来那个被砸断左腿的小丫头要做手术，要交手术费，她叫什么我也不知道，你要多少钱我给你多少钱?"

收费员不耐烦地把手一挥说："去去去，去找医生开交费单去，然后再来交。"

成耀银真没有想到，在大医院里交个费也有这么多麻烦事。他找到医生说："医生，你给我开个交费单吧，我交不了费。"

医生抬头看了他一眼问：“你是哪床病人的家属？”

“急诊室那个被砸断腿的丫头。”

“你是他父亲吧，这孩子的腿可不能再拖了，大小腿骨都粉碎性骨折了，得赶快做手术，要不会残废的，我这就给你开交费单，你赶紧交费去，回来签字，马上手术。”医生手比嘴快，一边说着，交费单已经开好了。

成耀银拿起单子一看，吓了一身冷汗，上面的字他不认识，可是钱数他却认出来了，是一万元哪！

成耀银严重底气不足，几乎是打着战问：“医生，动个手术需要这么多钱啊？”

医生一本正经地说：“看你们是农村来的，已经优惠了，你女儿的大小腿都粉碎性骨折，要手术还要钢板固定，手术还需要麻醉费、治疗费，以后还需要住院费，交一万只是押金，到出院再交一万也不一定够。”

成耀银听得头都大了，要爆炸了。他极度不自然地问医生：“医生，我才带了两千，先交上，别的明天到银行取了再补行不行？”

医生看着他挺为难，也不像个说假话的，说：“你等一下，我请示一下领导，我做不了主。”

医生从领导屋里出来说：“领导同意了，说先动手术要紧，我重新给你开个单子，你先去交两千的押金，明天补上。”医生三下两下重新开好了，递给成耀银：“快去吧，回来签个字就可以做手术了，晚了恐怕孩子要残废了。”

成耀银交费回来后，医生已经把一份手术同意书和一份麻醉同意书准备好了，让他签字。

成耀银说我没读过书不会写字，医生说你叫什么名字我给你在别的纸上写上，你照抄一下就行了，然后再按个手印。

“我叫成耀银，就是成功的成，耀眼的耀，银子的银。”别看他大字不识一个，解释的还蛮有水平。这是儿子小龙教给他的。

“等一下，成师傅，我想问你一句，你闺女怎么不和你一个姓呀?”医生不解地问。

成耀银说:“她就不是我闺女。”

医生这时更糊涂了，问:“她不是你闺女你干吗给她交钱签字，你是她亲戚?”

“更不是，我根本不认识她，是我儿子拉着排子车翻沟里，把她砸在车底下了，我应该给人家看的。”

医生终于明白是怎么一回事了，把刚写好成耀银三个字的纸条揉巴揉巴扔到垃圾篓里说:“那姚英子还是不能做手术，得等她父母来了签字。”

“医生，要我说，你们先给她动手术吧，怕耽搁了孩子的腿，我儿子叫她父母去了，一会儿就到了。”

“那可不行，那会砸了我们的饭碗，这种情况耽搁也得耽搁，我们负不起这个责任。”

成耀银实在没办法了，上急诊室瞅了一下英子，她还平静地躺着，一声不吭。成耀银问她:“疼不闺女，疼了就说一声，让医生给你打止痛针。”

英子摇了摇头没有说话。

成耀银在门外的椅子上坐着等小龙。没了大衣，又冷得不行，就蹲在地上蜷缩着。这人闲着心可没闲着，他想闲也闲不住啊，谁遇到这种事情不闹心呀，这还没怎么着，就要一万块。这钱花着容易，挣着可是千辛万苦，不知省吃俭用攒了几个年头。

成耀银回家在自己枕头里取钱的时候就捎带着查了查他枕头里的存折，一共是三万元。他是要留给小龙上学用的，是雷打不动的东西。偏偏这声雷就打得这么响，把个家都要击倒了。如果这钱都花在了英子的腿上，那小龙怎么上高中，怎么读大学？可如果不花这钱，英子的腿怎么治，万一要是落下个好歹，这可怎么向人家爹娘交代……

成耀银越想头越大，越想越害怕，他真想现在就打个地洞钻进去，再也不出来了。

## 2

小龙赶到坪窖村已经快下午了，好不容易打问到英子家，没想到出现了意外。英子没有父母，她的父母早就死了，她跟着叔叔婶子过日子。这叔叔看出来是个老实人，这婶子却不是个好东西。听说英子出事了，把小龙挡在门外，靠在门上用尖酸刻薄的话说：“我说那小丫头怎么早上就割草去了，到这会儿还不回家，原来是被你家排子车砸着了啊，我还以为她受不了这个家跟哪个男人偷跑了呢。”

小龙看着那女人的脏德行恶心，有些愤怒：“英子都被车砸断腿了，你怎么还这么说她，你还有没有人性。”

英子的叔叔也被挡在屋里，几次试想出门跟小龙走，都被媳妇恶狠狠地挡了回去。

旁边，一个小丫头哭着说：“娘，你不能不管我姐呀。”

“滚一边去，俏俏，你敢再和英子黏糊，我打断你的腿。”那女人的眼珠子瞪着，像头残暴的凶狮。

小龙当时连穷凶极恶这个词都想到了，冲门里面的叔叔求道：“叔，你别怕她了，来不及了，要是晚了做手术，英子的腿就保不住了。”小龙的眼泪都掉下来了。

必定是自家的侄女，叔叔还是想硬往外闯，又被媳妇一巴掌扇了回去，不敢再有任何动作。媳妇骂道：“根顺儿你他妈的给我听着，别在我面前装什么大头鬼，你要是今天给我去了，我就死给你看，今天我就把话儿撂这儿了，今天有我没她英子，有她没我。”

小龙的胸脯一阵比一阵鼓得厉害，突然像爆炸一样从院子里捡起一根棍子冲这女人的身上就是一棍子，扔了棍子就跑。女人受了这天大的委屈，一股急劲三下两下就追上小龙，劈头盖脸地就把小龙打倒在地，嘴里还不停地骂着“王八羔子”。

顿时，鲜血从小龙的头上冒出来。这个恶毒的女人显然有些害怕，撂下一句话，翻身到屋里去了："快点给我滚。"

小龙往头上摸了一把鲜血用力往地上一甩，也凶巴巴地骂："你他妈的是条恶狼。"然后又转身到门里冲还在犹豫的叔叔说："叔，你不签字英子她做不了手术，医生说耽误久了她会残疾的。"

那个窝囊的男人连头也不敢抬，更别说吱声了。从头到尾，他就没有说过一句话，小龙怀疑他是个哑巴。

女人看到小龙还不走，语气有点软，口气却很硬："你不是说英子要是不动手术就要残疾吗，那你还不快到医院里给英子看腿去，还在这儿磨叽什么呀。"

小龙不再和她瞎斗，转身往外走。这时，女人又追上来刻薄而风凉地说："英子本来也不是我们家的人，我们不要了，既然被你砸着腿了，那是好是歹就送给你们了，养着将来给你当媳妇吧，可别再往我家送了啊，就是送回来我们也不要。"

小龙返回医院时，成耀银还蹲在急诊室的墙边。看到小龙头上很多血，连脸上都有了，吓得忙问怎么回事。小龙顾不上回答父亲，到急诊室看英子。

小龙已经十六岁了，青春年少的心虽然有些懵懂，但穷人的孩子早当家，他有了几分成熟也有几分冲动。

看到英子平静地闭着眼睛躺着，轻轻地叫了一声："英子。"

英子睁开了眼睛，竟然还冲小龙微微一笑。

小龙有些踌躇，而后又不得不说出真相："英子，你叔和你婶子不来签字，也不想要你了。"

英子嘴角微微颤动了几下，接着两行泪水从眼里无声地滑下来。小龙忙劝她："不要哭呀英子，你不要伤心，那样的叔和婶子不值得你伤心。"

英子摇了摇头，流着泪哽咽着说："那以后我可怎么办？我家的房子都让我叔他们卖了，我连住的地方也没了。"

小龙问：“你好了以后就到我们家住，长大了给我当媳妇，你同意不？”

英子的脸马上从忧愁转为喜悦，使劲地点着头。

“那好，我这就叫我爹去给你签字，以爹的身份给你签字，从今天起你就是我的媳妇了。”小龙准备去找父亲，一转身父亲就在身后。

成耀银的脸上没有什么表情，其实他即使有表情黑透了的脸也不容易看出来。他对小龙说：“就这么办吧，我去签字。”刚走几步又问：“小龙你的头要紧不？”小龙摇头说：“不要紧，是旧口子，被那女人打着了。”

开始医生还是不同意成耀银签字，后来听了英子的家境和他们父子的决定后，勉强同意了。

英子被推进了手术室，破大衣又穿在了成耀银的身上。

父子俩坐在手术室外面等。

“小龙，你说英子的腿会截了不？”此时，成耀银看起来很脆弱，反倒是小龙像个大人一样扛着这一切。

一下子，小龙觉得长大了，成耀银觉得老了。

“手术需要交一万块钱押金，医生说出院再交一万也不一定能够，我才交了两千块钱。”成耀银很无奈地说。

小龙看了看父亲，问：“咱们家共存着多少钱？爹你把实话告诉我。”

成耀银说：“共有三万，是给你上学留的。”

小龙说：“都给英子交了住院费，让医生给她用最好的药治腿，这学我不上了，我跟你回家拉煤去。”

“胡说，爹就是把房子卖了也要供你考高中上大学，你想不上学，除非我死了。”成耀银激动地从座位上蹿起来。

“爹，你饿了吧，还有没有钱，我出去买吃的，我饿了。”小龙想转移话题，也确实，他们已经急得忘了吃东西。

成耀银还在激动：“你先答应我，你得考高中考大学，要不，我就不吃饭。”

看着像个孩子的父亲，小龙点头答应：“我上我上，我考高中考大学，当个官，买楼房，娶城里的媳妇，让你威风。”说出这话，小龙的心开始微微作痛，他答应过英子长大了娶她的。

成耀银听到这话气才顺下来，在口袋里抠搜了半天抠出五块钱零票，给了小龙。

父子俩各吃了两个大烧饼。

“小龙，不知道那排子车被人偷走了不？等英子手术一完我就回家，没车了我就走着回去，明儿一大早我就找人和我把排子车弄回家，等有时间再修，然后我取钱再交费来。”

小龙“嗯”了一声说：“把钱都取出来吧爹，都给英子交上，万一不够了还得去取。”

成耀银听到这句话没有作声，他又嘀咕：“不知道你风娟婶子给咱把猪喂了没有，走的时候我嘱咐过她的，把家门钥匙也给她了。”

这个风娟婶子是他们的邻居，家里有个和小龙一般大的儿子，小龙小时候大多是吃她的奶长大的，她对小龙亲得像自己儿子，小龙家里有什么事她总是帮忙。

小龙说：“爹你就别想那么多事儿了，眼下英子治腿的事儿是大事，这猪就算饿死了还能再买一只，英子要是残疾了可是一辈子的事。”

“小兔崽子，你怎么这么说话，好好的猪怎么就饿死了。你以为买只猪挺容易呀，得需要爹拉好几车煤的钱。”

小龙不说话了，他看了看身边的父亲，又黑又瘦，特别是这一场灾难的到来，更使他显得苍老而可怜。小龙真恨自己，如果当初听爹的话不拉那排子车就不会出这么大的事，难道，这真是爹说的命运，他和这排子车相克。

“相克”这词是同桌的女生谢燕告诉他的，就是不能在一起，在一起就会出事，也就是水火不相容的意思。谢燕说：“我的父母就是相克，然后母亲把父亲克死了。算命先生还告诉母亲再找要找个比自己身份低一些的，才能过好日子；否则的话，还会克死男人。所以，我妈这个县妇联会主任找的这个丈夫只是个工厂里的电工，不过这个爸爸对我很好，我们过得很幸福。”

谢燕说这话的时候很一本正经，小龙却不信，说你们城里人怎么还这么封建迷信。谢燕说这不是迷信，这是真的，人的命天注定。

这时候的小龙突然想到了谢燕的这些话。他想，难道天上真的有老天爷已经把每个人的命都安排好了。他又想，难道娘和爹也是命中相克，爹把娘克死了……

天渐黑，手术室的门还紧紧地关闭着。

## 3

成耀银第二天带来了两万块钱，交上了。小龙不满地说：“爹，不是让你把钱都取出来吗？你怎么这么抠门，守财奴一样。”

成耀银说：“医生都说两万块差不多了，那一万存着还能在银行里挣点利息呢。”

小龙也不再追问，他说出这句话也后悔了。怎么能说爹是抠门守财奴呢，爹看钱这么重是因为他知道挣钱不容易。这些年来，他只有百十来斤的身体到底拉了多少吨煤，连他自己也说不清楚，大概有很多卡车那么多吧。他不累吗，他肯定累得够呛，但他还在拉，为什么，难道他不想享福吗？他肯定想。可是他的愿望还没有实现，他还有他没有完成的使命。对，就是使命，小龙想到用这个词解释比较确切。爹的使命是供他上学让他有出息，是他自己给自己定的。那么小龙也想为自己定下自己的使命，从今以后不惹爹生气，爹让他干吗他就干吗，只要爹高兴就行，一定努力学习，考高中考大学，让自己有个好前途，让爹有个好晚年。

这个使命小龙能够做到吗？他没有信心，有些事情是计划赶不上变化的，就像这场灾难，一下子打乱了爹的计划。但最起码，有一点他能做到，就是孝顺爹。

此时，英子完好无损地躺在三楼三零九房间的三号病床上。手术还是很顺利的，打了两个钢板。

英子很安静地躺在病床上，她一直都这么安静。自从父母死后，英子跟着叔叔婶子已经经受了太多的苦难，最多的还是皮肉之苦、冻饿之苦。她过早地承受着不应该承受的悲惨生活，对于快乐，她已没有感觉。而这一次经历却让她又感觉到了人间的温暖，父子俩能把她的腿这样当回事，特别是小龙，还说让她长大了做他的媳妇，她都幸福得在心里笑呢。眼前这点疼这点苦，她觉得真不算什么。

小龙和爹刚走进病房，就看见医生又推进来一个病号，是个妇女，头上缠着纱布，胳膊上带着输液管，除了医生还有两个女人一同进来了。

这个病号住在了四号病床上，和英子成了邻居。接触时间久了才知道，原来是两口子被一辆小轿车撞了，男的已经当场死亡，一家人还瞒着女的，怕她伤心绝望。照顾这妇女的两个女人是她的母亲和姐姐，别的人也来过，都是很匆忙，都在忙着处理事故和男人的后事。

小龙把刚买来的饭放在床前，一口一口地喂英子。成耀银在边上看着问："小龙，你问医生了没，大概要住多少时间才能出院？"

"问了，要两个礼拜才能拆线，拆了线就能出院。"

"这么久啊，那我还得回去一趟，让你风娟婶子别忘了喂咱家那头猪。"

小龙说："去吧，你回来了我去学校一趟，这儿离学校不远，我先请两个礼拜的假。"

成耀银又急了："请什么假，不是有我在吗？不能耽误上学，这考试时间说到就到了。"

"好好好，爹你别生气，不请不请，一定要考高中考大学。"

三天的时间眨眼就过，按学校的规定，在开学头一天住宿生下午五点之前必须到校，然后正常上晚自习。小龙一进学校就到办公室找班主任了，他还是想请假，晚上到医院去照顾英子。英子一条腿上打着两块钢板，一动不能动，一旦有点情况，父亲会忙不过来。再说，人不是铁打的，总得睡会儿吧，他去了可以换着睡。

班主任申老师一见小龙就担心地问："怎么了小龙，才回家三两天怎么这么憔悴？"说着，上来摸小龙的脸，十分疼爱的样子。

申老师的手摸在小龙的脸上，小龙感觉很温暖。申老师经常这样疼爱地抚摸他，小龙从来不躲。申老师就像小龙的母亲一样关爱着他，还把自己儿子小了的衣服拿给小龙穿。两年来，小龙在学校里得到了从未有过的温暖，所以他和申老师走得很近，他想，申老师会理解答应他的。

小龙说："申老师，这两礼拜我想不上早自习晚自习了，请你批准我吧。"

申老师更纳闷了，感觉到出了什么事，问："到底出什么事了，快给老师说说。"

"我帮爹拉煤，车翻沟里了，砸着人了，住在医院呢，我得去医院里照顾她去。"小龙在申老师面前从不撒谎。

申老师的神情立刻变得紧张起来："人怎么样了，有生命危险吗？"

"没有，左腿粉碎性骨折，做手术了，打了两个钢板，不能动。"

申老师这才松了一口气问："是个什么样的人，大人还是孩子？"

"是个女生，和我年岁差不多。"

"那她父母没在吗？还需要你去医院盯着啊？"

"她父母早就死了。"

申老师又紧张起来："这么不幸啊，走，我现在就跟你去医院，看看情况再说你请假的问题。"

小龙不得不带着申老师去医院。走到医院门口，申老师在旁边的超市里买了一兜子水果提到了病房里。

成耀银和申老师这是第二次见面。第一次是把小龙送到学校去的那天，成耀银早就没印象了，可能因为他个头的小和脸的黑，申老师对他印象特别深，一见他就说："小龙父亲，我是小龙班主任，姓申，听小龙说家里出事了，我来看看。"申老师把一兜子水果放下，对小龙说："小龙，你去给病人洗个苹果吃，听说骨折了最需要维生素的补充了。"

成耀银不自然地笑着"啊啊啊"了半天，也没说出话来，他真不知道说什么。在这个时候最应该说的是"谢谢"两个字，他在心里感激，嘴里却说不出来，他从没对谁说过谢谢，村里人不兴说这个。他是没料到小龙会带着他的老师来，很意外更不知所措，连口都不知道怎么开。

小龙很快洗好了苹果，申老师拿过来，递给了英子："吃吧，多吃点水果你好得快。"

英子接过苹果就咬。

"你感觉怎么样？腿还疼不？"申老师慈爱地问。

英子又是微笑着摇头："不疼。"

"好孩子，真有骨气，你好好养着，我会经常来看你，需要什么就让小龙告诉我，我给你带过来。"申老师随手往上拽了拽英子的被子。

英子笑着点头。

申老师又冲着成耀银说："小龙父亲，有什么需要帮忙的你就对小龙说，让他对我讲，我们全校师生都会帮助你的。"

成耀银还是只"啊啊啊"点头，然后很小心地问："申老师，你说，我们家小龙能考上高中不？"

"能，没问题，只是小龙父亲，他要是考上了，你千万别不叫他上啊，他可是棵好苗子，他要是考上个好大学，找个好工作，你老了可就享大福了。"

成耀银一听这话立刻开心得笑起来，也会说话了："我让他上，我没钱了卖房卖地、砸锅卖铁也供他上，有了你这话，我就有盼头了。”

“小龙，家里出了这样的事，我准你不上早自习晚自习，我还会让同学们经常过来帮忙，但是你必须把学习和照顾病人这两件事调整好了，做到两不耽误，该上课还上课，该休息还得休息。”

小龙高兴地说：“是的，申老师，我保证做到。”

“好，那我先回学校去了，今天我得坐班。”申老师起身要走，又对英子说：“可得好好养着啊，别着急上火，我还会来看你的。”

英子仍微笑着点头。

成耀银问：“怎么申老师，你不带小龙回学校上自习课了？这怎么行，眼看就要考试了，不能耽误了他学习。”

申老师一笑：“没事，我们的课程早已经学完了，现在就是复习阶段，只要小龙把时间调整好了，对学习不会有多大影响。如果有时间，我会给他补课的。”

成耀银尽管还想让小龙去学习，但既然老师都这么说了，他也就不再说什么了。

申老师走后，小龙做了一下安排：“爹，我马上去学校抱个被褥过来，随便铺个地方咱们轮换着睡，上半夜你睡，下半夜我睡，这样我上课就不困了。”

成耀银同意了。

小龙在去学校的路上碰到了班里的同学程帅，他骑着自行车后面带着军用被褥。程帅说：“申老师让我把这床军被带到医院。”看到小龙，他把被褥解下来抱给他就骑车走了，他说要赶回去上自习课。

望着程帅渐渐远去的背影，一股热泪从小龙眼里流出来，不知是为程帅流还是为申老师流的，反正，他心里五味杂陈。

## 4

申老师来的第二天中午，谢燕没经得小龙的同意，就擅自到医院来了。

谢燕是听申老师说的，申老师对谢燕说："你和小龙是同桌，家离医院又近，如果方便就去医院看看，看英子需要什么，毕竟是个女孩子家，两个大男人守着会有很多不便。"谢燕是明白人，当天中午就去了。

她去的时候带了四盒大米饭，是准备和小龙他们一起在医院里吃的。她还特意在其中一盒里放了红烧肉，是给英子吃的。谢燕不是小气人，如果都要红烧肉她的钱不够，所以只给病人要了一份。

谢燕到时，小龙刚到。谢燕骑着自行车快，买饭耽误了时间，小龙是从学校里跑步过来的，所以慢。谢燕把一盒饭递给了小龙说："给，吃吧。"之后又把那盒红烧肉的打开放在桌子上，将病床往上一摇，英子竟然像坐起来一样。谢燕说："这么着你能自己吃饭不?"英子说："能。"谢燕把饭盒端给他，还拿了毛巾给她垫在被子上，这才打开自己的饭盒。

小龙还真不知道这床能摇起来，这一摇，很多事情就简单多了，就比方吃饭，英子的胳膊和手还好好的，就不用喂了。他弯下身往床下看有什么机关。

谢燕笑："傻老帽，很简单，拿着那手柄往右摇就起来了，往左摇就下去了。"小龙看明白了才去吃饭。谢燕刚要吃，马上又反应过来，问："小龙，叔叔呢?"英子说叔叔上街买东西去了。

英子吃饭时感觉身下黏糊糊的，肚子还隐隐作痛，她感觉到是"倒霉"的事情来了，有了一丝难为情的表情。她吃饭的速度慢下来，还不时地扭动一下。谢燕看出来了，问她："你不舒服吗?"英子红着脸不好意思地摇头，又接着吃。

都吃完后，谢燕非得让小龙出去一下，她说她有话想单独对英子说。小龙虽然不知道谢燕捣的什么鬼，但他绝对相信，谢燕不会有害人之心，他和这个女生同桌两年，她除了不爱学习，各方面都还是很优秀的，人也善良，从不因为自己是城里人而看不起他，有时候还会带零食给他吃。由于小龙经常吃谢燕的零食，所以对谢燕买盒饭过来一点也不意外，也不表示客气。谢燕让他出去，他乖乖地就出去了。

谢燕走到英子床前，离英子很近了才轻声问："英子，你是想大便还是身上来事儿了。"英子不好意思地说："我觉得身下黏糊糊的难受，可能是身上来了，你给我撕点卫生纸，我看是不是？卫生纸在窗台上。"

英子用卫生纸一擦，再把纸用手攥出来一看，果真是鲜红一团。谢燕二话没说，起来就走："你等等，我出去给你买卫生巾去。"她一出门看到坐在外面的小龙，说："你先在这儿坐会吧，我买点东西马上就回来。"

"你买什么东西去？"

"女孩子用的东西。"

谢燕骑车回了家一趟，向妈妈要了五十块钱，她对妈妈说，一个同学病了，她要去医院看看。然后在超市买了一大堆东西。有卫生巾卫生纸小纸巾，还有牙膏、牙刷、牙杯、擦脸油，甚至裤头她都买了，一直把五十块钱花光了才罢休。

小龙跟着谢燕走进病房，想看她究竟买了什么东西。谢燕不耐烦地赶他走："去去去，女孩子的事儿你不便在这儿，快出去。"

小龙乖乖地又出去了。谢燕看了看四床，几个人都是女的，一二床的病人昨天出院了，也没人，她才把裤头拿出来，然后把卫生巾拿出一个黏在裤头上说："来，我知道你腿没法动，我帮你把裤头换上。"

裤头已经脏了，不换也不行，英子顾不得羞涩就极力配合谢燕，邻床阿姨和大妈也过来帮忙，费了半天劲才把英子的裤头换上。这时，大家都看到了，英子的头上满是汗。

她是疼的。疼得出汗她也不叫一声。谢燕都有些佩服了。谢燕把卫生纸拿出来，一大截一大截地撕下来，然后都叠成厚厚的大长条放在英子的枕头底下说："如果晚上你怕弄到被褥上，就拿一条放屁股底下，早上拿出来扔到塑料袋里就行，我身上多的时候就这么着。"说着，从大塑料袋里拿出几个小塑料袋来又放在了英子的枕头底下。

做完这个，谢燕又拿出牙膏、牙刷、牙杯，帮英子刷牙。

英子探着身子刷牙，谢燕就端着盆子给她接着。刷完牙，谢燕又用热水把毛巾洗了一下，让英子擦脸，擦油，然后把裤头也洗了，晾在暖气上。

这一切谢燕做得娴熟自如，连邻床大妈都直夸她。谢燕说："我妈妈也骨折过，姥姥就是这么伺候妈妈的，我这是跟姥姥学来的。"

如果一个人脑子里没装那么多事儿，眼睛里也看不到那么多活儿。谢燕话虽这么说，实际已经说明这孩子是利索能干的那一种，有些东西不是想就学来的，是自身带的。

忙完这些，谢燕又坐在了英子身边问："英子，你小便能导尿，想大便了怎么办？你解过大便吗？"

英子难为情地摇头："没有，我也不知道想大便了怎么着，我左腿不能动，下不了地。"

谢燕说："不怕，有我呢，我会一有时间就过来，要是万一你想大便了，就叫这里的大妈阿姨帮帮忙。"说完，转头对她们说："大妈阿姨，小龙和他爹都是男人，如果英子想大便了或者是男人不方便干的事儿，你们就帮个忙啊，我先谢谢你们了。"

这话足以说明谢燕是个顶聪明的丫头，她把话占着说，不给大妈和阿姨拒绝的余地，还得让人听了觉着舒服。

谢燕看了看表，不早了，就叫小龙："小龙，叔叔怎么还不回来呀，我们该上课了。"

小龙从外面问："我可以进去了吗？"

“可以了，嘻嘻，进来吧。”

小龙问英子：“我爹他到底干什么去了，怎么一中午也不回来？”

“叔叔只告诉我出去买东西，我也不知道他买什么东西，也没问。”英子怯生生地回答。

“那我们得上课去了，英子要有什么事儿大妈你就帮一下，我爹一会儿就回来了。”小龙冲大妈说。

大妈会意地点点头。

小龙他们走没多久，成耀银回来了。

大妈告诉他：“你儿子和他的同学忙乎了一个中午，看等不到你，刚走，上课去了。”

成耀银“嗯”了一声，走到床边问：“英子，我给你买饭来了，是鸡蛋炒饼。”

“我吃过了叔叔，是小龙的同学买来的大米饭，还专门给我买了红烧肉，可香啦。”英子连话里都带着红烧肉的香味，说的成耀银肚子“咕咕咕”地叫起来，叫得还挺响。

英子说：“叔叔你快吃吧，看你饿得肚子都叫了。”

这一天，是英子说话最多的一天。成耀银吃着饭，英子给他讲小龙这个同学怎么怎么好，怎么怎么帮她刷牙，怎么怎么帮他洗脸，唯一换裤头那一段删了。成耀银能感觉出来，英子此时特别精神，像没病一样。他却有点眩晕，说：“英子，我有点困，我在这闲床上躺一会儿，你有事可叫我啊。”

实际上，成耀银是因为抽血才眩晕的。他不是去买东西，他是出去卖血去了。

交了两万块钱住院费后，他带的那几十块零花钱一眨眼的工夫就花没了。在这种地方，一时一刻也离不开钱，他又不想再动那一万块钱。不管一万块钱是多是少，家里总是有存款的，要是连一万块钱也没有了，他就觉得家都空了，家空了自己也就空了，自己就会像一只飘在空中的气球，一直飘啊飘，随便碰到一个什么东西就会开膛破肚。

他不想破，他还需要那一万块钱给他压住肚子，不让自己轻易飘起来。所以，他想到了卖血。他曾听青山镇煤厂那个磅房的孟师傅说过，卖血赚钱既快又多，而且卖了还能很快再长。于是，他就想卖血换点钱，想趁中午小龙回来照顾英子的空去。

成耀银不想在这个医院卖血，怕有人认出他，就打问到另一家私人医院，那家私人医院还正想找点便宜的事。一看成耀银就是个土老帽，也不懂个行情，就问："五十块钱一百毫升卖不卖?"

成耀银忙高兴地说："卖卖卖，我卖五百块钱的。"

医生一听这话笑了："你当你的身体是口深井哪，怎么抽都抽不完，就你这身板，抽你两百毫升就可以了。"

成耀银求医生："你就多抽点吧，一百块钱不够花。"

医生说："那就抽四百毫升，再多了，你就没命了。"

四百毫升血从成耀银的身上流到了一个袋子里，然后换来两百块钱。回来的路上成耀银就有些头晕，吃了饭他实在有点坚持不住了才主动提出来睡一会儿。

## 5

四床那个女的终于知道了丈夫已经死了，闹得死去活来的。也是，这种事瞒一时还行，瞒一生是不可能的。

交通事故科把这事做了协调处理，赔偿死者家属十五万。男人父母把这十五万都交到了儿媳的手里，而且把话说得也明白，说这钱就留给你养育孩子吧，我们花着心里也不舒服，只要孩子能够健康成长，我们老两口就知足了。

那种场面，可真叫悲。成耀银和英子看得都哭了。过后，成耀银又纳闷地想，这一条命怎么这么值钱，怎么就能值十五万。他在心里算了算，怎么算这一辈子也挣不了十五万。他又想，这男人死得值，没白死。他心里也只是这么一想，当然不会也不敢对任何人讲。

正瞎想着，护士过来了，对成耀银说：“为了病人最快最好恢复健康，从今天起我们对病人的伙食要进行合理调配，你们就不用管她的吃饭问题了，到时候我会给她送过来的，你签个字吧。”护士拿出了一个本子。成耀银说我不会写字，我给你按手印吧。护士就去拿印泥。

卖血的两百块钱不经花，几天就快完了。成耀银又趁小龙和谢燕放学之前卖血去了。谢燕知道英子身上不方便，每天都跟小龙一起来，最重要的是把塑料袋的血纸帮她偷偷地扔掉。谢燕还真帮英子解了一次大便，她让英子斜了一下身，然后把便盆放在她的屁股底下。无论是谁，这都是一种太难为情的事情，谢燕却鼓励英子，说都是小女生，没事。最后英子终于把大便解出来了。

私人医院看到成耀银的身体状况，只同意抽他两百毫升血，而且以后不准他再来了，再抽会出事。抽完后，医生把一百块钱给他，又扔给他一袋子病人没拿走的饼干让他吃。大概是饿急了，他在路上把一袋子饼干都吃完了。

回来后，小龙他们已经走了。他对英子又说困了，然后躺在闲床上睡了。这一觉他一直睡到小龙放学回来。小龙看到爹躺在床上，问：“英子，我爹他怎么这时候睡开觉了？”

“叔叔说他困了，睡了一下午了，我想让他多睡会儿，就没叫他。”

小龙上前推了父亲一把：“爹，醒醒。”

成耀银激灵一下起来了，说：“什么时候了，看我这一觉睡的，英子你怎么不叫我？”

英子光笑不说话。成耀银站起来往厕所走去，谁料刚走出门，就倒在了地上。申老师刚好上了三楼，撞上成耀银倒在地上，赶紧上前拉他：“小龙父亲，你怎么倒了？我拉你起来。”小龙听到声音也跑出来，才知道爹晕倒了，忙大喊医生。

成耀银被一针扎醒过来，看医生正在为他输液，着急地问：“我没病你给我输什么液？快给我拔了，别瞎花这钱。”

“你病了，还病得不轻，你严重贫血和营养不良，必须补充营养。”医生不容他有任何解释，就把瓶子挂了上去。

申老师也随着医生说：“小龙父亲，医生是看病的，说你病了你肯定是病了，快好好躺下，有什么事儿把这液输完了再说。”

小龙都快哭了，也劝：“爹，你就听医生的吧，别犟了，你严重贫血，不治会要命的。”

“你说的都是屁话！我哪儿缺血，我身上多的是血，也不缺营养，我一点都不饿。”说完，一下子就把针头从手背上拔了下来。

医生拿这种病人也没辙，他让小龙再劝劝他，把申老师叫走了。

“你是他什么人，有些情况我需要告诉你。”医生说。

“我是他儿子的班主任，有什么情况你就先对我说吧，我再变通着告诉孩子，不能让孩子身心受到伤害，对他成长不利。”

“他可能是因为卖血才导致贫血的，我看到他的胳膊上有类似的针眼，不过我也只是怀疑，不能肯定。”

“哦？”申老师有了少许的思考说：“有这个可能，他们家经济条件很差，听说光这次给那小丫头交住院费就交了两万，农民挣个钱不容易，困难了就想这邪点子了。”

“他要是实在不想输也就别勉强他了，在饮食上给他多补点营养，养一阵子就会好的，但是药已经开上了，不点进去钱也得掏，就劝他把这瓶药点了吧。”

申老师用医生最后的这句话把成耀银按在了床上，他也不想瞎了这瓶药。申老师想找个合适的机会，合适的场合再把他爹卖血的事情告诉小龙。

第二天中午，申老师带着几个学生代表一起来医院看英子了，当然少不了谢燕。一到病房，女生就往英子的身边凑，关心地问这问那的。两个男生站在床边看着女生关心。

申老师从兜里掏出一个信封递给成耀银说：“昨晚，我们全班师生开了一个讨论会，讨论怎么帮你们的问题，大家都同意捐款。今天，我把全班的心意都用这个信封带来了，请你收下吧。”

成耀银不知如何是好，手伸出去又缩了回来，嘴角动了动，又说不出话来。他总是这样，没见过大世面，一激动就一句话也说不出来了。小龙上前把信封推回老师说：“老师，同学们的心意我们领了，你把这钱带回去吧，我们有钱给英子治腿。”

申老师笑着说：“我知道你们有钱给英子治病，可是同学们要不把这一片心意表达出来，怎么能安心地上课去呢，给，替你爹收起来，就用这钱买点补品给你们仨都补充补充营养。”

谢燕说：“小龙你就收起来吧，不收起来同学们心里会很难过的。”

几个女生和两个男生都迎合着谢燕说：“收起来吧小龙，收起来吧。”

盛情难却，小龙感动着收下这钱并把钱交到了父亲的手里。只听英子“嘤嘤嘤”地哭起来。大家都慌了，忙问她怎么了。她又哭着笑了：“没怎么，我只是突然好想哭，以前我好好的，天天都在家里干活，婶子还天天打我，可是现在我的腿都不能动了，你们却对我这么好。”

“老天对每一个人都是公平的，不可能让一个人一辈子受罪，也不可能让他一辈子享福，你先受够罪了，就到享福的时候了。人的一生，酸甜苦辣咸都得经历，这才是完整的一生。”申老师对英子说。

英子说：“还是有文化好，讲的道理都那么好听，我从来没上过学。”

“那以后我教你识字，你得好好学习。”小龙抢着说。

病房里立刻传出愉快的笑声。

这种气氛感染了每一个人，包括四号病人。她竟然看着这群可爱的孩子微微笑了一下，这是住院多天，她的第一个笑容。

那晚，小龙把信封打开数了数，有一张一百的，一张五十的，别的都是二十的，总共是一千一百九十块。不用说，那一百的是申老师的，那五十的是谢燕的，二十的是他们班除了谢燕五十二位同学的。感动之余小龙就坐在床边教英子写字，他教英子的第一个字就是"爱"。他说，这钱的意义不在于能买东西，这代表同学们的爱心，所以他要教会她写"爱"这个字，要认识"爱"这个字，因为生活有了爱才有意义，没有爱的生活是没有阳光的生活，就像她生活在婶子家里一样，会疼痛不已。

小龙教完后问她："英子，你父母怎么死的?"

"病死的。"

"那时候你多大?"

"七岁，我该上小学那年。"

"你父母死了后你就跟你叔叔了吗?"

"不是，我跟奶奶了，奶奶有病，婶子让我照顾她，不让我上学。"

"那你奶奶死的时候你几岁呀?"

"十三，我今年十六了，十月十六生日。"

"那你跟你叔你婶子没几年。"

"三年。我婶子光打我，一有气就撒我身上，你看我胳膊上，到处都是打伤后留下的疤。"英子捋起袖子让小龙看："不只是我胳膊上，我身上都是，你看我脖子上。"说着，又低下头让他看脖子。

果真，她的胳膊上脖子上都是一条条横竖不一的疤痕。这让小龙又想到父亲，他看了一眼已经睡在一号病床上的父亲说："我爹从来没有使劲打过我，他总是骂我小兔崽子。"

"那他是亲你才这么叫的，我还羡慕你呢。"

"别羡慕了，以后到了我家这个爹也就是你的爹了，他也会亲你的。"

英子心里美美的，手拿着笔还在一遍一遍地写着"爱"字。

# 第三章

## 1

成耀银回家修好了那辆排子车，一直推到了茂平县的医院里。英子要出院了，不能走路，得用排子车把她拉回家。

这天小龙和谢燕都请了假，要把英子送回去。小龙极反对谢燕请假，还和她生了气呢。这生气的原因有三：一是马上就要毕业了，一寸光阴一寸金，她学习又不好，小龙认为她不应该再有别的闲心，应该抓紧时间复习功课。这二呢，英子和她也没有什么关系，在医院她帮了那么多忙，已经很不好意思了，怎么能再耽误她的时间。其三，小龙和她无亲无故的，只不过是个同桌，她凭什么这么热情地帮助他，贴人又贴钱的，班里都传闲话说他俩搞对象呢。这话传到小龙耳朵里让他感到别扭。是呀，谢燕你和我无亲无故的你凭什么呀，没什么可凭的，你干吗非得给我凑那个热闹……

小龙和谢燕生气时只把前两个原因说出来了，后一个原因到了嘴边又吞了回去。他说不出口。就这两个小小的原因岂能把一向“大义凛然”的谢燕拒之门外。论学习她比不上小龙，论脑袋瓜子和嘴巴，恐怕十个小龙也比不上她。谢燕一下子就点到了小龙没吐口的那句话上。

“成小龙，我知道你不是怕耽误我学习时间，你是怕别人说闲话，怕别人说我和你搞对象，别人说我，我管不住他们的嘴，可是我清楚你我都是什么人。我一个小女生都不怕，你一个大男生怕什么，你还怕我真缠着你搞对象啊。就你这寒酸样，就你家那辆破排子车，我凭什么跟你搞对象！呸，我瞧不起，我是看英子可怜去帮她的，她一个小丫头家，不方便了也不能给你们两个大男人说，她多憋屈。”

谢燕的嘴机关枪一样把小龙扫得没有了任何反抗的能力。就这样，谢燕胜利了。

谢燕从家里带来了许多用过了的大袋小袋，在病房里收拾东西。护士过来给英子送药，又把一小袋子药放在了英子的床上说：“这是你回家后服用的药，记着按说明书及时服用。”之后递给小龙一个长条的打印单子说：“这是昨天的费用，你们欠费了，今天办出院手续的时候一起交上吧。”

小龙问：“才两个星期，上次交的两万块钱就花完了啊？”

医生也不着急，很随和地说：“两万块钱还算多哪，医院看你们情况特殊，还减免了你们部分治疗费呢。”

小龙低沉地“嗯”了一声说：“我知道了，等会我爹来了就去交。”谢燕看了一下小龙的表情，又接着收拾东西。

成耀银把排子车放在大门口，就去找主治医生办出院手续的事。他一进门就问医生：“医生，英子什么时候就能下地走路了？”

医生表情严肃地说：“这说不准，常言说，伤筋动骨一百天，她左腿的大小腿都是粉碎性骨折，是比较严重的，调理好了，两个月就可以下地锻炼，如果调理不好，那时间就说不准了，有人一年两年都下不了床。”

成耀银好像对医生的话有丝丝不满：“她得在炕上躺两个月呀，这么长时间，那我怎么干活挣钱去？”

医生也不着急：“你可以找亲戚邻居看着点，她不能下地又不是一点也不能动，她可以坐着，吃饭是没问题的，就是大小便有点麻烦，不过你们回家想办法解决吧。”接着医生又说：“我已经开了些中药，你带回去给病人服，这些中药能辅助断骨处快速生长。还有，加强营养补充，定期来医院拍片检查，以确定拆除钢板的时间。”

“还得定期检查呀，我以为这就好了不来医院了呢，多长时间检查一回呀?”

“你们来一趟挺不容易，如果不出现什么特殊情况，你一个月来检查一回就行。再就是如果她的腿能动了，你就经常在她腿底下放个不太高的枕头，可以帮助血液循环，以免引起肌肉萎缩。没什么事儿了，你拿着押金单去办出院手续吧。”

成耀银“哦”了一下，走出来进了病房。

“爹，咱们欠费了。”小龙小声地说。

成耀银不说话，闷坐在床上。坐了一小会儿，又走了出去。他又找到医生：“医生，我们欠多少钱?”医生叫护士过来问。护士说总共欠一千五百块零八毛。

“怎么欠这么多哪，你们的药怎么这么贵?”

“不贵呀老师傅，不是光药费，还有手术费、麻醉费、住院费、治疗费、营养套餐费好多费用呢，医院看你们的情况特殊，已经免了好多治疗费了。”女护士不急不慢地解释着。

成耀银先不吭声，后又像有点发赖的样子说：“我没有钱了，能不能让我们出院?”

医生说：“成师傅，不能这样，这医院是国家的，不是我自己的，如果是我自己的，这钱我就不要了，你还是想办法把钱凑上吧，要不在这儿多住一天就多一天的费用。”

成耀银又返回病房，嘴里还唠叨：“我们走，不办出院手续了，我看谁敢拦着我，谁拦我我就给谁拼命，什么破医院，花这么多钱还不够。”

“爹，还欠多少?”小龙问。

“一千五百块零八毛，什么破医院，还不如村里卖肉的老皮仗义，我买肉还能和他讨价还价呢。”

英子低头不吱声，谢燕说话了：“叔，你把押金条给我，我去给你办出院手续，我家就在这儿住，我跟她们熟，我去说说也许行。”

小龙怀疑地问：“这是县医院，不是私人门诊，能行吗？”

谢燕说：“一定行的，你就看好吧，只是我磨叽的时间可能长点，你们收拾别的东西吧。”

谢燕跑到妈妈的单位把同学在医院里欠费的事说了一下，向妈妈借了两千块钱，但是她只说同学住院，没说是这么个关系的英子。谢妈妈是个通情达理的人。她和第一任丈夫在一起的时候心气很高，不太随和，经历了丈夫的死，她信命了，性格也变得温和多了，平时经常帮助别人。这女儿的同学不能不帮，她连什么时候还的话都没有问。

谢燕从家回到医院，又把欠的钱交上，把手续办好了，来到病房轻松愉快地说：“走吧，好了。”

小龙不信，问：“真的？”谢燕俏皮地说：“那还有假？走吧，保证没人拦你。”

成耀银不说话，还低头坐在床上生闷气。小龙高兴地说：“爹，走吧，还磨叽什么。”

## 2

回家的路上，成耀银像头老牛一样，吭哧吭哧只顾拉车，也不说话。小龙在后面推着，他怕爹再伤心，把话才撂那儿：“爹，这是我最后一次碰这排子车，把英子拉回去我就再也不碰了。”

成耀银不回答，算是默认了。从谢燕替他办了出院手续起，他还没吭过气。他是觉得自己太丢人了，连一个小丫头都比不上。

脸再黑也是个大老爷们儿，这面子的事儿，让人感觉很复杂。

谢燕推着自行车跟在排子车后面，笑着对小龙说：“小龙，回来的时候你带我，这路不好走，我也力气小，带不动你。”

小龙“嘻嘻”傻笑两下说：“我不会骑。”谢燕不相信，就问成耀银：“叔叔，小龙真不会骑自行车吗？”成耀银回头瞅了一下，闷声闷气地说："不会，我们家没买过自行车。"

"这么落后哪。"说出这话谢燕觉得自己失态了，赶紧弥补："那我教你，我保证到学校这一路你就学会了。"

小龙笑着摇头说："我不学，那自行车两个轮子那么细，我怕摔着，跑着多稳当啊。"

英子在车上笑："跑着没自行车快，你还是学学吧，如果是我，我就学。"

"好呀，等你好了，我教你。"谢燕热情地说。

"可是你是城里人呀，我住在村里，你怎么教我？"

"我骑着车找你呀，我会经常去看你的，我们是好朋友。"

"真的呀，那太好了，能交上一个城里的朋友。"

"我们那儿不是城，是县，一个小县城，没什么大不了的。"

"县城也是城，反正你是城里人。"英子狡辩说。

谢燕又问英子："英子，你说你叔你婶怎么这么狠心，说不要你就不要你了？"

英子立刻没有了笑容："我叔是好人，就是怕我婶子怕得要命。"

"那你婶子打你，你叔也不敢吭声？"谢燕追问。

"大多时候是我叔不在家的时候打的，就是我叔知道了，他也不敢吭声，有一次，我叔替我说了句话，我婶把我们骂了好几天。"

"都什么年代了，还有这样的男人女人，真是可悲。"谢燕叹了口气接着说："现在好了，万恶的旧社会总算过去了，你到新社会了，你就住小龙家，给小龙当妹妹，给叔叔当闺女，以后就是你叔你婶找上门来也不认他们。"

谢燕满以为这样的话会使英子高兴，没想到英子听了这话低头不语了，像有心事一样。

小龙知道英子想什么，他也没忘记自己说过的话，为了打破这尴尬局面，小龙四下望了一下指着前面路边的那个石头说："谢燕你看，前边那块石头的地方就是我拉车摔下去的地方，当时英子就在山下割干草。”

谢燕往山下瞅了瞅说：“英子你真是因祸得福，要不你怎么会逃脱魔掌呢，这是老天的安排。”

成耀银听着有些不舒服了，转移话题问：“小龙，你们什么时候考试?”

小龙回答：“具体时间我也不清楚，大概就是六月二十号左右。”

“那快了，你到学校去了好好补补课，把这些天耽误的学习都补回来，咱们是村里人，条件又不好，只能靠自己努力了，一定别让爹失望啊!”

“放心吧爹，我没问题的，你别成天想着我考学的事儿了，我肯定考得上。”

谢燕没听出成耀银是对她的话有点不满故意这么说的，还抢着话儿说：“叔叔你放心吧，小龙没问题的，他在整个年级都排在前十名里头，他一定能考上。”然后她又自责地说：“我是完了，还不知道毕业后能干个什么呢，我想去学计算机，你看怎么样小龙?”

小龙摇头：“我不知道计算机将来会怎么样，但是你是城里人，你妈又是妇联会主任，你肯定比我强。”

谢燕噘嘴说：“那可不一定，你学习那么好，将来考个好大学，再找个好工作，还说不定能混上个一官半职的呢，到那时候找你去，你可别不认我呀。”

“说不定我真就什么也考不上，回来和爹一样拉排子车呢，到那个时候，恐怕你就不认我了。”

谢燕就笑，然后说：“我认，你干什么我都认，我认你是我曾经的同桌。”

小龙看了看父亲，问：“爹，你累了吧，我拉会儿吧?”

成耀银有点没好气地说：“不累，我劲大着呢。”

成耀银此时心里正烦着呢，他可不像这几个孩子想得那么单纯。他在想，英子回去一躺就得两三个月，不能下床怎么办？他不能天天在家光伺候她呀。他得去挣钱，这一条腿就把家里多少年的积蓄花去了多半，要是再有点什么事儿可怎么得了？他简直对生活充满了恐惧。还有一点他也考虑到了，那就是如果英子长大了真的非要嫁给小龙怎么办？那小龙考上大学了是个城里人了还要在家娶个农村媳妇算什么，他一生的梦想和心血不白费了啊。

看来，成耀银这个做爹的真不容易，要实现自己梦寐以求的梦想真不是一件简单的事。他必须得想办法不让英子有这个想法，让她认清自己的位置。这样想着，他就问开了："英子，你几月生日？"

"十月十六。"

"那你比小龙小点，小龙是七月的，以后你就管小龙叫哥，把他当你亲哥就行。"

"太好了英子，你看叔叔多疼你，现在就开始把你当亲闺女了，小龙你以后可要好好对你这个亲妹妹啊，你要是对她不好了，我这个好朋友就到村里来找你算账。"

英子和小龙都不吭声，心里各怀心事。半天，英子说："我想让我的腿早点好起来，然后帮叔叔多干点活，我还会养兔子养猪，我婶子家六十多只兔子三头小猪都是我天天喂的。我也不让兔子吃家里的粮食，我天天去割草，兔子养大了卖了钱供小龙哥上大学。"

"我怎么没发现英子的嘴还这么甜呢，这才说做妹妹，就叫哥了。"谢燕的嘴就是不饶人，她根本不懂那三个人心到底想的是什么。

小龙听着英子说这些，心里挺难过的，他真想不再去读高中读大学，哪怕真的去拉排子车，他也愿意，他不想英子和爹为了他一个人而付出太多。但他却不敢把这想法说出来，也不敢做出来。他年少的心再次为自己许下诺言，一定要让爹和英子幸福。

## 3

冷不丁家里多出一口人，成耀银很不适应。以前虽然也苦也累，可他自由，他想干什么就干什么。现在不同了，这英子在床上躺着，他哪儿都不能去，还有，这一个小丫头家的，有些事情他也不方便照顾。

他去找风娟，不好意思地说："风娟弟妹，我还得麻烦你，你要是有空时就去我家看看，这英子丫头有些事我不方便。"

风娟很爽快地答应着："看你说的耀银哥，这算什么麻烦事儿，就是你不说我也会去的，这丫头可怜，没爹没娘的，我会像亲娘一样对她的，你要是有活儿拉给我说一声就行。"

实际上，从医院回来这些天，他一个活儿也没有。村里人迷信，认为他的排子车出了事儿就不再吉利，就好像拉回来的煤也会沾上晦气似的。所以，也就没人来找他拉活儿。

这样一来，成耀银失业了。有人就劝他："耀银呀，如果不行就别让小龙再读书了，你看村里有几个孩子上高中上大学的，不都孩子老婆过得挺好吗？干吗非跟自己过不去。"

成耀银听了这话心里难受得要死，没理由和外人顶撞，他就回家喝闷酒。他平常也喝，这酒还是拉活儿的时候在青山镇上买回来的散酒，一块钱一斤，没多大劲，就是喝上一小杯身上舒服。喝闷酒就不一样了，他也不怕浪费钱了，一喝就是多半碗，让英子心里都害怕。这酒喝多了，就不停地冲英子唠叨："你说这老天怎么就不长眼，它怎么就让我碰上这倒霉事儿，你说你这腿什么时候才能好，你这腿花了我这么多钱，我得挣钱供小龙上大学呀。"唠叨了英子他又骂乡亲："都是一些狗眼看人低的人，看我出事儿了，连活儿都不让我拉了，都是些什么哪，迟早也得出事儿。"

风娟来的时候，英子就把成耀银经常喝闷酒的事儿对她说了，她让风娟婶子劝劝他不要再喝那么多酒了，会伤身体的。她隐瞒了经常挨骂的事儿。

风娟的丈夫是村里建筑队上的砖瓦工，风娟给丈夫说了说，说如果建筑队上还能添下一个人，就让耀银大哥去吧，他在家里歇着也不是事儿。她丈夫同意问问，一问，结果这事儿就成了。这件事儿比劝他见效，他高兴地当小工去了，一天三十块钱。照顾英子的事儿，风娟揽下来了。

其实，成耀银对风娟一家人也很好，风娟家每年烧的煤都是他拉，他没要过一分钱。总的来说，风娟帮他比较多。

真是人要是不顺了，喝口凉水也塞牙。成耀银好不容易干了将近一个月，活儿也快完工了，钱也要给了，却出了大事儿。村里另一个干活儿的人从高处掉下来，腰部正插在一根立着的铁棍子上，住院了。工头说，这活儿白包了不算，我还得倒赔钱，我算倒了个大霉，你们倒了个小霉，这工钱就不给你们了。遇上这事儿，没有一个说话的，成耀银当然也不能说话。明着不敢说，心里却痛苦不堪，狠狠地骂上一通。

按医生的嘱咐，英子要去医院拍片检查骨头长得怎么样了，成耀银不敢提这事儿，他没有钱。这一个月来，他也没给英子补特殊的营养，煮个鸡蛋吃也就算补了。但是无论怎么样，英子都没有一句怨言，她一直在盼望自己的腿能早点好起来，替这个家做点事儿。

小龙回来了，把爹拽出门外问起英子检查的事儿，成耀银闷头不语。小龙明白是什么原因。恳求成耀银："爹，你就把那一万块钱取出来吧，咱要是不给英子检查，万一长得不好她的腿有点别的毛病怎么办？我在学校里的伙食费你就别管了，我自己解决。"

"你怎么解决，你去偷还是去抢，你觉得你本事大是不是，你本事大你把英子送坪窖去。"成耀银急了。

小龙赶紧又往远处拉了拉爹说："爹你小声点，别让英子听见了，英子是咱们把人家砸成这样的，你怎么这么说话。"

成耀银不服气地犟："是咱们砸的就得养活她一辈子呀，把家里的钱都得给她花了呀。"说着，他竟然哽咽了："挣了这么多年，攒了这么多年，你学没上完，倒叫一个外人把钱都花完了，我活着还有什么意思！"

小龙没有想到爹竟然低沉到这种地步，他又不敢说不上学。本来，他还有一件事想对爹说，看这种情况也没敢说出来。

上次谢燕到了学校就对小龙说了她借妈妈钱的事儿，她知道小龙还不起，她想让小龙亲自对妈妈说说他家的情况，然后让妈妈自动放弃让小龙还钱。小龙不去，他说他回去了就给爹要钱还给她妈妈。谢燕说他是死要面子活受罪。他认为这不是面子的事儿，是应该还的。

反正要在家里住几天，小龙想再找个机会给爹说说，把那一万块钱先取了，考完了还有两三个月的假期，他到县里找地方干活挣钱去，给自己挣学费。

父子俩走到屋里后，英子说话了："叔叔，小龙哥好不容易才回来一趟，你们就别吵了。我知道家里没有钱了，我就不去医院检查了，我这腿没事儿，长得挺好，你看，还能动呢。"说着，英子竟然搬着自己的腿动了几下。放下腿，她紧皱着眉头硬是把疼顶了回去。

小龙说："那怎么行，万一长不好又不知道怎么办？医生说长不好就残疾了。"

"不会有事儿的，我觉得这一个月来长得挺好，比刚回来的时候好多了，说不定再过几天我就能下床了，这回我就不检查去了，这么远的路，颠来颠去的也不是好事儿，就这么定了。"

小龙不能再说什么。成耀银更不说话。

小龙去找风娟婶子，他是想借点钱的，但是想来想去开口了话却变了："婶子，我想让你给我爹说说，别让我读书了，我可以去煤矿找点活儿干，我都十六了，能干得动力气活儿了。"

风娟疼爱地递给他一个刚给英子煮的鸡蛋，怜悯地说："小龙，你爹不容易，把你从小拉扯大，就一个愿望，就是要让你上大学，走出这深山沟子，你要是不读书了，他活着也就没什么意义了。你就读吧。我再劝劝他，如果他愿意再跟着施工队去干，就让他去，一天三十块钱，也不算很少。"

小龙走的那天，爹把一百块钱塞到了他的手里说："加把劲学习，家里的事儿你就别牵挂着了，还有你风娟婶子。”

“爹，你从哪儿弄的钱，你把一万块钱取了吗？”小龙问。

“给你你就拿着，管我从哪儿弄的呢，我不偷不抢，我挣的。”

“爹，这次你别给我了，放在家里给英子补充点营养吧，我可以找同学借点，然后假期里挣钱还他们。”

“不许你借钱，要借也是你爹去借，有你爹活着，还用不着你出头露面的。”

“这不叫出头露面，爹，同学们都知道咱家出了这么大的事儿，都会主动借给我的。”

“不行，不许你借人家的钱，你爹穷了多半辈子都没借过人家的钱，听到没有。”

“听到了。”

小龙走的时候到茅房解手时发现猪圈里那头还不很大的猪不见了，他猜想，一定是爹趁他不在家时把猪卖给卖猪肉的老皮了。他很冲动地想去找爹理论理论去，又一想，还是算了吧，爹的脾气他知道，不会认输让他不上学。既然怎么都得上，不如好好努力争个出息，让爹有一个好的晚年生活。

小龙又拐到二拐子家，找到二拐子不好意思地说：“二叔，你有时间到我家看看英子的腿有事儿没事儿行不？英子她不想去城里检查。”

二拐子答应了，还开玩笑地说：“小龙你要是真考上大学了，当了大官了可别忘了你这个残疾二叔啊。”

小龙摸着后脑勺笑了。

## 4

在小龙考试前一个月回家时，英子已经能下床走路了，只是，走路一瘸一瘸的。到县医院拍片检查过，医生说是骨折处还没复合好，不过，在钢板拆除以前还有复合的可能。小龙很惭愧，成耀银不说话。英子倒挺高兴，她说："没事儿，瘸就瘸点，就算我不瘸，我婶子迟早也得把我的腿打瘸，就当她打的好了，好了就好了，不好也没事，不耽误干活的。"

回家后，英子找到了风娟婶子，她也是经过再三考虑的，她说："婶子，我想求你一件事儿。"

风娟痛快地说："都是自家人，不用求，有什么难事儿你就说，我帮你办。"

"我想借你点钱，买些小兔子养着，我还想买一头小猪，我叔为了我把那头还不到一百斤的猪都卖了，猪圈里连粪都攒不下，这到下年地里上什么呀，我养兔子挣了钱就还你。"英子说话有点紧张。这个婶子虽然对她好，必定是半路上遇到的，借钱这事儿不同于别的，不知道她会不会答应。

没想到风娟婶子想都没想就答应她了："行，我知道闺女你心善，你是心疼你叔，想帮他多挣点钱，然后供小龙上大学，你借多少吧。"

英子不说具体借多少钱，她真的觉得不好意思，又不得不求风娟婶子："婶子，我还想求你点事儿。"

"说吧，别总扭捏着，你婶子不是小气人。"

"我想让你去一趟坪窖村我叔家。"英子说得很小心，好像一提到那个家就要被挨打似的。

"我知道了，你是不是想把你的衣服什么的拿过来，别要了，赶明儿婶子给你买一身新衣服。"

"不是的婶子，我不缺衣服穿，小龙城里的女同学给我送来了好多衣服呢。我是想让你去我叔家帮我买兔子和小猪。"

"哦？你叔家是养殖专业啊？"风娟问。

"也不算是，我在的时候我叔和我婶子基本上都不管，都是我喂的，喂着六十多只大兔子和两只老母猪呢。"

"那你和我一块去吧，我骑车带着你，说不定你叔你婶子还优惠呢，我也顺便沾点光买几只兔子。”

“我不回去，我回去了我婶子肯定不卖给我，我要是一句话说错了我婶子又得打我了，我不去。”

“看你这闺女，都被打怕了，你婶子那人肯定不是人，是只母老虎，好，那我去，我今儿下午就去。”

“你帮我买十对兔子吧，别人买都是十块钱一对，他们要是要价高了你就给他们讲讲价，肯定会便宜的，我现在去家里找找看有没有现成的笼子?”说着，英子就往回走。

风娟急忙说：“不用找笼子了英子，我家有自行车两边担着的笼子，一边盛兔子一边盛猪。”

“那就麻烦你了婶子，等你买回来花多少钱给我报个数，我挣了钱就还你。”

“不着急还钱，你什么时候有了就还，没有就不还。”

两个人会意地相互一笑。

青山镇这一带大部分都是山，没有水浇地，庄稼都靠天。所以，只种一季春庄稼，再加上每家地都很少，地里也没什么活儿，有点活儿早晨起早点就干了。成耀银种上庄稼就跟着风娟丈夫干活去了，只要能挣到钱，不动他那一万块钱存折他心里就踏实。

成耀银晚上回家，看到院里都变样了，墙头那里多了一个简单的兔窝，那是风娟帮英子搭的，猪圈里多了一头小猪。他问英子：“这是从哪儿弄来的?”

英子笑着说：“从坪窖村我叔家要来的，我说了好多好话他们才给我的，我先养兔子，等我腿好了，我还要养鸡养鸭呢，我要当养殖专业户，挣了钱供小龙哥上大学。”

成耀银听了并不高兴：“一个丫头家，当什么养殖专业户，能在家做饭喂猪就行了，小龙上大学我会挣钱供的，不用你。”

英子不敢再为这兔子说话，赶紧说：“叔，我做好饭了，你快吃饭吧。”

成耀银是个死要面子的男人，本事不大，还挺大男子，英子一说要挣钱供小龙上学，他心里就听着别扭，伤了自尊，就没好气也没好话。英子知道他的脾气，也知道他心里对自己有怨气，但她心里更明白，叔心眼不坏，没了婶子，又出这么一档子大事儿，花了这么多钱，忒不容易了。

成耀银吃着吃着饭突然停下来问英子："英子，那么说你今天是回坪窖村了？那你叔和你婶子给你说什么了没有？"

"我没回去，我这腿哪儿走得动啊，是我求风娟婶子去的。"

成耀银若有所思的"哦"了一声又接着吃饭，吃完饭他找到了风娟家："风娟，你去坪窖英子他叔家，英子他们家人有没有说让英子回去的事儿？"

风娟摇了摇头好像对他的话有点不满："什么意思啊大哥？这英子在这个家好好的，干吗要让人家回去呀，你还嫌她受的罪不够多啊？"

"不是，不是，我不是那个意思，我是怕人家问英子腿的事儿。"他赶紧给自己的失态作解释。他心里有鬼，不敢再听风娟说什么就抬腿出去了。

成耀银一直记着小龙在医院里对英子说过要她当媳妇的话，虽然过后没有一个人再提起过，却深深地刻在他的心里。他时时刻刻在害怕着，万一英子把这句话也像他一样刻在心里，长大了非嫁给小龙，那小龙不是又回到村里了吗，那他的希望不就破灭了。

在成耀银看来，儿子小龙是注定成大器的，注定是当官的开车的。这英子要是真好不了成了瘸子，死赖在家里不肯嫁出去怎么办？他成天为这个还很遥远的问题折磨着，对英子也就有了更多的怨气。他盼望着有一天，英子的叔叔和婶子能把英子接回去，怎么说他们也有着血缘关系哪。在这个家里住着算什么，不清不楚的，闺女不像闺女，儿媳不是儿媳的。

英子背着柳筐一瘸一瘸地到房后面的空地里给兔子砍草。她的腿还不好，走路时间长了都疼，上次医生都说过尽量不让她多动，会恢复不好的。她认为自己没那么娇贵，能走路就走，能干活就干，疼了就坐在地上歇一下。当然她也不敢上山去，只能在附近走走。还好，这几对小兔子像懂她的心，不挑食，她砍什么草吃什么草。砍的多了就给猪也放上几把，猪吃草多了也会省泔水。

有时候风娟也会背着半柳筐草给英子送过来，她是担心英子的腿经不住这样折腾，她说如果哪天腿疼了累了就说一声，她出去多砍点草就行。风娟还真的多买了几对小兔子在家养着，反正地不多，闲着也是闲着，就是从地里回来，路上随便在哪个地头砍两把草捎回来就行。

村里大多数人对英子都挺好，见了面还打招呼。除了风娟，还有二拐子，有了小龙的嘱托，他经常来家里看她的腿，有时拿点消炎药连钱都不要。英子也叫他二叔，心里常感叹，怎么老天爷这么不长眼，让这么好的人偏偏残疾了。当然了，也有说风凉话的。就比方说姚家那俩媳妇，看到英子一瘸一瘸地走就在背后骂上几句，说这是成家的报应，谁让他们管人家的闲事儿来着。

## 5

小龙在这个炎热的夏天终于结束了他的初中生活。他在进考场的时候感觉很轻松，轻松不是因为自信，而是对成绩的好坏抱以无所谓的态度。对于这场考试，小龙心里非常矛盾，经常和自己作斗争。他有时觉得自己不应该考上，如果考不上，那父亲也就会在无奈中让他回归到现实的生活中，该干什么干什么去了。有时又觉得必须考上，否则对不起父亲这么多年来的辛劳和企盼。翻来覆去地想，小龙还是认为考不上的好，如果考上了，三年高中对父亲来说该是怎样的一段奋斗过程，比现在还要残酷。

考完后，班主任申老师问他："考得怎么样？"

他无所谓地笑了笑，说："不知道。"

申老师对他的这种态度很不满："小龙，就算是全班的同学谁无所谓你也不应该无所谓，你爹供你上学有多么不易你不知道吗？"

小龙说："我知道，我想我会考上的。"

申老师也没再说什么，然后把他单独叫到办公室，问："小龙，知道你爹为什么在医院里晕倒吗？"

"医生不是说血压低吗？"

"那他为什么血压低，你知道吗？"

"累的。"

"错，他是卖血卖的，当时医生对我说的。"

小龙很震惊，他怎么也不会想到瘦小的父亲会去卖血，他难过的说不出话来，眼泪从眼里掉下来。

申老师说："小龙，我之所以要把真相告诉你，是要让你知道，你爹被逼到卖血的地步都不肯让你退学，可见他想让你出人头地的愿望有多么强烈。作为一个贫困山村里的农民，他是伟大的父亲，你一定不要让他失望。"

小龙点着头，很沉重。

小龙是让谢燕送回家的，他也不想让谢燕送的，是盛情难却。谢燕还把小龙的被褥都带到了她家里，她说反正你是要来县里上高中的，带回去还得带过来，那么长的山路连个自行车也没有，多不方便。容不得小龙说什么，她直接捆在自行车上放在她家地下室的木板床上了。

在谢燕的眼里，小龙不同于别的男生。

他生活贫寒却不自卑，办事沉稳，心地善良，学习又好，是个非常有责任感的男生。

有一点谢燕一直搞不懂，为什么别人帮助他一点点，小龙都会说声谢谢，可是她帮了他那么多，他都没说过一句谢谢。谢燕为他垫的钱，谢燕都在妈妈那里挨骂了，却换不来他的一句谢谢或者是一句解释的话。小龙说他回家看看就来县里找个地方打工，挣钱还给她妈妈。

路上，谢燕问他：“小龙，你觉得你不应该感谢我吗?”

小龙问：“你什么意思说明白点?”

这时谢燕竟然不知道怎么说更明白，摇头说：“没什么。”然后转移话题说：“不知道英子现在怎么样了，我去的目的主要是看看她，我很想她。”

“我知道了你刚才的意思，你是在提醒我，你在英子住院时帮助了我们很多，我应该感谢你是吧。”小龙突然恍然大悟。

谢燕好像受了天大的委屈，也不告诉坐在后架上的小龙，猛然从自行车上跳下来，说：“小龙你太小看我了，你把我看成什么人了。”

小龙被吓了一跳，也狡辩道：“我什么时候小看你了，你是城里人，长得漂亮嘴又会说，你不小看我，我就心满意足了。”

“你真这么想?”谢燕忽一下子又高兴了。

“是呀，我还能怎么想，我欠你的钱，欠你的人情，欠你好多好多我还不了的债，我还能怎么想。”说着，他上前夺过谢燕的自行车说：“来，我学习学习骑自行车。”

谢燕呵呵地笑起来：“你终于冰雪融化了，上次回来的路上让你学你都不肯学，还拉着长脸给我看。”

小龙不是真心想学自行车，他是不想和谢燕斗嘴，他一斗不过谢燕这张嘴，二也不知道怎么说。他对谢燕确实有一种和别的女生不一样的感觉，那种感觉是懵懂的，他也不太清楚。不像英子在医院躺在推车上的感觉，那时候他是清楚的，他的意思就是长大了要娶她做媳妇。而谢燕不一样，他没想过谢燕以后会成为他的什么人，他只认为谢燕热心、善良、对他好，他也从内心里挺感激这个女生。自和她做同桌以来，谢燕在他心里有一种特别熟悉的感觉，就是这种熟悉的感觉让他从来没有在谢燕帮助他时说一声谢谢，他说不出口。

小龙在这种状态下七扭八歪了一阵子竟然学会了骑自行车。谢燕跑着追着他说：“小龙，过了暑假我可能要到外地上中专去了，这辆自行车我骑不着了，就送你了，你要不要?”

“不要，我怎么能随便要女生的东西，特别是你的东西，我欠你太多了。”小龙从自行车上下来对谢燕说。

“我就是想让你欠我的，让你欠我一辈子，让你一辈子都还不完。”谢燕低下头，羞涩地小声说。

小龙说：“那可不行，我可不想一辈子都背着债生活。”

谢燕生气地“哼”了一声：“那我不让你还行了吧，我就当送给乞丐了。”

“可我不是乞丐呀，我家里再穷，还没有穷到要饭吃的地步。”

谢燕真不知道再说什么好了，更不知道小龙是装傻还是真傻。这种状态使一个情窦初开的女生非常伤感。

小龙当然不傻，虽然他才十六岁，可村里的孩子十八岁就有结婚的了。就算不懂什么叫爱情，他也懂什么叫喜欢，他知道谢燕喜欢他，至于他喜欢不喜欢谢燕，他也不知道，反正他不讨厌她。只是他小小年纪心里已经装满了沉重的事情，他心里没有地方想什么叫喜欢。

终于到家了，英子正背着一大柳筐草艰难地往回走，小龙老远就看到了她，几个箭步跑过去，夺下她肩上的柳筐埋怨她说：“你的腿还没好，不好好歇着干吗要去砍草？”

英子笑着说：“我养了些兔子，挣了钱供你上学。”

小龙生气了：“就算养兔子也得腿好了再养，你腿上还打着钢板呢，得等钢板拆了才能干活。”

这时谢燕也赶上来说：“是呀英子，不能这样，腿会落下毛病的。”她还不知道英子是瘸着走路的。

英子一走路，谢燕才看到，她很惊讶地说：“英子你不能再干活了，这样下去，你的腿会残废的。”

英子跟着小龙他们走到了兔窝旁边，看着小龙往兔窝里扔草，她很自豪地说：“很快，这些小兔子就长大了，会生出许多小兔子的。”

小龙说：“不许你再去砍草了，从明天起，你歇着，我去。”

谢燕问：“小龙你不是要到县城里去打工吗，不去了吗？”

小龙说："不去了，我在家里帮英子喂兔子。"

谢燕没再问下去，她看着这些兔子，手在柳筐里拿起一把又一把青草很无聊地往里扔。

## 6

谢燕从柳树沟回来之后好长一阵子都是非常消沉的，她是高兴而去，失望而归。她本想着小龙会和她一起回县里找活儿干，小龙却为了帮英子照顾那些兔子不回来了。他担心小龙会一直在家里喂兔子，不来读高中了。

谢燕知道自己是考不上高中的，她的舅舅已经托人给她在省里找了一个五年制大专的职业学院，为她选计算机专业。谢燕对专业没什么概念，家长让学什么就学什么，反正她妈总会想办法让她有个工作。

大概这就是所谓的青春懵懂，谢燕也不明白从什么时候起有了这种懵懂。小龙的一言一行都深深地吸引着她，她一直对小龙充满着好奇与幻想，她想小龙以后一定会是一个特别优秀的男子汉，这可能也是平时老师对小龙的器重和小龙的学习一直很优秀造成的。这点，谢燕和成耀银的想法很相似。

所以，谢燕在小龙遇到困难时，她会想尽办法去帮他，甚至不怕任何人嚼舌根。有一次，申老师叫谢燕帮她一起收拾宿舍，收拾过程中申老师说起感情的问题，她问谢燕知不知道什么叫感情，谢燕摇头说不知道。申老师就给她讲什么叫同学情谊，什么叫男女感情。申老师还说男女必定有别，特别是在学生时代，和男生说话做事都要注意些，别太过于冲动，否则耽误了学习和前途，会害了自己或者别人的一生。过后谢燕才明白，其实申老师是专门针对她说这些话的。她知道，她和小龙的一些流言蜚语传到了申老师的耳朵里。

谢燕的妈妈对她近期的异常表现也很关心，她三番五次从家里拿钱去医院看她的同学，这到底是个什么样的同学让她如此牵挂。后来侧面打听了一下，才明白是怎么回事。她也找过女儿谈过一些关于英子的问题，谢燕自然解释得头头是道，说什么英子可怜，救人要紧这类的话。谢妈妈清楚了谢燕没有做过分的事情便没再追究什么，借出去两千块钱的事也没过分地问过。

这天阴天，低沉的乌云压得人有点透不过气来的感觉，郁闷的谢燕被这乌云一压，更透不过气。她开锁从抽屉里拿出日记本来写日记，刚写了个日期又写不下去了，日记本上被她画得乱七八糟，仔细一看，都是小龙的名字。她再也待不下去了，在大脑里把班里的同学都搜了个遍，拨打了刘雷家里的电话。

刘雷是他们班的体育班长，大高个儿，长得也挺帅。以前刘雷家住农村，后来父母经商赚了钱在县里买了房子，成了城里人。他对谢燕的喜欢很明显，总是想方设法讨好她，只是谢燕一直对他若即若离的，用着他了就说好话，用不着他了就不理不睬的。刘雷经常说她过河拆桥，她也不恼。过了些时候谢燕再想用他还用他，他该帮了还帮，该说了还说。

刘雷自然很高兴地就出来了，一见面就问："小冤家，又遇到什么麻烦事儿了，说吧，今天绝对不会是体育课分数过不去吧。"

谢燕冲他做了个鬼脸说："这天气我憋气，我想到山沟里玩儿去，陪我去好不好?"

刘雷爽快地答应："行，怎么不行，我巴不得呢，舍命也得陪君子。"

两个人骑着两辆自行车在路上走，谢燕在前，刘雷在后，实际刘雷是有意在保护她，他问："谢燕，你这是到哪儿去?"

"到柳树沟村。"

"那不是成小龙的村吗，我说你怎么想起来到山沟里去玩儿，原来是想小龙了，那我不去了。"刘雷觉得自己上当受骗了。

"我干吗要想他呀，我是想去他家看英子的，你不是也为她捐了二十块钱吗，那次你还到医院里看过她呢，她挺可怜的，到现在腿还一瘸一瘸的。”谢燕急忙解释。

“你是醉翁之意不在酒，我还不知道你。”刘雷还感觉到自己受骗了。

谢燕可不承认，还挺生气地说：“你怎么没一点仁慈之心，还胡说我，你要是不想去你就回去吧，我自己去。”

好不容易有了一次和谢燕一起走的机会，刘雷根本不想回去，他赶紧道歉：“好好好，别生气了大小姐，是我错了，是我错怪你了行了吧。”然后他又追上前问：“谢燕，你知道咱们班有多少搞对象的不？”

突然问到这样的问题，谢燕没想到。“不知道。”她回答。

“很多，大概有三分之二吧，我听说别的班也有。”

“你胡说什么呀，那是同学情谊，不像你说得那么严重。”

“那你呢？和小龙也是同学情谊吗？你们有没有搞对象？”

“怎么瞎说呀，我不过是看小龙家庭条件不好，帮助他，老师不是一直教咱们帮助同学吗？”谢燕有点急。

“真的呀，那就好，我们应该把心思放在学习上，搞对象是要耽误前程的。”刘雷说这句话的口气像大人教育孩子一样。

谢燕问他：“你考得怎么样，觉得自己有什么前程？”

“父母让我上完高中，考上大学就上，考不上就和他们一起经商，你呢？”

“我要上五年制大专，学计算机，也不知道以后会混成什么样子？”

“计算机专业好呀，我爸爸刚给我买了一台电脑，赶明儿你到我家去先熟悉熟悉，你一定没问题的。”

“我们到了刘雷，你看，小龙的村子。”谢燕没把刘雷的话当话听，说这句话却异常兴奋。

到了小龙的家，英子躺在床上，小龙正在一下一下地捏英子的腿。按二拐子的话就是正在给英子做辅助治疗，帮助她尽快恢复。看到他们两个，小龙站起来有点手足无措，不停地搓手。刘雷问："怎么了小龙，你不认识我还是和我陌生啊，这么拘束。"

小龙更不好意思了，脸红起来，说："刘雷你们怎么来了，我是想不到，我去给你们搬凳子。"

英子看到谢燕可高兴了，问："谢燕，这天不好，你怎么来了?"

谢燕说："我来看你呗，你看我给你带什么好东西来了。"她把背包从肩上摘下来拉开拉链偷偷地让英子看。

英子一看脸就红了："你怎么想起给我带这么多这个来了?"

谢燕凑到她耳根说："我上次来你家，看到茅房里你用过的东西，那都是什么呀，破烂棉花套子，多不卫生。"

英子的脸更红了，刘雷凑上来非听她们在说什么，还非得看看那背包里装的什么好东西。谢燕推开他说："去去去，我们女生说女生的事，你凑什么热闹，你和小龙看兔子去吧。"说着还学着幼儿园的小朋友做了个小白兔两只耳朵竖起来的动作，还念着儿歌："小白兔白又白，两只耳朵竖起来。"

刘雷伸出大舌头"噜噜"了两下，真拉着小龙看兔子去了。

谢燕的目的虽说不是专门来看英子的，但是总得为自己找个理由。一个小女生平白无故地经常往一个男生家里跑，那村里人也会说闲话的，她真怕小龙会生她的气。她想了多种理由都觉得说不过去，就想到了买卫生巾这件事。她想到上次她在小龙家茅坑里看到的破棉套子，觉得送点卫生巾去这理由太充分了。

英子呢，身上来事儿了也不好意思向身边的大男人要钱买卫生纸。实际上，她是不敢要，万一叔叔问起来要钱干什么用，她怎么能说出口呢。要不说，没有母亲的丫头是最可怜的。在她第一次来那事儿的时候，她把血弄到炕单上了，她不知道是什么，吓得都哭了，以为自己得了什么大病就要死了。她偷偷洗的时候被婶子看见了，婶子就骂了她一顿，说她傻得不透气。她在婶子的骂声中才知道这是一个小丫头很正常的事儿。然后婶子拿了卷卫生纸给她，还说让她省着用，那卷卫生纸用完了她不敢再要，就找一些破布烂套来应急。谢燕能这样惦记她为她着想，她的眼泪潸潸而下。谢燕忙拿出纸巾给他擦泪："别哭了，这没什么的，如果小龙是个女孩子，他也会想到的，只是家里都是大男人，谁也不会注意这个的，可这偏偏又是我们难以启齿的事。"英子哽咽着小声说："不是的，我从来没用过这么好的东西。"

谢燕扶着英子从床上起来，到院子里和小龙他们一起看兔子长得怎么样了。说起兔子，英子就来了精神，她说："不用多久，这小兔子就长大了，能生小兔子了。"英子走路，谢燕要扶，英子说："不用扶我，我能走。"谢燕硬是要扶着她，她是表现给小龙看的。

# 第四章

## 1

小龙还是考上高中了，茂平县一中，县里最好的高中。录取通知书是申老师亲自送过来的。这天成耀银正好有一项工程干完了，在家休息。申老师还带来了很多补品，有英子的，有小龙的，还有成耀银的。申老师没把录取通知书交给小龙，而是交给了成耀银，她说："老弟，我早就想来你家看看，看看你身体怎么样了，英子好了没？一直没来，就是等着这个录取通知书。"

成耀银拿着录取通知书，手竟然抖起来，他嘴唇有些哆嗦，盯着录取通知书看了半天才递给小龙说："小龙，爹不识字，你给爹念念上面写的什么？"

"没什么可念的，就是被茂平一中录取了。"小龙并没有显出有多高兴。

听小龙这么一说，成耀银很激动："怎么没什么可念的，我就让你给我念念，一个字不落地给我念念，我就想听你给我念念。"

申老师赶紧打圆场："小龙，快给你爹念念，一个字别落下，让你爹高兴高兴。"

英子也坐在小龙身边说："念吧，我也想听听写的什么。"

小龙就开始念了："茂平县高级第一中学录取通知书。成小龙同学，你已被本校录取为高一新生，请于二零零二年八月二十四日至二十七日持本通知书与准考证前来报到。录取学校，茂平县高级第一中学，章。”

成耀银听完，不解地问：“‘章’字是什么意思?”

小龙回答：“就是在茂平县高级第一中学上面盖着章，你不是让我一字不落吗？我就把这个章读出来了。”

申老师不由得抿嘴笑了一下，解释说：“小龙是怕你不信，盖上章你就相信了。”

成耀银顿时喜极而泣，抹了一把眼泪说：“我信我信，我信我儿子会考上的，我昨晚还梦到个大红喜字，那个喜字红得，把我家都照得通红，比谁家娶媳妇还排场，你说这梦真是灵验啊!”

日有所思，夜有所梦。成耀银没文化，也不知道录取通知书会是什么样子，就是在梦中也不会认识录取通知书这几个字，他只知道好事就是喜事，谁家娶媳妇都要贴喜字，他认得这个字，所以在梦中他能梦到喜字也是很正常的了。有了这张通知书，成耀银仿佛看到了光明的大道，心情开朗起来，一下子觉得多年的付出是值得的。他忍不住问：“申老师，那高中一年学费要多少钱?”

申老师说：“一年光学费可能在二千五左右，别的我还不太清楚。怎么老弟，又心疼钱了？要是手头实在没有，我先借给你点，怎么也得让小龙去上学。”

成耀银赶紧摔手解释：“不不不，有钱，有钱，我只是想问问。”

送走申老师，二拐子来了，他是来给英子看腿的。他一进院门就看见成耀银正有说有笑地在兔窝旁边给两个孩子说话。他笑着问：“大哥，什么喜事儿让你这么满面春风的?”

成耀银急忙炫耀，还拿出录取通知书让他看：“当然有喜事儿！还是大喜事儿呢！看，小龙考上高中了，是老师亲自把这个送回来的。”他本想着说“录取通知书”这几个字，却忘了它叫什么，就说这个了。

二拐子在外跟亲戚学过医，也算是见过世面的人，他没看那录取通知书，而是表示祝贺："那我得祝贺你了大哥，小龙再考就是大学生了，咱们村好像还没出过正正经经的大学生呢，像姚家那二孙子、树田家的大小子，那都是大专，他们只能在煤矿上当个会计呀什么的，他们肯定比不上咱们家小龙，一定要考个本科，在县上当个官都有可能。"

成耀银又搞不明白了："什么是大专，什么是本科？"

二拐子像个学者一样解释："大专就是念三年，本科是念四年的，那念四年肯定要比念三年的学的知识多你说是不是，那学的知识多当然要比他们有出息了。"

别看姚家二孙子在煤矿上当个会计，那可是威风凛凛，才干了几年就买了个小轿车，虽然开不回来，但成耀银拉煤的时候在"好运路"上见过他，他还停下车摇开窗户给成耀银打了一声招呼呢，成耀银一直记忆犹新："叔，拉煤呢，别累着了，该歇歇就歇歇。"那贼眉鼠眼、盛气凌人的表情让成耀银非常憎恨，他是故意显摆自己，挖苦别人。成耀银那时候就在心里把自己的决心又重复了一遍，无论如何一定要供小龙上大学，一定要比他有出息，让小龙买辆比他还好的轿车在这"好运路"上跑。

现在一听二拐子说小龙以后要比姚家那在煤矿的二孙子还出息，脸上都笑开了花："小龙，咱就考那念四年的，叫什么科来着？"

"本科。"英子抢着重复了一遍。

成耀银看了看英子，脸上的表情从喜悦变得凝重起来。他又找小龙，小龙早没影了，他眼睛扫了一圈，看到柳筐少了一个，就知道他是去砍青草了。"这小兔崽子，不说一声就走了。"他嘀咕了一句。

二拐子让英子躺在床上，把腿上下捏了一遍，边捏边问："疼不？"英子一直摇头。

"你以后别动的时间太长了，适当活动就行，负重劳动会引起肌肉萎缩。”

“什么叫负重劳动和肌肉萎缩?”英子问。

“负重劳动就是干活太多，肌肉萎缩就是你腿上的肉抽抽了，你就可能一辈子这样走路了，像我一样。”二拐子是个比较开朗的人，拿自己做比较，并不觉得难堪。

英子问：“那我去砍草没事儿吧，我得喂兔子，我的兔子都长得快能生小兔了。”

“那也是负重劳动，你最好别去。”

英子只是点头没再说话。成耀银一直在他们身边，不禁问：“二兄弟，你说她的腿多长时间才能把那钢板取下来?”

“如果好得快也得一年多，好得慢了就说不准了。”

成耀银“哦”了一下又转移话题问：“二兄弟，你今年多大岁数了?”

“我二十一了。”

“有人给你说媳妇不?”

“谁家丫头肯跟我呀，那咱村的好姑娘都嫁范家庄去了，就是赖姑娘人家也不跟我呀，这残不拉叽的，我就认一辈子打光棍了。”

“兄弟你可不能这么说，这老天爷看着呢，你腿是有点毛病，不是还有技术吗?你能给人治病，他别人能吗?一定能娶上媳妇的，如果有什么机会，我就给你摸索一个丫头。”

“行，那先谢大哥了。”说了“谢”字，二拐子又琢磨着不对劲儿，这么多年也没见成耀银给谁说过媳妇，甚至连句开玩笑的话也没说过，他怎么会突然要给我说媳妇呢。他越想越不对劲儿，他看了一下英子，似乎明白了点什么。

英子可没想那么多，她笑着说：“二叔你人这么好，一定能娶个好媳妇的。”

## 2

有英子在这家里这么住着，成耀银一宿一宿睡不好觉，特别是小龙拿到茂平一中的录取通知后，他简直失眠了。他翻来覆去地就是想着一个事儿，要是英子长大了非要和小龙结婚怎么办？他想过英子和二拐子的事儿，那挺遥远的，要是英子腿好了，不可能嫁给二拐子，要是腿不好，那二拐子比他大好几岁，说不定到那个时候早就有了媳妇了。怎么办？怎么办？这个问题实实在在困扰得他很头疼。思前想后，他觉得还是把英子送到坪窖村他叔叔家是最好的办法。有了这个想法，他就迫不及待地要行动。

到坪窖村之前，成耀银关心地嘱咐英子："英子，有小龙在家，你好好在家歇着吧，能少干点儿活儿就少干点儿，你二叔不是说不能负重劳动嘛……"

怎么说，成耀银这样做都觉得有点不合适，还是有些内疚的。反过来又想，英子本来就不是他家的人，他们砸着她了，也给她看了，还花了几万块钱，做得也够了，总不能砸着她了就得养她一辈子。他这么想，算是给自己鼓足了士气。

成耀银也只是听英子和小龙说她的婶子有多不讲理有多厉害，他不太相信，他一边走一边盘算着应该怎么说这件事。盘算着盘算着，坪窖村就到了，他遇到一个背着一大柳筐草的女人，他截住人家问："你知道英子家在哪儿住吗？"

对方仔细地瞅了他几眼，冷丁丁地反问："你是哪个村的，找英子有什么事儿？"

成耀银赔着笑脸说："我是柳树沟村的，我想找英子她叔叔商量点事儿。"

"不知道。"女人气哄哄地回了他一句，撂下他走了，眨眼的工夫就不见了。

成耀银又打问别人，也费了不少的劲儿才打问到。村里人见他打问英子家，都用一种怪怪的眼神看他，而后和碰到的第一个女人一样都说不知道。最后，他从一个孩子口里才打问到。到家一看，很失望，大门锁着呢。他想这来一趟不容易，就在他家门口找了个凉快的地方坐着。这一坐，坐到中午了。中午的时候，他看到一个男人向这边走来，越走越近，他急忙站起来上前问："你是英子的叔叔吧?"

对方警觉地冲家里望了一下，问："你是谁?"

"我是柳树沟村的，姓成，是我家小龙把你家英子砸着了。"成耀银刚说完就听院子里传出一声尖叫："根顺儿，你别跟那疯子瞎扯，你给我回来。"

成耀银被这声尖叫吓了一跳，大门明明是锁着的，怎么家里突然冒出个人来，他更不明白，自己什么也没做，怎么突然之间就成疯子了。他往上面一望，一个女人正从房上下梯子。这一望，他什么都明白了，这女人不是别人，是他刚进村时打问的那个背一大柳筐草的女人。根顺儿开了门要进家，成耀银拽住了他："大哥，你得听我说说，要不，我到你家里说去行不?"

根顺儿不吭声，这时，女人下来了，凶猛地把根顺儿从成耀银手里夺过来说："你快滚，别在我家门口当狗，我家不需要，根顺儿，跟我回去。"根顺儿乖乖地低着头被女人拽了回去。

成耀银不罢休，非得跟他们进去，那女人的劲头真大，一下子就把瘦小的他推到了门外，他趔趄了一下差点倒在地上。只听"咣当"一声，门关上了，随后是在里面插门的声音。之后，就是叫骂声："根顺儿，我跟着你算是倒大霉了，让别人找上门来欺负，你算什么男人，你狗屁都不是，你怎么不早点死了，你死了我早就嫁人了……"

成耀银算是真正领教了这个女人的厉害，他抬腿想走。又一想，这要是走了以后怎么办？他突然想起小龙曾经对他说过的一句话："只要有一丝希望也要努力。"不行，他得努力，人家还没听他说什么呢，他怎么能知道人家不愿意要英子了呢。于是，他开始敲门，不停地敲，他把每一次敲门声都当成他成功的希望。

大概是烦了，女人走近门骂他：“你敲什么丧，你想敲死我是不是，你就算敲死老娘，老娘也不给你这条狗开门。”

成耀银还从来没有挨过这样的骂，急了，也骂她：“你连条狗都不是，是条狼，恶狼。”

女人不干了，“咣当”把门打开了，出来跳着骂：“你是哪家的狗崽子，敢到我们家门口拉屎撒尿来，快给我滚！”说着，从地上拿起根棍子冲成耀银敲打过来。成耀银不能给一个女人对打，只有躲。等躲远了，那女人也不追了，只顾“呼哧呼哧”喘气了。成耀银趁这个机会说：“英子她婶子，怎么说你也是英子的亲人不是，这亲人就是亲人，要不你怎么送她那么多小兔子让她养呢，你说是不是？”

这女人一听又急了：“我看你这人就是个疯子，我什么时候送她兔子了，你给我说清楚？”

“那我家那十对兔子和一头小猪是谁送的，英子可说是你送的。”

“她放屁，她再说我好我也不会中她的计，我明白了，那是她让别人替她来买的，我说吧，这小丫头都是花花心眼，竟想着对付我来着。你们既然已经签了字，那她已经是你家媳妇了，你休想着再给我送回来。”女人又往家走，又要关门。成耀银一听“媳妇”这俩字很敏感，激动地上前截住她说：“你要是想打人，你就打我吧，你打死我能同意英子回来也行。”

“我干吗要打死你，我打死你我还犯法呢，你滚，我死也不会让英子回来的。”

成耀银一急，把内心话也说出来了：“我家小龙已经考上了高中，还要考大学，不会娶她的。”

女人更激动：“你家龟孙子考上高中了就不认自家媳妇了，就非得让我认，你们这么不做人事，会遭报应的。”

“你们家才遭报应，你们把英子家的房子都卖了，还不养着英子，你们算什么人，连龟都算不上。”成耀银此时有了一副视死如归的架势，一下子蹲坐在了她家门口的地上。他怕女人再打她，就加了一句：“我低血压，好晕倒，一晕倒就得住院，一住院就得输血，那血贵着呢，每次都输好几千块钱的血。”

这句话还真管用，女人没敢过来打她，也不示弱：“你这是跑到我门上耍无赖讨你输血的钱来了是吧，你想得美！”

“反正英子是你们家的人，你们不要也得要，你们要是不要她我就天天来，反正我病得也干不了活了，我天天在你们家门口缠着，除非你们搬家。”成耀银没这么想，却这么说出来了，说出来他又想，我可没时间天天和你骂架来。

“那我们不搬家，你就这么赖定了是吧？”

“是，赖定了。”

“那好，你回家等着吧，我明天一早就起身到你们村接英子回家，你回去做好准备吧。”只见这女人斜着眼看了看成耀银，阴阳怪气地说。

成耀银觉得是自己这种死皮赖脸的招见效了，内心冲出一股喜悦，他问：“你说的是真的，你不是骗我让我走的吧。”

“我骗你干吗，你算哪根葱，我明天一早准去，等着吧。”说完，这大门又“咣当”一声紧闭了，之后，院子里传出念经一样的哭声。

成耀银从她的哭声里断定，这女人是让自己的妙招给拿住了，无计可施了，正郁闷地哭呢。所以这回来的一路上，成耀银心里很宽敞，还哼了几句黄梅戏。

## 3

回家后成耀银没对任何人讲他去了坪窖村。他是不敢说，怕再出什么岔子。这英子不想走有可能，小龙不让她走也有可能，这事儿到了明天，只要英子的叔叔和婶子都来了，谁再想出什么招也来不及了。

这一晚，成耀银踏实地睡了一觉，起来解了个小便，就做开梦了。他梦到小龙在娶媳妇，那媳妇长得跟花儿一样，一看就是城里的丫头，小龙和媳妇正拜高堂，他和自己的媳妇正笑容满面地受拜呢。这梦醒了让他又难过地睡不着了，他想媳妇了，想起过去和媳妇亲热的时候。这想归想，媳妇早就死了，摸也摸不着，够也够不着，身上就刺痒，就没抓没挠地难受。小龙也被他翻来覆去地折腾醒了，问他："爹，你怎么老动，身上不舒服吗？"

成耀银装作迷糊地"哼"了一声不敢再动了，小龙往他头上摸了一把，确认不是发烧才安心地睡去。

天一亮，英子就起来做饭了，小龙也跟着起来，和她抢着做。

英子说："小龙哥，我做吧，我是女的。"

小龙反驳她："现在都什么年代了，男女平等。"

英子又说："那我想让你吃我做的饭，你马上就要上高中去了，走了你就吃不上了。"

小龙说："我走了还会回来的，这是我的家。"

英子还不肯服输："那我还是想做饭给你吃，做一辈子都不烦。"

小龙就笑："你现在是病人，需要休息，等你好了再做。"

英子说："那我择菜去怎么样，我坐在凳子上总该可以了吧。"

成耀银最见不得英子和小龙这样，但是想到英子就要走了，把想说的话又忍了回去，他到院子里垒那兔子窝去了。因为喂得好，这十对小兔子长得疯快，昨天他无意中看到有个兔子往窝里刁毛呢，这是生小兔的征兆，他想再把这兔窝扩大点。他垒着垒着突然又想起点事儿来，他问英子："英子，这兔子到底是你要的还是买的？"

这一句把英子给问住了，她不知道该不该承认是借风娟婶子的钱买来的，又一想，既然他这么问，一定是风娟婶子告诉他什么了，就承认了："我买的，借的风娟婶子的钱，我养兔子赚了钱就还给她。"

"你别还了，我还吧，这没多少钱。"成耀银不但没生气，还大方地说要自己还钱，连小龙都听着很不是那么回事儿。小龙知道，爹是最讨厌借钱的，爹这大半辈子还没借过谁的钱呢。所以，谢燕为他们垫上的钱他从来没有提过，他怕爹生气，又怕伤了他的自尊，他想着自己赚了钱再还。

小龙问："爹，你真的要替英子还这钱?"

"这还能有假，你看你爹穷的连这点钱都还不起了嘛……我这个月开了工钱就还给你风娟婶子，你风娟婶子日子过得也不容易，上有两个老的，下有三个小的。"

这时，英子感觉心里很温暖，让她觉得这样的气氛真有家的味道，是这么多年来她没有体会过的。对于爹娘，英子也没有很多记忆，她能在这个家里受到这样的优待很知足。她高兴地说："叔，那你先给我还了，我挣了钱再还你，我挣的钱全给你。"

成耀银听英子这么一说，有点冲动，心里的话脱口而出："不用了，你叔和你婶子一会儿就来接你了。"

英子和小龙顿时都愣住了，霎时又反应过来，英子急着问："叔，你听谁说的，我叔和我婶子不是不要我了吗?"

小龙也接着问："爹你听谁说的，真的假的啊?"

说出去的话泼出去的水，想收已经收不回来了。成耀银只好承认了他昨天去坪窖村的事儿，不过他只是变通着对小龙和英子说，说通了英子的叔叔和婶子把她接回去，并没有具体说他和那女人的"战斗"和自己出的损招。

英子伤心地哭了，竟然给成耀银跪下了："叔，我不想回去，我回去了我婶子会打死我的，你就留下我吧，让我做牛做马我都愿意，我一辈子伺候你和小龙哥。"

也许不说一辈子成耀银还不急，这一听一辈子，他着急了："我家养不起牛也养不起马，是穷种地的，地也不多，你还是回你家去吧，你在这儿待不了一辈子的。"

小龙是下过决心不让爹着急生气的，可是这一次爹做的实在是太可气了，他一边拉起英子一边冲爹发脾气："爹你太过分了，你这不是把英子往火坑里推吗？你太不负责了。”

英子哭着不起来，还在求：“叔，我不要你养着，我养兔子养鸡养鸭，我挣了钱都给你，我给你做饭喂猪洗衣裳，好不好，叔，你别让我走。”

小龙看着英子哭得可怜，也拉不起来，也哭了，说：“爹，你要是让英子走，我也就走了，我再也不回这个家了，你自己过吧。”

成耀银没想到小龙会这样威胁他，在这一刹那，他好像从天上一下子掉到了地上，摔得他疼得也想哭，他冲他们俩说：“你们都在吧，我走，我走得远远的，我找你娘去。”

他还是没走成，因为，门口已经站着英子的叔叔和婶子了。他们也不知道，这两个人是什么时候到的。

看完这一场，英子的婶子马上转变了想要说的话：“你看是吧，老哥你非说我们不要英子，是英子她不想跟着我们才对，既然英子这么死了心要跟着你们，你们怎么忍心让她走呢?”说着，就往英子的跟前走：“英子呀，你得在成家好好听话，别惹你成叔生气，你成叔一生气就到家里找我们把你带回去，这要是不带你吧，他又要赖在我们门口不走，叫我们给他输血去。”

英子看到婶子上前，赶紧往后退了几步，险些摔倒，被小龙扶住了。

“哎哟，英子你怎么瘸了？他们把你砸瘸了就想不管你了呀，就想把你扔回去，我怕你一回娘家就再也回不了这儿了，到时候你要是嫁不出去怎么办，要我说英子你不能走，你死也得死在他们家，你的腿可是他们砸的，字也是他们签的，这就是你永远的家，你说是不是英子?”她还是走到英子跟前，阴阳怪气地说着风凉话。

成耀银不干了：“你怎么这么说话，那我们砸着她了，也给她看了，花了两万多块钱呢，还不行呀，你还要讹我们是不是?”

“谁讹你们了，你说谁讹你们了，是你想讹我们，你赖在我们家门口死呀活呀地折腾，不是想讹我们是什么，英子你说你婶子有那么坏不，有那么坏不？”

英子不敢吭声，根顺儿戳在墙根也不敢吭声。小龙一直听不懂英子她婶子说的话，什么死呀活呀的，什么输血，他真怕爹会晕倒，他问：“婶子，你说我爹讹你们，他怎么讹你们了，他怎么让你们去输血了？”

“怎么讹我们了，他回来没给你们学呀，他是没脸吧，他威胁我们，说要是我们不把英子带走就天天来，他说他血压低，好晕倒，一晕倒就住院，一住院要输几千块钱的血，我们可是穷人家，没有钱，这不，这一大早的我们就来接英子了。”

小龙看了看蹲在地上的父亲，问：“爹，你真是这么说的？”

成耀银低头不说话，猛地，他站起身来，起身走了，谁叫也叫不住。有这一摊子，小龙又不敢离开。

成耀银一走，英子的婶子开始演戏，她上前拽住英子的胳膊说：“英子走，我们走，不在他家受这窝囊气了。”

英子哭着叫起来：“我不走，我不走，我死也不走。”

小龙上前阻止她：“你放开她，她不会跟你回去的。”

“她不跟我回去，她在这儿干什么，瘸来瘸去的，你爹又嫌她碍事儿，让她跟我回去碍我们家的事儿去，不再惹你们眼烦心烦了。”说着，又去拉扯英子。

小龙挡住了她，说：“你们走吧，我会说通我爹好好对英子的，我也会好好对她的。”

“这可是你说的啊，你可别后悔，你可得说通了你爹别让他以后到我家再来闹事儿了。”

“放心吧婶子，我会一辈子对英子好，因为是我砸了她的腿，是好是坏我负责到底。”

“还是有文化好，说的话就是中听，那婶子就相信你了，我们走了啊。”说完，扯上男人快马加鞭地跑了。

## 4

成耀银失踪了，赌气走后，一天都没有回来。小龙把整个村子都找遍了，可还是没有一点爹的行踪。风娟两口子也帮着找，还是无果。这可把小龙吓坏了，这天都黑得什么也看不见了，他能到哪儿去呢？

风娟儿婶子问：“小龙，你爹走之前说过什么不？”小龙摇头。

英子哭着自责：“都是我不好，是我把叔气走的，要知道叔会不回来，我就跟我婶子走了。”

风娟安慰英子：“傻闺女，别瞎想了，是你叔他想不开，你说你在这个家里多好，帮他养兔子养猪，他为什么老想把你送回去，这不是把你往火坑里推吗？”她说了句和小龙一样的话。

“如果我知道会这样，就算是火坑我也得跳，我不想害了他们一家。”英子哭得更厉害了。

风娟男人说话了：“好了，你们谁都别再怪谁了，耽误时间，还是想办法找找他吧，别让他想不开，做傻事。”

一句话提醒了小龙，小龙赶紧说：“我爹在英子叔和婶子来之前说过一句话，他说他找我娘去。”

风娟突然想到了什么说：“小龙，你哪儿也别去，你在家守着，万一你爹回来，你可要劝住他了，先什么事儿都应着他，只要他不走就行，我和你叔到你娘坟上看看去，这老东西说不定给你娘诉苦去了。”

风娟和他男人拿着把手电筒风风火火地去了小龙娘的坟地。在阴森森的荒野里，成耀银还真就在，他在翠珍的坟前躺着，把衣服裹得紧紧的，看起来睡得很熟。风娟上前叫：“大哥，大哥你醒醒，我是风娟。”他像没听见，不动。换个人来叫，他还是不动。风娟感到不对头，赶紧蹲下身去试他的鼻孔，谢天谢地，还出着气，又摸他的额头，滚烫滚烫的，她忙对男人说：“你快背他到二拐子家去，烧得厉害，我拐到家去告诉小龙找到他爹了，让他别着急了。”

二拐子给成耀银试了体温，烧到将近四十度，给他打了一针退烧针，又给他输上了液。小龙担心地问：“二叔，我爹他是怎么了，他不会有危险吧？”

二拐子说：“不会的，他是急火攻心，再加上在外受了风寒，退了烧就会没事儿的。”

“你说这死拧筋，你哪儿不能去，你跑到坟上干吗去了?！荒郊野外的，想起来就瘆得慌。”风娟话语里既带着埋怨又带着心疼。

半天，小龙为难地求助：“婶子，你说我爹要是醒了，还非要撵英子走怎么办？”

风娟想了想说：“也是，你说今天英子她婶子闹的这一出，这根本不是来接英子回家的，她就是来闹事的。就算英子回去了，也不一定能让她进门。”

“那我该怎么办？”再怎么说，小龙他还是个孩子，在这种乱麻一样的事情上，连个大人都理不出个头绪来，何况是个孩子。

小龙是风娟从小看大的，看到孩子为难，心里也难受，就安慰他：“别担心了，你爹要是再死拧，我就让英子跟我住去，这半路上捡个这么大的丫头回来，多便宜的事儿。钱也花了，腿也要好了，光剩下沾光了，他咋就这么想不开。”她看了看自己的男人说：“你先回去看孩子吧，我等着大哥醒，我得好好说说他。”

二拐子装着没听见，在一边该干吗干吗，其实他心里明镜似的。就算是他心里明镜似的，他也不能说出来，他知道自己是谁，根本就掺和不着的事儿。他能做的能帮的也就是帮助英子恢复恢复腿，少要他们家点钱甚至是不要钱，仅此而已。

成耀银慢慢地苏醒过来，看到周围这么多人，问：“我这是在哪儿？”

风娟按住他的手说：“别动，你在二小家，你发高烧了，都烧糊涂了，跑到坟地里和鬼做伴去了。”

“那这是阳间，还是阴间，我怎么看不清?”看来他真的还不太清楚他是人是鬼。

小龙想说话，风娟制止了他，说：“你以为阴间就那么好进去哪，那拿差的还看人呢，像你这号人，不懂个四六的，人家才不愿意要呢。”

“我怎么不懂四六了，我这还不是为小龙着想吗，要是英子就赖在家里不走，非嫁给小龙，那我这多半辈子的心血不就白费了吗?”成耀银还是放不下他心里的事。

这回风娟算是明白了他折腾的真正原因，叹了口气劝他：“你说的这是哪儿跟哪儿呀，小龙和英子都还小呢！再说，小龙还要读高中读大学，这七八年后，谁知道谁会走到哪一步呀，说不定英子早就先嫁了，你说你这是何苦呢大哥。”

成耀银还是不服气：“我就是怕她不嫁。”

“这将来没有发生的事儿你硬是瞎琢磨，看，把自己琢磨出病来了不是，这要是我们找不着你，你非烧死在坟地里不可。”

“死就死，我死了就能和媳妇做伴了，就安生了，眼不见心不烦。”这时的成耀银就像是个孩子犟嘴，不敢大声，也不示弱。

“你死不了，阎王爷的生死簿上还没划拉到你，这要是划拉着你，我们怎么拽也拽不回来，你还是好好活着吧，多赚钱，供小龙上高中上大学，你的清福还在后头哩。”风娟的嘴快，总能对付他。

“我不供了，我供他干什么，他没出息，还要娶英子当媳妇。”

风娟笑着说：“我说大哥呀，你就别孩子脾气了，都快四十岁的人了，怎么越长越小，小龙他才十六，离娶媳妇的年纪还差几年哩，你别瞎说啦，让人笑话。”

“我没瞎说，不信你问小龙，他说的，他在医院里对英子说的。”

风娟疑问地看着小龙，小龙一直低着头听着父亲发牢骚，没想到突然冒出个这样的问题，让他很尴尬。他动了几下嘴，还是说话了：“爹，那时候英子的婶子死活不来签字，还说把英子送给我们家当媳妇，我一急，不知道怎么办，就答应英子当我媳妇了，这不你才签字吗？你又不是不知道。”

“那你也不能答应她当媳妇呀，要是英子长大了就认定这句话了怎么办？”看来，成耀银是咬住这个理儿了，不折腾出个结果来是不罢休的。

风娟赶紧打圆场：“大哥你真是的，他们都是小孩子，小孩子的话怎么能当真呢，等他们长大了，就什么都不记得了，你就别揪着小龙的那句话不放了。”

这时，二拐子也忙劝：“大哥，你也别生气了，也别计较了，我都过二十的人了有时候还不记着自己说过什么话儿呢，何况小龙还小。”

“就是就是，等会这液输完了，你跟小龙一块回去，从今后不再闹别扭了，也别撵英子走了，把英子当个闺女养着，小龙你把英子当妹妹，一家子和和气气多好的日子，大哥你有闺女有小子，多幸福的事儿。”风娟接住二拐子的话儿说。

成耀银还在咬着自己的理不放：“那小龙你得答应我，把英子当妹妹，不当媳妇。”

小龙不吭声。风娟催他：“小龙，快答应你爹，别让你爹整天瞎担心了。”

小龙“嗯”了一下算是作了回答。

他们走后，二拐子对这场像儿时过家家般的“争斗”感叹不已，这英子的命运会是什么样子呢，使他不由得为英子的不幸遭遇叫屈。

## 5

成耀银是找回来了，烧也退了，也回家了，英子却不见了。小龙拉着爹一回家就觉得不对头，家里黑洞洞的一丝灯光也没有。按英子的性格，他们不回来她不放心，是不会去睡的。小龙往她屋里一瞅，被子还整整齐齐叠着。他又叫了几声英子，还是没应声。小龙拿着手电在茅房口前叫，还是无声。小龙对成耀银说："爹，你先上炕歇着，我找英子去。"

成耀说："那你去吧，天黑别摔着了，我累了，就早点休息了。"

风娟刚睡下，小龙又把她叫起来了。听说英子又不见了，风娟一边穿衣服一边唠叨："真是，这刚找回来一个又丢一个，他家这是招什么邪了。"

小龙真不知道应该去哪儿找，风娟说："这深更半夜的，我们一起找吧，说不定她就是和你爹一样想不开，躲出去待会儿。"然后又问："小龙你说，她会不会往坪窖走？"

"应该不会吧，她说过她死也不回去的。"

"那她还说过如果知道你爹会走，就是火坑她也得跳呢。这小丫头好强，说不定真回去跳火坑了，别的地方她也没处去，要不咱们往坪窖的方向走走吧，她腿不好使，也走不了那么快，兴许能撵上。"

小龙心里没谱只好跟着风娟一直往坪窖的方向走。这一路上，过山过沟的，一会这儿蹿出一只野兔，一会儿那儿跑过一只老鼠，把两个人吓得紧紧拉扯在一起，每走一步都战战兢兢，如履薄冰。小龙一边走一边不停地回头，好像有人或有鬼在后面跟着似的。风娟是大人，胆小也不想表现出来，她紧紧攥着小龙的手安慰他也安慰自己说："不怕小龙，有婶子呢，英子一个小丫头都不怕，你说咱们怕什么。"

走了一段儿，还是没有发现英子，小龙说："婶子，咱们回去吧，英子她胆小，也没拿手电，她不可能会走这么远的。"

风娟想了想说："那就回去，我想也是，她说不定现在已经回去了呢。"

就在小龙他们往回走的这个时间，二拐子出来方便时听见他家门口的草堆子里有"窸窸窣窣"的声音，他用手电照了一下发现有个人。二拐子是个不信鬼神的人，胆子也大，几步走过去发现原来是英子。他吃惊地问："英子你怎么在这儿？"

英子不说话，“嘤嘤嘤”地哭起来。

“别哭了，这深更半夜的让别人听到了还认为是鬼哭呢，有什么话到我的屋里来说，行吗?”二拐子上前拉她，她没发犟，跟二拐子进屋去了。

“二叔，你别告诉小龙他们我在这儿，我在你这儿待一宿，只要天能看见路了我就走。”英子怯生生地说。

“你要到哪儿去?”

“我回坪窖村。”

“你婶子不是不要你了吗?”

“嗯，可是她把我家房子卖了，我给她讲理去，我把我家房子要回来。”

“别瞎想了，我把你送回去，有什么事儿明天好好商量一下再说，不能自己瞎折腾。”

“我不是瞎想，今天晚上，他们在你们家说的话我全听见了，我叔是嫌小龙哥对我好才生气走的，如果我回去了，我叔再走了怎么办?”

“不会的，你叔不是那样的人，他是当时想不开。”

“我知道我叔想让小龙把我当妹妹，可我不是他妹妹呀，小龙哥亲口说过要我当媳妇的，从在医院那天起我就是他的媳妇了，这媳妇还能说变就变呀?”英子说着说着委屈得又哭起来。

二拐子不知道怎么解释才能让英子清楚明白，他心里很难过，是真的难过。在英子心里，她早就把自己当成是小龙的媳妇了，为小龙洗衣做饭，为他上学养兔子赚钱，甚至如果小龙遇到灾难替他去死她都愿意，这突然的改变她怎么能接受。但他还是劝她回去：“英子，听我的话，先回去，别让你叔和小龙着急了。”

“小龙着急，我叔不着急，我叔光愿意让我走，我走了他就可以给小龙找个城里媳妇了，可是我怎么办，我才是小龙的媳妇。”女孩子无论大小都一样，都有着强烈的占有欲，也许此时英子心里也充满着占有欲，她认定自己是小龙的媳妇。

“就是呀，你既然是小龙的媳妇，你干吗要走？你叔撵你都不走，你一走，你叔不正好给小龙找城里的媳妇吗？真是傻丫头。”二拐子说。

还是这句激将法管用，英子想了想说：“也是，那我不走了，我回去，只要小龙哥不嫌弃我，我叔他也没办法。”

这样一说，这疙瘩就解开了。英子她毕竟是个孩子，想开了，高高兴兴地被二拐子送了回去。她们刚到家，风娟和小龙也回来了。

“英子，你跑哪儿去了，你吓死我了。”小龙着急地问。

“是呀英子，我们找你差点都被野狼吃了。”风娟总是爱把话说得挺吓人的。

英子不好意思地搓着手，不知道怎么说才合适。二拐子想来想去也不知道怎么说才合适。他毕竟是大人，还是把事情的经过婉转地说了一遍：“英子去我家看大哥去了，听到了你们说的话，就打算回坪窖去，可是天黑她不敢走，想在我家门口那柴草里睡一晚再走，被我发现了，做了半天工作才做通，这不给你们送回来了。”

风娟拉住英子的手说：“傻闺女，以后再也没人撵你走了，放心地在这个家里住着吧，再受了委屈你对婶子说，别自己瞎折腾。”

“嗯，我知道了，以后我叔撵我走，我也不走了，我要养一院子兔子，我要供小龙哥上大学。”英子笑了，笑得很开心。

# 第五章

## 1

成耀银真的请算命先生给小龙算过命，算命先生说小龙命中不但和那辆排子车相克，而且还有官相。所以，成耀银一直不放弃他的追求，再艰辛也要坚持让小龙读书。小龙不信命，坚信命运掌握在自己手里，却逃脱不开父亲紧紧攥着他的手。

小龙不由得认命了，既然命中这个书他是非读不可，那就好好地读吧。

实际上，小龙还是非常愿意读书的，只是他一个人读书让两个人在家里为他卖力，他读得心不安理不得。看着父亲从自己睡了多年的老枕头里终于拿出那张一万块钱的存折，小龙心里很疼。这次上学，父亲显得很大方，取了存折里的一半，还嘱咐小龙说，学习上该买什么就买什么，爹不心疼。

小龙知道爹为他读书从来不心疼钱，要不他就不会把他送到茂平私立中学了。小龙也不心疼钱，他心疼爹，这钱是爹拉排子车拉来的，挣着不容易。爹说，心疼爹你就好好读书，有了出息让爹在别人面前威风威风享享清福。

心疼爹就得读书，读书才会有出息，命中注定的，小龙除了读书别无选择。

茂平县小龙新生，像平常来上学一样，他自己到学校报到。谢燕的学校正好比他晚一天报到，她帮小龙把被褥带到了学校。

小龙说自己搬到宿舍吧，谢燕不干，非得去看看他宿舍是什么样子，还要亲自给他铺到床上。宿舍里人挺多，除了学生还有一些家长都在为自己的孩子铺床，还不停地叮咛着什么。所以，对于谢燕，没人注意她是谁，很像是小龙的姐姐或妹妹。

小龙看到了，被褥都是拆洗过的，他装作没看见。谢燕憋屈了，一出宿舍就问："你没看到被褥都给你拆洗了呀，怎么连声谢谢都没有？"

"你不是经常帮助我吗，这点事儿还算得上个事儿，要说谢，我真得谢谢姨，帮我洗得那么干净，等我还她钱的时候一起说谢谢。"小龙这句话是真心的。那钱还不了，他真的很愧疚。

谢燕急了："这不是我妈拆洗的，这是我拆洗的，而且是我一针一线缝好的，我为了缝这被褥，手指头都扎烂了，你看看，你看看。"谢燕把手伸到了小龙的眼前。

果真，谢燕的手右拇指和食指都是密密麻麻的针眼，小龙的心禁不住疼了一下。本能地拿起她的手摸索了一下伤处，说："真的谢谢你，谢燕。"

就这么一句，谢燕的心一紧眼一热，泪水哗哗哗地流下来了。这可吓坏了小龙，小龙从来没看到谢燕哭过，在小龙的印象中，谢燕无所不能，没什么事可以难得住她，可以让她脆弱地掉泪。他以为是谢燕的手被他摸疼了，赶紧安慰："是不是我摸疼你了，对不起，我没用劲儿。"

谢燕听到这话马上就停止了掉泪，急忙解释："没有没有，我不疼，我只是激动，你从来没有说过谢谢我。"

小龙不满意了："说了句谢谢你就这样激动，把我吓得半死，以后我再也不对你说谢谢了。"

谢燕的脸变得相当快，转眼就笑容满面了："别这样，我喜欢你说谢谢，好听。"

“好听也不说了，你快回去吧，明天就要去省里上学了，回家准备准备吧。”小龙想去外边的小卖部里买些日常用品，他不想让谢燕跟着去。

出身层次决定着生活质量的层次。谢燕和小龙出身相差甚远，当然在选择用品上也会有很大的差距。小龙买东西只讲实惠，能用就行。谢燕则要讲质量讲档次，他怕谢燕又要笑话他了。

谢燕并不懂他的心，说：“我不用准备，我妈都给我准备好了。”

说到妈，小龙有点低沉：“还是有妈好。”

这时谢燕不管不顾地把他扯到一个墙角去，做贼一样从包里拿出一件崭新的衬衣递给小龙：“给你买的，穿上一定精神。”

小龙不接，说：“我不能再要你的东西，你帮我已经够多的了。”

谢燕说：“这不是我的东西，这是给你买的，就是你的了，就当我送给你的生日礼物吧。”

“我什么时候过生日了？”小龙不解地问。

“明天呀，你怎么连自己的生日都不知道，我可是从学校的资料卡上看到的，就记下了。”

小龙不是不知道自己的生日是哪一天，而是他从来没有过过生日。不但是他，父亲也没有过过生日。对他们父子而言，就是一个读书，一个挣钱，其余的事情都与他们无关。

“我从来不过生日，你还是拿回去吧，或者你退掉吧，别浪费了这钱。”小龙是真的不想再欠谢燕什么了。

“不退，你就收下吧，我不缺钱花，我还没见过你穿过像样的衣服呢。”

这句话可把小龙说恼了：“怎么，你嫌我穿的破看不起我是吧，我说你怎么老帮我，你是看我可怜是吧，我再可怜也不需要你给我买衣服，我这就去买身新衣服去。”

小龙还真赌气去了校门外的体育服装店。他看了一身一百块钱的运动衣就要店主给他拿下来试。这一试，正合适，他脱都没脱，也没讲价钱，掏了钱，拎着旧衣服就往小商店里走，又买了些日常用品，而且都是高价位的。

小龙从来没有像现在这样奢侈过，就为了他受了伤害的自尊。谢燕刚刚的一句话让他觉得自己如同在大街上被人扒光了衣服一样，无地自容。他找不到一种别样的方式去维护自己的尊严，只有用这种以牙还牙的方式找回他的自尊。尽管谢燕一直追着他为刚才的话道歉，说不是那个意思，他却听不进去。

谢燕还追着他往学校跑，小龙发火了："你别再追着我好不好，我不想让熟人看到，我欠你们的钱我会还的。"

谢燕这一次是真的憋屈地哭了，哭得很伤心，她也不敢再追，只是望着小龙远去的背影伤心。

这时，谢燕突然看到刘雷，她擦了擦眼泪叫刘雷的名字。刘雷听到谢燕的声音很激动："谢燕你到这儿干什么来了，我还以为我永远见不着你了呢。"

"我找你来了，看看你，送你个礼物。"也许是为了赌气吧，谢燕把那件衬衣拿出来递给了他："不值钱的，你看看喜欢不。"

刘雷有点受宠若惊，说："喜欢，你送的东西我都喜欢，但是，你为什么要送我衬衣？"

"想送就送呗，没有为什么，真要问为什么，那我们同学一场，彼此就要分开了，就当是个纪念吧。"

"那我送你点什么呢，我想想，送你一个放音盒怎么样？"

"等我再回来了吧，我明天就要走了。"

"那你告诉我地址，我给你寄过去。"

"算了，等我回来了，我找你吧。"

"好，我在高一 24 班。"

谢燕和他说话有点心不在焉，他还不时往周围望望。刘雷看出事儿来了，带着醋意问她："你在看成小龙吧，我在墙上的名单上看到他在 26 班，你要想他就去找他吧。"

谢燕急忙掩饰自己："瞎说什么呀，我是想找他，想问问他英子怎么样了，不过还是不找了，我得赶紧回去了。"

## 2

有句这样的话，死要面子活受罪。其实，这面子有时候和尊严是相似的。小龙为在谢燕面前给自己争一个面子来维护自己的尊严，花了本打算吃一个月的生活费，做的是一件打肿脸充胖子的事情，过后，受疼的是自己。

回到宿舍，小龙赶紧把新运动衣脱了下来，又换上了那身旧衣服，然后痛恨地把新衣服团巴团巴塞进了一个塑料袋子里，像扔垃圾一样扔到了床下。刚扔了，又觉得心疼，随即弯腰捡起来，塞进装衣服的包里，挂在了床头上。

小龙身上的旧衣服看起来是有点小了，衣边还打着卷。这件衬衣还是前年他爹在青山镇为他买的，花了三十元。那时候爹还说是狠了狠心才买下的。第一次穿上那件衬衣，小龙在镜子里上上下下照了一个遍，觉得自己真是帅呆了。就是这个曾经让他帅呆了的衬衣今天丢了他的面子，伤了他的自尊。他穿上去又像仇敌一下脱下来，在包里找了另一件背心穿上。显然，这件背心也很旧，甚至还有几个小洞，但至少，他和这件背心没仇没怨。

换上旧衣服，小龙才觉得自己是真实的，刚才的自己，他都认不清是谁。

小龙端起盆子出去打水，他想洗一下包里的袜子。他来的时候换了一双洗过的袜子，随手把这双该洗的塞进了包里。他只有这两双袜子来回换着穿，所以必须得带着。小龙打水回来，看到他下铺的同学正从他的床头上往下摘他的包，嘴里还不干不净地唠叨着："什么破包，臭烘烘的，还挂在这儿碍我的事儿，滚一边去吧。"说着，他的包已经向他飞过来，正好砸在他的脸盆里，立马盆水四溅，不但小龙的脸上头上，连旁边的床铺上都是。这突如其来的事情再一次使小龙的自尊受到加倍的伤害，小龙有些失控地扔掉脸盆上前和下铺的同学厮打起来。那个同学嘴硬手却没那么硬，没招架几下子身子就瘫软在地上，小龙憋着一肚子的气，把他骑在身上，攥紧拳头憋足劲儿冲着他的头和脸猛劲捶打了足足有半分钟才从他的身上站起来。这半分钟，这个同学抱着头鬼哭狼嚎般地惨叫，鼻子里的鲜血也冒了出来。周围的同学已经围满了这个小小的宿舍，只是没有一个人敢上前拉架。

有同学报告老师了。小龙刚从那个同学身上下来，外面就冲过来几个老师。看到这个惨状急忙分工，有老师把伤者往医院送，有老师把小龙“押”进了办公室，同时，小龙同宿舍的几个同学也都被叫进了办公室。

“叫什么名字，哪个班的?”问话的男者正襟危坐，有股不怒自威的味道。

在被“押”进办公室的那一刻，小龙突然清醒，也意识到了事情的严重性。这时，什么脸面，什么尊严，什么怒气，全都跑得没了踪影，代替这些的，是满满的害怕。

“站直了，说呀，叫什么名字，哪个班的?”这一次男者的声调明显有些高了。

小龙胆战心惊地挺了一下胸，不得不回答：“成小龙，高一26班的。”

“赵主任，去把26班班主任给我叫过来。”

“好的，麻校长。”

居然是校长，小龙此时可以说是诚惶诚恐，像一只等待被宰割的羔羊。

很快，一个年轻的男老师慌张地跑进来了，说：“麻校长，我来了。”

看到这位老师，麻校长一脸的怒火：“新生报到，你不操着点心，干什么去了？这不，还没正式上课你们班就出了这么大的乱子，你得给我处理好了，否则，我撤你的职。”说完，站起来，气势汹汹地走出了办公室。

“你叫成小龙是吧，说说，怎么回事?”也许这位班主任只知道他们班有人打架，还不知道这架打到什么程度。

成小龙虽然还是惶恐不安，但在这位班主任的话语中似乎抓住了一根救命的稻草，老老实实交代着：“我住上铺，我把装衣服的包挂在床头上，下铺的那位同学说我的东西臭，拿起来就给我扔了，我一着急，就和他打起来了。”

“是这么回事吗?”班主任问其他的同学。

同学们有的说是，有的说不完全是，还有的说都打流血了。

说到流血，班主任有点镇定不住了：“那被打的是你们当中的哪位?快站出来，我怎么看不到你们哪一位流血?”

“已经送医院了，老师。”有同学说。

“什么?都送医院了，那么严重?你们稍等，我去问问，马上回来。”班主任走出门又回头看了一眼成小龙说：“成小龙，你死定了。”

班主任走后，成小龙真和判了死刑一样，头有点木了，脑袋有点沉了，感觉一切都完了。

这是成小龙自记事儿以来第一次打架，而且是上高中的第一天，也是他十六岁的倒数第一天，可以说是他迈向希望的第一个门槛。他无法想象他在这一天将要为这次失控付出怎样的代价，他还能不能迈进这个门槛?但无论是怎样的代价，他都发誓要自己承担，不连累任何一个人。当然，这任何一个人也没有很多人，也只有父亲和英子了。

班主任急匆匆地走，又急匆匆地来了，走进屋把门关得死死的，威严地训斥：“成小龙，你知道你打的是谁吗?是青山镇派出所所长家的公子哥，这事儿可闹大了，人家家长先到医院去了，如果从医院过来还不整死你呀，你真死定了你。”

现在可以用“毛骨悚然”这个词来形容成小龙了，他突然又想到了“监狱”这两个字，禁不住问道：“老师，是不是学校得把我送到监狱里去，如果是，你们千万别对我爹说，我爹会气死的。”

老师听了这话有点意外，问：“你是哪个村的？你爹娘是干什么的？”

“柳树沟村的，我娘早就死了，我爹给人家盖房子当小工。”

“家里还有什么人？”

“没了。”小龙想了想英子，不知道怎么给她定位，也就没说。

“那你爹给人家打过架吗？”

“没。”

“你爹对你好吗？”

“好。”

“你爹最大的希望是什么？”

“希望我考上大学，有出息。”

班主任听了这些突然发开了火：“我还认为你爹比他爹还牛，是个县公安局局长呢，原来就当小工啊。”他停顿了一下，看了一下小龙的表情然后接着开火：“我不信你爹当小工就没碰到过一件不顺心的事，可他为什么不打架，因为他知道自己是谁，他知道自己打了架就要付出代价，这代价包括会失去一个挣钱的机会还有家里羞涩的钱财，更重要的是失去了这两样他就等于失去了儿子的前途，所以他什么事情都能忍。”

班主任一停顿，小龙急忙插了一句：“我惹的事儿，什么责任我自己承担，我不会连累我爹的。”

“你说得轻巧，你承担得起吗？就算是学校真把你开除了，那也不是你自己承担的，那是你给你爹挣到的最残酷的惩罚，你懂吗？成小龙，你见过你爹干活吗，你细看过他那双手吗，他手上有多少个茧子多少条裂缝你清楚吗？你肯定没有看过，如果你看到过，你就不会为今天的事儿着急失控了。”班主任的话越来越没力气。说完这些他又转向旁边的几位同学说：“我是你们的班主任，姓何，何立伟，今天，我想请你们帮成小龙一个忙，你们可以做到吗？”

看到同学们都不吱声，何老师又解释说："我说的帮忙并不是让你们为成小龙求情，我只希望在学校或者是那位同学的父母来调查这件事的时候，你们都能凭着自己的良心实话实说，别歪曲了事实，你们可以做到吗？"

同学们这才点了点头。何老师示意他们几个先回宿舍。

他们走后，何老师才掏心掏肺地对小龙说了一番话："成小龙，知道吗，茂平一中是我大学毕业后的第一站，26班是我接的第一个班级，我满怀壮志，热血沸腾地来到这儿，没想到，脚还没站稳就被你泼了一身冷水，我真心寒你知道吗？我心寒也不是大事，问题是现在学校正研究在受伤家长到学校来之前怎么处理你，好给受伤家长一个交代。作为你的班主任，虽然我还没有给你上过一堂课，但是我还会尽我最大的力量去为你讲情，让你有一个机会可以往前走。不为别的，就为让你那盖房子当小工的老爹有个希望。但是能不能保住你，我不敢保证。"

小龙的泪已经掉下来了。

## 3

第二天，也就是在小龙生日这天，茂平一中高一新生军训开始。小龙被责令通知家长到校，不许参加军训。听到通知家长这几个字，小龙慌了，他去办公室找班主任何老师，何老师现在成了他唯一的救命稻草。

何老师正忙着整理办公桌上的什么东西，也许是没看见小龙，也许是看见了不愿意理他。小龙在他的后面呆站了半天，看他还是不肯回头才可怜巴巴地说："何老师，我求求你了，你帮帮我，别让我叫家长了，我不想让我爹知道我惹事儿了。"

何老师扭头看了一眼小龙，然后又扭头整理他的东西。

"何老师，我求求你了，你帮帮我吧，我爹要是知道了，会被我气死的。”

何老师终于停止了他的整理工作，然后坐在座位上，一副冷冰冰的神态训斥：“怎么，现在知道你爹会被你气死啊，晚了，你惹的事儿太大了，你把李启程打成脑震荡了你知道吗?！脑震荡是什么概念，你知道吗你?”

小龙害怕的声音都有些哽咽了：“他真的有那么严重吗？何老师，你替我想想办法呀何老师，我该怎么办?”小龙由哽咽变成了哭泣，然后捂着脸蹲在了地上。

何老师能看出来小龙是真的害怕了，又急忙拉他起来，让他坐下，用柔和点的语气说：“也许李启程根本就没什么事儿，是他妈妈故意刁难学校的，不过那个所长也没说什么过分的话，就要求见你家长，我觉得人家的要求很合理，所以我说不了什么。”

“那我爹要是真来了，他们会把我爹怎么样?”

“不会怎么样，可能会要求你们赔偿人家医药费、损失费什么的。”

“大概得多少钱?”

“这我说不准，怎么也得万儿八千的吧，人家妈说得挺严重的，说脑震荡还有很多后遗症什么的。”

何老师说的都是实话，李启程的家长已经来过了，是校长和他亲自接待的，当时，他妈妈很激动，吵吵着要见成小龙。大家都明白她要见到小龙，小龙会是什么下场，所以校长首先深刻地作了自我批评，说主要是自己管理上的疏忽才造成这样的事情发生，然后耐心地做她的思想工作，费了好大的劲儿才稳住她的情绪。李启程的爸爸不愧是经过“战争洗礼”的国家干部，首先批评自己儿子的做法太失礼，而后又指出小龙的行为有点过激，客观地说了一下自己的想法，要求见见成小龙的家长，然后两边家长和学校共同商议事情的处理办法。至于学校怎么处理成小龙的过错，那是学校的事，他不作表态。虽然李启程的母亲听了丈夫这样表态后激动地骂他没出息，不是男人之类的话，也没推翻这样的结果。

何老师在李启程家长来学校之前找过麻校长，把成小龙的家庭情况大致说了一下，希望校长能对成小龙宽大处理，给孩子和家长一个希望。何老师也看到了，麻校长已经尽力了，尽力为成小龙留下了一个活口。

这么一个活口对于成小龙来说真还不如被开除好受，被开除大不了让父亲伤心一阵子，可是赔偿人家那么多钱，他们从哪儿去拿呀。小龙开始由脆弱变得坚强起来，说："何老师，你让校长开除我吧，我家里没有钱。"

何老师能理解小龙此时的心理状态，也不知道怎么劝他，无奈地说："我没开除你的权力。"

小龙发开犟了："那我就不去通知家长，让校长开除我吧。"

说完这句话，小龙就走出办公室，冲宿舍走去。小龙想得很简单，他想只要他不回去通知家长，家长就来不了。只要家长不来，这赔钱的事儿也就算完了，之后学校把他开除，就没事了。他回到宿舍把被包都打好了，准备趁晚上没人的时候偷偷溜出去，然后去另外一个地方找个活干，挣了钱再回家给他爹说被学校开除的事。到那个时候，他爹再生气也就没办法了。

小龙还没熬到天黑，成耀银已经赶到了学校。小龙万万没想到当他被何老师叫到办公室时，爹已经在办公室里焦急地守候着了。看到小龙，二话没说，成耀银就抡起那只粗糙的手掌，只听"啪啪"两声响，小龙的脸蛋已经红成一片。

"你这个不争气的东西，你败家子儿，你丢死人了你！"成耀银已经不知道用什么词可以骂出他现在的心理状态了。他此时真是失望透顶了，竟然当着那么多老师的面，失控地哭起来。

麻校长赶紧上前劝："成小龙家长，你先别着急，孩子既然已出了这样的事情，咱们就得想办法解决，学校叫你来的目的是来解决问题的，受伤家长要求见你，他们一会就到。"

小龙贴着墙根大气都不敢出一下，何老师在麻校长的耳朵旁说了几句话，然后带着小龙要离开。成耀银阻拦："你让他在这儿，一会人家爹娘过来了，让他给人家跪着说好话。"

麻校长说："成小龙家长，你镇定些，让他先回宿舍反思一下，他毕竟是个孩子。"

"他还是个孩子呀，他都十六了，村里有好几个和他同岁的都跟我一起当小工去了，我为了让他有出息，什么罪都能受，就想着老了沾他点儿光，没想到他就是这么不听话，就这么不争气。"成耀银越说越有气，竟然把排子车的事也搬出来了："他要是真听我的话，也不会翻车砸着英子，也不会把我辛辛苦苦好不容易才攒下的钱都花完，你们说说，他对得起我不，他对得起他死去的娘不？"成耀银已经从凳子上站起来情绪有些失控了，手掌又抡了起来。

何老师急忙拉起小龙走了，成耀银还想把他拽扯回来，麻校长上前阻止了他："别激动，我知道你不容易，你儿子也知道你不容易，但他还是个孩子，你要给他一个改过自新的机会。"

成耀银无奈地让校长拉着又重新坐在凳子上了。

麻校长问："成小龙家长，你刚才说翻车是怎么回事？"

成耀银话已出口，不能收回，就把翻车事件简单地说了一遍。

麻校长说："其实孩子也是好心，他心疼你，你不要再怪孩子了。"

成耀银不知道自己应该说什么了，坐在那里只剩下喘粗气了。

成耀银是被刘雷叫过来的，刘雷是被何老师找过来的。当时，李启程的家长要求见成小龙的家长，何老师就考虑到小龙不会回去，于是千方百计打听小龙在哪个学校上初中，和谁是同学，谁知道他家，最后找到了刘雷。

因为谢燕，刘雷对成小龙发生的事情有点幸灾乐祸，他是高高兴兴去柳树沟村的，又是高高兴兴把成耀银用自行车带过来的，他在路上还对成耀银添油加醋地说了小龙打架的事，特别交代打的是青山镇派出所所长的公子哥。

成耀银一路上七上八下的，把家里的钱和财产，连英子喂的兔子都计算上钱数，然后准备赔偿人家。

## 4

活了几十年，成耀银还是第一次和一位当官的面对面地坐在一起说话，别的且不说，单看那一身威武的警服就足以使他怕上七分。

成耀银这半辈子多的就是和煤打交道了，再就是水泥、石头和青砖之类的，他能亲自接触到的最大的官也就是煤厂的老板。今天这个阵势让他有点招架不住，当他看到这位警官迈着正规的步伐走进办公室的时候，他的腿都软了，想站起来没能站住，又坐了下去。

麻校长迎上前伸出手说："你好，李所长，成小龙的父亲来了。"

李所长往成耀银这里瞟了一眼，走上前也冲他伸出了手："你好，我是李启程的爸爸。"

成耀银不懂这些礼数，硬着头皮使劲站起来，也学着刚才校长的样子伸出他的手，打着颤音说："李所长，我给你赔罪来了。"说着，他的腿就软下去了，看起来像是在下跪。

那只沧桑、粗糙的手，饱受风雨侵蚀的手，也随之滑了下去。

李所长弯腰抓住他的手，把他从地上拉起来说："你千万别这样，孩子们打架，谈不上什么罪不罪的，快坐下，快坐下，我只是想和你见个面谈谈这件事怎么处理最合适。"

李所长能这样说话是成耀银万万想不到的，他在路上听刘雷说那架势，好像李所长就是阎王爷，一见面就会把他打入十八层地狱似的，现在看来，李所长并没有那么可怕，甚至还有点亲切。这样一来，他的腿就渐渐地硬朗起来，心也颤得没那么厉害了。

"李所长，你说个数吧，我得赔你们多少钱，你要多少我赔多少，就是砸锅卖铁我也赔，卖房子卖地我也赔。"成耀银紧紧盯着李所长的脸，卑微地说。

李所长处之泰然的样子，说：“这个数我给不了你，我回去找医生算个大概数，差不多就算了，改天让麻校长对你说吧，看你也够不容易的，放心，我不会瞎要你的钱，你说行吗？麻校长。”

麻校长忙点头说：“行，李所长，你大人有大量，你说怎么办就怎么办？”

也许大家都想不到这一场会面就这么简单结束了，没有争吵，没有埋怨，更没有嚣张和纠缠，几个人加起来也没几句话。只是，李所长走出门口又回头说了一句话：“麻校长，给成小龙一个机会，教育他好好读书，好好做人，别枉费了他父亲的这一片苦心。”

李所长走后，各位老师都称赞他是一个人民的好干部。特别是麻校长，深有感触，不禁对成耀银说：“你真是遇到好警官了，要是遇到个二百五警察，你儿子打了人家，不把你扒层皮才怪呢。这件事就先到这儿吧，你回家准备准备钱，人家说了数，我就叫你儿子回家去拿。”

成耀银挤出一丝笑容说：“是是是，我真是遇到好人了，我这就回去准备钱。”他停了一下，又不放心地问：“那小龙还能在这儿上学吗？”

“看目前情况，我们不会开除他，不过还得研究怎么处理，也得看他以后的表现，希望这种事情不会在成小龙身上再发生。”麻校长说。

“好好好，处理他，狠狠地打他一顿，让他再也不敢打架了。”

成耀银要走，何老师把自己的自行车借给成小龙，让他骑着把他爹送回去。这还是小龙跟着谢燕学会骑自行车后第一次带着人走，骑得歪歪扭扭，还不很稳当。成耀银坐在车架上，安静得如一尊蹲坐在寺庙里的神，车歪扭成什么样就什么样，只要掉不下来他就坐着，一句话也不说。

到了青山镇往柳树沟走的那条小路上，小龙蹬不动了，连人带车又倒了。这个摔倒的动作和那辆排子车掉下山沟有点相似，只是自行车倒在了原地，他爹被砸在了车下面。小龙赶紧搬开自行车，拉他爹起来，成耀银竟坐在地上不起来，有点像小孩子撒泼的样子。小龙站在父亲跟前说："爹，如果你没打够，你就往死里把我打一顿吧，你也解解气。"

成耀银嘴唇突然开始哆嗦，之后，真站起来抡起拳头冲小龙打去。这一拳打在了小龙的肩上，小龙倒在了地上，而后又爬起来走到爹跟前说："爹，你再打，打狠点，只要解气就行。"

成耀银果真又抬起脚在小龙的腿上踢了一脚，看到他倒在地上，又跟过去在他的身上胡乱踢了几脚，这才停住。之后，放开嗓子大声吼："我打死你都不解气，你说你是什么东西，你大了大了学会打架了，我看你是看你爹死得慢，你想让你爹早点死。"

小龙从地上再次站起来说："爹，你再打，我就想让你打我，狠狠地打我。"

"我打你，我打死你又有什么用，你不争气，我打死你也没用，这是我的命赖，我的命赖呀。"成耀银"呜呜呜"地哭起来。

"爹，是我不争气，都是我不好，你别再哭了，我以后再也不打架了。"小龙为自己再次伤父亲的心难过得要死，但他不知道怎么安慰父亲才能使他心里好受些。

成耀银突然停止了大哭，用袖子擦了擦泪说："你回学校去吧，这一段路我自己走回去，我回家给你准备钱，到时候校长说多少你就回来拿。"

这回换成小龙的眼圈湿了，他问："爹，咱们得赔人家多少钱呀，有一万吗？"

成耀银没好气地说："我哪儿知道，人家要多少给多少，没钱，我卖房子也得给人家。"

小龙急了："爹，不能卖房子，那是咱们的家，卖了咱们就没有家了。"

“没有家也是你败的，你个败家子儿！”成耀银说着就往路上走。

小龙追上来说：“爹，真的不能卖房子，要不，我不念书了，我找活干去，挣钱去。”

成耀银更急：“放屁！只要老子活着你就得给老子念书，你要是不念书，就别想着再进我的家门！我成耀银的儿子绝对不是孬种，你给我滚回学校去，好好念你的书，别再给我惹是生非你老爹就烧高香了。”

这句话有着相当大的威力，使小龙不敢再往前迈一步，也不敢再说一句话。他呆在那里，看着父亲渐渐远去的背影和天边红红的晚霞，有种自惭形秽的感觉。

小龙是一路推着自行车回到学校的，他没心思骑着，他一路上都在回忆父亲和他相依为命的日子。记忆的本子里，有深的有浅的，有喜的有悲的，有痛的有乐的，还有很多说不上感觉的。但是无论回忆哪一段，这一张张的纸上都写着满满的父爱，然而这父爱却被他亵渎了。

这一段段的回忆，都叫小龙有着浸入肝脾的疼痛。

## 5

成耀银回到家时，天都黑得什么都看不见了。英子正拿着手电在兔窝里捣鼓什么，看到成耀银回来急忙出来，焦急地问：“叔，小龙哥他跟谁打架了，他受伤了没有？”

一句话问到他的痛处，他不想回答英子的问题，没好气地说：“明天把你的兔子都卖了，一个不留，把那头猪也卖了。”

英子更着急了，都带着哭腔：“叔，小龙哥他到底怎么样了？他是不是受伤住院了，我想去看看他。”

“哭什么丧，他还活着，活得好好的，都成学校里的英雄了。”成耀银边说着边往屋里走。

英子追上来问："叔，你说的是真的？小龙哥他成英雄了？"

成耀银本来就烦透了，英子这么一搅和，他气不打一处来，大声吼道："你怎么成天这么多事儿，家里什么事儿你都来搅和，我看这个家迟早都得被你搅和没了。"

英子受了委屈也不敢说什么，急忙到屋里给他热饭。成耀银真是饿急了，"啪啦啪啦"吃起来。英子又忍不住问："叔，小龙哥他到底怎么了，为什么要卖兔子？"

成耀银"嘭"地把碗摔在桌子上，冲英子喊："你给我闭嘴，小龙他怎么样都是我的儿子，有我管呢，还用得着你操心吗？"

英子被成耀银的话呛得半天不敢言语，可是不言语她既憋闷又心慌。她把这些兔子当成她的希望，她希望这些兔子越养越多，让她成为一个养兔专业户，然后让这个家变得富裕起来。现在，她距离这个目标越来越近了，窝里有好几只兔子刚生了小兔，还有好几只兔子大着肚子马上就要生小兔了，这说卖就卖，她的希望就全破灭了。不过，她最急的还是想知道，小龙他到底出了什么事儿。

英子靠在成耀银屋的门框上，看着他正在捣鼓那个长轱辘枕头。英子不知道他在干什么，以为是那枕头脏了，需要拆洗，忙上前说："叔，我给你拆洗吧。"

成耀银先是被这声音吓了一跳，然后怒目而视，突然狂喊："滚，你给我滚出去。"

英子被吓得有点仓皇，差点被绊倒在门槛上，为了弄明白到底是怎么回事，她出去搬风娟婶子了。

风娟还没到成耀银家，就听到家里传来砸东西的声音，于是她紧走几步，看到成耀银正用一把刨石头的大镐疯狂砸那辆排子车，而且砸得毫不客气，是狠命地砸。

"大哥，你这是干什么，快别砸了，咱们有什么事儿说什么事儿。"风娟说着想上前拉。

成耀银举着大镐发疯地叫："别过来，谁惹我我砸谁？"

风娟还从来没见过成耀银发过这么大的脾气，也不敢往前走了，看他那股疯劲，说不定砸谁一下子。只听“哐”的一声，大镐又落了下去。

“大哥，你倒是说说，这到底是怎么了，小龙他出什么事儿了?”风娟很小心地问。

成耀银根本不听她的话，还在一镐一镐地砸着那辆排子车，而且嘴里还叫着：“都是你，都是你，要不是你，家里怎么会有这么多倒霉事，我砸烂你，砸烂你。”

这一声声的，砸得风娟和英子的心都疼。英子依偎在风娟身上，还吓得“嘤嘤”地哭着。

风娟不再劝，让他砸，直到他砸不动了，蹲坐在地上，她才敢问：“大哥，气出够了吧，那你说说吧，小龙他到底出什么事儿了?”

成耀银终于还是泄了气，痛哭流涕地诉说着自己的委屈：“你说我这辈子造了什么孽，不偷不抢，老老实实干活挣钱，怎么老天爷就瞎着眼看人，专拣着我欺负。”

“小龙到底怎么了大哥，你快说呀。”风娟有点急了。

“小龙跟人家打架了，把青山镇派出所所长家的儿子打成脑震荡了，我拿什么赔偿人家，你说我拿什么赔偿人家?!”成耀银此时有点有气无力的样子。

英子终于明白了叔叔为什么要她卖兔子了，要是为这个，她也没什么可说的。只是说小龙打人，她想来想去都不对劲，她开始替小龙打抱不平：“小龙哥那么老实，怎么会打人，肯定是那个所长家的儿子欺负他了，然后小龙哥才打他的。”

成耀银最见不得英子说话：“你给我闭嘴，这个家没你说话儿的份儿。”

风娟看不惯了，说：“大哥你别像狗一样，急了就乱咬人，英子她不是别人，她现在是这个家里的人，她关心小龙有什么不对。”

“我就是不想让她关心，她关不着这个心。”成耀银犟驴似的。

“你看你，又犯劲儿了，说你是条狗，你还真当狗了。我看英子说得对，小龙不是个惹事儿的孩子，肯定是那个所长家的儿子先打他了，他是官家的孩子就该横行霸道啊，我看小龙活该打他。”风娟还有点得意地说。

“我看你们都把我打死算了，你们都挺横，都厉害，就我㞞，我窝囊行了吧。”

风娟也感觉到自己说话有点过了，赶紧弥补：“也是的，人家敢横，横了也没事，咱们穷老百姓受人欺负了也不敢横，这好不容易横这么一回，还得赔偿他们。小龙这孩子，命也真够苦的。”

“不是他命苦，是我命苦，他把天捅了个大窟窿，我得豁出命去给他补上，风娟，你说这窟窿我怎么补，我能补得起不？”

“能有多大一个窟窿啊？”风娟试探着问。

“怎么也得一万吧，我看少不了。”成耀银低垂着头说。

风娟松了口气说：“我还以为得要个十万八万的呢，能补得起，你那里补不起还有我这儿呢，怎么也得把这一关闯过去不是。”

“就是，只要小龙哥没事儿就好，叔，明天你去到青山镇卖兔子吧，都卖了给小龙哥补窟窿。”英子痛快地说。

“这兔子还是别卖了，也值不了几个钱，大哥，你那儿缺多少我给你拿多少，什么时候有了什么时候再还，反正我的孩子小，现在也用不着。”

风娟的话让成耀银心头一热。

成耀银真是从来没想过要借别人的钱，这些年来他一直按着自己的规划过日子，这日子虽过得不富裕，但从来没闹过饥荒，现在怎么就把日子过成这样了。他想来想去，真是信了算命先生那句话，小龙这辈子和那辆排子车相克，不能碰那辆排子车，一碰就会出事儿。这时候说什么都晚了，当初他信了小龙那句命运掌握在自己手里的话，同意他碰了那辆车，结果就出了大事儿，而且是一件接着一件。

他无法预料下一件将是什么事，这种心理让他担心着，害怕着。

回到屋里，他再次从枕头里拿出那张存折，仔细看了一眼，放在了枕头下面。这是他家最后一张存折了，五千元，这是他成耀银攒来攒去剩下的唯一的积蓄，很快也要归别人了。

钱这东西，真不是个好东西，你把它当宝贝一样的攒着，攒着，希望有一天它能发挥它的价值。然而，顶不住什么时候会刮一阵什么风，一个不小心，你就抓不住它了，它就从你的手心里飞走了，说不定会飞到谁的手里，你就再也要不回来了。

## 6

学校到底还是给了小龙一个机会，没有开除他。但他“死罪”可免，“活罪”难逃，他必须在高一新生动员大会上做检讨，以达到告诫自己和警示全体新生的目的。为让小龙写好这检讨书，何老师帮他修改了一遍又一遍，一直到校长满意为止。

就这样，小龙在何老师的鼓励下走上大会主席台，声泪俱下地完成了这次检讨任务。

李启程那里要求赔偿8500元，也赔偿了。李启程被调离到别的宿舍去了，小龙下铺换了一个叫周桐桐的男生。

在开课的第一天，小龙就在班里看到了李启程，他的座位正好在小龙的侧面。李启程看起来精神很好，一点也不像受过伤的样子。小龙没想着看他，可是总是一侧头就能看见他，而且每次他看李启程的时候，李启程就在看他，那眼神凶巴巴的，像要吃了他一样。他赶紧害怕地把头正过来。过不了多久，小龙就又忍不住侧头看他一眼。久而久之，小龙老感到他的身子一边重一边轻，靠李启程的那一面总是有点疼痛，连那一面的头都疼痛。

下课的时候，小龙总是绕着李启程走路，生怕惹着他，再生出是非。小龙现在就像是个“监外执行的罪犯”，稍有不慎，将罪加一等，毁掉自己的前程。李启程看出了他的心思，又想着报复，就故意从他身上蹭过来蹭过去，有时还会在他的腿上踹一下，只要小龙稍有反应，他就会告他的状。小龙当然清楚李启程的目的，对他的举动不做任何反应。

李启程这招不行用那招。小龙端盆接水的时候，他故意从他身边经过，撞翻他盆里的水。小龙不吱声，弯腰拿起盆再去接，李启程再碰，他仍去接。来来回回两三趟，李启程自感没效果，自动放弃了。

高中自然和初中不一样，因为面临着考大学，课程也紧张，一个月才能放一次假，回一次家，第二个星期天的下午能休息一下午。小龙趁这个中午休息时间到学校外面找活儿干去了，他不是为挣钱，只要让他白吃两顿饭就行。

这就是打肿脸充胖子的下场，他买衣服和用品花掉了这个月多半的生活费，尽管省了再省，兜里还是所剩无几。就这么半天时间，他也找不到可以挣钱的活儿，只有挣饭吃了。

县城虽然不大，可是找个临时的活儿干还真不容易。小龙找了几个小饭店，说明了自己的来意，人家不太相信他说的话，说不缺人就把他赶出来了。串了半个下午，小龙也没找到活儿干，中午饭也没混上。他还不死心，还一直串，串到一个蔬菜批发市场。他进去时，看到有一个中年人正在卸一大车的土豆，一不小心土豆的袋子破了，土豆滚得到处都是，他赶紧上前帮助捡土豆。这个中年人看了看他，说："小伙子，帮我卸车行不行，我给你工钱。"

真是应了"踏破铁鞋无觅处，得来全不费工夫"这句话，小龙高兴地说行。中年人一边卸车一边骂，骂司机不是人，不帮忙卸车就回家了。从言语中，小龙知道了这个中年人是个菜商，这车土豆是从内蒙古拉回来的。小龙从内心里感谢那个司机，如果不是他溜走，他也找不着这活儿干。

干了有两个钟头左右，土豆卸完了，中年人给了他十元钱。小龙拿着这十元钱，心里的喜悦之情不言而喻。

这十元钱虽不多，却是他凭自己的双手赚来的。他看了看自己的双手，拉车磨破了好几个血泡，但隐隐的疼痛也掩盖不了他的兴奋。他在街上花三元钱买了三个大烧饼，一边往回走一边往嘴里送。

小龙走到学校门口的时候，突然被一个人截住了："成小龙，巷子那边有人找你。"

"你是谁?"小龙并不认识这个人。

"我是这个学校的老师，那个找你的人说是你初中的同学。"那人说完就走了。

小龙想，学校的老师认识他很正常，因为他在大会上做过检讨，好多老师都坐在主席台上。他初中时的同学找他也很正常，有好多同学都是县里的。他想也没多想就向巷子那儿走去。巷子深处，果然有一个人贴墙根站着，他看不清是谁，等他走近了，突然不知从哪儿冒出来两个人，还没等他反应过来，已经被三个人推搡到地上，几双拳脚在他的身上头上乱打一气。顿时，他的头嗡嗡作响，眼冒金星。

打了一会儿，只听一个人说："好了，出出气算了，打出事儿了就麻烦了。"

几个人逍遥而去，小龙使着劲儿从地上爬起来，蹒跚着走到宿舍后，脚也没洗，牙也没刷，蒙上被子就睡觉了。

小龙的直觉，这次挨打一定与李启程有关系。李启程一直找他的茬儿，没找到，肯定是想在背后解解气。想到这，小龙也算心安了，如果这样能让李启程解气，以后他就不会再找他的茬儿了，他也就安心了。

早上，小龙早早地从被窝里爬起来去洗脸，他偷偷地拿着周桐桐放在床头的小镜子照了一下脸，他发现脸肿着，而且左眼还有黑眼圈。他打水把脸洗了又洗，不起作用。他把头发梳了又梳，想用前边的头发遮住眼睛，结果都失败了。

小龙是最后一个到教室的，他低着头，想尽量减少同学对他的注意。结果，他一进教室李启程就哈哈大笑着喊："你们快看哪，成小龙怎么成黑眼圈了?"

顿时，全班的目光齐刷刷集中在小龙的脸上。教室里立刻乱成一团，开始议论小龙是怎样成为黑眼圈的。有的说小龙这么爱打架，一定是又和谁打架吃亏了。也有的说小龙可能是从上铺掉下来碰的，小龙同宿舍的几个同学否定了这个说法，说不可能。小龙羞得无地自容，还是忍耐着走进教室坐在了自己的位置上。

这时，何老师走进教室，教室里马上安静起来。何老师冲小龙看了一眼问："成小龙，你的脸和眼怎么了？"

老师的问话不能不答，小龙站起来小声说："我自己碰的。"

李启程这时突然大声说："恐怕不是碰的吧，我敢保证是被人打的。"

何老师问李启程："你怎么那么肯定他是被人打的，你见了吗？"

李启程马上老实起来，说："我没见，我猜的。"

何老师叫同学们遵守纪律，然后把小龙叫到了办公室。

何老师搬起小龙的脸看了一下问："要不要去医务室看看去？"

小龙摇了摇头说："没事，何老师。"

"是不是李启程打的你？"

"不是他，我不知道是谁。"

"你说有没有必要让政教处查查这件事。"

"不要，何老师，就算是李启程找人打的我，我也不怪他，我打过他，让他出了气，他就再也不找我的茬了。"

"我也听说了李启程经常找你的事儿，这孩子仗着有个警官爹比较嚣张，你别跟他一样，好好学习，考大学的时候再和他比赛谁是英雄。"

"嗯，我知道。"

"好，去上课吧，别管别人说什么，装作没听见。"

# 第六章

## 1

接下来小龙在学校里的日子还算安稳，尽管“黑眼圈”事件也在班级里议论了一阵子，特别是李启程带头议论，唯恐天下不乱的样子。小龙却对他们的议论不理不睬，时间长了也就烟消云散了，只是他多了一个“大熊猫”的绰号。当然，同学们开始都不敢叫，是李启程带头叫的，看着小龙没反应，大家也就敢叫了，特别是他下铺的周桐桐，有事儿没事儿总爱这样喊。久而久之，小龙也习以为常了，也认了这个名字。

小龙依然是跑步回家，为了省点钱，县城到青山镇这一段他也不坐车。从学校跑步到家，大概需要一个半钟头。英子说过，到年底卖了兔子要给小龙买一辆自行车，让他骑着自行车回家，又快又省劲。小龙说不要，有了钱赶紧还风娟婶子的账吧。他没说谢燕家的账，其实这账一直在小龙心里挂着，他发誓一定要还，而且是用自己挣的钱还上。

谢燕早早地放了年假，她在家里待不住，一直想着去学校找小龙。这几个月里，她给小龙写过好几封信，小龙一封也没回过，她憋着一肚子的火需要发出来。

谢燕是星期天黄昏的时间去找小龙的，她一进学校就向一个和小龙差不多年纪的同学打问高一 26 班的男生宿舍在什么地方。这个同学好奇地瞅了她半天问：“你找谁？”

谢燕看着他有点怪，没好气地说：“你管我找谁，你知道就知道，不知道拉倒。”说着就往前走。

这个男同学追上她有点死皮赖脸地说：“妹妹你别生气，我知道，我就是26班的，你告诉我找谁，我情愿效劳，带你去。”

“我找成小龙，你带我去吧。”

“哦，找他呀，那你真是找对人了，他和我一个宿舍，他上铺我下铺。”

谢燕没脾气了，没想到自己找得这么准，自嘲地笑了一下说：“好吧，带路。”

谢燕这一进校门就碰上了周桐桐，周桐桐这个人和李启程还不一样，李启程是个“官二代”，无非就是嚣张点。尖嘴猴腮的周桐桐则属于报纸“狗仔队”之类的人物，专门搜集点花边新闻什么的，这什么事儿要是让他碰上，准比央视一套的“新闻联播”还及时。

“妹妹，你是‘大熊猫’的什么人，你找她干吗？”周桐桐问。

谢燕一听不对劲儿，忙问：“你说谁是大熊猫？”

周桐桐得意地晃着脑袋说：“这你就孤陋寡闻了吧，成小龙就是大熊猫，大熊猫就是成小龙，他可出名啦，全校没有不知道他的。”

这下把谢燕给说糊涂了，小龙是怎样的一个人她清楚，要是出名也可能是学习第一，她问：“小龙是不是期中考试得了第一名？”

周桐桐听了这话哈哈大笑起来，笑完后说：“你真逗，他是打架出名，刚开学就把李启程打了，那李启程是谁你知道吗？他是青山镇派出所所长的儿子，学校差点开除他。后来，是李启程的爸爸说情，他才没被开除，但罚他在新生大会上做了检讨。”

这是谢燕没有想到的，她不太相信这是真的：“我不信，小龙不是好惹事儿的那种人。”

周桐桐不同意谢燕的看法：“人不可貌相，小龙表面上老实，心里阴着呢，要不何老师怎么对他那么好，肯定是他在背后想尽招数讨好何老师了。”

谢燕反对说：“不可能，小龙根本不是那种人。”

周桐桐对谢燕的这种反应很失望，不客气地胡说了一句：“你真是一潭死水。”

谢燕不饶他了，冲他瞪着眼说：“你说谁是死水？”

谢燕的眼睛本来就大，这一瞪可把周桐桐瞪得有点怕了，抱着头说：“我是死水，我是死水，妹妹你别生气。”

“那你告诉我，大熊猫是怎么回事？”

“那是李启程报复成小龙，找人把他打了，把眼打成黑眼圈了，李启程就给他起了大熊猫的外号。”

谢燕气哄哄地随口说：“李启程这么不是人，看我怎么收拾他！”

“你想怎么收拾就怎么收拾，可跟我没关系啊，我们宿舍到了，二楼冲楼道那个门就是，你去吧，我还有事儿呢。”周桐桐以为遇到了什么大人物，大概也怕惹出是非，跑了。

谢燕见到小龙时，小龙正拿着一个大烧饼在铺上边吃边看书。这个下午休息，他又去外面找活干了，又到那个蔬菜批发市场，他学会了死皮赖脸地给人家干活，干完后就给人家要十元钱。都是一些大人，不好意思和一个孩子要赖，就给他十元。每次回来他都特别高兴，吃着用自己挣钱买来的大饼，心情舒畅着呢。

谢燕呢，本来是来撒气的，在听到周桐桐的一席话后，心里半点气都没了，忽然觉得小龙很可怜，所以，在门口，她想了又想才声音很轻地叫了一声：“表哥？”

这很轻很轻的声音足以使宿舍的男生表现出很震惊的表情，他们都把目光集聚在他俩身上，仿佛他们要演一场精彩的戏似的。

小龙似乎也很惊讶，看到谢燕，嘴角撇了一下模糊不清地“嗯”了一声，赶紧下床穿鞋，叫她到外面说话。

小龙一直往学校外面走，谢燕一直跑步跟在后面，就在他挨打的那个巷子里，他停下来，毫不客气地说：“谢燕你干吗呀你，谁是你表哥?”

谢燕很委屈地解释:“我还不是怕别人误会你和我搞对象呀,我这样叫就不会有人瞎说了。”

小龙更委屈:“知道会有人误会,你还来学校找我,你还嫌我麻烦事儿少啊。”

“那我上哪儿找你去?”

“你找我干吗?我说过了,我欠你家的钱我会还的。”

“谁让你还了,我给你要了吗?我从来没想过让你还我家钱。”谢燕听他说到还钱很着急。

“我一定还,我不会欠你的,只是现在我还没能力还。”

“那你就还吧,我不拦着你。”

“你拦也拦不住。你还有什么事儿不,我要回去了,回去晚了别人会说闲话的。”小龙催促说。

谢燕怕小龙急着走,就问:“我听说你和一个叫李启程的同学打过架,李启程又找人把你打成黑眼圈了,这事儿是不是真的?”

听这问话,小龙憋着气问:“你是不是听刘雷说的?”

谢燕摇头说:“不是,刚才我听你下铺那个同学说的,是他带我去找你的。”

小龙听说是下铺那个同学,心里顿生出几分恐惧,急着问:“那个同学长什么样子?”

“尖嘴猴腮的,挺能说。”谢燕答。

“完了,你撞上他我算完了,我会被你害死的。谢燕,我求你了,以后你别再来找我了行吗?”小龙是真的在求她,他害怕是非。

谢燕禁不住问:“小龙,你为什么总是那么讨厌我?”

小龙说:“我不是讨厌你,我是不想惹事儿了,我的事儿惹得够多了,没别的事你赶快回去吧。”

“那等你放假了,我到你家里去找你行吧,我想看看英子去。”谢燕一副可怜的样子。

小龙不回答她，往宿舍里走去，谢燕突然想起什么又追上他问：“我给你写了好几封信你为什么不回信?”

小龙回头说：“我没有收到过你的信。”

“真的?”

“当然是真的，我骗你这干吗。”

谢燕愣了半天，突然想起了一件事。她在学校收到过刘雷的一封信，她没有给刘雷写过信呀，刘雷怎么知道她的地址，这让她对刘雷产生了怀疑。她气哄哄地在心里骂，刘雷你个王八蛋，我明天再找你算账。

## 2

周桐桐在校外的网吧待了几个钟头，晚上蹑手蹑脚地回到了宿舍。看着宿舍里的同学睡的睡，不睡的看书，死气沉沉的样子，真觉得挺没意思，浑身的痒痒毛直往起爹，小龙已经睡了，他趴在床边上拽扯小龙的被子：“成小龙，今天找你那个漂亮妹妹是谁呀?”

小龙就知道这个无事生非的家伙不会放过他，他早有准备，从被窝里钻出来若无其事地说：“是我表妹，怎么了?”

周桐桐顿感无聊，又重复问了一句：“真是你表妹?”

小龙装作生气地说：“那表妹还有假呀，要是不信明天我带你去她家问问。”

周桐桐赶紧说：“我信我信。”然后，嘴里嘀咕了一句：“真没意思。”

谢燕在家闲着没事干，果真找刘雷算账来了。她是中午来的，她琢磨着中午的时间能逮住他。她直接找到高一男生宿舍，很巧，又碰上了周桐桐。此时周桐桐和昨天判若两人，见到谢燕也不打招呼，转身就往楼上走。谢燕叫他：“喂，小猴子，我找你打问个同学。”

周桐桐看了她一下，不悦地说：“你叫谁小猴子呢?”

“叫你呀，叫你小猴子是说明你可爱。”谢燕嘴上这么说，心里却笑他长得跟猴子一样。

说他可爱，周桐桐自然高兴，他又从楼梯上下来问：“你找人怎么不问你表哥去?”

“这不碰到你了嘛，省事儿了，你知道24班的刘雷在哪个宿舍吗?”

周桐桐说：“知道知道，就是那个大高个子吧，成小龙打架的时候，何老师叫我找过他。”

谢燕疑惑地问：“找他干吗?”

“他是成小龙的初中同学，知道他家在哪儿，找他到小龙家叫家长去。”

“他在哪个宿舍，你帮我叫他下来行不?”

周桐桐痛快地答应着上楼去了，通知了刘雷，回到了自己的宿舍。然后爬到上铺的床边说：“成小龙，你表妹在楼下。”

小龙猛地打了一个寒战，以为又来找她了，忙说：“麻烦你周桐桐，你下楼告诉她我不在宿舍。”

周桐桐说：“她不是来找你的，她来找24班的刘雷，我刚才给他叫了。”

听到不是来找他，小龙才松了一口气，他爬起来向窗户这边挪了挪身子，果然看到刘雷和谢燕正在楼下说话，你一言我一语说得还很激烈。

“成小龙，你表妹是不是在和刘雷搞对象啊?”周桐桐好事儿地问。

小龙缩回头说：“我怎么知道，你想知道出去问问他们去?”

周桐桐没趣地说：“那是你表妹，又不是我表妹，受了欺负也不碍我什么事。”

周桐桐这句话刚完，就听到有人喊叫着向楼上跑来，一直闯进了他们的宿舍：“成小龙，你管你女朋友不，她要打我?”

话音刚落，只见谢燕气势汹汹地追了上来，拳头还是落在了刘雷的身上，一边打一边喊：“我打死你，叫你拿我的信，你不是人，你不要脸！”

顿时，宿舍内一片喧哗，说什么的都有。周桐桐离小龙最近，乱中添乱地说：“成小龙，你装得还挺像的，原来她不是你表妹，是你女朋友啊。”

刘雷挨了打，还在不服气地大叫：“成小龙，管不管你女朋友，你想让她打死我呀。”

刘雷越叫，谢燕就越打他，宿舍里乱成一片。有看笑话的，有拉架的，竟然还有助威的。成小龙坐在床上，看着这一场“战斗”，大脑已经混乱，已经不知道自己究竟该干什么。

谢燕终于打累了，站起身来，对刘雷说：“你快把我的信还给我。”

刘雷故意刁难她：“我没拿你的信，我拿的是成小龙的信，我给成小龙也不给你。”

小龙尴尬得无地自容，突然从床上跳下来，穿上鞋向教室里走了。

谢燕看到周围这么多人，突然感觉到自己刚才的失态，急忙追上小龙想解释什么，小龙生气地冲她喊：“滚，你给我滚远点，我不想再见到你。”

刘雷本来看到谢燕挺高兴的，没想到谢燕是找他来算账的，两个人没说几句话就为信的事儿吵了起来，虽然刘雷不承认，可是言语中已经说明了信在他手里，谢燕耍小性子，气得要打他，他就故意跑到成小龙宿舍来闹腾。刘雷心里想，反正谢燕你也不喜欢我，你不是喜欢成小龙嘛，我就让成小龙再出出名。

刘雷这一招果然见效，这么一闹，班里可就热闹了，都知道成小龙在谈女朋友。而且把谢燕到宿舍里找“表哥”，成小龙认“表妹”这件事传得神乎其神。

其实，零零年代的孩子都早熟，学校里谈朋友的学生也不少，像这样闹得满校风雨的，小龙还是第一个。这原因有三：一是小龙本来就是个公众的“罪犯”，大众人物；二是他们又闹了“表哥表妹”这一出，听起来有着特别的意味；三是最重要的，谢燕竟然大胆地闹到男生宿舍。这事儿一总结，一联想，一闹腾，小龙不出名才算怪呢。

谬论说上千万遍也就成了真理，成小龙谈朋友的事很快传到了老师们的耳朵里，又很快传到校长的耳朵里。为了及时刹住这股早恋之风，让学生们有一个健康向上的心理，校长马上组织全体老师开会，重新规范学校制度。而后又召开全体师生大会，重点强调学校的早恋问题。校长讲话的开头就以某男生某女生某班某宿舍发生的事情为引子，义正词严地讲述早恋的危害和不应该。校长虽然未提及姓名，大家都心知肚明是在说成小龙，特别是何老师，感到很没颜面，会后，就把成小龙叫到了办公室。

“成小龙，说说你怎么回事，怎么就你是非多？”何老师生气地问。

小龙心里憋屈，却不知道怎么来解释，憋了半天也只是说：“我没有事儿。”

何老师一听这话更生气了：“你没事儿，你要是没事儿大伙儿能给你编出个事儿来，我就不信，这样的谣别人也能给你造出来。”

小龙现在真是有千张口也不一定说得清楚是怎么回事，他还是想解释：“我和谢燕只是初中同学，她经常帮助我，没别的事儿。”

“没别的事儿来找你，叫什么表哥，这不是此地无银三百两吗？”

“她就是怕别人瞎说才这么叫的。”小龙说话的声音很低沉。

“那你承认他表妹也是怕别人瞎说了？”

“嗯。”

“真是越抹越黑。”何老师无奈地说：“成小龙，我真不知道怎么说你，我知道你是一个好学生，但是人言可畏，以后注意点，和女同学正当接触，千万别再出什么差错了，一失足会成千古恨的。”

这真是一波未平一波又起。小龙真的很害怕谢燕顶不住什么时候又会冒出来，又给他带来什么灾难。

## 3

成耀银这一冬天的日子不好过，不好过不是因为缺吃少穿，是因为他没了存款觉得没了底气。还有，他欠下了风娟3500元的外债，这种负债的日子让他觉得沉重而又恍惚，就像在空中荡秋千，不着上不着下的，有种随时要摔下来的感觉。这种感觉让他害怕，他真怕有一天会摔下来摔死。

老天也真够不公平的，别人都有个堂兄堂弟，表姐表妹或者七大姑八大舅的，有了什么难处还可以有个人商量，有个人帮忙，成耀银什么也没有。这不怪他的爷爷，要怪只能怪他的亲生爹娘没有人性把他活生生地扔掉。话又说回来，他恨也没用，他不知道他的父母在哪儿，他的父母就像天上被乌云挡住的星星月亮，他想恨也够不着。

秋收时成耀银在家里忙了一阵儿，庄稼收回家后他又跟风娟的丈夫盖房子去了，没干多久，随着冬季的来临，天寒地冻的，也就没活可干了。说到挣钱他也没挣多少，家里生活开销加上小龙的生活费，仅仅还了风娟五百元，手里就所剩无几了。所幸的是，英子养的兔子活蹦乱跳的，已经发展到50多只了。这50多只兔子算起来也得值个千儿八百的。英子和成耀银商量，过年后卖一部分兔子给小龙买辆自行车。成耀银不同意，说小龙没自行车跑着照样能上学，没学费不行，还是等下年交学费的时候再卖。反正都是为小龙，怎么英子都乐意。为了这些兔子冬天吃的粮食，英子备下了很多干草，成耀银看着这些兔子有希望，还专门从村里磨米的地方买回来一些米糠让兔子吃。

进入腊月中旬，天气极不正常，一场罕见的大雪骤然而至，很多人都因不适应这样的天气唤上了感冒咳嗽，成耀银和英子都没能逃过这一劫。成耀银说感冒咳嗽不算病，不舍得买药，硬扛着，英子当然也得跟着硬扛。二拐子来给英子看腿的时候，知道了他们的情况，给他们拿过来几盒感冒胶囊。

英子感激二拐子，看到成耀银出去了，对他说：“二叔，等我卖了兔子就还你药钱。”

二拐子上上下下捏着她的腿说：“不用你还，几把感冒胶囊，不值几个钱。”

英子说：“不是光感冒胶囊的钱，我的腿你也帮了我这么多，连我经常吃的药你都少要钱，我心里也过意不去呀。”

二拐子倒被英子说得不好意思起来：“你可别这么说，我是不希望你落下像我一样的毛病，一辈子的罪，我这是为自己多积点德。”

英子就笑：“二叔你真有意思，心眼好不说心眼好，说积德。”

二拐子说：“我就是这么想的。”

二拐子把英子的腿捏了几遍问：“英子，我捏你腿的时候，你还疼不?”

英子摇摇头说：“不疼，就是觉得有点不得劲儿。”

“你肯定得劲儿不了，你的腿里还钉着两块钢板呢，等钢板取出来就得劲儿了。”

“那什么时候才能取钢板?”

“怎么也得经个夏吧，等夏天过了再到医院拍片看看，应该差不多了。”

二拐子准备要走了，走到兔窝旁边看了会儿兔子，又对英子说：“英子，过了年你把这些兔子卖了换个品种喂吧，我在电视上农村科技栏目看到过一个叫‘獭兔’的品种，它的肉和毛都非常值钱，说不定会发大财呢。”

英子问：“那兔子和兔子还不一样呀?”

二拐子说：“当然不一样，那小獭兔也得百十来块钱一对呢。”

英子不相信：“真有那么值钱呀?”

二拐子还没回答她这个问题，就看出了英子的兔子出了问题，那些刚出窝的小兔崽子一个个都非常蔫。他往小兔子周围看了看，这些小兔子还拉稀屎，他问英子："英子，这些小兔子怎么了?"

英子急忙走过去，也看出了不对："我不知道呀，上午还好好的。"

"那可能是冻的，你赶紧去找些松软的柴火给它们垫上，再不行就喂点药。"

英子赶紧去找了些柴火，二拐子帮她在窝里垫。窝里垫好了，成耀银也回来了，他是去跟风娟丈夫歇着了。看着二拐子从兔窝里跳出来，他问："兔子怎么了?"

二拐子说："可能受凉了，拉稀屎。"

成耀银也跳进兔窝里去看，小兔子见到他也不跑，他很着急："这怎么办?"

二拐子说："先看看吧，如果不行，你们再去我那儿拿点药喂。"

一直到晚上，那些病了的小兔子一点好转也没有，英子都急哭了，只好到二拐子那里求救。二拐子拿了些呋喃唑酮研成末给了她说："你拿回去想办法喂下去，如果还不行，那就再想别的办法。"

喂兔子吃药可不是件容易的事，成耀银抱着兔子，掰着嘴，英子用小勺一点一点地往兔子嘴里送，兔子能吃下去的恐怕很少。这一只只喂下来，两个人累得手脚都酸疼酸疼的。

尽管费了这么大的劲儿，那些小兔子还是不领情，第二天早晨，人起来了，它们却没起来，都死了。这还不算，其余的兔子也有了拉稀屎的症状。英子哽咽着跑到二拐子家说："二叔，你快去看看吧，别的兔子也拉稀屎了。"

二拐子看了看兔子的症状，和那些小兔子基本相似，喂药又不顶用，那就试着打打针吧，总不能看着它们死吧。他当了这几年的赤脚医生，还真没给动物看过病打过针呢，这从人医变成兽医，二拐子真有点为难，可看着英子着急的样子，再难也得打。他回家拿了庆大霉素和针管针头，像给人打针一样打在兔子的屁股上，那些兔子像小孩子一样可不愿受疼，前爪后爪乱抓乱挠，把他们三人的手上都挠抓破了。

第二天，这些病兔子有的好起来了，有的越严重了。这二拐子也摸不清到底是怎么回事。就这么折腾了好几天，大兔子死了将近一大半，仅剩下十多只了。

成耀银也像那些兔子一样蔫了起来，坐在炕头上干喝闷酒，鼻子“吸流吸流”的像是在哭。最伤心的还是英子，她把这些兔子当成她的全部希望，看着它们健康成长，她连做梦都在笑。看着这些兔子，她仿佛看到了小龙骑着自行车飞奔在回家的路上，仿佛看到小龙的大学通知书，在梦中，她竟然还梦到小龙娶了她，在洞房里掀她头上的红盖头……当然，这只是她自己的秘密。现在，这些希望仿佛也随着这些兔子的夭折破灭了，她能不伤心哭泣嘛……

二拐子来家里劝了他们一阵子，说活下来的兔子很快就会再生小兔子，不久就会再有很多兔子的。成耀银听了这句话又发犟：“明天我就到镇上把兔子都卖了，省得都死光了，血本无还！英子以后不许再喂这些玩意儿了，娇里娇气的，还不如喂头猪。”

英子不敢说话，二拐子也不敢再劝了。

第二天，成耀银果真把这些兔子背到青山镇卖了，卖了二百多元。

英子伤心了很多天。

## 4

茂平一中放年假很晚，到腊月二十五了。小龙回家的时候，惊喜地发现，青山镇和柳树沟村这段山路真的有了修路的迹象，山路的两边都用白灰画了线，而且这白线与白线之间的距离很宽。

他边走边想象这路要修成公路应该是什么样子，一定像青山镇到县里的路一样那么宽那么平，到时候汽车就一直能通到村里了，如果上学不想跑步，就可以从村里一直坐到县里。修了路，等他们有了钱，爹还可以买一个翻斗机动三轮车拉煤，又省劲儿又省事儿，还快，到时候他上大学的钱也就有了着落。

其实他也不想跑步上学，特别是学会骑自行车后，觉得自己的腿变短了似的，不停地迈也走不了多远。他又觉得回家的路程变长了，总是走不完。当听英子说卖了兔子就给他买辆自行车时，他心里非常高兴，只是家里有外债，他不好意思说要。

这个学期对小龙来说真是有惊无险，翻过了冲动打架的"高山"，越过了"表哥表妹"的大海，今年这一页的历史总算就要翻过去了，他下决心在下一年为自己争个彩，特别是学习上。今年被这些乱七八糟的事儿影响了不少，明年一定赶上去。

小龙赶到家后，发觉家里的气氛不对。这年根底下，别人家里都欢喜热闹着准备年货，他还能在村里的路上听到杀猪宰羊的叫声。到了自己家里却一点过年的味道都没有，父亲正在闷着头修理那辆砸坏了的排子车，英子坐在屋里洗衣服。父亲看到他回来毫无感觉一样。

英子看到他，委屈的泪水一下子就涌出来，"啪嗒啪嗒"掉进了洗衣的盆里。

小龙很纳闷儿地问："英子，家里怎么了？"

英子的泪流得更欢了："兔子——兔子死了。"

小龙马上跑出屋看兔子，结果兔窝也看不见了。小龙在院中急着问："怎么死的，怎么好端端的就死了。"

不提兔子，成耀银上火还轻点，一提兔子火气一下子就上来了，他使着劲儿地喊："不许再给我提兔子，要不是这兔子，兴许咱家还没这么倒霉事儿。"

英子不敢再说话了。

尽管成耀银使的劲儿挺大，吐出的字却像蚊子在叫，他嗓子因为感冒，主要是因为兔子死了上火，已经哑得说话很费劲了。

小龙上前心疼地问："爹，你的嗓子怎么了？"

成耀银不再说话，"哐当哐当"用锤子往排子车上楔钉子。

英子小声说："叔又感冒又上火，也不吃药。"

小龙转身向二拐子家跑去。

二拐子正在院子里用铁丝拧笼子，看到小龙说："小龙放假了吧，你爹和英子是不是还是挺不高兴的，大过年的，让他们想开点。"

小龙说："二叔，我想给我爹拿点药，他感冒上火，嗓子说不出话来了。"

二拐子叹了一声气，放下手中的笼子，到屋里拿药去了。小龙追过去问："二叔，你知道我家兔子是怎么死的吗?"

"可能天冷冻的，都拉稀屎，我打针救也没都救活，剩十来只都被你爹卖了。"

小龙听他说还没都死完，心也不完全寒了，掏钱给二拐子。二拐子把药递给他说："不要钱了，不值几个钱，我知道你爹不容易，英子花了不少钱。"

小龙硬把钱给他，说："二叔，你帮了我们这么多，我会报答你的。"

二拐子笑着说："你这么客气干吗……很快我就需要你的帮忙了，你可不能不帮我。"

小龙问："我能帮你什么?"

"我有个想法，明年开春儿，我就根据电视上农村科技栏目提供的地址到省城去一趟，买些獭兔回来养，电视上说獭兔肉香毛好，特别有发展前景。到时候我还需要你这有文化的人多看看养獭兔的知识，给我讲解呢，你说行不行?"

"那挺好的，只是二叔你当着医生，能忙过来吗?"

"忙不过来让英子帮忙，我给她工钱，你看行不行?"

"行，怎么不行，只要英子愿意就行。"

小龙心情很舒畅，拿着药回家了，把水倒上递给成耀银："爹，把药喝了吧。"

"不喝。"成耀银总是犟得跟头驴似的，一点情面也不给孩子留。

小龙就求他："爹，你就喝了吧，我都给你拿回来了，大过年的，病着多不好。”

成耀银手一挥，小龙手里的碗一下子被碰掉在地上，只听“哐啷”一声，碗摔了好几半。小龙和英子都被吓得吊着心。

小龙不再求他喝了，把碎碗捡起来扔了。

自从出了砸坏英子腿这件事儿后，成耀银的脾气变得坏了许多，动不动就发脾气，动不动就摔东西，很少能看见他笑一下，也很少听到他说句温顺的话。小龙明白，爹的心里别扭着哩，这发生的一连串不顺心的事儿，让谁谁也受不了。想到这儿，小龙心里很自责，很难过，如果不是自己这么不听话，怎么会砸着英子，怎么会花掉爹这么多年辛苦攒下的血汗钱。如果没有这么一个开始，也许什么事儿都不会发生。

夜里，成耀银嗓子疼得不能睡觉，犟脾气也下去了，推醒小龙问：“药呢?”

小龙赶紧起来给他倒水，拿药，让他吃了。小龙看着爹的脾气下去了，就借着劲儿劝他：“爹，你就别太着急了，青山镇到咱村的路都要修了，等修了路咱们买辆翻斗三轮车，你还拉煤，多好。”

成耀银嘴里蹦出一个字：“钱?”

小龙说：“钱是可以挣来的，二拐子叔说了，明年开春了要养獭兔，说让英子帮他养，还给工钱呢。要不，也让二叔给咱们捎几只回来养养试试，兴许真能致富呢。”

成耀银一听兔子又着急了：“你再提兔子就给我滚。”

小龙老老实实钻进被窝不敢再动了。

这个年过得很不愉快，成耀银一斤肉都没有买。家里就剩下几个鸡蛋，英子让小龙去买了点韭菜算是吃了顿饺子。

成耀银不是舍不得买几斤肉，他是心里有气，这气他没处撒，就得跟大家赌着。

这是自小龙记事起过的第一个冷清的年。

往年，大年夜，他们父子总是跑到风娟家看联欢晚会，风娟家的炕烧得暖暖和和的，屁股坐上去特别舒服，电视也是彩色的。今年的状态，谁也没心思看电视。风娟还跑到家里叫了一趟，谁也叫不动，也就走了。

往年的初一，成耀银总会拿出他从青山镇买回来的鞭炮让小龙放，看着那鞭炮“噼里啪啦”冒着火星一个劲地响，他黝黑的脸上会展开舒心的笑容，好像那“噼里啪啦”的声音是专门在为他的日子叫好。他总是对小龙说，明年，咱们再多买点鞭炮，把穷日子和晦气都嘣走。

往年，不论好赖，成耀银总得给小龙买身新衣服，让他穿着新衣上街找伙伴们玩儿，让他的儿子不比别人家的孩子差。然后，他就和一些一同干活的人去街上敲锣打鼓凑热闹去了。

今年，仿佛什么事情都被成耀银遗忘了。

## 5

年后开春儿，青山镇到柳树沟的这段公路开始动工了，这让村民们都很兴奋。成耀银他们的盖房班也转移了，跟着包工头修公路去了。因为这条路是通到自己村里的，大家都干得特别起劲，早去晚归，盼望着这路能早一天修好，让他们能早一天走上“通天大道”。成耀银也很卖力气，他一天天的很少说上一句话。

那天，趁休息的空儿，风娟丈夫递给成耀银一支烟说：“大哥，抽一根吧，让心里的苦闷跟烟一块跑吧，别憋着自己。”

成耀银从前是抽烟的，在娶媳妇之前抽，后来娶了个病媳妇，媳妇一闻烟味就受不了，他就戒了，后来再也没有抽过。

他接过风娟丈夫给他的烟，抽上了。也是这么多年不抽了，刚吸两口就咳上了，一咳起来还没个停。风娟丈夫笑他说：“好了好了，别抽了，掐了吧，这烟都跟你生了。”然后他又问成耀银：“大哥，你想过不，这路修通了，干点什么？”

成耀银憋了半天才说：“不知道干什么。”

“我已经和风娟商量过了，路修通了，我们就在村边的那块地里盖上几间房，开个小饭店兼停车场，要自己当老板，不能成天跟在别人屁股后面闷头瞎干了。”风娟丈夫说着，脸上露出对未来的憧憬。

成耀银不明白他的意思，问：“你说村里就那么几口人，谁去你饭店里吃饭停车？”

“这你就不懂了大哥，咱们村离范家庄煤矿这么近，这路一修通，村里肯定有很多买车跑运输的，你说那大挂车他停哪儿，家里停不下吧，大街上不放心吧，所以就得停我那儿，安全。”

成耀银不说话了，确切地说，他是不知道说什么了。

人生几度秋凉，世事一场梦。他也曾经对这条路充满着希望，希望它能够早点修通，然后就让那辆排子车更新换代，买辆“嘣嘣嘣”的三轮车往村里拉煤，挣拉脚的钱，供小龙上学。如今，这个梦已在他的心里不复存在，他已经没有任何资本做梦了。

成耀银没梦可做了，二拐子的梦可刚刚开始。他真到省城里去了一趟，还买回来三十对獭兔。这獭兔看起来和平常兔子没什么区别，当二拐子买回来找英子帮助他喂时，英子对这些兔子看了又看，说：“二叔，你上当了吧，这和我喂的兔子是一样的。”

二拐子笑着说：“不一样，你看看它的毛，比平常兔毛要短要平整，还细致柔软。我在城里的好多服装店里都看了，衣服上有这种毛的都要贵好几百，我还给你买了一件带獭兔毛的羽绒服回来，我这就给你拿去，你穿穿让我看看。”

英子使劲睁着那双大眼睛问：“给我买的？为什么要给我买？”

二拐子从屋里拿出羽绒服递给英子说：“试试，我保证村里没有人穿獭兔毛的羽绒服。”

英子不敢接，还是不解地问：“二叔，你为什么要给我买？”

“我养这兔子得先做广告啊，要不谁相信这兔毛值钱哪，这衣服就是广告牌。”二拐子笑着说：“试试吧。”

英子还是不明白二拐子说的话，又问：“二叔，我还是不明白，这衣服怎么就成广告牌了，人家的广告都是在电视上做的?”

“你看这衣服，领子上、袖子上，都是用獭兔毛做的，你摸摸，又软又细，手感特别好，别人要是看见你穿着好看又暖和，也就去买了，买的人多了，咱们养的兔子当然就更值钱了，你说这不是广告是什么。明白了吧，快试试。”二拐子这样解释。

这是一件粉红色的衣服，英子最喜欢的颜色，而且是件羽绒服。英子从来没有穿过羽绒服，她穿的最好的衣服也就是谢燕给她的一件旧棉服。

英子拿过衣服，摸了又摸，领子上、袖子上，摸过来摸过去，还把毛贴在脸上蹭了蹭，说：“二叔，真的很软，很舒服。”

“那就快点穿上吧。”

英子很小心地往身上穿，生怕把那兔毛弄掉了似的，穿上后，马上身上就有了暖暖的感觉。英子不好意思地笑着问：“二叔，你说我穿这合适吗?”

二拐子瞅着她说：“合适，非常漂亮，保准谁见了谁说好看。”

“可是我穿不出去，我从来没穿过这么好的衣服，再说了，我叔要是知道是你给我买的，保准骂我。”英子马上又伤感起来。

“放心吧，我会对你叔讲明白的。你从明天起白天就到我家里来喂兔子，有空了我还可以教你识字，识字多了就能看懂养獭兔的资料书了。”

“行，我回家就给叔说。”

看着英子抱着衣服走了，二拐子又加了一句：“我给你工钱，也不耽误你给你叔做饭。”

晚上，英子对成耀银说了二拐子找她帮忙喂兔子的事儿，还把那件羽绒服拿出来给他看。成耀银望着那件衣服半天，也拿过来摸了几下，突然露出了久违的笑容：“是挺好的，既然你二叔送给你了，你就穿吧，你一定给你二叔把兔子喂好了。”

成耀银那么讨厌兔子，竟然这么痛快地答应她帮二拐子喂兔子是英子想不到的，她看到成耀银的脸上有了笑容，胆子也大了点，笑着说："等我挣了钱，也给小龙哥买件獭兔的羽绒服，让他穿着去上学，就冻不着了。"

成耀银突然间又不高兴了，脸马上阴起来说："不需要你管他，好好给你二叔喂兔子就行了。"

英子真搞不懂叔这是怎么了，说高兴就高兴，说翻脸就翻脸，像个孩子一样。她想了想自己说的话，给小龙哥买羽绒服没有错呀，小龙是他的儿子，受冻了难道他不心疼吗？她真的搞不懂。

小龙回家时听英子说獭兔的事儿，很高兴，他在英子的羽绒服上摸了摸那毛，话没有经过大脑地说："果真不错，真说不定能发大财。我可以考虑考农业大学，学畜牧专业，毕业了回来和你们一起创业，做一个新时代的新农民。"

成耀银听小龙这么一说，急了，脾气又上来了："你敢，你敢考农业大学，我就不活了，我到地底下找你娘去！"

小龙马上反应过来说错话了，赶紧弥补："爹，你别生气，我就是这么说说，你说让我考什么我就考什么，爹，你说我考什么好呢？"

这句话把成耀银问住了，他只想让小龙考个好大学，他对大学的概念什么都不懂。刚才听小龙说考农业大学，还说回到农村创业，他就着急了，真让他说考什么好，他真是一窍不通。

"反正不能考农业大学，带'农'字的大学都不能考，要考带'官'字的。"成耀银话说出来了，到底有没有带'官'字的大学，他也不知道。

小龙想笑，看着父亲严肃的样子又不敢笑，只能应着他的话说："行，我听爹的，就考带'官'字的大学，你别生气了，我一定会考上的，当个官儿，在城里买个楼房，娶个城里媳妇，开上汽车，拉你到城里享清福去，让村里人都羡慕你。"

小龙说这句话时本想省略了娶个城里媳妇这一项，但是这句话在他心里已经背得太熟了，一溜就出口了。当然，这些话是说给爹听的，不是他的意思。英子不明白，听了这些话，陷入了极度的伤心之中，拿起衣服进屋了，钻进被子，泪水忍不住就流了出来。

## 6

自打小龙和他爹为考大学的事儿争执后，英子就陷入了极度的不安中，特别是小龙说娶个城里媳妇的那句话，一直在她的心里打着滚儿，这滚来滚去的，实在让她很疼。那种疼又和别的疼不一样，不像婶子打她的那种疼，也不像砸着腿的那种疼，是一种说不出来的疼，这一疼她身上就像被什么东西抽空了一样，难受得要命，就想哭。

细心的二拐子看出了她经常走神，问她："英子，你是不是有什么心事?"

英子赶紧摇头，还挤出了笑容说："没——没有，二叔。"

二拐子说："没有就好。英子，以后别再叫我二叔了，我比你也大不了多少，我听着别扭。"

英子问："那我叫你什么?"

"我有大名，叫春鹏，你就叫我春鹏吧。"二拐子说。

英子说："那可不行，你虽然年岁不大，辈分在那儿呢，我喊二叔名字算什么，太不懂事儿了，不行，我还是喊你二叔吧，我叫惯了，挺好的。"

二拐子苦笑了一下说："好吧，那你愿意怎么叫就怎么叫吧。"

英子开始用温水喂兔子，然后再喂饲料。当然，这些都是二拐子看了书后教给她的。喂完后，二拐子让它抱着兔子，他要给小兔打预防针。英子笑着说："养兔子怎么和养孩子一样，还得打预防针。"

二拐子说："这兔子也是生命呀，和人一样，不打预防针它就得病，病重了就会死，你的兔子就是没有管理好才死的。"

英子问："二叔，你怎么知道这么多，都是书上说的吗?"

"是呀，书上都写着呢，你一天学都没上过吗?"二拐子问。

英子摇头："没有，我婶子不让我上学，让我在家里喂兔子喂猪。"

"那谁也没教过你认字吗，你识几个字？"

"一个，我就认一个字，是小龙哥教我的。"

"什么字？"

"你打完了，我写给你看。"

三十对小兔，他们足足打了一个上午，英子该回家做饭了。她走的时候还没有忘记给二拐子写她会的那个字。她很认真地用一块小石头在地上写，很清楚地写出了一个"爱"字。

二拐子不解地问她："小龙为什么要教你这个字？"

"那是我住院的时候学的，他们的同学都来看我，还给我送好吃的，小龙哥说这是他们的爱心，所以就教了我这个字。"

二拐子点头"哦"了一下，英子就往回走了。

看着英子的腿还是那么瘸，一点都不见好，二拐子想，她应该到医院里检查检查腿了。这种想法也只是在他的脑子里一闪，不知又被什么东西盖住了。

一个月后，二拐子要给英子开工资，把六百块钱递到她手里。

英子吃惊地问："怎么会这么多，我叔给人家修路一天才三十元钱，我只给你喂喂兔子，怎么会这么多？"

二拐子说："不多，一天二十块钱，正好六百。"

"我怎么能挣你二十块钱，我又没干什么活，给我五元钱就行了。"英子说什么都不接。

"五块钱怎么行，还不够你吃饭钱，你拿着吧。"二拐子还是死死地往他手里递。

英子真是觉得这钱太多了，还是不肯接："二叔，你算算，你一个月给我六百，一年就得给我七千多块，你把这些兔子都卖了也不值这么多钱呀，我不要，如果你再给我这么多，那我以后就不给你喂了。"

二拐子笑了，说："你怎么算账的，七千块钱你就觉得多了呀，你怎么不算兔子会越来越多，多得家里都盛不下了。”

英子问：“家里盛不下了那怎么办？”

二拐子说：“太好办了，办个獭兔养殖场，要是养殖场办起来，我一年挣七万都不止，说不定一年能挣七十万呢。”

“那等你以后挣了七十万我再要，反正我现在不要你那么多钱，我要一百五十元就行。”

二拐子从手里抽出一百块说：“一百五十元太少，五百元行了吧。”

英子还是不肯要，最后还是讨价还价到二百元。

正当英子接过那二百块钱时，姚家那儿媳妇正好到二拐子家拿药，看到英子拿着钱，眼睛一眯，阴阳怪气地笑着说：“哟，二拐子给英子发那么多钱呀，赶明儿我也给你喂兔子来，你也给我开工资行不？”

二拐子最见不得这种是非女人，但是好汉不打上门客，他只好应付：“行呀，婶子你可是贵人，你要是给我喂兔子，我这兔子肯定长得比你还肥，一定会卖个好价钱的。”

二拐子这是拐着弯骂她胖呢，她知道二拐子的嘴滑，她也不恼，就是不饶人：“兔子长肥点不要紧，我还是怕把它们养拐了，像你俩一样，卖都没人要了！”

这话让二拐子听了并不觉得怎么难过，这么多年，村里大部分人都直呼他二拐子，他身上早已经有了免疫力。对英子来说，就不一样了。她是个女孩子，脸皮薄，还和这个女人不熟，说她没人要了，这让她该受多大的打击呀。

二拐子有点急：“婶子你说我什么都没关系，你别说英子，她没惹你。”

姚家媳妇忙说：“我没说她，没说她，我和你开玩笑的。”

姚家媳妇拿药走后，英子还站在那里没回家去。二拐子急忙上前安慰她：“英子，你可不能生她的气啊，就当条狗叫呢。再说了，你的腿又不是真拐了。”

英子有点伤心地问："二叔，你说我的腿怎么还不好，我想走路不瘸着，这条腿就是使不上劲儿，我还能好吗?"

二拐子说："会好起来的，等拆了钢板就好了，你不要着急。"

这个女人的一句话冲淡了英子拿到工资的喜悦，她走得很慢很慢，她想尽量让左腿使劲儿，尽量不瘸，可是怎么都不行。

英子也不明白自己到底是怎么了，现在烦恼越来越多了。记得，她在叔叔婶子家里，成天挨打受气的，也没什么烦恼。那时候，打就打了骂就骂了，过了一天是一天。现在呢，没人打也没人骂，关心的人多了，想的也就多了。开始她想，这腿瘸就瘸了，怎么也比在家挨打受气强。慢慢地，她又不想让自己瘸了，特别是想到小龙，她更不想让自己瘸了。今天，这个讨厌的女人竟然骂她瘸了没人要，这让她极度伤心，她真怕小龙有一天不要她了，如果小龙不要她了，她觉得自己活都不想活了。

也许这就是人的欲望吧，她也许不懂什么叫欲望，但仍然为这欲望做着巨大的努力。先是想着逃避挨打，后想着多挣钱养家，现在又想着自己的腿能够好起来，以后好给小龙当媳妇。每一次，新的欲望总是在顶替着旧的欲望，让她不停息地努力着，努力着……

# 第七章

## 1

这山路修起来可不是一件容易的事儿，要是容易，恐怕政府早就修了。山上石头硬，有时候炸药都炸不动，得像蚂蚁啃大象似的，一点点啃。一直啃了半年，这基路都还没有修好。没修好就慢慢修，成耀银不着急，反正一天三十元钱，他干一天就能得到一天的钱。有时候他倒是怕这路修好了。要是路修好了，他干什么去呢？风娟丈夫要开饭店了，谁还能带着他干活呢？

这工头可和成耀银想的不一样，他包的活儿是总价，多干一天他就要多出一天的工钱，少干一天他就多落下一份。他一直催这些人快点干，生怕他们磨洋工。他们的工头还是盖房班里那个头，是本村的，叫冬顺，家里二层楼都盖起来了。你说这本村的一点情面也不给，谁干活慢了他就骂谁，骂谁谁也不敢吭声。你就想吧，村里人身强力壮的谁干这个呀，都上煤矿下煤窑挣大钱去了，干这些活儿的也都是些煤矿挑拣出来的，力气倒是有，就是没那么大，也没那么长。这些人找不着活儿干，好不容易有个挣钱的活儿，就是挨骂也得忍着。

这天，成耀银他们正干着活儿，就见从青山镇的方向来了一群拿着棍子的人，成耀银一看这群人的架势就看出是来者不善、善者不来的主，赶紧躲得远远的。这群人果真是来闹事儿的，他们嚷嚷着要找工头。工头是个挣钱不要命的主，打架可不行，他一直不敢出来。那群人就说，如果工头不出来就不让他们再动一下这山上的石头，只要谁敢动一下，就打。这句话吓得谁也不敢再干活儿了，工头躲到山旮旯里拿手机打电话去了。

这个局面僵持了有半个多钟头，只听远方传来了警笛声，不一会儿，几辆摩托警车从青山镇方向开过来。这群人听到了警笛声一点都不害怕，还大骂着，警察来了也不怕，谁管老子就打谁。

警察来了，那群人根本就不当回事儿，还有人在这边大喊："谁是你们的头儿，快点给我滚出来，别做缩头乌龟。"

工头冬顺看到警察壮了胆，从山旮旯里钻出来，对警察很可怜地说："他们——他们不让我——干活儿。"

警察问："为什么不让你们干活？"

冬顺摇头说"不知道。"

警察又转身问这群闹事儿的人："你们为什么不让他们干活？"

这时，从人群里走出来一个歪瓜裂枣的中年人，对警察说："就—— 就不让——让——他们——干，他们——他们干——干了我——我们干——什么。"

"这就是你们的不对了，谁都有包下这个工程的权利。"警察很公平地说。

"我们——就——就是——不——不——不让他们——他们干，非——非把——他——他们打——打跑——跑——跑不行。"

看来这个人不但结巴，还挺二百五。这位警察再想说什么，这个二百五竟然围着这个警察仰着头转了一圈，突然笑着说："你——你不是——是——是我们——我们镇——镇上那——那——那个李——李所——所——所长——长吗，大——大——大驾——驾光临，少——少管——管——闲——闲事吧，惹——惹——惹急——急——急了——老——老子——连——连你也——也揍。"

这一次出警，李所长亲自来是有原因的，他早就听说青山镇有一伙地痞为了承包修路工程，为非作歹，只是苦于没有抓住他们的任何证据，这次有人报警说这种情况，他就想了解一下这伙人的情况，没想到碰到这么一个二百五。

李所长问：“你别在这儿瞎掺和了，叫你们的头儿过来给我说话。”

二百五一听急了：“你——你——敢——敢——敢说——说——说我——我——我——瞎——瞎——瞎掺和，你——你——吃——吃了——豹——豹子胆——胆了，我——我——我就——就——就是头儿，你——你——敢——敢——把我——我——怎么样?”

“你要是敢瞎闹，我就把你抓起来。”李所长斩钉截铁地说。

二百五这时恼了：“你——你——你敢——敢抓——抓我，看——看——看我——我——怎么教——教训你，兄弟们——给——给——给我——我——打，出——出——出事了——我——我哥——哥——兜——兜——兜着。”

这二百五的话一落，像是圣旨，这群人一哄而起，拿着棍子就冲李所长身上敲过来。其余的警察一看所长要挨打，急忙上前，不过还是人家人多力量大，他们穿着警服也只有挨打的份儿，就算有两下身手也在人群中摆不开招式，不一会儿就有点招架不住了。工头冬顺看这架势早已经跑了，成耀银上前看了看，也打算离他们远点，结果他在挨打的警察中看到了一个熟人，那就是李启程的爸爸李所长。他心头一热，不顾一切地扛起凿石头的大镐钻进这伙不要命的人群中，护住了李所长，而且大声叫：“你们谁敢再动一下李所长我打死谁!”

这时，别人停下了，二百五却拿起棍子走到跟前，二话不说，一棍子冲成耀银的腰里敲过去，成耀银一股猛劲举起大镐凿过去，一下子凿在二百五的腿上，立马，鲜血从二百五的腿上流下来。成耀银大叫：“谁还敢再上来，我就和谁拼命。”

这一招还真管用，闹事儿的人群又一哄而散，二百五也不顾腿的疼痛跟人群跑了。见他们跑了，成耀银才放下高高举起的大镐，顿时觉得腰非常疼，用手捏了一下腰。

几个警察已经被打得躺在了地上，不过都没有受重伤，还能走路。李所长站起来，看到成耀银，感动地说："大哥，谢谢你，你的腰有事儿不，我们拉你去镇上的医院看看。"

成耀银笑着说："没事儿，我铁打的身子，骨头硬着哩，你怎么样？"

"我没事，就是浑身疼，还死不了。"李所长有点开玩笑的意思，然后问几个兄弟："你们怎么样？"

几个人都站起身来，晃了晃身子说没事儿。其中一个人说："看我回去怎么收拾那个结巴子！"

李所长很严肃地说："不要鲁莽，回去调查清楚了再抓人。"

李所长又问："大哥，你怎么在这儿？"

"我在这儿修路。"成耀银回答。

"今天多亏你了，要不是你，我们说不定就死在这伙人的乱棍之下了，改天有时间我去你家看你去，对了，你家小龙学习还好吧？"

成耀银不好意思地笑："还好还好。"

李所长说："那就好，让他好好学习，将来考个好大学。成大哥我们走了，以后有什么事儿你找我。"

成耀银望着警车远去的方向，心里顿有几分宽敞。长这么大，还从来没有一个当官的对他说有什么事儿让找他呢。顿时，他觉得李所长是他的一个亲戚似的，在村里人跟前，心里多了几分底气。

## 2

因为有了一场和警察的打斗事件，冬顺的修路班子才得以安宁，按部就班地干开活儿了。成耀银的腰也因挨了一棍子，在家歇着。冬顺让他在家歇几天再去，而且歇着也给计工资，一天三十元，一分不会少。

冬顺能包下这段工程，也算是有两下子的人了。他是通过朋友托朋友包下来的，钱也花了不少，如果这工程就这样干不下去了，他的亏就吃大了。他很明白，成耀银闹的这一下子其实帮了他的大忙，说大了就是救了他。当然，这些话他不能对成耀银说，更不能对任何人讲。所以，他让成耀银歇几天，还照常开工资，既表现了自己的大度，看起来又讲了人情。

三天后，李所长果然开着摩托警车来家里看他，大包小包的都是营养品。成耀银把家里的板凳用袖子擦了又擦，请李所长坐下。

李所长感激地说："成大哥，你快别给我客气了，不好意思的应该是我，让你受伤了。"

成耀银忙说："不要紧不要紧，算不上伤，一点事儿没有。"

"我今天到修路的地段找你，结果他们说你腰疼，在家休息呢，我这不就赶紧来家里看你了，怎么样，你的腰有事儿不，如果有事儿，咱们赶紧到医院看看去。"李所长还是很客气。

"没事儿没事儿，李所长，真的没事儿，你可别想得太多，我真的没事儿，是工头非让我歇几天。"

"成大哥，我给你拿过来一千元钱，你拿着，该买点什么就买点什么。"李所长拿着钱递给成耀银。

成耀银赶紧往外推那钱："不不不，李所长，这钱我不拿，说什么也不能拿，我又没伤，也不需要买什么东西，你拿过来这么多东西，我都挺不好意思的。"

李所长还是硬往他的口袋里塞："大哥，你就拿着吧，我听我儿子说小龙在学校里特别省俭，吃饭连肉都不敢吃，孩子正长身体的时候，马上又要考大学了，多给他点钱让他补补。"

"不，李所长，说什么我也不能拿你的钱，我们的日子紧一紧就过去了，等小龙考上大学了，有了工作就好了。"成耀银还是把钱硬塞回李所长的口袋里。

这时，英子回来了，走到门口一看家里坐着个穿警服的人，吓得不敢进门。成耀银招呼英子说："英子，回来吧，这是青山镇的李所长，他来看我来了。”他的话语里透着几分自豪。

英子这才把心放下来，羞着脸一瘸一瘸走进家门。

“怎么，成大哥你还有个闺女？”李所长问。

成耀银急忙摇头说：“不是，她叫英子，是坪窑村的。”

李所长笑着说：“那就是你的亲戚了。”

成耀银又摇头说：“也不是。”

李所长纳闷儿了，不知道怎么问才好：“那她是？”

英子听到李所长问这个，也不知道怎么回答，就做饭去了。

成耀银停顿了片刻才说：“以前我拉排子车不小心翻车了，砸了她的腿，她家里人就不要她了，她就在我家住着。”

“那她家人也太没人味儿了，瘸了就不要她了？”李所长还是不大明白。

“她父母早就死了，跟着叔叔婶子过。”

“那这丫头的命也真够苦的，成大哥你就当闺女养着吧，说不定能沾上这丫头的光呢。”李所长说。

“那不养着咋地，总不能扔了吧。”成耀银说得很无奈。

李所长是个性情中人，刚才听成耀银这么一说，又把那一千元钱从口袋里掏出来往成耀银的手里递：“成大哥，我真没想到你家还有这么一出，这钱你说什么也得拿着，早知道这家里的事，当初更不该——”

“李所长你可不能这么说，当初是我家小龙打了你家孩子，我该赔的，和这事没关系。”成耀银一听李所长说这个，又有了理亏的感觉。

“那也是我那破小子不懂事儿，都被我们惯坏了，以后一定让他跟小龙好好的，学点好，如果有机会，我领他到你家来看看你家的情况，也让他好好受受教育，不知道成大哥你欢迎不？”李所长说这句话很郑重其事，看脸上没有半点开玩笑的意思。

李所长走时还是把那一千元钱给了成耀银，说就算李启程以后到这里受教育的学费吧。成耀银推不出去，也就收下了。

成耀银一直把李所长送得很远。李所长在车上坐着开得很慢，成耀银跟着车同行，他和李所长边说边笑，惹来村里人好多羡慕的目光。

其实村里人开始都不明白，成耀银为什么会用身体来保护那个派出所所长，都说他这是巴结当官的。后来成耀银解释，这个李所长的儿子和小龙是同学，人们才不瞎说了。现在又看到李所长还亲自到家里来看成耀银，并且和他说说笑笑的，熟悉的程度还不一般，大家都不敢再小瞧成耀银了，见了他都笑着给他打招呼。

李所长和成耀银的这次会面，在两个人心里留下了深刻的烙印。成耀银长这么大都没和当官的接触过。他成天活在自己的世界里，只知道闷头挣钱，闷头吃饭，闷头着急。他做梦也没想到会和李所长摊上交情，有了这种交情，他真觉得自己也能把腰挺直走路了。

这摊上个当官的朋友就是有底气。成耀银想到了姚家那俩儿媳妇，他也能明白了人家为什么那么嚣张了，也不再恨她们了。活了四十岁，遇到李所长成耀银才对人生的概念有了深深的体会，那就是，人要是想活得有气势，一个是有钱，一个是有权，这两样有什么都行。所以，他又在心里重复念叨了自己的那个目标，那就是一定供小龙上大学，当官。如果小龙能当上官，哪怕是要他的命来换他也换。

李所长也让成耀银给自己上了生动的一课。他一直在想，自己有工作，而且工作也不错，不差钱不差关系，孩子的成绩好与不好无所谓，高中毕业了去当个兵，回来找个稳定的工作，成个家就行了。现在，从成耀银身上他看到了自己作为一个父亲是多么的不称职，他从一个普通的父亲身上看到了光辉，看到了伟大，看到了他从来没有看到过的东西，觉得自己渺小起来。成耀银在那么苦的条件下，还是让儿子坚持读书考大学，他呢，他这样娇惯儿子，那不是对儿子的宠爱，那是对儿子的纵容，是会害了儿子一生的。

## 3

小龙在高一的暑假里在县城的饭店里打了一个月的工，挣了三百元。这个暑假学校也就放了一个月，而且到高二就没有暑假了。他没告诉爹和英子他在饭店里打工，他说他没放假。说没放假他们也相信，高中了，马上要考大学了，学习肯定紧张，不放假很正常。

暑假里，谢燕跑到柳树沟来找小龙，结果扑了个空。她听风娟婶子说英子在二拐子那里喂兔子，就去二拐子那找英子，玩了一会儿就走了。走的时候，她写下一个手机号码给英子，她说她买手机了，有什么事儿可以给她打电话。

这个电话号码还是小龙给她打过去的，小龙在暑假开学之前给她打的，非要还她六百元钱，说是先还她六百，其余的等有了再还。谢燕心里憋屈，不拿，小龙非给不可，把钱扔在地上就走了。谢燕望着小龙的背影，心里的委屈只有她自己才能品味。

终于熬过了夏天，又到了秋天，等庄稼都收到了家里，成耀银就又修路去了。这个时候，似乎所有的人都忘记了英子腿里钉着的钢板，也习惯了她瘸着走路的样子。成耀银不提，小龙也没时间管，连平常非常关心她的二拐子也不提她腿里的钢板了。英子熬不住劲儿了，问二拐子："二叔，你说我腿里的钢板是不是该拆了？"

二拐子被问得打了一个激灵。按说拆钢板对英子来说是好事，他应该高兴，是不应该打激灵的，可他偏偏就打激灵了，他赶紧笑着说："是该拆了，你回家给你叔说说，让他带你到城里医院拆了吧。"

英子又问："那拆了钢板我是不是就不瘸了？"

二拐子突然头有点蒙，竟然有点语无伦次了："不知道，我也说不清，也许不瘸，也许瘸，我——不太清楚。"

英子有点疑惑地接着问："二叔，你不是说过钢板拆了腿就不瘸了吗，怎么现在你又说不知道呢？"

二拐子有点不知道怎么回答英子提出的问题了，但还得硬着头皮回答："我是说过，可是你的腿这么长时间了还不好，我也不知道还会不会好，你到医院里拍个片儿就知道了。"

"那如果不好可怎么办，我不想瘸一辈子。"英子伤心起来。

"其实，其实没什么的，最主要的——是心态，你看我，不也活得——开开心心的嘛……"二拐子说话从来没打过磕巴，不知怎么今天也打起了磕巴，说出的话很低沉，神态也像是做了亏心事。

还好，英子不再问了。二拐子从抽屉里拿出五百元给她："英子，这五百元你拿着，到医院肯定会花钱的。"

英子这次接过了这钱，很难过地说："谢谢二叔，我有了钱会还你的，就算我借的。"

晚上，英子鼓足了勇气对成耀银说腿里钢板的事。成耀银稍稍思考了一下说："这钢板是该拆了，我这忙起来也忘了，等这个星期小龙回来咱们就去，这钢板老在腿上长着也不是回事。"

英子说："也不知道拆了钢板我走路还瘸不瘸？"

成耀银并没有接着她这句话说下去，而是转移了话题，有点明知故问："英子，你过了年就十八岁了吧？"

"是呀，我和小龙同岁。"英子答。

成耀银想再说什么又停住了，想了一下说："我这就到你二拐子叔家问问去，看你的腿还能好不？"

成耀银果真到二拐子家了，他揣着满怀的心事，还是从英子的腿开始说了："二小，你说英子这腿拆了钢板还会瘸不，你给大哥说个实话。"

这可难倒了二拐子，要说实话，他也说不清楚："大哥，我真的说不准，也许能好，也许好不了。"

"二小，你给大哥说实话，你愿意叫她好还是不愿意？"成耀银这问题问的让二拐子别扭，但是聪明的二拐子已经听出了他的言外之意。

二拐子想了想，说："大哥，我的心和你是一样的，虽然我和英子没有任何血缘关系，但是也希望她好起来，让她过上好日子。”

成耀银觉得二拐子没有听懂他的意思，很直白地问：“二小，我看出来了，你对英子有那个意思，又是买衣服又是给钱的，所以我才这么问的。”

二拐子越听越别扭了，急着解释：“大哥你误会我了，那是英子给我干活了我才给她钱的，我不是为了别的，你千万别误会我。”

成耀银说：“你看你，急什么，我又没死定你对英子有那个意思，我的意思是，如果英子的腿真的就这么瘸了，你会不会对她有那个意思？”

“大哥，英子的腿瘸不瘸都一样，这种事儿得让她自己愿意，不是我说有那个意思就行的。”

“那她在我家里住着，就是我闺女，我的话她就得听。”成耀银现在显示出家长的威风。

二拐子问：“那大哥，你是怎么想的？”

“过了年，英子就十八了，村里有好多丫头十八就有婆家了，我想，还是给她先找下个婆家，过事儿不过可以以后再说，要不她这腿要是好不了的话，看嫁不出去了。”成耀银看了看二拐子的脸接着说：“大哥想来想去，就你最合适，对她好，家境也好，英子她受不了罪。”

成耀银终于把埋在自己心里的想法说出来了，说出来后，他觉得全身都轻松了。其实，这些话就算他不说出来，二拐子心里也明白。他更明白成耀银这并不是真正地疼爱英子，他是想早点把英子从这个家里撵出去。二拐子想，如果英子真的也觉得在那个家里难受，又愿意委身于他，他巴不得把她娶过来，和她共度一生。可是娶媳妇并不是那么简单的事情，英子想的绝对没那么简单，通过这么长时间的接触，他看出来，英子对他依然是对长辈一样的尊重，她对小龙的那种感情，是谁都代替不了的。感情这事儿，只有爱不爱，没有配不配，这个理儿，二拐子懂。

“大哥，英子还不大，也能干，如果她不想嫁，你就让她在家帮你干几年吧，一个丫头家，到什么时候也嫁得出去。”二拐子说。

成耀银叹了口气说：“二小，你也想想大哥说的话，大哥也是为你和英子好。”

说完成耀银走了，回家喝酒去了。

英子看着成耀银独自就着生花生喝酒问：“叔，你没事吧？”

成耀银赶紧说：“没事儿没事儿，就是好长时间不喝酒了，想喝两口，没事儿，你睡去吧。”

成耀银明白对二拐子的话儿不会白说的，听二拐子的意思也愿意娶英子，这让他去了一大块心病，就像一块石头在心里压久了，终于被人搬开的轻松。

## 4

英子是小龙骑自行车带着去医院的，是李启程的自行车，既新又轻还阔气，听李启程说光这自行车就花了九百元钱。这自行车骑着，让小龙有着不一般的满足感。这车唯一不足的是，后边没有车架，英子得坐在前边的大梁上，英子开始还觉得不好意思，在村里一直不上车，到村外来才坐上去。那种架势，就像在小龙的怀里，使英子既紧张又陶醉其中，她能清晰地听到小龙的喘息，似乎还能听到小龙的心跳。这一时刻，可以说是她这些年来最幸福最甜蜜的时刻了。

自成耀银救了李所长后，李所长回家便把儿子好好教育了一番，先是把小龙家的情况对儿子一五一十地讲了。然后重新把儿子的世界观、人生观、价值观做了一次修整，要他学会做人、学会做事、做对社会有所作为、有所贡献的人。用从来没有过的耐心教导孩子一定要沿着正道走，刻苦学习、积极进步，团结、礼貌待人。

李启程第一次受到父亲这样耐心且深刻的教育，也深知父亲对自己的关心和期望，懂得了自责，连李启程的妈妈都深受教育。经过反思，在父亲的鼓励下，李启程把小龙约到了自己的家里，请他吃了一顿“道歉饭”。饭桌上，李启程诚心诚意给小龙道歉。毕竟年轻，毕竟冲动，李启程当场非和小龙结拜成兄弟。小龙哪儿敢接受这样的“大礼”，尴尬得只有傻笑。

饭后，李启程还真当回事儿的硬拉他去院里的一棵大树下磕头，小龙见这阵势不知道怎么办才好，李所长鼓励他说：“你和启程都没有个兄弟，如果愿意就去吧，长大了万一有个什么事儿也好相互帮助。”小龙这才去了。

小龙根本不知道结拜兄弟怎么做，李启程告诉他，我说什么你说什么就行。于是他就学着李启程说：“上有天，下有地，中间有良心，从今天起我和李启程成为兄弟，有福同享，有难同当。”

小龙就这样，稀里糊涂有了一位哥哥，而且家庭条件这样优越的哥哥。这让小龙感到前所未有的幸福和自豪。这种自豪感更让他坚定了考大学的决心，一定要做人上人，不让两位父亲失望，也不让自己失望。自然，李启程这位哥哥也没白当，在生活上对他很照顾，每次回家都带很多好吃的给他。李启程的妈妈去商场给儿子买衣服竟买了两身，送给小龙一身。穿上新衣服，李启程还把家里的数码相机拿过来让同学们给他们照相。同学们看着这一对小冤家突然就成了亲兄弟，都丈二和尚摸不着头脑。那好事儿的周桐桐无数次在打问他们结拜兄弟的内情，他俩约好了谁都不说。所以，一来二去，他俩也就成了班级里，甚至学校里的传奇人物。

小龙就是穿着李启程妈妈给买的衣服回家的，他绘声绘色地把和李启程结拜兄弟的过程对父亲描述了一番，听得成耀银晕头转向的。但转来转去，他还是听明白了，他儿子小龙和李所长的儿子李启程成了兄弟，他和李所长成了名副其实的亲戚。能摊上这样的好亲戚，当官的亲戚，穿警服的亲戚，成耀银做梦都没想到呀。他更坚信了多年前算命先生那一卦，小龙他天生就有官相，李所长就是老天给他儿子送来的贵人，这个贵人会一直扶持小龙成才成龙。想到这儿，他赶紧把吃饭桌搬到院里，给老天爷点上了几炷香来表达他对老天的感激之情。

小龙要回家，李启程非得让他骑着自行车回去，小龙开始不骑，说这么新的自行车在山路上会骑坏的。李启程笑他，说这是山地车，最不怕走山路，小龙就骑着回来了。这骑回来正好赶上给英子拆钢板的事儿。他带着英子在经过修路那段的时候，村里的人都用好奇的目光看小龙。在村里人眼里，骑自行车在前边带人也只能带个小孩儿，这一个那么大的丫头坐在一个大小伙子前边，像抱着一样，除非在电视剧里才有，现实中，这有点不像话。等小龙一过去，这些人的嘴就开始瞎咂咂了。这些话儿好听的少，难听的多。成耀银走过这里的时候，竟然有人问他："银子，是不是快要娶儿媳妇了？"

成耀银一听这就烦了："怎么瞎说呀，这是哪儿跟哪儿呀。"

"怎么晾在眼皮子底下的事儿你还不承认呀，他们都抱上了，你还骗谁呢，还怕别人抢了你家儿媳妇呀，没人抢，都嫌她路不平。"

这话明明就是对成耀银的挑衅，成耀银满肚子的火，当着这么多人的面儿也不便发，闷着头走了。这刚刚才觉得攀了好亲戚有了上天的感觉，没多大会儿就从天上摔地上去了。身上那个疼呀，只有他自己知道。

到了医院，成耀银的怒火还在胸中熊熊燃烧，正好又看到小龙坐在医院门口给英子捏腿，那个气一下子就冲出来了："小龙你干吗呢，你不知道男女授受不亲呀？"

小龙被父亲这句突然爆发出来的话吓得打了一个哆嗦，松手抬头看父亲，他的脸皮紧绷，目光如炬，不知道发生了什么事，问："爹，你怎么了，医生说让我先给英子捏捏腿，让她放松一下，等你来了再拍片检查。"

"捏腿，你怎么不叫医生给她捏腿去，你捏，你也不怕人家笑话你。"成耀银还是拿着这事儿不放。

小龙看着父亲，真摸不着头脑了，心里也有点嫌父亲这样说，不满地问："爹，英子是我们家里的人，我给她捏捏腿，谁笑话我呀，你怎么这么说?"

成耀银这火可是一股接着一股，烧得更厉害了："她不是我们家里的人，她是住在我们家里的人，她跟我们没什么关系，拆了钢板就把她送回坪窖村去。"

英子哭了，小龙也不干了："爹，你怎么这么说，你这是不负责任，英子是我砸瘸的，好好的腿被我砸成这样，我难过得恨不得用自己的腿换她的腿，这责任，我会负责到底的。"

成耀银气得脸色紫青起来，脸上的筋都冒出来了："你个败家子儿，这个家迟早得毁在你手里，你迟早得毁在英子的手里。"

小龙比他还犟："爹你错了，英子毁不了我，是我把英子给毁了，所以我一定要对她负责任。"

英子看着父子俩为自己争吵，哭着在那里劝："你们别再吵了，我拆了钢板就回坪窖村去，我真的回去。"

成耀银听到英子这么说，火气稍小了一点点，冲她说："你不回去也行，过了年就嫁给二拐子，他对你那么好，比跟着你那婶子强多了。"

英子想不到成耀银会说出这话，她哭着摇头："我不嫁，他是我二叔，是我长辈，我回坪窖村去。"

小龙更没想到，爹会把英子这样许给二拐子，内心的气比他爹也不少："爹你怎么这么顽固，你竟然要让英子嫁给二拐子，你太没良心了吧，英子谁也不嫁，就当我媳妇，我娶她娶定了。"

看来这场战争是越吵越猛，周围不知什么时候已围了好多人，成耀银一扭头马上意识到有人在看他们的笑话，他还是要面子的，忙说："我不跟你小子吵了，回去再给你算账，是好是坏都得把英子腿上的钢板拆了再说。"

## 5

成耀银去找给英子治腿的那个主治医生去了，小龙和英子跟在后面。那个主治医生对成耀银还有印象，一看见他就问：“你们怎么到现在才来检查，不是告诉你们一个月就得检查一回吗？”

成耀银不好意思地笑着说：“忙，一直忙得来不了。”

主治医生深出了口气说：“再忙也得检查呀，腿这事儿不是别的，闹不好会终身残疾的。”

成耀银赶紧应着人家的话说：“是是是，我们这不来了，想拆钢板呢，能了吗？”

“先拍个片儿看看，如果完全复原的话，就拆。”主治医生开了交费条。

片子出来后，主治医生看了看说：“看不出什么毛病来，可以拆了，去交住院费吧。”

“什么，还得住院呀，得住多少天？”成耀银以为这钢板拆了就能走了，没想到还得住院。

“少了一个星期，多了得半个月，看情况而定。”

“能不能少点，我还得干活去，我就请了一天假。”成耀银像是在求人家。

主治医生苦笑了一下，有些深沉地说：“我知道这住院不是什么好事儿，又花钱又耽误工夫的，可是我们也得对病人负责任，老弟呀，那世上的钱是挣不完的，除了今天还有明天后天大后天，这人的腿要是坏了，那可是一辈子的罪呀，去交住院费吧。”

“那得交多少住院费？”成耀银没底气地问。

“五千差不多，你先交五千吧。”主治医生说得很平淡。

成耀银可被这个数吓了一跳，大声喊起来：“什么？五千，你们是不是要宰人哪？”

主治医生见多识广，听了他的惊叫还是很沉稳：“老弟你这么说可就不对了，这医院是国家的，我们是医生，挣的是工资，没必要去宰病人的钱。孩子的腿上两块钢板，要手术费，还得要麻醉费，药品住院什么的，五千也不算多，如果你今天带的钱不够，可以改天再来，没关系的。”

成耀银狡辩说：“那钢板是你们给钉上去的，我花了两万多，你们就应该给拆下来。”

有护士来叫主治医生，说是有病人情况危险，主治医生赶紧去了。他们三人也从屋里出来了。

“爹，你总共带了多少钱？”小龙问。

“没带钱。”成耀银根本就不正经回答。

小龙不再问了，英子很小心地说：“叔，我不拆了，咱们回去吧。”

成耀银蹲在地上犟：“不回去，今天他们要是不给你拆，我就不回去，我住他屋里。”

小龙和英子都不敢说话了。

“小龙，你们在这儿干吗？”突然，传来李启程的声音。

小龙抬头看见李启程和一个头上缠着纱布的孩子正向他们走过来。

“英子——要拆钢板。”小龙说得很为难。

李启程高兴地说：“这就是你说的英子妹妹呀，我正想着找个时间去看她呢，正好就看见了。”

英子羞涩地笑了一下，眼里还闪着泪光。

李启程本想问一句英子怎么哭了，小龙截了他的话说：“那是我爹。”

“叔叔，不，我看着你比我爸大，就叫你伯伯吧，伯伯，我是小龙的结拜哥哥。”李启程很礼貌地说。

成耀银从地上站起来，冲李启程笑，但笑得极不自然，然后说：“知道知道，小龙对我说了，说你对他好。”

“兄弟嘛，就得好，要不怎么说是兄弟呢，你们什么时候动手术，我一会儿给你们送饭来?”李启程问。

这句话把他们三个都问住了，谁也不说话。正好主治医生这时走过来，看他们还在这里，就说:“老弟，要是没钱就先回去吧，在这儿也不顶用，等有了钱再来，耽搁几天没事的。”

李启程这回明白怎么回事了，他问:“伯伯，差多少钱?”

成耀银从口袋里抠饬了半天才把所有的钱抠饬出来，数了数，共五百九十多块。

小龙看爹就带这么点钱，有点上火:“爹，你怎么又带这么点儿钱，你就不能大方点?”

成耀银比他火气大:“我想把全世界的钱都带来，可是我没有，我把家里所有的钱都带来了，就差没把那头猪背来了！就是背来了，也不够，我没那么大本事，我卖血去!”说着，他就要往外走。

小龙和李启程都拦住了他。听到父亲说卖血去，小龙又后悔刚才不该说爹不大方，他想起申老师告诉过他的那些话，赶紧道歉说:“爹，是我错了，不该说你小气，你不能再卖血去了，我们先回家，等有了钱再来拆行吧?”

英子这时拿出五百元钱给成耀银:“我这里有五百，叔你先拿着。”

成耀银只顾生气，不拿。小龙问:“英子，从哪儿来的钱?”

“二叔给的，让我到医院里花，我想，要是花不着，就给你买辆自行车的。”

小龙一听二拐子给的，又想起了爹说让英子嫁给二拐子的话，生气了:“不花他的钱，回去还给他，以后不许你再花他的钱，也不要给他喂兔子了!”

成耀银听说是二拐子的钱可不在乎了，从小龙手里夺过钱说:“现在正是花钱的时候，谁的钱也能花，再说了，你二叔又不是别人，花了我以后有了再还他。”

小龙要到爹手里夺那钱，成耀银攥着就不撒手。李启程看着这父子俩，说：“你们别吵了，在这儿等我，我回去拿钱去，差多少。”

小龙忙说：“不要，我们今天不做手术了。”

李启程生气了：“什么不要，我是你哥，英子的事儿就是我的事儿，差多少，快说。”

“四千元。”小龙声调很无奈。

“好，我这就回家拿去，你们等着，不许再吵了，不就是没钱吗，有什么好吵的?”李启程说完就拽着那个小孩子走了。

大概一个钟头左右，李启程和父亲一起赶过来了。李所长把钱递给成耀银说：“兄弟，快去交费吧，先把手术做了，别的都是小事儿。”

成耀银很没面子，他没想到刚摊上这样的好亲戚就让人家花费这么多，他接钱的手都有点颤：“你看，我这，我有了钱就会还你的。”

李所长说：“兄弟你客气了，快去交费吧，孩子的腿要紧。”

英子的手术做了，又在医院里住了一个星期，但是她下床腿还是瘸。

医生说：“可能是心理作用，她还不习惯，一定要坚持锻炼，注意左腿走路的姿势。”

第八天时，医院又来催费，说是已经欠了两百多。医生一走成耀银就开骂了：“又是要钱！什么破医院，这是阴曹地府，个个都是阎王老子，啃人骨头吃人血，我这辈子不会再到这种地方来了。”

晚上，小龙来了，成耀银没好气地说：“医院又要钱呢，欠二百多元了。”

小龙想了想说：“我们跑吧，不住了，英子也没什么事儿了，就等拆线了，回家让二叔给拆。”

成耀银问：“什么叫跑?”

“就是偷偷回家，不办出院手续了，两百块钱也就不交了，两百块钱没多少，医院也不会找到家要去的。”小龙说：“我们一个同学就跑过一回。”

“这个办法行，我们今天晚上就跑，英子，你能走不?”

英子说：“我能。”

小龙说：“我找自行车带英子回去，我先走，爹你在后面走着吧，医院里的东西什么也不要带，别让医生怀疑。”

就这样，欠下医院二百多块钱的账，他们从医院里跑了。当然，有办法谁也不愿意这样做，对于他们，是没有办法的办法，只有走为上策。

# 第八章

## 1

俗话说，攒着攒着，窟窿等着。这句话对成耀银来说最合适不过。他干了三个季度，连上英子喂兔子挣的钱加在一起，除了小龙的学费外，把欠风娟的3500也还上了，好不容易手里落下了五六百块钱，英子腿上的钢板这么一拆，不但花完了攒下的钱，又欠下了四千块钱的窟窿。

成耀银的眉头又皱了起来。他是最头疼欠账的，拿着别人的手短，欠着别人的钱和拿着别人的性质是一样的，总觉得比别人低一头，在人前抬不起头来。挺了没几天胸脯他又挺不起来了，走路的力气也小了。

这英子要是不走，成耀银心里永远也踏实不了。他认为，家里这样的不幸都与英子有关，再这样下去，他们的家也许会毁在英子手里。于是，他背着所有人又去青山镇找给小龙算命的那个先生，想算算他们家的背运到底是不是英子的缘故。

结果，算命先生真就算出来英子不但是他们家的克星，还是他们家的灾星，非得撵出去家里才能稳定，小龙的官运才能不受影响。回来的路上，成耀银想，无论遇到多大的困难他也要去一趟坪窖村，让英子的叔叔婶子在年前把英子接回去。

就像老天爷给英子的婶子捎了个信儿似的，还没等成耀银到她家里去，她就来了。而且一大早就来了，气哄哄地把他堵在了家里。

“我说姓成的，你真不是个东西，你就没安个好心，让我们家英子给那二拐子喂兔子，你是成心想糟蹋我们家英子，我今天就要把我们家英子带走，你把我们家英子砸成这个样子，你该赔偿我们多少赔偿我们多少。要不，我就到法院告你们去。”一进门，那娘儿们就叉着腰在院子里一句一个我们家英子的大喊，对英子喊的那种亲切劲儿是从来没有过的。

成耀银看到这娘儿们是诚心来找茬儿的了，也豁出去了：“快点把你们家英子带走，你要不带走，我送也得送你们家去。”

“你赔偿我们钱，我马上就带英子走，你赔偿我们钱，你把我们家英子都砸成残疾了，你赔偿我们精神损失费，我要十万，你不给，我就到法院告你去！”那娘儿们开始要钱了。

“你家英子把我们家的钱都花干了，我还欠着四千块钱的账哩，你该赔我，我还没给你要钱呢，你给我钱，你赔我三万块钱。”成耀银还真是豁出去了，一句也不肯少说。

“你花钱，你活该，谁让你砸我们家英子来着，欠钱还钱，欠命还命，你欠我们家英子的腿你还不了，你就得赔偿我们钱，不赔偿，我今天就不走了。”她走上前去，一屁股蹲坐在屋子的门槛上。

“要钱没有，要命一条，你想怎么着就怎么着。”成耀银也摆出天不怕地不怕的架势，还随手抄起了一根棍子。

那娘儿们一看他抄起了棍子，急了，站起来就把头冲成耀银抵过去：“给，你有本事你打我，你打我，你打我，你打死你偿命，你打呀，你打呀。”她不停地向前拱，成耀银就一直向后退。

英子本来已经躲到屋里去了，可是看着他俩吵得越来越凶，而且快要打起来了，哭着跑出来说：“你们别闹了，婶子，我跟你回去，我这就跟你回去。”

英子婶子一听英子说跟她回去，不往成耀银怀里拱了，冲英子说：“就让我这么领你走呀，门儿都没有，他必须赔偿我们钱，要不，我也住他们家了。”说着，她竟然撒起泼来，像哭死人那样唱着哭起来：“姓成的，你们怎么这么欺负人哪，你们欺负我们家根顺儿老实，你们欺负我们家英子老实，你们把我们家英子当牛当马使，你们还想把我们家英子卖给二拐子，你们不是人……”

这时，他们院子里已经集聚了很多看热闹的人，包括姚家那俩儿媳妇。

英子的婶子之所以能来这里闹，他们功不可没。那次，这俩媳妇到青山镇去赶集，正好就碰到在那里卖兔子的英子婶子，她来过成耀银家，所以这俩媳妇认识，便主动上前搭话。扯上关系后，就把英子给二拐子喂兔子的事儿添油加醋地说了一遍，还说成耀银已经把英子卖给了二拐子，得了不少钱。英子婶子一听生气了，说英子应该是成小龙的媳妇，就算他们家不要这媳妇，要卖给二拐子，也轮不着他成耀银要钱，她得要去。姚家是村干部家庭，那俩媳妇见识广，就给英子婶子支招，说她应该把英子带回去，给成家要赔偿费，英子的腿都残了，要十万都不多，要不，就给成家打官司，肯定能给十万。

说者有心，听者更有心，英子婶子本来就是个爱财如命的女人，这样发财的机会肯定不会错过，迫不及待地就来了。

村里人七嘴八舌的，英子婶子撒泼撒得更厉害了：“乡亲们，你们给我评评理，你说成家把我家英子砸瘸了，他该不该赔偿我们，他不但不赔偿，还打我，你看，他手里还拿着棍子呢，他一个大老爷们儿竟然打一个女人。如果他们家对我们家英子好，真像当初在医院里说的，让我们家英子长大了给小龙当媳妇，那我无话可说，他打我也就打了，为了我们家英子我也说不了什么。可是他们怎么对我们家英子的，你们也看到了吧，他们让我家英子给那二拐子喂兔子，偷偷把我们家英子卖给二拐子了，收了人家好多钱，你说，他们成家做的这是人事儿吗……”

这一摊子话厉害，起的作用可不小。这些看热闹的人一下子就像炸开了锅，说成耀银不该这样，说话应该算话，不管英子是好是坏，都应该把英子当儿媳妇对待，做人不能做对不起良心的事儿。

也有的人相信成耀银的为人，说这女人不要脸的。

最尴尬难过的还是英子，她哭着求她婶子："婶子，你要不带我走你就回去吧，我叔不是你说的那种人，他家人对我都挺好。"

"你这死丫头，你胳膊肘往外扭，你说他们家怎么好了，他们好怎么还把你卖给那二拐子，你就是不知个好歹，把你卖了你还替他们点钱呢。"

英子突然很气愤地顶她说："你瞎说，叔和小龙是真的对我好，他们也没把我卖给二叔，小龙也没说不要我。"

风娟刚去串了个门，刚走到家门口就听到了小龙家的争吵声，赶紧赶了过去。她没想到，这里会这么热闹。

看到风娟，英子哭着求救："婶子，你看我婶子她光闹腾，怎么办?"

"什么，你这死丫头，我在这里替你说了半天好话，为你骂了半天，倒成我闹腾了，你这个没良心的死丫头，你不会有好下场的。"

风娟看这种阵势，不忙劝她们，到了乡亲们跟前说："家家有本难念的经，他家这经难念是难念，还是让他们自己来念，好歹我们都乡里乡亲的，你们就别在这儿看热闹了，先回家去吧，啊。"

风娟这么一说，这些人也就走了，姚家那俩媳妇笑得很响亮，很刺耳。

就剩下他们几个人了，风娟弄清了怎么回事就劝英子婶子："我说大妹子，你这么闹也没有用，成家为了给英子治病已经欠了一屁股的债，你就是砸了他家人的骨头喝了他家人的血，他也拿不出来呀。"

"拿不出来也得拿，起码把卖英子的钱给我。"她始终不松要钱的口。

风娟耐心地劝："大妹子，你别听那些长舌妇瞎说，英子没有卖给二拐子，成大哥也不会那样做，既然他答应过让小龙娶你家英子，就一定会娶的，你放心吧。"

成耀银一听这，不愿意了，又不敢大声说，只自己嘀咕："我没说让小龙娶她。"

这话还是让英子婶子听见了，她逮住理儿不放："你看，他根本就不承认，他就是把英子卖给二拐子了。"

英子听不下去了："婶子，根本就没有的事儿，我不会嫁给二拐子当媳妇的，我要等小龙哥，他说过会娶我的。"

成耀银想再说话，嘴刚张开就被风娟的眼神挡了回去。

"大妹子，你看，英子都这么说了，你就别瞎猜了，你这么大老远的来了，我们也不能叫你白来，我这里有五百元钱，你拿去，就当是英子孝敬你的。"风娟为了结束这场没完的战争，只好这样做了。

英子婶子这时听到要大钱已经无望，赶紧给自己找台阶下："还是这个大姐会说话，我就看在大姐的面子先回去，如果以后再欺负我们英子我不会饶了他们的。"

风娟说："不会的。"

## 2

人呀，活成什么样最难受呢？莫过于想往前走，走不动，想往后退，没有路。现在英子就正处于这种状态。当她婶子厚颜无耻地在成家上演了这一场闹剧后，英子死的想法都在大脑中有了。她也看出来了，叔叔是多么的嫌弃她，她又能如何呢？

有句人人皆知的话，好死不如赖活着。英子无奈，又不想真的死，只好就这样先赖活着。既然是赖活着那就简单多了，只要冻不着饿不着就能活下去。要是丧失了尊严，再加上脸皮厚一点，就活得更简单了。英子现在只能活在这种状态下，所以，对成耀银的指桑骂槐，打狗骂鸡的举动也无所谓了。

英子的腿还是瘸，左腿好像真的短了一截，即使她努力想让左腿长起来，还是无济于事。二拐子说："可能她做手术后着急下地负重劳动的缘故，没有恢复好，要不就再去医院检查一下。”

英子把头摇得拨浪鼓似的，她说：“这辈子不想再进医院了。”

英子腿上的伤口好了后，又给二拐子喂兔子去了。她想过，要是不给二拐子喂兔子，她手里就不会有一分钱。她一个女孩子家的，麻烦事儿又挺多，不能连买个卫生纸的钱都向叔叔要，再说了，婶子这一闹，就算要，叔叔也不一定会给她。她还想过，从现在起，挣了钱再不交叔叔了，家里缺什么吃的，她自己去买。这样，说不定她还能攒下点钱，等多了，再给小龙买个自行车，让他不再跑着上学。

成小龙反对英子再去给二拐子喂兔子，他真怕像他爹说的那样，英子有一天会嫁给二拐子。在小龙心里，英子是他的责任，他要负责一辈子的。现在爹对英子的态度，他又怕英子在家里受苦受气，就勉强同意她去了。小龙明确告诉英子：“不管以后怎么样，我一定会娶你的。”

这句话是对英子最有效的鼓励。有了这句话，她算有了个盼头。

现在，最让英子开心的事儿，就是看着那些獭兔一天天成长，生一窝又一窝的小獭兔。这些小兔子就像一只只白色的小精灵，让她的内心感到纯净，感到安宁。对二拐子，她改变了以前相处的方式，开始避嫌。只要是没事，她绝对不会进他的屋门，也就是不和他独处。她也不再接受二拐子给她的额外收入，免得别人再误会，说闲话。以前，她还在没事儿的时候跟二拐子学认几个字，现在，也不认了。

这獭兔繁殖得特别快，再加上科学喂养，二拐子的兔子已经发展到上千只，院子里除了走路的地方都成兔窝了。满院子兔窝都盛不下这些活蹦乱跳的兔子，心灵手巧的二拐子就在兔窝上又加了一层，再盛不下了，又加了一层，让这些兔子也住上了小洋楼。

有一次，英子望着卧在窝里的兔子发呆。二拐子问她：“英子，你想什么呢?”

英子笑着说：“二叔，你看这些兔子多自在，没处住了有人给它盖小楼，饿了有人喂它吃饲料，我真想也变成一只兔子。”

二拐子说："它们再潇洒到最后也是人们口中的一口菜，人们身上披着的一张皮，不要羡慕它们，好生活要靠自己创造。"

"我觉得我一辈子也创造不出好的生活来。"英子很自卑地说。

二拐子劝她："不要这么说，如果你愿意付出努力，又持之以恒，一定会成功的。"

英子突然忽闪着一双亮晶晶的大眼睛说："二叔，我特别想有钱，然后给小龙哥买一辆自行车，给叔叔买一辆三轮车，我怎么做才会有很多钱呢，我脑皮都快想破了，就是想不出来。"

"那买一辆自行车，买一辆三轮车才多少钱，五六千就够了，这不叫很多钱，你一定会有的。"二拐子很轻松地说。

英子疑惑地问："我怎么会有这么多的钱呢，我又不像你，喂这么多兔子，还能看病挣钱。"

"你为这些兔子付出这么多，等我卖了兔子就给你分红。"二拐子说。

"不不不，二叔，我可不能再要你的钱了。"英子赶紧拒绝。

"那我就借给你些小兔子在家里养，等你有了，再还给我，这总该行了吧。"

"这还行，只是我怕我叔不让我在家养兔子，再说，我也不会给兔子打预防针之类的，也不会养，我怕会养死。"

"那好办，你在我家里养，从今天起，我就借给你一些，你看，那边我刚垒起来的兔窝就归你了，那里边的兔子也是你的了，你查查多少只，几只大的几只小的，等以后你还我兔子就行了。"二拐子说起什么话都那么轻松。

英子却听得很沉重，她不相信二拐子说的是真的，又接着话说："二叔，你真的要借给我那些兔子？可是这兔子不光吃青草，还得吃饲料，我没有钱买饲料的。"

二拐子仍然笑着说："先用我的，记上账，用了多少钱的饲料，卖了兔子还我钱不就行了。"

这么复杂的事情从二拐子嘴里说出来却如此简单，英子都有点迷糊了，还问："二叔，你真的借我?"

"真的。"二拐子很真诚地说，"不过，你得听我一句话。"

"什么话?"

"从今天起，你要认真学习认字，一直到你能读下来那本《獭兔养殖技术》为止。然后，你要学习医学，连打针也要学，以后你自己的兔子你自己管，给兔子打针治病都要自己来，你能做到不?"

"那么说，二叔你真的把那些兔子借给我啦?"英子觉得在梦中，脑子还在飘。

"是的，只要你答应我的条件，我就借了。"二拐子再肯定了一遍。

"我答应你，我学，只要你教我，我什么都学，我不怕吃苦，小龙哥对我说过，吃得苦中苦方为人上人，我一定要做人上人。"英子的眼里突然闪出智慧的光芒，让二拐子特别高兴。

"好，这才是好样的，现在我们就开始学习认字，你去药房把那本《獭兔养殖技术》拿过来，每天要学二十个字，一定要学好，而且还得学会写才算过关。"

"好。"英子到屋里拿书去了，出来后她又问了一句："二叔，你真的真的要把那些兔子借给我喂，你没哄我吧?"

二拐子说："我当长辈的能骗你吗?再说，我也没骗过你呀。"

## 3

青山镇和柳树沟村的公路终于修通了，宽度四辆小轿车并排着过都没问题。

公路正式开通这天，县里领导、镇上领导及村里领导都集聚在柳树沟村边黑压压的柏油路上举行剪彩仪式，连电视台的记者都来了。顿时，这个养在深闺无人识的小山沟在这一天热闹不已。有的村民嫌鞭炮放得少，又自费买来许多鞭炮，“噼里啪啦”比过年放的还带劲儿。

有了路，村民们的心里个个亮堂起来，也许个个都早已像风娟丈夫一样有了打算，没有商量，就开始忙碌起来。风娟和丈夫真的很快就在自家路边的地里盖起了几间房子，一家人都搬过去了，开起了饭店兼停车场。还真像风娟丈夫说的那样，村里那些刚买卡车拉煤的，早已买了卡车一直停在县里的，现在都把车开回来了，村里路窄，只有把车停在风娟他们的新院子里。

风娟这一搬走，成耀银顿时有了失落的感觉，每走到她家门口总得往她家里看一眼，每看一眼就会伤心一回。这些年来，风娟一直像自己的一个亲妹妹，无论他和小龙遇到什么困难，风娟都会帮助他们。

有了公路，成耀银心里也亮堂。路开通当天，李所长就开着警车来了，看到成耀银也在现场，还到他跟前大哥长大哥短的亲切地说了一会儿话。“大哥你有什么困难尽管开口。”走的时候又把这句话撂下了。这句话让村民们好生羡慕。

成耀银的心也在那天堵了一回，姚家那个二孙子开着小车拉着媳妇孩子从县里回来了。他把四个窗户的玻璃都摇下来，见谁都故意把头伸出来打声招呼，看似礼貌，实际是在炫耀。成耀银早就听说那小子在煤矿升官了，发财了。所以，心里不得劲儿，看见他过来，远远地就躲了。成耀银在心里嘀咕：“哼，你显摆什么，不就是念了个三年的大专吗，我家小龙马上就要考大学了，要考个念四年的本科，到时候保准比你强。”

成耀银也有理想，他一直都想买个三轮车，这个想法他也对风娟说了。风娟挺不好意思地说：“大哥，我知道你手头没钱，可这节骨眼儿上，我刚折腾了这一场，手里也欠着老多账哩。”

“不是那个意思，真不是那个意思，我不向你借钱，我就是想给你说说。”成耀银赶紧为自己解释。

借英子婶子那五百元钱，英子已经还给风娟了，李所长家的四千块一分也没有还呢，但是成耀银是真想买一辆三轮车，然后“嘣嘣嘣嘣”到青山镇往柳树沟拉煤。这路宽了，成耀银的思路也跟着宽了，从不愿意借钱的他也有了借钱的冲动。

其实，肯借给他钱的人也没几个。李所长那里还没还不能再借了，风娟那里没有钱了，小龙以前的申老师曾经说过有什么困难找她，可是人家跟他无亲无故的，不能把人家的这句话记在心里，剩下能借的人也只有二拐子了。

成耀银不知道能不能在二拐子家借出钱来，更不知道二拐子还有没有钱借给他。自从家里有了英子，他和二拐子走得比较近，他也看得出来，二拐子在家里看点小病，也挣不了大钱，现在又养了这么多兔子，还天天吃饲料，哪儿来的那么多钱哪。

他还是去了，他没处借去。他去的时候看到英子正像个学生一样端端正正地拿着本书磕磕巴巴地念，不会念了就问二拐子一下。成耀银不识字，问英子：“英子，你读的什么书呀?”

英子脸一下子羞红了：“叔，我在读獭兔养殖技术，好多字还不认识呢。”

“那就慢慢学，学识字好，不受憋。”

自从英子学会了简单的赖活着以后，不给他钱也不要他的钱，挣了钱买东西给他吃，还托别人从青山镇给他买回身新衣服，风娟那五百块钱她也还了。英子做成这样，他牢骚的话也少了。

成耀银在兔子窝旁转了一圈，问：“二小，你喂了这么多兔子得值多少钱呀?”

二拐子说：“我按一千只兔子估摸了一下，平均一只三斤，就有三千斤，按十块钱一斤，值三万块钱吧。”

成耀银不相信：“你吹吧，怎么能卖十块，我那几只兔子才卖四块钱一斤，撑死你卖上五块钱。”

“大哥，你怎么和你那兔子比呢，这是獭兔，新品种，金子一样贵，我买小种兔也得一百块钱一对。下一步，我就想办个养殖场，一边养，一边卖种兔。”二拐子有点不满成耀银的说法。

成耀银一听说他要办养殖场，心一下子就凉了。这兔子这么贵，办个养殖场得多少钱呀？他想肯定是借不出钱来了，突然间就显出心事重重的样子。

二拐子看出了他有心事，问：“大哥，你是不是找我有什么事儿？”

成耀银赶紧摇头：“没——没事儿，我没事儿。”

二拐子才不相信他没事儿呢，他没事儿能是这样：“你肯定有事儿，有事儿你就说话。”

英子想，可能她在，叔不好意思说，就出去了。

“说吧，大哥，有什么事儿？”二拐子又重复了一遍。

成耀银怎么也开不了那个口，又拐着弯问：“二小，你要是办养殖场得花多少钱哪，你有那么多钱吗？”

二拐子摇头说：“没有，我可以贷款，现在国家和省里都有政策，残疾人创业可以无息贷款。”

成耀银一听贷款心又热了，赶紧趁热打铁：“二小，你真有本事，比我强多了，我穷得想买个三轮车也买不起。”

二拐子终于明白了他是干什么来了：“大哥，你需要多少钱？我先借给你。”

“我打问过，六千块吧，我想买个三轮车拉煤。”成耀银说。

二拐子思考了一下说：“大哥，你买三轮车我没意见，但是我考虑，现在的路都通了，大卡车都能拉到村里了，谁还用你的三轮车拉煤呀？”

成耀银以为二拐子是找借口不想借钱，说：“二小你要是没有就算了，我到别处找找去。”

二拐子赶紧解释：“不是没有，我说的是实话。”

“那大卡车它也拉不到家里呀，还得用三轮车不是。”成耀银也为自己辩解。

二拐子也不问了，到屋里拿出一个存折说："这里正好六千，我也没时间出去，你拿着到青山镇的农业银行取了吧。"

"那密码是什么?"

"没有密码，拿我的身份证就行。"说着，又到屋里把身份证拿出来给了他。

成耀银拿着存折很激动，他想，二小心眼好，聪明，又要办养殖场，要是英子能嫁给他该多好呀，两个人又挺相配，干吗非赖着小龙。

成耀银一想到英子婶子来闹腾的那天心又堵得慌。那天闹得全村人都知道了英子是他的儿媳妇，他全身是嘴也说不清。

还是风娟会劝他，她说这事儿不是说成就成的，等小龙一考大学，远走高飞了，就是英子再想嫁也够不着嫁了，就算小龙现在说娶她，那以后大学毕业了，有工作了，还能回来娶她呀。

成耀银听了这些话心才算宽敞点了。

风娟呢，人只有这么劝，以后究竟如何，她也把不着边儿。

## 4

成耀银买回三轮车后才注意到村里已经有好多人家买了三轮车。他们有的拉货，有的倒腾农产品到城里去卖，反正就是这条通往城里的大路上，柳树沟村的三轮车来来去去已不算稀罕。

成耀银是让风娟丈夫把三轮车开回来的，当时他坐在车上，脸上洋溢着得意的笑容。开回来后，风娟丈夫就在停车场的大院子里教会了他开三轮车。成耀银在村里见了人就说："我买三轮车了，拉脚的时候找我。"人们冲他笑着点点头，就算过去了。

你说奇怪不，成耀银前脚买了三轮车，姚家后脚就在村口开了一个煤厂，用大卡车把煤拉到煤厂里，村里人再也不用到青山镇买煤了。到村里煤场拉煤，谁也不用拉脚的人了，就随便借一下别家的三轮车用一下。这三轮车不是汽车，年轻人一学就会，就连村里十四五岁的孩子都敢开着三轮车嘣嘣来嘣嘣去的。

成耀银的三轮车也经常被借出去，他是极不愿意把自己的宝贝车借给人家，可是乡里乡亲的，人家说出来他又不能拒绝。这三轮车一被借走，他就自己在家里瞎骂，看似有点精神不正常的样子。

有一句话是这样说的，女人最痛苦的事儿是买了一件新衣服却被关在一间既黑暗又没有镜子的屋子里。这句话套在成耀银身上挺合适。新三轮车就像他的衣服，本来他想，穿上这件新衣服，他的日子就会过得漂亮起来，谁知他就是被关在黑暗的屋子里，连往前走的路都照不见。

成耀银陷入极度悲伤状态，成天不思茶饭，还动不动就骂英子。英子现在已经变得很皮实，挨几句骂没问题，就是看着他不吃饭心里急得慌，她去找风娟婶子诉苦。

第二天，风娟就找成耀银来了，她给成耀银找了个活儿干，就是跟着车到煤矿装煤去，每天就在风娟家或者在路边等着就行，谁的车要去拉煤他就跟着去。成耀银的脾气性子风娟清楚，只要有个活儿干，能实实在在拿回个钱来就能解决一切问题。

装煤的活儿很费劲儿，因为歇了一阵子不劳动，成耀银还真有点吃不消，时常装一会儿就站上一下。就算是他经常干，他的斤称太少，也不可能比上那些年轻力壮的人。这装车的钱是按吨数算总账的，给个总数让他们装车的人平分。所以很多人都对成耀银有意见，他个小劲儿小，干得慢，别人就吃亏，都不想和他装一个车。在风娟家的时候那些人还不好意思跟成耀银闹事儿，如果在路边上，成耀银上了车，别人就会把他的铁锹给扔下来。成耀银下车拿时，车已经开走了。

这气受也得受，不受也得受，受着他还能碰事儿挣个钱回来，不受他就挣不到钱。后来他干脆就不到路边等车了，每天守在风娟院子里，有车就去，没车就歇着，对事儿了还能帮风娟他们干些杂活，混顿饭吃。在风娟那里，成耀银大鱼大肉的没少吃。不是风娟专门给他做的，是一些客人剩下的，扔了挺可惜，就放起来留着自己吃。

到小龙临毕业的前三个月，成耀银手里已经攒下三千块钱。当然，他还有一万块钱的外债丝毫没还。李所长四千元、二拐子六千元。他不是不想还，是他没有能力还，他得先给小龙攒着上大学的学费。

常说，虱子多了不咬，账多了不愁，久而久之，成耀银也有了这种感觉，也不在心里经常挂念着这些账了。他想，总有那么一天，小龙出息了，账自然就还了。反正这账也没人逼着他要。

屋漏偏逢连阴雨，船迟又遇顶头风。这天，成耀银刚从风娟家挑了一担泔水回来喂猪，英子就从二拐子家急匆匆跑回来说："学校里把电话打到了二叔家，说小龙哥病了，让你马上到学校里去。"

成耀银放下喂猪勺就开着三轮车向茂平一中赶去。李启程在学校里等着他，说小龙在课堂晕倒在地上，已经送医院了，他们又马不停蹄地赶到医院。

小龙做脑电图后发现异常又去做脑 CT，成耀银只能在脑 CT 室的外面和何老师、李启程一起焦急地守候。何老师安慰成耀银："小龙不会有事儿的，可能是考前学习紧张，用脑过度所致。"

成耀银一直蹲在地上不说话。他曾经说过再也不到医院来了。可是医院这地方，说来就来容易，说不来就不来不容易。没有一点商量的余地，他又赶着来了。

小龙终于从 CT 室里出来了，脸色有点黄。成耀银看他睁着眼，心痛地问："小龙，你这是怎么了，有事儿没事儿?"

小龙笑着对父亲说："放心吧爹，不会有事儿的，我只是头晕。"

成耀银又跑到 CT 室问医生："医生，我儿子到底是什么病?"

医生把他推搡出来说："片子出来让医生看了才知道。"

等片子并没有多长时间，医生拿着片子看了又看，照了又照，后来又叫了另外一个医生又看又照。他们四个人在屋外的座位上都屏住呼吸看着医生的表情。这些医生的表情始终是一副模样，没有笑容也没有愁容。

终于照完了，医生走过来问："谁是成小龙的家属?"

成耀银说："我是他爹，医生，我儿子有事儿没?"

医生说："你自己进来一下说话。"然后把小龙他们三人关在了门外。

"根据片子观察，情况极不乐观，我们判断是脑瘤，如果你不相信我们，可以到省里大医院里再做检查，然后再做定论。"医生不紧不慢地说。

成耀银的心一下就空慌了，腿一下子就软了，蹲了下去。医生把他扶在座位上压低声音说："你先别着急，看你儿子的情况还是早期，还有得治，到省城医院做脑瘤手术就行。"

成耀银的话开始打战："医生，那得花多少钱?"

医生误会了他的意思，以为他舍不得花钱："花多少钱也得花，虎毒还不食子呢，更何况他是你儿子，是一条生命，你养了他这么多年，总不能看着他自生自灭吧。"

成耀银慌忙说："我不是不给他治，我给他治，我卖房子卖地也给他治，我就是问——得花多少钱，我得给他准备——钱去。"

"做这种手术，在省城最少也得五六万吧，到北京就更贵了，但是要使这种病真正好起来，恐怕还得花这么多。"医生的口气一直很平和。

成耀银眼圈红起来，突然跪在医生面前说："医生，我现在还没有那么多钱，求你先让我儿子在你这里住着好不好，你们先给他看着，我准备好了钱马上就去省医院做手术。"

医生赶紧把成耀银拉起来说："你也别太着急，在这儿住着没事儿，只是你得快点准备钱，这种手术不能耽误的，我劝你手术前别对你儿子说出病情，免得他受打击，对病情不利。"

成耀银从屋里出来后，强稳住自己说："没大事儿，医生说是用脑子累的，先在医院里住几天看看，过几天就好了。"

听说没大事儿，何老师和李启程就回学校去了。成耀银开着三轮车到家里拿钱交住院费。

英子正在家里着急，看成耀银回来忙问小龙怎么了？成耀银用一双血红的眼睛瞪了她一眼，恶狠狠地说："你这个灾星，你迟早得把我家毁了。"

英子没在乎他说什么，又问小龙怎么了，成耀银甩下她的话，慌忙走了。

## 5

一个农民，最悲惨的事情莫过于逼到要卖房子卖地的地步。成耀银被逼无奈把小龙的病情公布于村民，想把自己的房子卖出去给小龙治病。英子知道了情况后没有阻止，二拐子也没有阻止。他们都没有能力拿出那么多钱，也没资格不让他卖房子。

成耀银的房子本来就很陈旧了，又离公路太远，所以，没有人对他的房子感兴趣。好不容易，有了个想买的，答应给他两万，头天讲好了，第二天就变卦了，说是他儿子不同意，想在公路旁边买块地自己盖房子开门市。

房子卖不出去，这地更不好卖了。现在路修通了，都不想再种那靠天吃饭的地了，好多人都不准备再种了。要说值钱的地，那就是公路旁边了，可他的地一块都没在路边，都在山里。

一个农民，最最悲惨的事情莫过于到了卖房子卖地都没人要的地步。几天的时间，成耀银的头发就变得花白了。

在医院，小龙每天都在输液，吃药。看着这几天父亲来来回回匆忙而心神不宁的表情及快速花白的头发，小龙已经有所知觉。他曾经几次问何老师，问李启程，问父亲，他到底得了什么病？他们都告诉他没事儿，脸上却露出不宁和悲痛的表情。

何老师和李启程偷偷地在学校里为他捐了几千块钱，这些钱离五六万还相差很远。

这天，成耀银找到了二拐子，让二拐子帮他在一张纸上写下几个字：我叫成耀银，家住柳树沟村，我的儿子叫成小龙。

二拐子不明白他写这句话的意思，问他："大哥，你写这个干吗?"

成耀银说："没大事，就是最近我脑子不好使，怕哪一天把自己丢了，再也找不到家了。"

二拐子听他这么说也没有想到他会有别的什么意思。

成耀银把纸条塞进里面的口袋里，塞进去后又不太放心，怕掉出来，又重新用手往里塞了塞，拍了拍口袋，这才到医院看小龙去。

小龙躺在病床上，面黄肌瘦，他这几天一直没心思吃东西，只想知道自己得的是什么病。

成耀银看着儿子，老泪纵横。

小龙很无力地问："爹，告诉我，我到底得的是什么病? 是不是快要死了?"

说到死，成耀银的泪流得更快了，他一边抹泪一边说："孩子，你的病——没大碍，就是脑袋里——长了一个——小东西，到省城的医院——动个小手术就好了，爹这几天是回去给你——筹备钱去了，钱——马上就筹备好了，拿过来你就能——到省城去了。到了哪儿，你要听——医生的话，早点好起来，争取回来考——大学，爹呀，这辈子没什么愿望，就是——盼望你能考上大学，找个好工作，过得不比——姚家那二孙子他们差，你记住了吗?"

小龙还是头一次看到父亲如此痛苦地流泪，眼泪也哗哗哗地往下流。

小龙哭的不是自己的病。

这些天，他也知道自己肯定病得不轻，他痛苦的是大家有意瞒着他，现在他大致知道自己是什么病了，为病就不再痛苦了。他痛苦的是，父亲这几天来受到的折磨与煎熬，这种深深的父爱让小龙疼痛，他轻轻地问："爹，你从哪儿弄的钱呀?"

成耀银用袖子抹了一把眼泪说："反正马上就会有钱——给你治

病了，你就别管爹从哪儿——弄的钱了，爹不会让你还的，爹有能力还，你就——好好地养病，好好地——读书，爹就满足了，你千万不能——辜负了我。”

小龙“嗯”了一下，说：“爹，你也不要为了还钱把自己累着了，等我大学毕业了，有了工作，我就可以替你还的。”

成耀银点点头说，还在嘱咐：“你一定得上大学，一定得有出息，等你考上大学了，就到你娘坟上——烧张纸，上个香，告诉你娘，你考上大学了，你娘肯定会——高兴坏的。”

“我知道的爹，你就别哭了，你哭我心里也怪难受的。”小龙说。

成耀银擦了擦泪说：“好，不哭了，不过，你得答应爹一件事，你一定得答应。”

小龙问：“什么事？”

成耀银有点为难地说：“小龙，你不能怪爹不讲良心，爹也是为你好，爹一辈子的期望你也不是不知道，是想让你有出息，想让你走出这个山沟沟，你要是走出去了，就千万不要再回来生活了。英子那丫头，你就别娶了，把她当妹妹，她跟二拐子挺般配的，你不要再掺和了，她不配你。”

“爹，这事儿还早呢，以后再说吧。”

“不，你一定得答应爹，你要是不答应，爹就算死也不踏实，你真的不心疼你爹吗，啊？”成耀银说着话又颤抖起来。他是不能经点事儿，这一经事儿，说话就变音儿打战。

在这种情况下，小龙是真的不想再让爹过度伤心了，点头说：“我答应你，爹，只要你踏实，我怎么做都行。”

小龙点了这个头，成耀银才放心地走了。他说，他去把筹备的钱拿过来。

就在成耀银从医院走开不久，柳树沟村就传来了他出车祸的消息。这个消息是县里交警队事故科的人员来通知的，他本来是找成小龙的，村民们告诉他成小龙得了脑瘤住院了，然后让他去二拐子家找英子。

英子一听这个消息差点晕倒在地。虽然成耀银不是她的亲爹，毕竟她在这个家里生活了好几年，而且小龙答应娶她，在她心里，成耀银就是她的公爹。二拐子顿时从他写的那张纸条上猜疑到什么，他并没有直接说出来，而是和英子一起跟交警去了县里。

二拐子和英子到了医院，在医院的太平间见到了全身血淋淋的成耀银。英子和二拐子告诉医生和在场的交警同志，这件事一定要先瞒住在这里住院的成耀银的儿子成小龙，他得了脑瘤，不能再让他雪上加霜，脑子再受到打击。

为了更好地瞒住小龙，英子留在医院里照顾小龙，告诉他，爹这几天感冒了，发烧在家里输液呢。

小龙说："肯定是累的。"英子别过头去点了点头。

事故的责任很快鉴定出来，通过许多证人和成耀银口袋里的纸条认定，这起车祸的车主并没有违反交通法规，成耀银属于自杀性质，车主不负任何责任。

这样的结果是人人都不想听到的，二拐子为自己当初没能判断出成耀银写纸条的目的而自责。英子在二拐子的反复嘱咐下，强忍着痛苦在医院里守着小龙。英子还有更痛苦的事，那就是，小龙的手术费应该怎么办？她不能眼睁睁地看着小龙被病痛折磨到死。

如果能拿自己的命来换小龙的命，英子义不容辞。这不是换心换肾，医生说，脑子是不用换的，是要把脑袋打开，除掉脑袋里多余的东西。

成耀银已经为救儿子而白白牺牲掉了，她应该怎么办呢？

李所长和李启程来了，拿出一万元钱给了英子。学校的同学来了，拿出又捐的两千元钱给了英子。还有成耀银事故车主，知道成耀银是为了给儿子治病才钻到他那辆车底下的，他被深深的父爱所感动，主动拿出五千元钱。

有了这些钱，茂平医院的医生建议先让小龙到省医院检查，然后准备手术，至于钱的问题，医生说可以再想想办法，比方找一下省里的大报社，在报纸上呼吁一下，也许会起作用的。

## 6

是李所长带着小龙和英子去省医院检查的，除了他，好像没有别人可以去了。

一路上，李所长心里很矛盾。这事儿明明白白的摞着，管吧，不是他一个人能管得过来的，别的事儿都好办，这涉及钱的事儿他真是心有余而力不足。为了给小龙拿这一万元钱，他和儿子跟老婆磨破了嘴皮子才要出来的，还惹得人家哭哭啼啼到老丈人家去告状，说他是打肿脸充胖子。他也知道，去年刚买了房子，家里根本没有多少存款。也不能说老婆不通情理，谁家钱愿意这么往外扔呀，能拿一万也不是个小数目，对一个女人来说，已经很给面子了，总不能为给小龙治病不过日子了吧。

这要是不管吧，也不对。小龙他病得这么厉害，他的父亲也死于车祸，父亲为儿子算得上英勇就义，而小龙除了一个和他没有任何血缘关系的英子外，几乎没有一个亲人。小龙和启程结拜过，这怎么说也是和儿子磕过头的，对着老天许过诺的，他要是坐视不理从自己良心来说就说不过去。就算是个外人，大街上碰到这么一个人，作为一个人民警察，也不能袖手旁观呢。

所以，他认为，这事他还是得管，至于怎么个管法，他还没有个主意。他打算先到医院检查，如果决定动手术就按医生的建议，找省城的报社求他们呼吁一下，这招也许管用。

几天的时间，小龙已经蔫得不是他了，看起来真像生命垂危的样子。这事儿摊在谁头上谁也会这样，何况他还是个孩子，家境又这么糟糕。李所长很心疼地劝他："小龙，你要振作起来，听医生说，你的病才是初期，好治，动个手术很快就好起来了。你要尽快好起来，说不定还能赶上今年的高考呢。"

小龙不说话，英子问：“叔，我听医生说动手术还得把脑袋打开，会不会再合不上了？”

李所长赶紧说：“不会不会，绝对不会的，放心吧，小龙不会有事儿的。”

英子这才放心，也劝小龙：“小龙哥，那你也放心吧，手术没事儿的，做手术后我伺候你，一定让你早点好起来，去考大学，你一定会考上的。学费你也不用发愁，二叔说了，我马上就够十八岁了，是成人了，也可以申请残疾人创业贷款了，我们合办养殖场，到时候不用说学费，说连手机我也给你买上，让你经常能给家里打电话。”

小龙现在好似站在鬼门关口的人，心非常灰，意非常冷，对他俩说什么，都没反应。

李所长听了挺感兴趣，问：“你二叔是谁？你们要合办什么养殖场？”

“二叔是村里的一个医生，他从省城买回来很多獭兔养，我给他喂，他给我开工资，一个月二百块钱。开始他只买了三十对，现在都有一千多只了，院子里都养不下了。他说他要申请残疾人创业贷款，办个大养殖场，等我够十八岁了，也让我申请贷款，我们合办养殖场，不但养獭兔，还养鸡养鸭，反正挣钱的东西都养。”英子说起办养殖场的事儿，显得很兴奋。

“那你二叔也是残疾人？”李所长问。

“嗯，他说他从小得了小儿麻痹，不过他可能耐了，识字多，还在镇上当过医生，心眼还好，我相信他能办成。”英子一脸对美好未来的憧憬。

李所长开始另眼相看这位农村的残疾姑娘了，她人残志坚，对人生充满着信心。他借机又鼓励小龙：“小龙，你应该向英子学习，学习她这种永远也不服输的冲劲儿，不就是脑袋里有个小东西嘛，除了就没事了，你应该振作，不应该沮丧颓废，要战胜病魔首先要战胜自己，叔叔相信你能行。”

英子也接着李所长的话说：“就是就是，二叔说过，好多人都不是病死的，是被病吓死的，是个人吓个人，你可不能个人吓个人。你也不用为钱发愁，要是动手术钱不够了我就到电视台去找台长，我在电视里给大伙磕头让他们救你，像电影《一个也不能少》里那个女老师一样。台长要是不让我磕，我就赖在那儿不回来。”

英子的话虽然幼稚，却淳朴善良，还真和电影《一个也不能少》里的主人公魏敏芝有相似之处。李所长问英子：“英子，如果真是那样，你真敢去求台长吗?”

英子很坚定地说：“我敢，为小龙哥，我死都敢。”

这句话更为李所长增添了几分救小龙的信心，他伸出大拇指对英子说：“好样的，叔叔佩服你。”

说来也真是老天给成家开了一个天大的玩笑，当省城肿瘤医院的医生看完他们从茂平医院带过来的CT片时，竟然说，这片子没什么问题，只是有点模糊。然后又重新做脑CT，结果，医生还是说，小龙的脑袋没有任何问题，至于晕倒，可能是营养不良或者是贫血所致，不会有大碍，可以化验一下血。

验血结果出来后，医生确定为血压低，给开了一些药，然后叮嘱了一些注意事项和营养的调配。

在医院检查的整个过程虽然不长，对他们三个人来说，却是惊心动魄的。虽然文化层次不同，感受却是一样。仿佛是从地狱一下子跨步走进天堂，让人始料不及，犹如梦境。

当李所长和英子还陶醉在这种突如其来的大喜中时，小龙极度怀疑这个事实，他甚至有些疯狂地大叫：“我不相信，我不相信，你们都在骗我，你们都在骗我。”然后是歇斯底里地大哭。

李所长很理解小龙现在的这种状况，又带着他们连走了三个省城比较有名的医院，得出的结论都和肿瘤医院的结果一样。小龙这才接受了这个现实，蜡黄的脸上顿时泛出了红晕，然后露出久违的笑容急切地说：“我真想马上就见到我爹，让他高兴起来，对了英子，你告诉我二叔家的电话号码，我用李叔叔的手机打给二叔，让二叔快点把这个消息告诉我爹，说不定他的病马上就好了。”

马上，两个人脸上又失去了那种惊喜，都低头不语了。也许他俩都还没想出用什么方式来告诉小龙他爹已去世的消息。李所长说：“我的手机没费了。”英子也接着话儿说：“我忘记二叔家的电话号码了。”

回来的车上，李所长的电话意外地响起来，是李启程打来的，问小龙的情况。李所长大笑着在电话里说：“儿子，我告诉你一个好消息，小龙没得脑瘤，茂平的医生是误诊，是误诊。”李所长说到高兴处，还很不客气地骂了一句：“他妈的狗屁医院，竟然出现人命关天的误诊，看老子回去了怎么收拾他们!”

电话打完了，李所长才发现小龙正用疑惑的眼神看着他。他尴尬了半天，还是说了实情：“小龙，叔叔的手机不欠费，是我有意说的，怕你受不起打击。”

“我爹怎么了？是不是病得特别厉害？”小龙急切地问。

李所长摇了摇头，不知道怎么说才好，他冲英子使了一下眼色，示意她说。

“叔叔他——叔叔他——叔叔他——”英子哽咽起来，说了几遍都没说出来。

小龙急了：“快说呀，我爹他怎么了？”

英子的泪水忍不住像喷泉一样涌出来，使劲地哽咽着说：“叔叔他出车祸死了。”

“什么？我爹死了?!我不信，你们又在骗我。”小龙突然从座位上站起来大喊。

这一喊，车上的客人不知道怎么回事，都好奇地往这边看过来。

李所长把他压到座位上，说：“小龙你先稳一下，别太激动，听我慢慢对你说。”

“叔叔，那你快说，我爹到底怎么回事？”

李所长用一种很深沉的语气说：“你爹呀，可真够不容易的，他为了给你治病，在公路上钻到人家的车底下，就这样丧了命。唯一的遗书就是一张纸，上面写着，我叫成耀银，家住柳树沟村，我的儿子叫成小龙。他死都怕赔偿的钱会送不到儿子的手里，他真是一位伟大的父亲，在我心里，他就是一个英雄。”李所长眼圈也红了。

小龙突然间不再说话了，像来时一样，一句话都没有，呆呆地坐在那里，望着窗外，不时地抹着眼泪。

大概车上的人也被他们讲的话所感动，泪窝儿浅的人还和他们一起流起了眼泪。老大一阵儿，车里都没有任何动静。英子也望着窗外，眼神很迷茫。李所长禁不住问她：“英子，你在想什么？”

“我在想办身份证的事儿，我的户口在坪窖村我叔叔家，我不敢去他们家要户口本去，不要户口本就办不了身份证，办不了身份证我就办不了残疾人创业贷款。”

李所长松了一口气说：“户口的事儿你就别管了，我给你把户口开到柳树沟村小龙家户口本上就行了，你就可以办身份证了。”

英子不相信地问：“真的？李叔叔你真能给我办？”

李所长对这事儿还是蛮有信心的，笑着说：“我说了办，看谁不给办，谁不给办，我就找谁的事儿。”

# 第九章

## 1

当成耀银的骨灰盒被小龙从县城里抱回来刚刚入土为安，村里又传来一个令人震惊的消息，“范家庄煤矿”出事了，死了很多人，包括姚家那个当官的孙子。出事儿那天，姚家孙子正好去煤窑里视察工作，不幸正巧遇上煤矿瓦斯爆炸，被炸死在煤窑里。

姚家的葬礼非常隆重，有煤矿的领导，有镇上的领导，有县里的领导，还请了许多和尚做法事给他超度。多少年来，柳树沟村没有过这样热闹的场面，村里的人都跑出来看稀罕。姚家女人撕心裂肺的哭声掩盖了人们看稀罕的笑声，使整个小村有些沸腾。

这沸腾的葬礼和成耀银简单而无闻的葬礼形成了鲜明的对比，但葬礼过后，田野里能够留下的只有孤零零的坟和几个被风吹得哗啦啦响的花圈。这点和成耀银比起来，他就显得凄凉多了。至少，成耀银在地底下还有个伴儿，和他相亲相爱过永远等着他的伴儿。

一个人在他最痛苦的时候，他无视于别人对他的关怀。小龙正处在失去父亲的巨大悲痛之中，对于英子和何老师及很多人的苦口婆心劝他上学的话，他全然不顾。

这一天，离高考还有一个月零三天。英子失踪了，没有带任何东西，之后的两天两夜都没有回家。小龙开始恐慌，他到处找英子，把整个村子翻了个遍也没能把她翻出来。他万般无奈去找二拐子想办法，二拐子和他分析了一番，考虑到她不可能回坪窖村去，最后给他出主意让他去找李所长报案。

小龙骑着二拐子的自行车到青山镇派出所时，李所长正好在院子里和别人说话。看到小龙慌慌张张过来忙问他："小龙，你怎么到这儿来了，碰到什么事儿了？"

"叔，英子不见了，已经两晚上不回家了，快急死我了。"小龙不知道这是不是报案，他看到李所长像见到了救星。

李所长也十分着急地问："怎么回事儿，我看英子那丫头挺懂事儿的，怎么会无缘无故地就跑了呢，是不是嫌你对她不好，回她叔叔家去了。"

小龙有些理不直气不壮地摇头说："回坪窖村的可能性不大，她是生我不上学气跑的。"

李所长把小龙叫到屋里开始批评小龙："你看，还是你把她气走的呀，你这孩子也是，怎么就不给你爹争口气，你爹前边刚走，你后边就给他拉后腿，把英子也气走了。你也让你爹死得太亏了！"

小龙想辩解："叔，我——"

"现在解释什么都晚了，还是先找英子要紧，她一个小丫头家的，腿又不好使，能跑到哪儿去呢？怕就怕她被人贩子拐走，那可就麻烦了。"李所长很担心地说。

小龙一听人贩子更害怕了："叔，真的有人贩子呀？"

"现在人贩子很猖獗，我们前几天刚在这镇上抓到一个，他把自己的亲外甥女都卖到了内蒙古去给一个老光棍当媳妇。"李所长说得让小龙感觉更瘆人了。

"叔，你说该怎么办，英子她不会被人贩子卖了吧？"小龙差点就哭出来了。

李所长分析说："看来英子是赌气走的，被卖的可能性不大，但是也不能排除，你等一下，我通知手下，让他们给你做个记录，先去到处找找，坪窖村也不例外。"

李所长刚回到他的办公室，就有人慌慌张张地前来报告，说是从路上带回一个无家可归的残疾姑娘。

李所长忙问："是不是腿瘸?"

"是，我两天上下班的时候都碰到她在路边坐着哭，问她家在哪儿，她说她没家，我只好把她带到所里来了。"

"快把姑娘带过来。"李所长命令他。

果然是英子，她看到小龙返身就要向外走，小龙上前拦住了她说："英子，你别再生我的气了，你跟我回家去吧。"

英子还怒气未消，挣脱他的拦截说："我凭什么跟你回去，我又不是你家人，我死在外面也跟你没关系。"

小龙仍然不放他："英子，你别生气了，快跟我回去吧，听李叔叔说外面人贩子可多了。"

"我巴不得遇到人贩子呢，我在路边等，就是等人贩子来卖我，卖到哪儿也比在你家里强，没人疼没人爱的，我就是怕人贩子也嫌我是残疾，嫌我不值钱，看不上我。"英子脾气上来了还真烈性。

英子再烈性，小龙也不能放她走，这是他的责任："英子，你别生我的气了，你回去，我不惹你生气了，真的不惹你生气了。"

英子仍然不依不饶："我才不生你的气呢，我生我自己的气，干吗这么没出息，非赖在别人的家里不走，我死在外面也不回你家去了，你让我走。"说着，就使劲推小龙。

李所长看着他们俩人在屋里争吵拉扯，镇定自若地坐着。

小龙硬是挡着路："我不让你走，你不能走。"

"我就得走，我再也不回你家了。"

小龙实在没办法了，跑到门口正中间，把胳膊在两边一挡，向李所长求援："叔叔，你快拦住她呀，别叫她再走了。"

李所长这才有了反应，点了一根烟说："英子，你听叔叔的话，别闹了，好好地坐下来，听叔叔说几句。"

英子乖乖地坐了过去。

“小龙，你也过来坐。”李所长说。

“英子，你先给叔叔说说，到底是怎么回事？叔叔今天就当一回你们的法官，判判你们的官司。”

英子又哭开了：“我有什么好说的呀，我叔就他这么一个儿子，一直盼望着他考大学，做一个有出息的人，可是我叔他刚走，小龙就不上学了，我给我叔烧纸去都没法交代，我是在他家待不下去了。”

“小龙，你也说说，你为什么不去上学？”

小龙低头磨叽了半天才说：“我一个男子汉，让一个小丫头供我上学，心里有愧，觉得自己活得窝囊。”

“你们俩都说完了吗？”李所长问。

两个人都说，完了。

李所长给他们的话做了一个总结：“英子你是个善良的姑娘，我理解你的心，你和成大哥的心一样，一心想让小龙长出息。小龙呢，心地也是善良的，是怕英子你受苦受累，心疼你。你们俩都是善意。正因为你们俩都没有歹意，所以，我给你们出个判决书，英子回家去继续办你的养殖场，户口和身份证的事我马上办。小龙呢，你明天就去上学，争取考上个好大学。至于学费的事儿，你就不用发愁了，我相信英子的能力。”

两个人都不说话了。

“你叔叔的这份判决书行吗？都说句话。”李所长催问道。

他俩都挺不好意思，但还是点了点头。

## 2

二拐子一边着手申请残疾人创业贷款，一边考虑养殖场的位置。最后他看上了凤娟饭店后面的那一大块沙丘地。那一片沙丘地总共有五六亩，几乎村里谁家都有个一分半分的。那地沙多土少，还夹杂着大大小小的石头，种什么都长不好，所以就一直荒着，长着满地的野草，已经看不出那是块地了，大概村里人也都忘了那是块地了。

要不是想办獭兔养殖场，二拐子也想不起那儿还有块地。

那块地离公路近，但又不在路边，所以一时引不起别人的注意来，可是长久打算的话，那是块宝地，不但方便运输，还有极大的升值空间。

二拐子找到村支书姚家川，也就是在煤矿上死的那个当官的姚家孙子的爹，想查一查那块地每家都有多少。

姚家人按说是活得比较高调的，对一般的人不屑一顾，更不用说去查那些陈年老账了。可是自从他们家的孩子遇到不幸后，一家子都变得低调起来，见到谁都热情地打招呼。

二拐子到他家后，姚家女人对他非常客气，又是让座又是倒茶的，姚支书还非常耐心地从一沓子旧账本里翻了一上午，最后终于翻出当时分地的旧账来。账本因为搁得时间太长，纸张的质量又太差，又黄又破很多字都看不清了。但是账本上还是能看出来一些账目的，比方说姚家在那块有一分地，成耀银家就有几厘地，还有村里最多的那一家九口人才一分多地。这么推算一下，那块地每家最多也就一分。

姚支书说："账上是这么记的，当时分地时谁家也没去领这块地，认为这块地成不了事。"

二拐子说："我想把那块地买下来在那个地方办个獭兔养殖场，想让姚支书您出个面给村民们说一下，然后再根据各家的地数给村民们把钱分了，你看行不行？"

姚支书明白了二拐子的意思，豁达地说："我看这样吧，这块地呢自打开始就是一块废地，也没人会想起它，你现在要变废为宝，这是利村利民的好事，你要用就去用吧，就别花那个瞎钱了。"

二拐子马上说："姚支书，你的心意我领了，那块地再废也是块地，我不能白用，我出两万块钱，你看少不少？"

"不少不少，两万可不少了，那可是当垃圾扔了的地。二小，你又买地又建厂的，你有那么多钱吗？"姚支书关心地问。

“我正在申请残疾人创业贷款，如果批下来，我的养殖场就可以建了，到时候恐怕还有很多事要麻烦姚支书呢。”二拐子显得很客气。

姚支书忙说：“不麻烦不麻烦，有事儿你尽管说，办手续跑镇上跑县里，我给你跑，你要是能办成了，也是我脸上的光彩。”说了这句话他突然改变了口气：“二小，你说我这么多年，虽然当着村支书，可光想着我那俩儿子了，想着自家的那点事儿了，供他们上学，给他们找工作，买房子娶媳妇。到头来，我得到了什么，这小儿子一出事，儿媳妇立马在家里找了个男人，房子、车子都成人家的了，这还不算，连小孩子都喊人家爹，你说看着别人家的儿子在咱的房子里住着，你心里赌得慌不，有什么办法呢？所以呀，我想来想去，还是多为村里人办点事儿，让村里人记住我的好，比他妈养个儿子还合算，你说是不？二小。”

姚支书竟然抹开了眼泪。

二拐子是个光棍，他是体会不到失去儿子是怎么样的悲痛，但他能体会到姚支书是非常痛苦的，他也相信，姚支书说的全是真心话，赶紧安慰他：“姚支书，你也别太难过了，那房子、车子值钱再多也都是身外之物，还可以再赚，那孙子是咱家的，血缘关系是永远改变不了的，现在他是小不懂事，等他长大了懂事了，还是会回来认祖归宗的。”

“二小，你说得还真对，我就不信这亲爹一死儿子就把亲爹给忘了，就认贼作父了，我要经常去看他，让他知道，我是他亲爷爷。”

二拐子觉得这话题是越扯越远了，赶紧往回拉：“姚支书，我看就先这样吧，明天我就给你拿两万块钱过来，你给我打张收条就行。”

“好好好，二小你还真有两下子，要办养殖场了。”姚支书也发觉了自己的失态急忙迎合着说。然后他又多问了一句：“二小，你和成家砸着的那个英子是不是有那层意思？要不要我给你做个媒？”

二拐子急忙阻拦说：“千万别，英子是晚辈，给我叫叔呢，说别的可就不合适了。”

“那别人都这么议论，说成耀银把她卖给你了，照你这么说，没有的事儿?”

“那是人们瞎说的，我是看英子这丫头够可怜的，能帮她则帮她一把，我们都是残疾人，同病相怜。还有，她跟我还不一样，我从小就残了，早就认命了，她是后天砸残的，我不想让她人残心也跟着残了，所以就愿意多帮她点儿，让她活得充实志气一点儿。这次我办养殖场就是要和她合伙干，让村里人、全镇上的人都看看，我们残疾人不是废人，也有思想有理想，也能干出一番大事业。”二拐子一激动，说得有点多了。

二拐子回来的时候，英子正在他家学写那本《獭兔养殖技术》上的字，二拐子看了看，夸奖道：“英子，你不但认字快，字也写得挺好，小学毕业了，该进入初中阶段了。”

英子高兴地问：“真的吗?”

“这还能假呀，初中水平都不见得能认识獭兔的獭字，说不定还要念赖兔呢。你要是不信，可以找个读过初中的问问，保准不认识，就连我，要是不养这种兔子，谁知道一个反犬旁加一个赖皮的赖字念什么，没准一辈子都不认识它。”二拐子夸她也说得头头是道，让英子有些扬扬得意。

“那我就加紧学习，争取早点初中毕业，就可以读很多书了。”

二拐子也跟着她得意地说：“是呀，我才是个初中毕业生，你也许比我还厉害。等咱们的养殖场一办起来，我就买台电脑，像城里一样，上上网，你可以在网上看信息，听说现在大地方的养殖场卖兔子就不出厂，客商通过网络直接联系，上门来拉货。”

英子高兴地问：“二叔，什么叫上网，那电脑我在李所长那儿见过，跟电视差不多，我没见到有什么网呀?”

“那网呀，是看不到摸不着的，反正你想看什么就能在电脑屏幕上看什么，听说，现在新修的路上已经开始拉网线了，村里人都有买电脑的了。”

“那二叔，我是不是上网就能看到小龙在学校里读书啊，我真想知道这个臭小子到底有没有好好读。”

“哈哈，你心里就装着小龙，你上次的逃跑苦肉计还挺管用的，他竟然那么听你的，看来，他真是挺喜欢你的。”二拐子嘴上这么逗，心里却酸溜溜的。

英子马上羞红了脸说：“不是的二叔，他哪有喜欢我呀，他城里的女同学那么多。”

二拐子说：“好了，今天打住这话题，说说咱们的养殖场，我已经给姚支书说好了，把风娟后边的那块废地买下来，等明天我就把钱拿过去，姚支书一打条，那块地就成我们的了，贷款一下来我们就可以开工建厂了。”

英子问：“多少钱买的？”

“两万。”

“哇，那么多，二叔你还有那么多钱吗？”

“钱不发愁，我三个姐姐一个哥哥呢，每家拿几千块钱不是问题的，我已经打过招呼了，要是谁不借给我，我就赖在谁家不走，让她们养着我。”说起哥哥姐姐，二拐子显得有些孩子气了。

## 3

高考的日子说到就到，高三全年级在临考头一天放假一天。小龙的班主任何老师在放假前对全班的同学讲：“没有参加过高考的人生是残缺的人生，对于你们这些渴望在高考中收获完美人生的学子而言，要积极迎接挑战，勇敢激情拼搏，才能收获成功。希望同学们都能过好这紧要的一关，完成人生中最艰苦也是最美好的奋斗过程。”

小龙在这个时候有着很复杂的心情，他不知道自己参加高考是完美还是不完美。这学虽然上了，对于人生的路途来说，是对是错还难以料想。

残疾的英子真的能贷款办养殖场吗？能否成功？失败了怎么办？还有，她一个人在家害怕不害怕？二拐子会不会欺负她？诸多大大小小的问题时时刻刻扰乱他的心神。

在考前自由复习的一周时间里，李启程的父母几乎天天都来送两份鸡汤之类的补食，除了儿子还给小龙一份。小龙打心眼里感激，却从语言上表达不出来。李所长还是一直鼓励叮嘱他，让他别忘了父亲对他的期望。

高考这几日，烈日炎炎，好多家长都顶着烈日守候在学校门口的栅栏门边，手里拿着饮料或者矿泉水，孩子每走出考场就要疼爱地把手中的水递过去。这些父母当中，也包括李启程的父母。李所长在考前见到小龙时还嘱咐过他："每考完一场你要记着出来说说你的考试情况，喝点水，你父母不在，我们就是你的亲人。"小龙点头答应了，却始终没有出来，直到高考结束，小龙才走到了李所长跟前。李所长问他考得怎么样？他只是轻描淡写地说还行。

可能对每一个考生而言，等待分数下来的日子就是受苦刑的日子。对小龙而言，总觉得日子过得太快。二拐子的六万元贷款已经批下来了，他在家里正帮着他们修建养殖场，每天忙得不亦乐乎。在这种状态下，小龙似乎对大学没什么向往，还有着在农村里大干一场的冲动。倒是英子每天都惦记着高考的事情，时不时就想起来问一句："小龙哥，你的分数什么时候能知道呀？"小龙回答说："着什么急，李启程在网上查出来就来报告了。"

等李启程终于在网上查到了他们的考试分数前来报告小龙的成绩时，养殖场的圈舍已经初具规模，柳树沟村獭兔养殖场的牌子已经高高竖了起来。

李启程给小龙带来的考试成绩是 538 分，他自己考了 438 分。对于考出这样的成绩，小龙不知是喜是忧，英子不懂 538 分代表什么概念，是多是少。她问李启程："538 分能考上念四年的本科吗？"

李启程带着自嘲的口气说："当然能了，太能了，我要是考这么多分我爸就高兴死了，我跟小龙差100分，100分呀，多么可怕的数字。”

英子一听这话高兴了，一边往二拐子跟前跑一边兴奋地大喊：“二叔，二叔，小龙哥考上大学了，小龙哥考上念四年的本科大学了。”

这一叫喊，喊的正在垒圈舍的建筑工人都冲她这边看过来，有的还嘀咕着风凉话：“你说小龙考上大学她高兴个什么劲儿，这不明摆着让她靠边站嘛……”

“我说呀，小龙考上大学正好，这不正好成全了二拐子吗？”

“树上的鸟儿正相配，一个是左腿，一个是右腿。”

“哈哈哈哈，两人并肩走起路来碰不着……”

当然，这些话儿说得很轻很轻，二拐子和英子都听不见的，怎么说也是乡里乡亲的，都是有分寸的。

英子跑起来的姿势很不优雅，刚才只顾得意却忘了形，看到建筑工人们往这边看她，她才感觉到自己的失态，顿时心里也减少了几分喜悦。

“二叔，小龙考了538分，李启程说他能考上念四年的本科了。”英子还是笑着把这个消息说出来的。

二拐子也高兴：“这回成大哥在地底下也可以安息了，明天你和小龙去他父母的坟上点几张纸去吧，把这个消息告诉他们。”

“行，我现在就去买些纸钱儿。”

路边就有新建起来的小商店，吃的穿的用的，应有尽有，村里人再想要什么，也不用到青山镇赶集了，只要对小商店的主人说一声，保准明天就把货进来了。

这就是有公路的好处，一条路就可以把村民们从死胡同带到宽敞的大街。英子过去买纸钱儿时，店里的女主人问：“英子，现在不清明不寒食的，你买纸干吗，是不是要给养殖场的土地爷烧啊？”

英子笑着回答：“不是，我要给我叔我婶子烧，小龙哥考上大学了，得把这个好消息告诉他们，让他们高兴高兴。"

"小龙考上大学了，这可是好事儿，该烧烧，你银叔这辈子可活得真不容易，就盼着小龙能考个大学，现在他儿子考上了，他也看不见了，哎!"以前，女主人经常用成耀银给她拉煤，家里有个什么活儿的，也经常帮她干，所以对成耀银一向很尊重。

第二天一大早，小龙和英子双双跪在了成耀银夫妇的坟前。英子把供品摆上，把纸钱点着，用一根棍子挑着纸钱让火烧得旺些，她一直等着小龙说话，他觉得这是他的父母，这个消息应该是小龙说更好。

小龙话没出口泪先流了下来，稳了半天才说："爹，我考上大学了，上个本科没问题，这回你可以放心了，可以和我娘好好地在地底下过日子了。"

刚说一句，小龙就忍不住了，"呜呜呜"地哭起来，哭得英子心里也难过得要命。她把纸烧完后，按风娟婶子教过她的方法，在纸灰的最上面压了一个土坷垃以防纸钱飞跑。之后对着坟头说："叔，你就放心吧，无论如何我都要供小龙上大学的，我和二叔在办一个养殖场，等我们的养殖场办成了，挣钱了，我给小龙买好衣服穿，给他买自行车买手机，别人有什么我就叫他有什么，不让他受一点委屈，我英子说到做到。"

英子这话听起来像是在承诺，小龙听得怪不好受的。他突然停止了哭泣说："英子，我也要对你承诺，你对我的恩情我会用一辈子来偿还的，如果这辈子不够，我下辈子接着还。"

英子赶紧截住小龙的话说："小龙哥，咱们今天是来看叔叔婶子的，不要说别的，你快告诉他们，你会好好上学，将来做个有出息的人。"

小龙也感觉自己说得出了圈子，也打住了，又转身对坟里的父母说："娘，我想对你说一句，你早早地就死了，也没伺候过我爹什么，我爹到了你身边，你千万不要叫他再受苦了，他为了我，什么苦活都干过，在医院里卖过好几回血，还晕倒过一回，娘，你一定要伺候好他，就算我求你了。爹，你也别惦记着我了，我都长大了，也能自立了。家里你就放心吧，你欠李所长的钱，我们都还上了，大家捐的款连李所长给的一万，一共一万四，我们都还给他了。李所长是好人，我以后会报答他的。爹，英子也是个好人，你不能再对她有偏见了。爹，你知道吗？一个人最美的地方是心灵，英子就是世界上心灵最美的姑娘……”

说来说去，小龙又归到了英子身上。

英子都有些过意不去了：“好了小龙哥，你不要再说这些了，叔叔不愿意听的。我问你，刚才你说在医院里叔叔去卖血晕倒，是不是我住院的时候？”

小龙知道说漏了嘴，也只好点头。

女人的泪窝就是浅，眼泪说来就来了，她流着泪对着坟头说：“叔叔，你为了我都去卖血了，我一定会报你家的恩，一定会把小龙带好的，如果我带不好小龙，你就让鬼来抓我——”

小龙用手挡住了她的嘴。

## 4

一个养殖场从头到尾建起来，对二拐子和英子这两个残疾人来说，真得掉几十斤肉。多亏小龙高考后有时间，跑腿的事情就靠他了。

这个时候，小龙家的三轮车就派上用场了，到青山镇买个什么东西拉回来，全靠它。小龙已经是大小伙子了，风娟丈夫给他简单一指点，他就会开了，而且开得还很顺当。

英子一般不去养殖场干活，二拐子家还有千数来只兔子要吃要喝，就够她折腾了。伺候这些小兔崽子比伺候人要难多了，它们饿了渴了不会说，病了疼了不会叫，全靠英子拿着那本《獭兔养殖技术》研究。兔子什么时候喝水，什么时候吃青草，什么时候吃饲料，英子都要背过了。

每天，英子还要去山里割青草，这样可降低成本。青草不能多喂，喂多了影响毛皮，特别是小兔子，更不能多吃。她忙不过来的时候，二拐子的母亲就帮些忙。这个老太太身体不大好，四十多岁时才生下二拐子，落了一身的毛病，平常是不干活的。英子也尽量让她少干，怕累着她了。

还有小龙家里那二亩地，英子也没有扔下，为了给兔子攒些冬天吃的粮食，在二拐子建议下，她全部种上了花生。在去割青草的时候，英子经常去看看地里的庄稼，看着绿油油的花生秧子，她也觉得心里很踏实。

自从知道小龙考上了大学后，英子更忙乎了。小龙要到大城市上大学去了，总不能让他再盖旧被子吧，她要给小龙做一床新被子。她在家里把箱子都翻倒了，还是没找到一块可以做被子的新布，于是她就去小商店里买花布。商店里的花布有好多花样，红红绿绿都挺好看，商店女主人一听英子要做被子用，直接把印有樱花图案的花布拿下来推荐给她说："你叫英子，就用樱花吧，粉嘟嘟的，好看。"

一句话说得英子脸羞红了，不好意思再说别的，就要了。那樱花图案，英子也喜欢。回家后，英子在院子里把花布打开，看了一遍又一遍，真是觉得特别好看。太阳光下，粉红的花布映衬着她青春明媚的脸，使她显出从没有过的生动。

英子把家里所有的被子都摸了一遍，把觉得最软的那条被子拆洗了，里面的棉套晒在了铁丝上。说是最软的，也是多年的旧套子了，家里没有个女人，谁惦记被褥这类婆婆妈妈的事情，能有个东西盖着就不错了。这棉套旧是旧了点，可是现在棉花的价钱太贵了，英子也没那么多的钱，就算二拐子不小气，眼下资金这么紧张，她也不能光给他要呀。再说了，棉套是缝在被子里面的，就是旧点也没人能看得着。

拆洗的被面和被里晒干了后，英子看那旧被里已经黑得洗不白了，不打算再用它了，便把那被面做了被里。

英子把被里先铺在炕上，把棉套子铺在被里上，又把樱花图案新被面仔细地铺在最上面，用手摩挲平，才穿针引线，戴上顶针一针一线地缝起来。

英子在叔叔家的时候，做过很多弟弟妹妹的被褥，那时候她指头细，戴顶针也戴不住，就用手指硬往里顶，每次做完手指都会是血啦啦的。就这样，还会被婶子劈头盖脸地骂，说她不中用之类的。

这一次缝被子和以往不同，她是给自己最亲爱的人缝，用一颗少女纯真的心在缝，每一针都缝得非常认真。也有时候，缝着缝着，她就走神了，针就不长眼地扎在了她的手指头上，立马，从指头的针眼处就会流出一股小细流的血。她也不觉得疼，用嘴把鲜血吸掉，再接着缝。那种缝被子的表情，很像一个小女生第一次写情书，异常的细心与不安，生怕会出一丁点错误。

“喂，英子，我来了。”英子坐在炕上缝得正陶醉时，冷不丁被一声尖叫吓了一跳，针尖一下扎在手指上。英子转身一看，是谢燕，显得有些兴奋。

“死谢燕，你吓死了，你从哪儿冒出来的?”

谢燕得意地说：“不知道吧，我从天上王母娘娘的蟠桃盛会上来，还给你带来很多蟠桃呢?”说着，真的从包里拿出许多桃子来，到外面的水瓮里舀了瓢水洗了两个拿过来给英子：“给，你尝尝，王母娘娘赠的蟠桃甜不甜?”

英子小心地把针别在被子上，拿起桃子不识玩笑地说：“哪儿有王母娘娘呀，你瞎说。”

“小龙呢，我好久不见他了，想知道他考了多少分?”

说起小龙的分数，英子很自豪：“他考了538分，都能上四年的本科了。”

“哇，考这么多，真厉害!”谢燕脱口而出。

英子脸一下子红了，说她：“你一个小丫头家，怎么说这么难听的话。”

谢燕不在乎地笑笑说："这还算难听呀，在我们学校里比这难听的还多着呢，给你说说，你会钻到地底下去的，都是从网上学的。"

"有好听的不，你说说。"英子听说网，想起二拐子要买个电脑的话，就问道。

"有呀，比方说'太平公主'，比方说'绝代家人'，还有'偶稀饭'，多着呢。"

英子好奇地问："那太平公主我知道，电视上演过，可漂亮了，网上是不是说一个人长得漂亮呀？"

"呵呵呵，大错特错了，太平公主呀——"谢燕突然盯了一下英子的胸说，"就是说像你这样的，胸部不够丰满。"

英子羞得不干了，把没吃完的桃子放一边拿起针又缝起被子来："不和你说了，你不说正经的。"

谢燕还在笑："这么小气呀，说个胸不丰满有什么，我们宿舍的女生还敢在许多人面前和男朋友亲嘴儿呢，现在都零零年代了，别那么传统好不好？我就不信你那个二叔对你那么好，你和她没亲过嘴儿？"

这句话是着着实实把英子说恼了，她竟然哭了："谢燕你干吗瞎说人哪?!你跟谁亲嘴我管不着，你不能瞎说我呀，你走吧，我不想和你做朋友了。"

谢燕这才觉得自己说的话有点过了，这是山沟里，不是县城更不是省城。她急忙道歉："好英子，别生气了，都怨我瞎说了，我不说了，我想见见小龙，他去哪儿了？"

"不知道。"英子是太生气了，并不领情。

谢燕又接着道歉："都是我不好，英子，你不要生气了，小龙他是不是又去外面打工了，想还欠我家的钱？"

英子听说还钱，顾不上生气了："他什么时候欠你家钱了，欠多少？"

"在你被砸着住院的时候，出院时钱不够，我回家拿的钱，我早就对小龙说我妈不要了，他干吗非惦记着？”

“我怎么一点都不知道，小龙哥从来没有对我说过。”英子难过地说。

谢燕说：“小龙是怕你们还不了，着急上火，所以就不说，他想办法打工来还，他已经硬还了我六百了。”

英子就是好感动，心一动，泪就掉：“小龙哥他怎么这个样子对我，他还有多少事儿瞒着我呀？”

谢燕劝她：“你就别难过了，他是哥哥你是妹妹，哥哥当然得有个哥哥的样子，不能让妹妹操心了。英子，你真的不知道小龙去哪儿了吗？”

也许是少女内心的敏感，英子第一次对谢燕撒了谎：“不知道。”

谢燕从包里拿出一封信说：“英子，他回来了麻烦你把这封信交给他，我就回去了。”

谢燕走后，英子再无心缝被子，拿着谢燕的信掂量来掂量去，还是拆开了。

英子读着读着，眼泪吧嗒吧嗒往下掉，心里很疼。

这是一封谢燕写给小龙的情书，内容赤裸裸地写着，她喜欢小龙，想和他谈朋友，想一辈子跟着他。最让英子接受不了的是，在信的最后竟然写着“吻你”两个字。

突然间，这封信让英子失去了阳光下的明媚，失去了缝被子的那种陶醉，她觉得自己就像地上爬着的一个小蚂蚁，让人看都看不到。

突然间，她心里充满怒火，从屋里拿起一盒火柴，“刺啦”一下划着，点着了那封信。火苗在她的手里一蹿一蹿的，把她的手烧得好烫。她放开那张纸，让那张燃烧的纸随意在院子里跳动，而她，带着满身的伤痛重新坐在了炕上，又拿起了那根针……

## 5

晚上，小龙从养殖场回来，满身的汗臭味，脱光了上身打了盆水就在院子里洗开了。英子忙里忙外，从他身边走过来走过去却不理他。

刚开始小龙并没有感觉出什么不对，他洗完了才感觉到反常。往常，英子总是在他洗完的时候把毛巾递过来，脸上还带着甜蜜的笑。这次，当他伸手拿毛巾时，英子不但没在跟前，而且一点也没有给他拿毛巾的意思。

“英子，毛巾在哪儿？给我拿一下吧，我眼睛睁不开。”

“在晒条上，自己拿。”英子扔过来一句冷冰冰的话。

小龙不知道英子今天是怎么了，只好自己拿毛巾。擦完后，他更感觉气氛不对了。每天晚上，都是英子把饭盛上凉在饭桌上，今天，饭桌上空空的，连根筷子也没有。再看锅里，也是空空的，一口饭都没有。

小龙立刻想到可能是自己上大学的事让英子烦心了，因为他明天要去县里报志愿了，这志愿一报，就等着上大学了。不管哪个学校录取，都要面临学费的问题。

“英子，明天我不去报志愿了，这大学我不上了。”小龙心里这么想，也直接把想法说出来了。

“爱报不报，爱上不上。”英子还是冷冷地说。

小龙感觉事情有点严重了。以前他一说不上大学英子就猴急，还为让他上学离家出走，现在他说不上学了，她却这样冷漠。

“英子，你今天到底怎么了？是不是为我的学费发愁，如果是这样，我真的不去报志愿了，这大学上不上也没意思，在家里和你们一起创业也挺好的。”小龙说的其实都是真心话。

“我用不着为你的学费发愁，你有有钱的女朋友，还用我发愁呀，你找她去好了。”英子满肚子的酸劲开始发作了。

小龙被她说糊涂了，问："我怎么听不懂你的意思，我哪儿有女朋友了？"

"你别再骗我了，你瞒着我和谢燕好，人家都找上门来和你谈朋友了，你还不承认，你要骗我到什么时候，要把她娶回家的时候才对我说吗？"英子开始抽泣。

"这哪儿跟哪儿呀，我什么时候跟谢燕谈朋友了，她只是我的同学，她对你不也挺好吗？"

"以前我认为她对我好是她心眼好，现在我才知道，她明着是对我好，其实是来找你的，你们根本就是在谈朋友。"

"英子你误会了，我和谢燕真的没什么。"

"如果真没什么，你怎么会借了她家的钱，她还都不叫你还，有这样的便宜事儿吗？"

"谢燕她什么时候来过，她来干什么，给你说什么了？"

"她说你借她家的钱，她们不要了，她还说，要和你成为一辈子在一起的朋友，你还有什么可说的。"

"我没什么可说的了，可能我的一生都和她犯克，每次她一出现我就会倒霉，我迟早得被她害死，我死了做鬼也得找她算账。"小龙这句话声调很低，像是在呓语。

说完，他到屋里睡觉去了。一台被风娟搬家时留下的破电扇转起来吱吱作响，让他心里烦得要命。关掉，更烦。他心不静，身不凉，不管怎么着，总是大汗淋漓。翻身，再翻身，还翻，还是热，还是烦。拉开灯，他想看会书，眼前却出现了一片粉红色的桃花。他好奇地打开看，是一床新被子。小龙的心霎时被什么东西蜇了一下。

想到英子的腿是被自己砸瘸的，小龙就深感愧疚。而英子从来没有因为被他砸残了而不依不饶，相反，还一门心思地对他好。有时，英子真的就像他的母亲一样细心地照顾着他，怕他饿着，怕他冻着，怕他受人欺负了，让他感觉有一种母爱的温柔，还有一种舒适的安全感。

这床印有樱花图案的被子让他再也无心躺下去了，他起来，去敲英子的门。

“饿了自己做饭吧，我今天不想动。”听英子的话语，还在哽咽。

“英子，你不要再哭了，我真的和谢燕没有那种关系，我们只是同学关系。”

“我不信，你们要是没关系，她会让你还钱。”

“她总是这样，热情得叫人受不了，我真的和她没任何关系，你要是不相信，我可以发誓。”

“发誓顶什么用，我以前的邻居大伯经常对大娘发誓，说以后再也不喝酒了，可是没过三天，他又喝了。”

“那你说什么顶用，你说什么顶用，我就做什么，只要你不生气了就行。”

“那我问你，你还记得你当初说过的话吗?”

“记得，都记着呢。”

“你记着哪句?”

“我都记着呢。”

“那你说过，让我长大了当你媳妇，你记得吗?”

“当然记得，我从来没有忘记过，我还在心里发过誓的，长大了一定要娶你。”

“你说的是真的?你重新发一遍你自己发过的誓。”

“真的，我发誓，如果我不娶英子做媳妇就坏了良心，不得好死。”

门“吱”的一声开了。英子含羞带泪地出现在小龙的面前。小龙伸手去擦她的泪水说：“好了，媳妇，给我做饭去吧，我饿了。”

“你真坏，不许你这么叫我。”英子脸上马上像桃花一样红润起来。

看着英子有了笑容，小龙的心轻松了许多。

英子在锅台上做饭，小龙围着她转来转去，想帮忙又插不上手，于是他就说："英子，要是谢燕再到咱家来找我，你就别理她，或者告诉她，我不上大学了，要和你成家了。"

"小龙哥，那谢燕长得漂亮，家还在县里，你为什么不喜欢她呀？"英子边忙乎边问。

"她呀，心眼挺好，就是招人烦，总是麻烦不断，谁喜欢这样的女生呀。"

"那你都是大学生了，以后就是有工作的人了，你不嫌我腿瘸呀？"

"我把你的腿砸瘸了你都不嫌我，我哪有脸嫌你呀，我心疼还来不及呢。"

"谁知道你以后会不会变心？"英子努着小嘴有点发嗲的样子。

"海枯石烂，永不变心。"

"前边四个字什么意思？"

"就是海里没有水了，石头烂了，我也不变心。"小龙一边解释一边笑。

"这不好听，还有没有好听的词，你给我念念。"

小龙想起来一句："山无棱，天地合，才敢与君绝。"

英子问："这又是什么意思呀。"

"就是到了山没有了棱角，天地合而为一的时候，才能和你分开！"

"这是哪儿的词呀，净是瞎说，山怎么会没棱角，天和地怎么会合在一起呢。"

"所以说，我们不会分开，你永远都是我的媳妇。"

高考后，小龙似乎一下子长大了，个高了，人胖了，说话也变成大人了。大概今天他在哄英子不哭的过程中第一次找到了做大人的感觉，有点兴奋，话也多了。

英子喜欢小龙围着她转来转去的样子，特别是今天，当小龙叫她媳妇的时候，她的心都快跳出来了。她喜欢小龙这么叫她，让她幸福，让她踏实，让她对生活充满美好的憧憬。

“小龙，等我身份证办下来了，贷款申请成功了，咱们就把谢燕家的钱还了，吃了人家的嘴短，拿了人家的手短，咱不能短别人的。”

“嗯，咱们要活得有志气，不让别人看不起咱们。”

“你上大学的学费你就不用管了，我给二叔已经说好了，先从贷款里拿。”

“那你老花二叔的钱，二叔会不会硬让你嫁给他？要不我别去上大学了。”

“你敢不去上大学，你不上大学我还走，走得远远的，让你再也找不到我。”

“那我还不是怕你被二叔拐跑了呀。”

“他是二叔，是长辈，才不会做那种坏事呢。”

“那我就放心了。”

话说着，饭也好了。这顿饭，他们吃得格外香。

# 第十章

## 1

小龙最终被省经贸大学录取，李启程被省警官学院录取。

他俩选择这两所学校也跟李所长有直接关系。报志愿的时候，李启程也发愁，根本不知自己应该学什么专业，所以把老爸也带了过去。

当时，小龙和李启程都表示，无论在哪儿上学，都要回来工作，为自己的家乡贡献力量。在何老师和李所长的再三思考下，就让小龙第一志愿报了经贸大学，李启程报了省警官学院。

其实，李所长比何老师思考得还要多一点。因为工作关系，他了解到县里人力资源方面的人才极其缺少。这是因为县城不太富，待遇也不高，一些有这个专业的人才宁愿到省里的企业也不愿意回到县里，这就给小龙的以后提供了很宽的就业路子，必要的时候他还能帮上一把。而自己的儿子考得分数不高，但上个警官学院没问题，毕业后有他的面子把儿子安排在一条战线上是不成问题的。

开学的时候李所长本来是要去送他俩的，他俩谁都不叫送，特别是李启程，坚持要独立自主。

开始李启程并不这么想，也不懂独立自主的真正含义。他是到小龙家住了几天才真正体会到的，他亲眼看到小龙和英子在无父无母、无亲无友的艰苦条件下，依然活得那么坚强。尤其是英子，人残志不残，用柔弱的身躯扛着一个家。他深深地受到了一次教育，这种教育比老师在课堂上讲的自立要深刻，比父母在家庭教育中说的会做人、会做事更实际，让他坚定了以后要独立的信心。

临上大学前，英子把学费给小龙准备好后，还拉风娟一起到县城专门给小龙买衣服。这还是自有了从县城直达柳树沟村的公共汽车后，英子第一次到县城去。

英子和风娟几乎把县城里的服装店都转到了，才给小龙买了两身秋天穿的衣服，一套西服，一套运动衣，价钱对她们来说都不菲。

风娟转得腿都疼了，看着英子瘸着腿都不叫累，自己也不好意思说出来。等她们终于把衣服买上了，风娟才问她："英子，你累不累?"

英子却摇着头说："不累。"

"完了完了，看来我真是老了。"风娟听了这话也摇头笑着说。

衣服买完了，风娟又跟英子去书店里买了几本养殖獭兔的书，这才坐上车回家。

车上，风娟很感慨地对她说："英子，你真舍得，给小龙买这么好的衣服，我跟了你叔这么多年，他为这个家也是没日没夜，累死累活地干，我也没舍得给你叔买过一件像样的衣服。今天看到你对小龙这么好，我觉得心里愧得慌。等我们把账还完了，我也狠狠心，给你叔买两身像样的衣服穿穿，让他也精神精神。"

风娟说了这些，眼圈都有点红了。

英子以为是自己给小龙买了这么贵的衣服让风娟不高兴了，认为她是乱花钱，赶紧解释："婶子，我也心疼花这么多钱，小龙要到省城上学了，二叔说省城人都穿得特别好，一定要给小龙买两身像样的衣服，免得让别的同学看不起，让人欺负。"

风娟笑着说："婶子没有别的意思，也没有嫌你乱花钱，婶子心里真的是愧得慌，觉得对不住你叔。小龙他是大学生了，又到大城市去上学，应当穿好点。"

风娟考虑了一会儿什么又问："英子，二拐子这么大方给你钱，还跟你合办养殖场，你有没有觉得他安别的什么心？”

“二叔是好人，他说他对我好，还跟我合办养殖场是要证明给别人看，我们残疾人也能自立自强，也能干一番轰轰烈烈的事业。”

“你花了他的钱，他还让你还吗？”

“他没有说让我还，我都记着账呢，等我申请了贷款就要把花的这一部分填上，二叔也挺不容易，我不会让他吃亏的。”

“英子，你心眼真好，也很能干，婶子在村里还没有佩服过哪个女人，婶子佩服你，小龙这辈子遇到你是他的福气，是他砸出来的福气，你们的日子一定会越过越好的。”

说到过日子，英子的脸就红，突然就想到小龙叫她媳妇的时候，心也怦怦跳得厉害，她压抑着，半天不敢说话，生怕风娟看出她的心思来。

小龙走的时候，獭兔养殖场已建成，不但各种手续都已经办好，而且千数来只獭兔都入住新居了。在揭牌这天，本来想着要放鞭炮的，又怕这些兔子受到惊吓，改成放烟火。白天放烟火不好看，又改到傍晚放。烟花四射，惹来许多村民围观。大家都是来看热闹的，也有说风凉话的，尤其看着牌子的名字就无法理解，叫“英鹏养殖场”，有的人还偷偷地嘲笑，说是不是英子和二拐子已经合二为一了。

后来，二拐子在大伙面前大声宣布“英鹏养殖场”正式成立的时候，解释了“英鹏”的意思。

“这个养殖场是我和英子一起建立的，为什么用英鹏这两个字呢，是因为我的名字叫春鹏，她的名字叫英子，有合作的意思。我们办这个养殖场就是想证明，我们残疾人也能自强自立，也能干出一番大事业。”

二拐子的话讲完后，村支书姚家川带头拍手叫好，还临阵发挥讲了几句：“乡亲们，以前，我们柳树沟村为什么穷，就穷在没有路上，现在我们村有路了，这么宽的路，我们再不富起来，那就是我们太无能了。范家庄有煤矿，富了，我们村也有靠煤矿富起来的，可是，不是除了这煤矿我们就不能自立了，我们还有许多的项目可以开发，像今天的‘英鹏养殖场’就是个活生生的例子。他俩虽然都是残疾人，却用自己的智慧和勤劳做成了这么大一个养殖场，在青山镇恐怕还是第一家。说真话，这让我震惊，让我佩服，我希望还没有富起来的群众也像二拐子和英子一样，动用自己的智慧和勤劳干事业，需要我帮忙的我会鼎力相助，希望我们的村子在不久的将来，也过得风风光光，红红火火。”

姚家川当了许多年的村支书，这么掏心掏肺的话，还是头一回。顿时，村民感动不已，掌声一片。

就在兔子喜迁新居的这天，英子也搬到了养殖场住。小龙上学一走，家里就剩下她一个人了，风娟又搬走了，不用说小龙担心她的安全，就是她自己也觉得害怕。再说了，千数来只兔子放在那儿，一刻也离不开人。即使她不搬过去，二拐子也得搬过去看着。英子一个人在那里也不是回事，二拐子打算，过些天，把另外的屋子收拾好了，他和老母亲也一起搬过去。

英子搬过去后，二拐子嘱咐风娟两口子：“嫂子，你照看着英子点，晚上要是有什么事情，我就让英子敲你们的墙。”

风娟说：“放心吧，兄弟，就是你不嘱咐我，我也会照看她的，不会让她有什么闪失。”

盖房子的时候，养殖场的五间住房是靠着风娟的房子盖的。为了省砖，他们没垒里墙，直接借用风娟家的墙当里墙。英子住的房间只和风娟隔着一道墙，这家敲墙，那家听得清清楚楚。

随英子搬过来的还有一些给兔子治病的药品，另外，还有家里那头猪。本来，英子想把那头猪卖了的，风娟不让，说是猪还没长大，卖了可惜。后来把猪逮到她们的猪圈里了，说是剩菜剩饭就够喂了。

英子不好意思地说：“婶子，等猪长大了，我卖了，分你些钱。”

风娟故作生气地说：“你别跟婶子分得这么清，婶子心里跟你近着呢。”

## 2

小龙上学的那天，把英子给他买的那身西服穿上了，帅帅的。把那身运动衣也试了一下，也帅帅的。英子左看右看上看下看，心里欢喜得不知怎么夸才好。

“小龙哥，以后我挣了钱光给你买好衣服。”

小龙也觉得自己穿着精神，但想到这衣服二百多块钱一套，很心疼：“以后别给我买这么好的衣服，多贵呀，这两套衣服够我一个多月的生活费了。”

“不，我就让你穿好衣服，我看着好看。”

“等我大学毕业挣了钱，我也给你买好衣服。”

英子就幸福地笑。

小龙在家里干了两个多月粗活，皮肤变黑了，人却成熟了，那股英俊的模样是抹杀不了的。

走的时候，小龙还是把西服脱下来换上了夏衣。刚进九月份，天还没凉，有点热。

把小龙送上到茂平县的车，英子泪都掉下来了：“小龙哥，你到了学校一定要给我写信，往回打电话也行，你打到二叔的手机上，没有钱了就告诉我，我给你寄去，你千万要吃饱。”

“记住了。”

“天凉了就把西服换上。”车已经开出了很远，她还在叮嘱。

小龙没回这句话，只觉得眼圈有点憋。

这不是小龙第一次离家，唯独这次，让他非常不舍。他的心就像长在地里的红薯蔓，一节一节的都深深地扎在了地里，突然被人从地里拔出来，“咯咋咯咋”有点疼。但这确实是成长中必经的一个过程，这些根不被拔出来，主根的红薯就长不大。

现在，小龙就像那棵红薯，蔓长得虽长，还得需要助力才行。

英子就是那个拔根的人。

大概小龙到大学有半个月的时间吧，傍晚的时候，同宿舍的哥儿们告诉他，有个漂亮的女孩子在楼下找他。

他下楼一看，是谢燕，他有点惊喜。

“谢燕，你怎么知道我在这儿上学。”谢燕虽然惹得英子不高兴了，这儿毕竟是远离家乡的省城，人生地不熟的，碰到老乡都觉得亲，何况是对自己比较好的同学。

“这有什么难的，我到茂平一中的墙上一看就知道了。”谢燕手里拿着一个粉红色手机，一边玩儿一边说。

“那你怎么又知道我在哪个宿舍呢?”

“我都在这城里待了三年了，在这个学校里找个你还不容易呀，你就是只老鼠我也能从地洞里把你挖出来。”

“你真厉害，我佩服。”

“我请你喝咖啡吧，附近有一家咖啡店。”谢燕说。

“听说咖啡是苦的，我最不喜欢喝苦的东西了，你要想请我，就请我吃拉面吧，我晚上还没吃饭呢。”

“你真难伺候。你以为这是小县城呀，到处都是卖拉面的，这是省城，找个卖拉面的地方可难了。不过，既然你说出来了我就请你吃，跟我走吧，我知道哪儿有兰州拉面馆。”说着，谢燕随手招来一辆面的。

“还要打车呀，有多远?”

“走吧，要多远有多远。”谢燕说着打开后门一推，把小龙推到了车上，自己坐在了小龙的身边，身子和脑袋竟然靠在了他的身上。

小龙觉得浑身不自在，有司机在场，他也不敢说什么，只是用手默默往身外推她。他越推谢燕就靠得他越紧，让他动弹不得。

“小龙，你怎么不给我打电话呀?”谢燕问。

“我不知道你的电话呀。”

“我给你的信里不是写着吗?”

“我没收到过你的信呀，你什么时候给我写信了？”

“我去你家的时候，你不在家，我把信给英子了，让她给你，怎么，她是不是没给你，她人品怎么这么差？”谢燕突然松开小龙很不满意地说。

小龙猛然想起，英子在家里给自己闹别扭的那件事，现在想来，原来是她偷看了谢燕写给他的信才那么生气的。那信里到底写了什么，他猜不出，也不敢问谢燕。

“你别这么说英子，她人品很好，她把信给我了，我撕了，没看。”小龙听谢燕说英子的人品不好，也不高兴。

“你为什么要撕，为什么不看，难道我就让你那么讨厌吗？成小龙，我谢燕哪儿得罪你了，你有困难了我帮你，你们家有困难了我也帮你，我帮你还英子的住院费，我还帮英子买卫生巾，你怎么可以这样对我？”谢燕完全不顾这是在出租车上，冲小龙大声喊叫起来。

小龙不想和她吵，只好喊司机：“司机停车，我要下车。”

“不要停，到世纪广场再停。”谢燕喊着。

司机不知道听谁的，不敢停也不敢快走。

小龙知道在这种地方惹不起谢燕，只好暂时投降不再说话。

车停下来后，小龙转身要走，谢燕一把扯住了他：“你要到哪儿去？”

“我要回学校。”小龙硬要走。

“你不是饿了要吃拉面吗？瞧，对面就是兰州拉面馆，我请你吃。”谢燕口气有点软了。

“不吃了，我现在又不饿了，我要回学校去。”小龙也发开犟了。

谢燕哭了：“我到底怎么你了小龙，你为什么这样对我？”

小龙冷冷地说：“我怎么对你了，不就是欠你们家点钱吗？一共欠一千五百块零八毛，还给你六百了，还剩九百块零八毛，我还你一千行了吧，连利息都给你，明天这个时候你在学校门口等我，我都还你，现在请你放我走。”

谢燕扯着小龙的胳膊不放，哭得更厉害了：“我不要你的钱，我只要你对我好，我喜欢你，难道你不知道吗？”

“我不配你喜欢，我是村里人，你是县里人。”看到谢燕哭得那么伤心，小龙口气也软下来。

“你配，我就喜欢你，我就要你做我男朋友，好不好，小龙？”谢燕把头也靠在小龙的胳膊上，求他。

小龙这时心里真是极其难过。他本来觉着在这个还很陌生的城市遇到谢燕是件高兴的事情，没想到刚见面谢燕就要他做她的男朋友。男朋友这个角色可不是谁想做谁就能做的，小龙也没想过要做谁的男朋友，对于他来说，家里有英子在，这就够了。

“对不起谢燕，我不能做你的男朋友，你还是找个更好的男孩子做你的男朋友吧，你长这么漂亮，肯定会找个比我好的。”

“我不，我就喜欢你，自上初中时我就喜欢你，我非你不找。我们班几乎每个女生都有男朋友了，就我没有，我一直在等你，我就知道有一天你会考到省里来的。”

“我真的不能做你的男朋友。”小龙很为难地说。

“为什么？”

“因为我有女朋友。”小龙觉得自己要是再不说，恐怕今天就脱不了身了。

“谁？是你的高中同学吗？我怎么没听刘雷说过？”

“不是，是英子，她就是我的女朋友，我未来的媳妇。”小龙终于把英子说出来了。

谢燕不相信，怎么都不会相信：“不可能，英子她应该是你的妹妹，她不可能是你的女朋友，再说，她是个残疾人，她怎么能做你的媳妇？”

小龙最怕的就是谢燕说英子是残疾人，又着急了：“残疾人怎么了，残疾人就应该被人歧视呀，你看不起英子我还看不起你呢，起码英子的心是善良的是美的，我这辈子只和英子一个人好，再不会交什么女朋友了。”

谢燕也急了：“英子善良我就不善良吗？我也很善良，我要是不善良，当初你们遇到什么困难我也不会帮你们。”

小龙不想和她再吵下去了，请求谢燕放开他。谢燕不放，他一使劲把谢燕甩在了地上，他本想伸手把她拉起来，手伸出去又缩了回来，他怕他又拉不回自己的这只手了。

“对不起谢燕，我先走了。”小龙头也不回。

“我明天还去找你。”谢燕哭着狠狠地说。

“我会等你的。”小龙说完，顺着来时的路一路小跑回学校了。

## 3

第二天，小龙和谢燕都如约而至。小龙手里攥着用白纸包好的一千块钱向对面的巷子里走，谢燕在后边跟着。

谢燕已经猜出他手里拿的是什么，边走边说：“小龙，我不是来向你要钱的，我是来向你道歉的。”

小龙说：“你没有对不住我，是我对不住你，你帮了我这么多，我却无以报答。”

“我帮你什么都是自愿的，我从没想过让你报答我。”谢燕赶紧解释。

走到巷子里，小龙把纸包交给了她：“谢燕，拿回去还给你妈，替我谢谢姨对我家的帮助。”

谢燕把头扭到一边说：“我不要，我说过我不是来要钱的，我是来道歉的。”

小龙拉起谢燕的手，把钱塞在谢燕的手里，说：“我知道你不是向我来要钱的，我也懂你的心，我不能和你好，我不能对不起英子。”

谢燕又哭了，口气很软：“你和英子做兄妹挺好的，干吗非要做夫妻呢？她又不是除了你就嫁不出去了。”

“在我砸着她的那天，我就对她承诺过要娶她当媳妇的，男子汉一诺千金，我不能食言，不能不负责。”

“你们那时还小，才十六岁，说出的话是不用负责的，现在你长大了，你有权利交女朋友的。”谢燕好像在和小龙讲法律。

“我不会再交任何女朋友，我还要对自己负责任。”小龙说完就要走。

谢燕又拉住了他的手，把钱硬往他手里塞：“小龙，这钱你拿着，我不会要的，我不是那种小气的女生。”

小龙始终不肯松手：“这是我应该还的，你不要再徒劳了。谢燕，以后没事儿不要来找我了，都好好学习吧。”

说完，小龙走了。

谢燕受伤地往学校走去，心里有着疼还有着不甘心。

擦干泪水之后，谢燕走进了一家手机专卖店，用这一千块钱买了一部手机和一张手机卡。她想把这部手机送给小龙。

回到宿舍，同宿舍的女生都还没有回来，大概都和男朋友约会去了。想到这儿，谢燕感觉自己更委屈了。就她的自身条件，班级里有很多男生追过她，她却没和任何一个男生真正谈过对象。在她心里，小龙才是她的对象，她一直在这里坚守着，等待着。现在好不容易等来了，却等来了一个心碎。

谢燕越想越委屈，越想越气。她想到了刘雷在学校里拦截过她给小龙的信，现在英子又拦截了她给小龙的信。她想，你英子既然不仁我就不义，我要给你写封信，让你生气，还要把小龙从你那里夺回来，我就不信夺不过你一个瘸子。

信纸找好了，她想都没想就开始写：

英子：

我首先鄙视你的人品。我想，你可能连人品是什么都不知道，因为你没文化，只是一个村妇，我替你悲哀。

你以为你不转交我给小龙的信，你就会成为小龙的媳妇吗？你错了，大错特错了，小龙现在是个大学生，将来他会有工作，他才不会傻到回到村里去娶一个残疾人做媳妇呢，你现在是在做美梦，当你梦醒了，你会非常痛苦的。

你已经知道我喜欢小龙了吧，我就是喜欢她，我已经在城里等了他三年，我终于把他等来了。从今天起，小龙就是我的男朋友，谁也不能从我身边抢走他。

英子，我曾经好多次帮助过你，连卫生巾都给你买，你却恩将仇报，我恨你！

英子，我奉劝你，好自为之，好好地和家里的二拐子好吧，他才是你最好的归宿，要不你会痛苦一辈子的！你会痛苦一辈子的!!

谢燕连说了两句“你会痛苦一辈子的”，其实，她是在发泄她内心的痛。

写了这么多，谢燕就不知道再写些什么了。总之已经发泄完毕，她在同学的床上找了个信封，写好地址姓名，用透明胶带封好口，跑到大街上把信投到了信箱。

她回来后还想给小龙写一封信，想来想去，写多了也没用，就写了一张纸条放进了手机盒子里：“小龙，钱我要了，送你一部手机请接受，里面有卡，如果有事儿可以用它给我打电话，相信你会打电话给我的。”

这一晚，谢燕躺下去就有些后悔给英子写信了，她也觉得自己说的话有点过，让小龙知道了更不会理她了。又一想，既做之则安之，反正信已经投进了信筒也拿不出来了。如果这次小龙你真不理我了，那我也再也不找你了，天涯何处无芳草呢，谢燕安慰着自己，含着泪睡了。

小龙和谢燕的处境完全不同，想的也截然不同。

还谢燕这一千块钱是英子给他的全部生活费，让他吃两个月的。

他总不能现在就对英子说没钱了吧。再说了，他有什么脸给英子要钱呢。他来时就在车上想好了，除了这一千块钱生活费，他再也不和英子要生活费了，他要自己打工挣生活费。

眼下，不是挣以后的生活费，是现在的吃饭问题，他马上就没多少钱了，到时候一分钱能难倒英雄汉，没有钱，他只有饿肚子了。

小龙先后找了几家饭店，人家都不要钟点工。后来，他想到在上高中的时候到过蔬菜批发市场卸货能挣钱，就想到蔬菜批发市场去。结果一问，竟然没人知道蔬菜批发市场在哪儿。

回学校的时候，小龙路过一个粥屋，窗户上面写着“招工”的字样。他去里面问招不招钟点工，早上中午晚上都行，不要钱，只管饭。店主觉得挺合适，答应了他，让他早上中午晚上各干两钟头，然后管三顿饭。

总算找到口饭吃了，小龙高兴得不得了，当即在饭店里洗了会儿盘子，大家对他都挺满意。

回来的时候，同宿舍的哥儿们给了他一个礼品包，是谢燕给他寄来的手机。

看了纸条后，小龙拿起手机来看了看，真是挺喜欢，亮亮的黑壳，宽大的屏幕。他想起李启程和他一起来时，在车上一直捣鼓手机，而且还在手机上上 QQ 和网友聊天，心里羡慕极了。

好的生活谁不向往，特别是他这样的年轻人。

生活在这个“e”时代，网络已经大众化，年轻人能够上网觉得就是好的生活。小龙对网络也充满着好奇。在高中上计算机课的时候，他也疯狂聊天疯狂玩儿过游戏。

现在，他已经拥有了一部手机，却觉得不属于自己。他重新把手机包好，然后装进了盒子里，他想，他一定找个机会还给谢燕。

这是对谢燕负责，也是对自己负责。

## 4

在英子和二拐子的精心养护下，英鹏养殖场的兔子越繁殖越多，越养越肥，个个雪白雪白的，肚子圆溜溜的，在柳树沟村也算一景。

村里人没事儿的时候总爱到养殖场来看看。有的小孩子调皮，看到兔子可爱，还会跳到兔窝里去抓着玩儿，吓得兔子乱蹦乱跳的。英子一旦看到有小孩子跳到兔窝里，赶紧把他们撵出来。这不仅会影响兔子的情绪，还会影响它们的生长和兔毛的质量。小孩子们不懂事，高兴了就嘻嘻哈哈跳出来跑了，不高兴了还会边跑边叫英子拐子丫头。听到孩子们这样叫她，她会激动地拿着棍子追出去。她是打不着那些机灵的孩子们的，当然，她也不会真的去打，只是把孩子们赶走而已。孩子们走了，她不免有些伤心，还会躲到角落里哭一会儿。

不过，还是有让英子高兴的事情。她的户口已经被李所长开到了柳树沟村小龙家的户口本上。户口本上，小龙是户主，她是户主的妹妹。不管户口本上怎么写，她都觉得很兴奋，逃离魔掌一般的高兴。那一天，李所长走后，她拿着户口本在二拐子母子面前很激动。那晚，二拐子还特意割了两斤肉包饺子表示祝贺。

要提包饺子，英子可是能手，不论擀面片还是包饺子，她都很快。自她搬到养殖场住后，她经常到风娟那里帮忙包，连干活利索的风娟都比不过英子的速度。英子说，那都是家里的婶子逼出来的，每年过年她都要和婶子一起包饺子，包得慢了还会被骂得狗血淋头。

看着英子擀面片又快又好，一向不爱发言的二拐子的母亲突然打开了话匣子。

“英子，你这手儿，比我家那几个丫头都巧都快，我那几个丫头呀，跟我一个样，长得大手大脚，干什么都笨，要是有你一半就好了。”

被人夸奖是一件很幸福的事情，英子从内心里高兴，嘴里还是谦虚："看你说的奶奶，我哪儿有那么巧，只是干得多了就快了。"

"你才多大呀，也不过干了三五年，我那几个丫头最小的也三十岁了。"老太太说起这句话不免有点伤感。

"听二叔说，我那几个姑姑都过得挺好的，你就不要再为她们操心了。"

"我不是为她们操心，我是为我家二小操心，我这心里呀，已经堵了好多年了，他要是能娶你这么个媳妇就好了，我埋到土里也没啥惦记的了。"老太太还从眼里掉下了几滴眼泪。

英子终于明白了老太太说话的用意，心里很恐慌，生怕老太太再接着说出下面的什么她不想听的话来。二拐子脑袋瓜子转得快，赶紧截他母亲的话儿："娘，你去准备煮饺子吧，我和英子包就行了。"

老太太听得出这是儿子又嫌她说话不中听了，要撵她走，有点着急了，用袖子抹了一把泪，继续说："二小，你就是不让娘说话，娘一说话你就撵娘走，娘平时可以不说话，今天娘就想在英子面前念叨几句，你不想听你煮饺子去吧。"

二拐子傻傻地笑了一下，急忙换话题："娘，我没不让你说话，我天天都想听你说话，你就是不说。今天你想说就说个痛快，你不是对神仙挺有研究的吗，那你就当回神仙，掐掐指头看，这兔子什么时候才可以出手卖个好价钱？"

老太太不笨，也不上当，瞪着眼睛瞟了儿子一眼，摇着头叹着气站起身来说："你娘要真是能掐会算，你恐怕都当上爹了。你这不是让我研究神仙，你还是撵我走，我不包了，填水煮饺子去。"

英子看看老太太，再看看二拐子，不知道说什么好，更不知道应该说什么了，只好低头不语擀面片。看到老太太走了，二拐子笑着对英子说："英子，你已经满十八周岁了，我问了别人，可以申请创业贷款了，你贷不贷？"

申请残疾人创业贷款这件事，是二拐子早就和英子商量好了的，二拐子这时候说这些无非就是想转移话题，让英子从刚才母亲的话中走出来，英子很明白。

“当然贷了，不贷款我怎么和你一起创业？我不能只靠你呀，我还欠着你好多钱呢。”

“好，就这么说定了，明天我们就着手办这事儿，办完了这事儿，我们得赶紧想办法往出卖兔子，不能光养不卖，光投入没有收入可不行。”

“你不是说你开始买兔子的那个养殖场回收吗？卖给他们不就行了。”

“不行，他们回收的价格太低了。我算过一笔账，如果卖给他们，除去这些养兔子的成本，我们赚得太少了，如果这些兔子有个病呀灾的，我们甚至还会赔钱。”

“那卖给谁？”

“我现在也没有个思路，我想赶快买一台电脑，然后上网，听说网上很神，鼠标一点就会出现很多信息，想要什么信息就出什么信息。”

“不是你想要什么信息就会出来什么信息，得百度一下才会出来。”英子像很精通电脑一样，很自豪地说出这话。

“你怎么知道？百度是什么东西？你玩儿过电脑？”

“我听小龙哥说的，百度一下，你就知道了。”

“那我明天就去县里买台电脑回来，百度一下试试。”

“我们不是没有多少钱了吗？还得赶着买饲料，等我贷款批下来再买吧。”

“也是，那再等等再买吧。”

吃完饺子，喂完兔子，二拐子早早地钻进了屋里。他从裤兜里掏出一封昨天村长交给他的信，举着信封在灯光下照了又照，然后放在床上又拿起，拿起又放下，心事重重又犹豫不决地折腾了半天，还是把信封撕开了。

这是谢燕写给英子的那封信，二拐子读着这封信，心也变得沉重起来。

二拐子不是个没文化没素质的人，也知道不能私自拆人家的信件。当他看到收信人是英子，来信地址又不是小龙的学校时，心里就有一些忐忑。

谢燕这个人，二拐子是见过的，不但漂亮而且聪明，又是城里人。这样的人为什么经常来小龙的家里，恐怕不是只为看英子那么简单。二拐子想，这封信一定藏着什么秘密，所以，他把这封信在兜里揣了一天半，还是不放心交给英子。

二拐子庆幸自己打开了英子这封信，如果叫英子收着，那对英子将造成一种什么样的伤害，或许是一时，更或许是一生。所以，他原谅了自己拆了英子的信。

当然，二拐子对自己也非常了解，他这样关心爱护英子，绝对不单单是因为英子可怜，是他真的很爱她。他知道英子喜欢小龙，小龙毕竟是个大学生了，将来在城里有了工作，不一定会娶她。他对英子还抱有很大的希望，这种希望只能埋在自己的心里，不能对任何人讲。

他也想过，如果到头来，小龙真的娶了英子，或者英子嫁给了别人，他也不允许自己后悔和失望。他爱英子，毕竟爱过，只要爱的人幸福他就应该幸福。

二拐子突然为自己这种大无畏的精神而感动，又觉得自己像某部电影上的男主人公一样，为了爱而放弃爱。又突然，他想起了两首歌，一首是《只要你过得比我好》，另一首是《有一种爱叫作放手》。正好，他买手机的时候，手机专卖店的服务小姐给他下载了这两首歌。他打开手机的音乐播放器，把声音调到只有自己能听得到的程度，听起这两首歌来。

一遍又一遍，二拐子耐心地听着，直到听得自己泪眼模糊，手机断电，才把手机充上电，蒙上被子睡下。

## 5

要申请贷款，英子必须得有身份证和残疾证。为了这两件事，英子没少麻烦李所长。每次找李所长，二拐子都让英子带两瓶酒或者是两条烟去。自然，这酒和烟也不能是平常的。二拐子说，不能让李所长瞧不起咱们。

李所长说什么都不收，每次都让英子原封不动地带回来。他说："别人的礼都没收过，何况是自己人呢，不用那么客气，这礼有处送，等着送到该送的地方吧。"

李所长能把英子当自己人，让英子和二拐子都感动不已。

现在这个年代，人脉关系复杂，就算有人帮忙，办个事情也不会太利索了。这手续那手续，这签字那签字，一个身份证，元旦前推到春节后，春节后推到三月份，身份证终于办下来了，残疾证一直到五月份才办完。这贷款的事情，还不知道磨叽到哪年哪月呢？英子找李所长都找得有点不好意思了，幸亏李所长是个实在人，什么事儿都尽心尽力地去办，从来没嫌过烦。

在办残疾证找一个领导签字时，这个领导比较忙，也比较拽，李所长带她找了好多趟。英子过意不去了，说："叔叔，要不算了吧，我不办了，这样太麻烦你了。"李所长生气地说："你这孩子，我还没觉出麻烦呢，你怎么看出我麻烦了。现在办事儿就是这样，要想干成事儿就得有股耐性才行。再说了，你叔叔当初救我的时候那可是不顾性命的。还有，现在小龙和我家启程又是结拜兄弟。从哪儿说，你都不是外人，都该帮你办这事儿。"

通过办这些事情，英子和二拐子深有感触。现在这个时代要想办成事儿可太难了，如果没有个熟人，也没有钱，那就是难上加难。不只是二拐子，村里的人都体会到了如今办事儿的艰难程度。

以往，村里封闭，一般的百姓只顾干自己的事儿，挣个辛苦钱养家糊口而已。现在，路通了，心也随着路跑远了，无论干点什么都要跑些政府部门，找些官官兵兵。说得不好听点，有些官官兵兵真是比天王老子还难伺候。

村里人没文化，不会说话。聪明点的还好，托个人出个大钱送个大礼，事儿也就磕磕绊绊办了。脑子转不动的人，办事儿就得吃亏，一说话就打锅，惹得人家嫌你不会说话不会办事儿，是个土老帽，就瞧不起你，卡着你，你半点辙没有。

村里人一提起当官的，骂声一片。骂归骂，事儿还得办，慢慢地，这村里的人们都开始变得聪明起来。

不管怎么难，英子还是在李所长的帮助下，把事儿一件一件地推着往前办。有一次，村里一个多嘴多舌的女人见了英子还冒出一句酸溜溜的话儿："英子，你真有福气呀，能搂上所长的粗腿，我都羡慕死了。"

英子听后火气在肚子里一鼓一鼓的，还是忍了下去。毕竟，她不是这村里的人，就算是户口已经在这村里了，毕竟不地道不气势。那样的女人，如果顶一句再被回十句，那气更够她受的。她在心里安慰自己："臭娘们，你等着，等我真真正正成了柳树沟村人，我会给你好看的。"

这个时候，她更惦记和想念的就是小龙了，小龙自上大学后还没有回来过呢。不过，小龙在二拐子的手机上打过几次电话，他在电话里说他的大学生活很好，吃得好，还找了一份很轻松的兼职工作。所以，过年就不回家了，挣点钱减轻英子的负担。每次英子接到电话都问他还有没有生活费，没有了就想办法给他寄。每次小龙都说他兼职挣的钱够吃饭零花的。

放下电话，英子总会很失落。虽然现在自己也拿不出钱来给小龙，她还是愿意听到小龙说没钱了，然后她就会在二拐子面前拿点钱给他寄去，再把这笔账记在自己的账本上，等自己有了钱再还。

只有这样，她才觉得自己对小龙是个有用的人，才有做小龙的媳妇的那种踏实感。

虽然失落，英子还是有些信心的。小龙要在城里上四年大学，除了生活费还有学费，他会给她要钱的。英子现在最希望的就是她申请的贷款能在小龙交大二学费的时候批下来，那时候他就不必再向二拐子要了。她也清楚，二拐子手里现在已经空了，能借的亲戚朋友都借过了，有的只是债了。

英子突然想起来一件事。二拐子曾经借给她一些兔子，说是让她先喂着，卖了兔子挣了钱再还她，那些兔子现在算起来也有百十来只了，到时候没有钱，她就给二拐子说说，把那些兔子卖了来给小龙交学费。

这样想，她心里有希望也有沉重。从开始到现在，她究竟欠二拐子多少钱，就是有些记录，也是记录不清了。这钱她也许有一天能还，这人情，她怎么还都是还不完的。

现在，二拐子和英子的关系有点紧张。英子看得出来，最近，二拐子有意躲她，特别是有人的时候，总是离她远远的，生怕惹上是非似的。她也听二拐子母亲说，最近有人给二拐子说媳妇了，那丫头还是坪窖村的，叫秀芬。英子认识秀芬，她们家离她婶子家没多远，人长得挺丑，不残疾，比二拐子大两岁。

英子想，二拐子躲着她，应该和这件事情有关系。才开始就这样，要是二拐子和秀芬真的结婚了，那他们两口子会不会不让她在这里养兔子，她可怎么办？如果她挣不到钱，小龙可怎么上大学呀？

英子越想越害怕，越想越待不住。她想马上就找二拐子说说贷款的事，她想在二拐子和秀芬结婚以前把贷款申请了。到那时，就算秀芬不让她在这里养兔子了，她也不至于被光屁股踢出去，她也应该分点兔子养。她现在对养兔子也有了经验，自己独立应该没有问题的。

英子从兔窝旁走到二拐子门前才想起，二拐子不在家，已经整整一上午不见他了，也没听他说要到什么地方去。问他母亲，他母亲也说不清，好像真是去坪窖村了。

“奶奶，二叔是不是去秀芬家了？”英子还是胆怯怯地问了。

“应该是吧，坪窖村除了她家，他也没处可去。”

俩人才说了这两句，二拐子就开着三轮车回来了。英子惊讶地发现，车上，竟然坐着她一辈子都不想看见的婶子，手里还掂着一个大笼子。

英子看到这个来意不明的婶子，像躲瘟疫一样，转身向外走去。这个婶子此时倒是挺有礼貌，忙笑着和她打招呼：“英子，不认识你婶子了？”

英子根本不想理她，向风娟家走去。

“英子，你看你这丫头，怎么这么不懂事，见了你婶子连句话都不说，真是白养你了，还不如二拐子跟我近。”

英子仍不回头。

“英子，我要给你说一声儿，我托人给二拐子说了个媳妇，二拐子说给我十只小獭兔，不要钱的。”

这声调这话语，虽然不中听，英子还是听到了，像霹雳，震得她耳朵都疼。

## 6

英子的婶子一来，英子就感觉没好事儿。她又说托人给二拐子说媳妇，又白要兔子的，这明摆着是二拐子和秀芬要结婚了。风娟忙得顾不上她，她就坐在屋里的床边上瞎想。想到二拐子要和秀芬结婚了，就想到他们结婚后，秀芬会不让她在这里喂兔子了。一想到秀芬会让她走，她就觉得前边的日子不好过，因为小龙还要上大学。想到小龙上大学，她就觉得心里很委屈。小龙已经快一年不回来了，是不是真的和谢燕好上了，现在谢燕和小龙在一个城市上学，一定会去找小龙的，小龙会不会要谢燕不要她了。后来，她又想到正在审批的贷款，要是再遇到难过的门槛，批不下来，那她怎么还二拐子的钱？她越想越脆弱，越想越无助，柔弱的心开始哭泣。

偷偷地在窗户里看到婶子逮走十只小兔子后，英子憋着一肚子的火气从风娟家回到养殖场。看到二拐子，眼泪哗哗哗地往下掉。

二拐子吓坏了，忙问："英子，你这是怎么了，不就是十只兔子嘛，又不是给了别人，那可是你的婶子，怎么说她也养了你那么多年。"

提到婶子，英子再也控制不住了，哭着说："你给了别人我还不觉得怎么着，你白给她，我心里就是不舒服。她凭什么呀，她天天打我骂我，我腿被压断了，她就不要我了，她根本就不是人，比狼还恶毒。"

二拐子还是第一次看到英子这样气急败坏地说话，有点手足无措，想了想，还是劝她："英子，别哭了，我知道你婶子对你不好，我也很无奈，只有答应她了。"

听到二拐子说无奈，英子的火气更大了，想想自己受的委屈，再想想自己的前途无望，她不管不顾地冲二拐子大喊："我知道她是你和秀芬的媒人，你感谢她给你说媳妇，可是这养殖场叫'英鹏'，既然这么叫，就有我的份儿，你凭什么不给我商量，你说你凭什么不给我商量就把兔子白给她。"

二拐子被英子喊得不知道怎么解释才好，不解释又不行，英子发这么大的脾气，真让他无所适从。

"英子，是我没想那么多，我觉得是你婶子，你不会反对的，就送了，也没和你商量，是我不对，你别哭了。"二拐子只想让英子停止哭闹。

"我就哭，我哭和你有什么关系，我哭我的命不好，没有爹没有娘的，还受人欺负。"这时的英子已经没有多少智商，就像个小孩子一样无理取闹，只顾发泄自己的情绪，连自己说什么都不太清楚。

二拐子没想到给她婶子十只兔子会让英子大动干戈，看到此时英子又哭又叫的，他也又惊又怕，光想着道歉了："英子我没有欺负你，你别哭了，我真没欺负你，是我错了，我再也不会给你婶子兔子了，你不要再哭了好不好？"

英子仍不领情，还不依不饶地哭叫着："我知道你现在有秀芬帮你了，所以嫌弃我了，想把我赶走，你不用赶我，等我的贷款批下来了，我还了欠你的钱就走，我自己养兔子赚钱，再也不会碍你们的事儿了。"

英子这越来越没谱的吵闹让二拐子有些糊涂了，连他的母亲都被英子喊叫过来了。

"英子啊，这是怎么了，二小欺负你了是不是，这个混账东西，我给你揍他。"老太太说着，顺手抄起一根木棍就打在了二拐子的身上。

二拐子没来得及躲，这大夏天的，一棍子敲在身上火辣辣地疼。二拐子手摸着被打的地方，有点着急地说："娘你瞎掺和什么呀，怎么动不动就打人。"

老太太也不服气："你欺负英子我就得打你，英子不愿意嫁给你是你没这个福气，你命里没有她，你不能欺负她。"

本来就被英子哭闹得心慌意乱，现在母亲又不分青红皂白地打了他一棍子，二拐子现在觉得自己特别地委屈，撇下几句话向屋里走去："我做什么坏事了？我究竟做什么坏事了？我到底做什么坏事了？"

二拐子一走，老太太赶紧哄英子："英子呀，你就别哭了，他再也不敢欺负你了，他要是再欺负你，我还打他。"

其实，英子已经不哭了，在老太太打儿子那一刹那就被那一棍子打醒了。自己怎么会这样无理，万一二拐子真的不让她在这里喂兔子了怎么办。再说了，二拐子对自己这么好，人家如今要娶媳妇了，她应该为人家高兴才对，为什么要这样，自己也太糊涂了。顿时，她的思维又回到了现实。

“奶奶，二叔他没欺负我，是我瞎闹的。”英子赶紧为二拐子辩护了一句，向屋里走去。

二拐子已经把门反锁了，他躺在床上使劲地想英子今天发脾气的原因。他想着想着，心里开始热乎起来。英子生气应该不是为白给她婶子那十只兔子，是为她婶子给他说了一个媳妇，英子哭的时候提到了秀芬。说白了这是英子认为他和秀芬结婚，吃醋了才闹腾的。这说明英子在乎他，喜欢她。

“砰砰砰”，英子在敲门：“二叔，你在干吗呢？快开门，我有话要对你说。”

二拐子一激动，下床拉开门，一把将英子拉到了屋里，将她紧紧地抱在了怀里，英子挣扎了几下子竟然没挣脱开。

“英子，你不要说了，我明白你想说什么，我告诉你，我谁也不娶，就娶你。”二拐子的情绪有点兴奋得失控。

英子仍在挣扎，说：“二叔，你放开我，你快放开我。”

“我不放开，我喜欢你，我们结婚吧。”

“不，我不会和你结婚的。”

二拐子一下子松开了英子问：“你不想和我结婚吗？”

英子摇摇头说：“我除了小龙谁也不嫁，二叔，如果你和秀芬结婚了，不愿意让我在这里，贷款一批下来我就走，你放心吧，我会走的。”

“谁说我要和秀芬结婚了？”二拐子责问她。

“你都到人家家里去了，连媒人都谢过了，还不是要结婚呀。”

“错，我就是不想和秀芬结婚才白给你婶子十只兔子的，我不想让她再托人来找我了，我已经和她讲清楚了，我不娶秀芬。”

“为什么？你为什么不想和秀芬结婚，你都这么大了，秀芬又不残疾。”

“她心残疾，你想呀，她凭什么能看上我一个残疾人，她还不是为了这个养殖场呀，你说她心都不纯，她还能对我好到哪儿去。”

英子不知道再说什么好了，她很过意不去地说：“二叔，你还是早点找个媳妇吧。”

“看老天爷吧，赏我，我就要，不赏就算了。”二拐子很低沉地说了句话，从屋里出去了。

英子心情很复杂，也怪难过的。

# 第十一章

## 1

小龙一直在“粥屋”干活，每天起早贪黑的，虽然很累，但每顿都能吃得饱饱的。再加上每天三趟来回跑步，身体倒是越来越壮了，不到一个学期，个子长高了许多，已经到了一米七五，体重也从五十五公斤增加到六十五公斤，看起来，俨然一个大小伙子了。

小龙的宿舍总共住着六个人，开始大家都不知道小龙起早贪黑的干什么去了，以为他是去锻炼身体。后来中午也见不到他，才怀疑他的去处。碍于还不熟悉的缘由，谁也不问他。小龙人生地不熟的，也不常给别人说话。在几个人眼里，他很另类。后来的一天，班里的一个同学到“粥屋”去吃饭看到了他，回来对同学们说了，大家才知道他是在打工。班主任知道后，把他叫到办公室了解了一下他的家庭情况，知道他除了一个妹妹已经没爹没娘，被他这种自强自立的精神所感动，还在班会上表扬过他，呼吁同学们向他学习。

大学里的孩子总的来说素质要高得多，大部分同学都对他很敬佩，尤其同宿舍里的几个同学，在老师公开他的家庭情况那天晚上，就一直等到他回来，热情地同他聊天。大家还聊到他的妹妹，小龙说她的妹妹是一个非常能干的人，在家里办了个獭兔养殖场。

本来，小龙在大家的眼里已经够了不起了，他的妹妹在山沟里办起了养殖场，更让他们惊奇，目标一下子从他转移到他妹妹身上。

“小龙，你妹妹多大了，叫什么名字?”

“小龙，你妹妹一定长得非常漂亮吧！村里肯定有不少男孩子喜欢她。”

“小龙，你妹妹喂獭兔时的情景一定很美，要是有机会给她拍个特写就好了。”

“小龙，假期回家的时候带我到你家去吧，我想看看你妹妹养的獭兔，我喜欢兔子，雪白雪白的，像白雪公主。”

“小龙，如果有机会，带你妹妹到城里来吧，让我们看看这位神秘女孩儿。”

……

能回答的，小龙就回答，不容易回答的，比如问他妹妹长得漂亮不漂亮的问题，他就只笑不答。从头到尾，他都没透露英子是一个残疾人，而且是被他害的。

一时，小龙的妹妹在同学之间成了一个传奇人物。小龙同宿舍的张栋栋是个爱好文学的人，还写了一篇关于他妹妹的小随笔发表在校报上。随后，这个传奇女孩儿又在学校里掀起了不小的浪潮。

越是这样，小龙就越惭愧，一次次在心里发誓，无论将来自己是什么样子，一定娶英子，给她幸福。只有这样发誓，他才觉得愧疚少一点，踏实多一点。

再火热的事情也会随着时间的推移逐渐降温，就像一首好听的流行歌曲，让人们听烦了唱烦了就不想再听再唱了。但是，降温了不等于没有过，到什么时候说起来，还是会被人记起的。时不时地，小龙的同学还会问起一句半句的。时不时地，学校里还会有人谈论起他和他的妹妹，指着他说一句：“他就是成小龙，校报上写的那个传奇女孩儿就是他的妹妹，叫英子。”

到了6月中旬快放暑假的时候，小龙找到“粥屋”的老板说自己暑假里想在这里打工，看能不能给他工资。虽说有时他会在上学时耽误时间，晚来早去，老板对他的人品和能力还是比较肯定的，就答应一个月给他五百块钱工资。

老板答应给他工资这天，小龙很兴奋，在回学校的路上也放慢了脚步。来城里几个月了，每天，他只顾跑来跑去的，还真没时间去欣赏一下这里的风景。

这一放慢脚步，小龙才看清公路两边到处都是卖手机卖数码产品的店铺。猛然想起，这就是张栋栋经常说的电子一条街。一个卖手机的店铺前正在搞促销，几个穿得极少的女的在搭起的台上跳舞吸引过街顾客。毕竟是个男儿，又到了青春期，小龙看得心惊肉跳，不敢看又忍不住看上几眼，像贼一样。这时候，谢燕突然闪进了他的大脑。谢燕在这时候闪进他的大脑，不是因为看到这几个跳艳舞的女人，是因为那是个卖手机的地方，他想到了谢燕送给他的那部手机。

小龙还从来没动过那部手机，有时看到宿舍的几个兄弟都在被窝里拿着手机聊 QQ，他也手痒痒。手痒归手痒，他还是不敢动那部手机，他怕一动就舍不得放下，再也还不了谢燕了。

从内心来讲，小龙对谢燕一直是很感激的。这个女孩儿虽然泼辣爱冲动，心还是很正直很善良的。每次在他遇到困难时，都会挺身而出，不计个人得失地一次次帮助他。说到感情，小龙就觉得是不可能的。也许开始的时候他是因为自卑，不敢靠近谢燕，后来就是因为自己对她只有同学之情，也因为对英子的承诺，谢燕在他心里，在他的情感世界里，没有激起过半点波澜。

这一路上，他再一次想到了为他受苦受累的英子。霎时间，往事一幕幕像电影中的回忆镜头，一节儿一节儿地在他的大脑里闪出来。当他和爹把排子车搬起来的那一刻，英子鲜血直流，可怜地躺在地上却没有哭的情景；他背着英子一路狂跑，英子没有喊一句疼的情景；英子可怜地躺在医院的推车上等着家人来签字动手术时，英子答应当她媳妇的情景；英子明知道自己的腿已经不能好起来了，还安慰他说总比跟着婶子挨打强的情景；在他因为失去父亲失去支撑想放弃上学，英子用离家出走来威逼他去上学的情景；在他上大学时，英子将他送上车，一直到车拐弯时，还能看到她孤单身影的情景……

这一切的一切，是他小龙用一生都还不完的情和债。他知道在他打电话告诉英子暑假不回家的消息时，英子一定很失望很伤心。他也想回去，回去看看"英鹏"养殖场的獭兔，看看他想念的英子，看看乡亲，看看他的家。

穷家难舍，那个家没有了父母，也没财产，那毕竟是自己的家，是他的避风港，又是他的摇篮，摇着他一天天长大。

这样一想，他自然想到了父亲。其实，对于父亲他是不能用想起这个词的，父亲一直活在他的心里，每时每刻都在他的心里存在着。回忆父亲，小龙最多的还是回忆父亲说过的那句话："小龙，好好学习，考高中考大学，找个好工作，当个官，在城里买栋楼房，娶个城里媳妇，当个开车的人，让我也在村里威风威风。"

这句话，让小龙的眼里溢满了泪水。再想到爹为他的病，钻到别人车底下的那一刻，小龙的心又开始疼，他顿时停下脚步闭上眼睛来缓解他心里的剧痛。

这大街上人来人往，车来车往的，没有人能注意到有这样一位平凡的男孩儿，更没有人知道，这个男孩儿内心承受着怎样的一种疼痛。

## 2

现在这人哪，就是有点太聪明了，痛苦就多。要不，怎么会有白痴儿童快乐多，弱智儿童烦恼少的经典语句流传呢。经历了半路上的心灵剧痛之后，小龙真想自己变成一个傻子。他想，如果自己弱智一点，那么，爹也就对他不再抱上大学的任何希望，一天天和他相依为命过平凡的日子了。如果他不上学，哪儿会有什么晕倒生病的事情，哪儿会失去父亲呀。包括英子和谢燕，一切的事情也许都不会遇到。

偏偏没有如果，所以只能忍受。第二天早上，小龙照样跑步去"粥屋"干活。经过一夜的睡眠，他心情有所缓解，只是跑过电子一条街时，他本能地低着头，不敢四处张望，生怕再触及自己身上的哪根神经。

这社会真是邪乎了，你不找事儿，事儿却找你。小龙正好好地跑着步，冷不丁地就被一辆突然冒出来的摩托车撞倒了，还没等他反应过来，摩托车已经不见了踪影。跑了就跑了吧，反正也没什么事儿，就是屁股有点疼。他刚站起来，就听到旁边一个老太太的呻吟声。原来，这个老太太也是被刚才的“摩托哥”撞的。

这种情况，把老太太扶起来是小龙义不容辞的事儿，尽管周围还有别的一些人，这些人都在匆忙地行走着，也许都注意不到这位老太太的存在。小龙上前去搀扶她：“奶奶，你没事儿吧。”

“哎哟，我起不来，我腿疼得起不来。”老太太很痛苦地说。

小龙又使劲地往起拉她：“奶奶，你再使点劲儿，看能不能站起来。”

“我这腿去年摔骨折过，还没好利索呢，准是又骨折了，哎哟，痛死我了。”老太太使劲地起，还是没能起来。

这时，大街上跑的都是车，连个人影也看不见，小龙想找个人帮忙也找不到。他干脆蹲下去说：“来，奶奶，我背你起来。”

这老太太瘦骨嶙峋的，小龙屁股一撅就背起来了。他问：“奶奶，你家离这儿有多远，我背你回去。”

“有一截呢，三站地的路，然后再拐几个小胡同，你背着我走那么远行吗？”老太太问。

“行，没问题，我身体壮着呢。”小龙嘴上这么说，心里却很急。他怕“粥屋”的老板嫌他不守时不让他在那儿干了，真不让他干了，这活儿又这么难找，他可怎么解决吃饭的问题呀。

怎么也不能把老太太扔下不管呀，他还是背着老太太往家走了。

老太太很不好意思地说：“要不，咱们打个车吧，你先把车钱付上，我到家了，向邻居借点再给你。”

小龙身上根本就没有带着钱，又不好意思说没钱，只好说：“不用了，咱们今天谁也不花钱，我背着你回去，就当锻炼身体了。”

“那太谢谢你了小伙子，别人见我撞倒了，都躲着我走，你不但不躲，还背我起来，送我回家，你准不是这城里人吧?”

“我是茂平县的，家住农村，在经贸学校上大学。”

“我说吧，你肯定不是城里人，城里人只是躲着事儿，才不会拉我起来呢。”

“为什么?”

“怕惹上官司啊。”

“奶奶你真有意思，这做好事儿怎么会惹上官司?”

“小伙子，你肯定不怎么看新闻吧，我捡破烂时经常捡个报纸看看，现在的人哪，心眼都太多了，救了人反倒被人说成害人的，还被告上法庭要求赔偿呢。你说，谁还敢救人啊，今天多亏遇到你了，要不我这老骨头可就惨了。”

“真有这事儿?我不太相信，我觉得世上还是好人多。”小龙虽然知道现在的世道有些黑暗，但认为也不至于黑暗到这种地步。

“在城市里待久了你就知道了，不是我说你小伙子，你心眼太实，以后做什么事儿可得小心点儿，别遇到不平就拔刀相助，今天也是遇到我，要是遇到个不讲理的老太太，你真会说不清楚。”

这话说得小龙心里很不舒服。你说这老太太，一面说感谢的话，还一面劝他不要救人，真是反复无常。小龙怀疑这老太太精神有问题。

老太太体重虽没那么重，路走远了也就感觉吃力了。小龙背着老太太吭哧吭哧七拐八拐才拐到老太太的家。两扇破旧的木头门前，老太太说到了，小龙忍着酸痛的腿慢慢地蹲下身去，把老太太放在了门口的石墩上。老太太掏出钥匙递给小龙，小龙半天才把那把生锈的大锁开开，然后又把老太太背到了屋里，放在了床上。

“奶奶，你孩子们在哪儿，要不要通知他们一声，让他们把你送到医院去。”小龙问。

老太太急忙挥着手说：“不用不用，我不碍大事儿的，小伙子，谢谢你了，你赶紧去办你的事儿吧，我歇一会儿就好了。”

“那我得赶紧走了，我真还有急事儿要办。”小龙转身刚要走，只看一个满脸胡碴的男人从外边迈进门槛，一看到这种状态，扯着嗓子问：“这是又怎么了你，这到底是怎么了，你怎么这么多麻烦事儿，腿又怎么着了？”

这男人一口几个怎么了，让小龙浑身直哆嗦，汗毛都往起奓。

“没事儿没事儿，你回去吧，我刚才摔了一下，我自己能照顾自己，不花你们的钱。”老太太似乎和小龙一样，害怕地打着哆嗦，声音都颤抖着。

人已经送回来了，小龙不敢再多逗留了，赶紧往出走，却被那愣头青拽住了：“是你把老太太整成这样的吧，还想跑，你跑不了。”

“你让他走，不是他，是一个摩托车撞的，是这个小伙子把我背回来的，他可是个大好人。”老太太抢在小龙前头说。

“是真的，当时那个摩托车把我和奶奶都撞着了，我就把奶奶送回来了。”小龙也为自己解释。

“我知道你心好，是大大的好人，在你心里，就没有坏人，你再心好我也不能把这人放走，他就得把你治好，要不我不放他。”那个人对老太太说着，一推把小龙推到了床边上。

“奶奶的腿真的不是我撞的，真的是摩托车撞的，我是把奶奶背回来的，你问清楚奶奶就知道了。”小龙再次为自己申辩。

“你就放小伙子走吧，真不是他撞的，他是好人，再说，我的腿也没事儿。”老太太再次解释说。

“好人好人，都是好人行了吧，你下来走走，你走走，你走走我看看，你要是能走，我就放这个好人走。”这男人比画着要老太太下来走走。

老太太硬撑着身体站起来要走，结果刚站到地上就疼得摔在了地上，小龙刚要上前扶，那男人抢先使劲一拽，就把她拽到了床边上。疼得老太太“哎哟”了好几声。

“你不是没事儿吗，你哎哟哎哟个啥，你走呀，你怎么不走几步给我看。”男人说完了老太太又冲小龙说：“你不是把我母亲背回来了吗，你再给我背到医院去，给我母亲把腿治好再给我背回来。你今天要是不背，你就走不了了。”

小龙真是有口难辩，在这种地方，遇到这样一个男人，他很恐惧。

“叔叔，我真的没撞奶奶，你让我走吧，我下午还得上课呢。”小龙想到“粥屋”是去不成了，下午的课他得上，下午是班主任的课，他不想让老师和同学们知道他遇到这样的事情。

“你把我母亲撞成这样了还想走，没门儿，你走不了，不背她去医院就拿钱吧。”

“多少钱?”

“不多要，五千。”

小龙的胆都快要被他吓破了，当初把英子砸到车底下的时候，他都没这样害怕过。

“我没有那么多钱，你放我走，我到学校里给你借点去好吗，叔叔?”小龙哀求他。

“增子，你快放他走，做人不能这么没有人性，你不能谁的钱都讹，你要是不想养着我，给我瓶敌敌畏让我喝了，让他走吧。”老太太哭了。

“我就知道你看我不是人，我今天就不是人了，我还就不放他走，我就讹他钱，我看你能把我怎么地。”

“你真不是个人。”老太太哭着骂。

……

“叔叔，你能借我你的电话用用吗?我给我结拜兄弟打个电话，让他给你送钱过来。”小龙没有别的办法，更害怕得不得了，想起了李启程。

那男人把电话递给了他。

## 3

李启程接到小龙的求救电话后，把自己所有的钱都揣在了兜里，心急火燎地打车往这边赶。

自和小龙一起来学校后，李启程只和小龙见过一次面，一块在小龙学校的附近吃了一顿饭，各自说了说生活和学习情况，算是相互报了一下平安。李启程让小龙无论如何记住他的电话号码，有什么事情及时打电话。一直以来，也没发生过什么重要的事情，小龙也没有给李启程打过电话。

到了电子一条街后，李启程又打那个男人的电话核对地方，走了近一个半钟头才找到了老太太的家。

“出什么事儿了小龙，快说说。”李启程一进屋就急切地问蜷缩在床边的小龙。

“出大事儿了，你兄弟把我母亲腿撞骨折了，你们要么给五千块钱走人，要么送我母亲到医院，把腿治好。两样哪样合算你们算清楚点。”男人凶巴巴地对李启程说。

李启程赶紧说：“那就到医院吧，先拍个片子再说。”

李启程一来，小龙的胆量也大了：“奶奶不是我撞的，是一个骑摩托车的人撞的，是我把奶奶背回来的，我是做好事，没想到好心当成驴肝肺了。”

小龙这样一说，那男人火气又冒起来，上前拽住了他的衣领威胁他：“你小子别不识抬举，你敢瞎说看我揍扁你。”

李启程到底是警察的儿子，对付这样的事情有学来的经验，他赶紧上前拉住那男人笑着说好话：“大叔你先消消火，别和我弟弟一般见识，如果这奶奶真是我弟弟撞的，该花多少钱我们都花。”

男人一听李启程这话才把小龙放开。他一放开，李启程把小龙拉到了自己的身后，接着对那男人说：“当然，你得拿出足够的证据证明我弟弟撞了这位奶奶，现在是法律时代，做什么事情也得有个证据。”

“你要证据，你居然要证据，我母亲不能走路就是证据。”说完，他走到他母亲身边，把她从床上一拽，然后又往床下拉，老太太“哎哟”一声，就被重重地摔在地上。“这还不是证据吗？你还要什么证据。”

李启程清楚这是碰到茬子了，不能蛮干，得智取。他走到老太太跟前，把老太太从地上往起拉，老太太痛得直“哎哟”，看着也使劲，就是拉不起来。

那男人上前一下子推开李启程，揪住老太太的衣服往起一拽，像扔东西一样无所谓地把母亲扔到了床上说：“老娘你听着，你如果还想走路，就别再装好人，你做好人也该做到头了。”

这样的话从这个胡子拉碴的人嘴里吐出来，让李启程的火气冒出有八丈远，这要是在茂平，他非得往这种人的嘴里塞泡屎让他吃。这不是茂平，这是省城，在人家的一亩三分地，纵然再有火气也不能爆发，一爆发就会吃大亏的，这个道理父亲已经给他讲过多少遍了。

事情到底是怎么回事，还得问当事人，如果老太太也说是小龙撞的，就算是到了派出所，他们也有口难辩。李启程上前几步问老太太：“奶奶，你到底是怎么倒的，你给我说说行吗？真是我弟弟撞的，我们会给你看的，我只想要你一句实话。”

那男人马上把眼睛瞪得像个恐龙，转向了老太太：“老娘你说，你是他撞的，是他撞的，你说呀，是他撞的。”

这种逼供的方式使老太太浑身打着哆嗦，本来就皮包骨头的脸再加上痛苦的变了形的皱纹，看起来让人寒心。老太太嘴唇打着哆嗦，半天，才磕磕绊绊说出了一句话：“我儿子——他——他是个——他是个畜生。”

“你已经骂了我十多年畜生了，我不在乎多当一回畜生，多进一回监狱，今天这畜生我当定了，你们不拿钱就走不了。”男人穷凶极恶地向老太太喊。

真是遇到茬子了，听这话，他还蹲过大狱，而且不止一次，和这样的人斗智斗勇都不太适用，怎么办？李启程想，要不，把自己拿的钱都给人家算了，人们不是常说破财免灾吗，就当让小偷把钱偷了。

小龙站在李启程的背后也不敢再说话。李启程转身问他："小龙，你身上有多少钱？"

小龙很尴尬地摇摇头说："我没有钱。"

李启程把身上的钱掏出来数了数，总共600多块，问那男人："我身上就这么多，你要就要，不要也没有了。"

那男人一把将钱抢过来，塞进了自己的兜里说："这点不行，五千，少一分也不行。"

"我们没有钱了，眼看就要放暑假了，花的就这么多了，连路费都在里面呢。"李启程说。

"回去向你的同学借，你让你弟弟在这里等着，你回去借去。"男人的眼睛又恐龙样地瞪着他们。

"我没处借，我的同学们还向我借呢。"李启程想不出可以逃脱的招数。

"那你让你弟弟去借，你留下当人质。"

冒出"人质"两个字，叫李启程有点恐惧。本来他还想着，自己留下，让小龙先走，然后报警，听到"人质"两个字，他打消了这个想法。万一警察来了，他真的把自己当人质，也许小命就真的葬送在他手里了。为几千块钱丢一条命太没价值了，还是想别的办法吧。

小龙也战战兢兢地说："让我们两个都出去借吧，一个人怕借不够。"

"你小子别耍滑头，哥哥留下，弟弟去借。"那男人大概看着李启程心眼儿太多，让老实的小龙出去，这样，风险就减小了。

李启程对小龙说："去吧，向你的同学借借，再不行，你不是还有个叫谢燕的同学在城里上学吗，问问她有没有？借了以后我们共同还。”

小龙走出那个可怕的屋子，一路小跑到学校宿舍。同学们都还在上课，他不想这样冒失地闯进教室说这样的事情。他把谢燕送给他的手机从盒子里拿出来，然后摸索着开了机。谢燕在信上说，手机上带着卡，信上还写着她的电话号码。

手机打开后没多大会儿，就传来一连串反反复复的很短促的铃声。小龙知道，这是短信的声音。他一条一条地看，都是谢燕发过来的，内容很多，大部分都是关心他的话，还说相信有一天他会打开手机看到的。小龙已经顾不上这些短信的内容了，拨了这个号码。

电话通了，小龙很紧张地等着对方的声音。

“小龙，你终于给我打电话了，我知道你一定会给我打电话的。”电话里传来谢燕兴奋的声音。

“你还有钱吗？借我点钱吧，我有急用。”小龙一针见血地问。

“有呀，不要说借，我给你，我现在就给你送去，你在哪儿？”

“我需要很多钱，不是一点，我出了点事儿。”

“出什么事儿了，你告诉我，你快告诉我。”谢燕由兴奋急转到急躁。

小龙知道谢燕的脾气，不刨根问到底是不会罢休的，就把自己遇到的事儿和把李启程扣在人家家里的事儿都原原本本说了一遍。

谢燕听了，责问他：“你为什么不报警？”

“不能报警，那人是蹲过大牢的，连他母亲都骂他是畜生。李启程在他手里，万一警察一到，李启程出事儿了怎么办？”小龙虽然老实，心眼也没李启程多，这点他还是能想到的。

谢燕想了一会儿说：“那好吧，你等我，我马上就给你送钱去。”

小龙再一次感动着，说：“谢谢你！”

“谢什么，见了面再说，记着拿着手机，随时联系。”

## 4

小龙在和谢燕商量碰头的地方等得都有点不耐烦了，谢燕还没有赶到。给她打了好几次电话，她都说正往这里赶着。

也不知道过了多久，谢燕终于从一辆出租车里冒了出来，身边还带着两个男生一个女生。

谢燕急忙说："走吧，小龙，你带路。"

小龙不明白谢燕带这么多人干吗，问她："你带这么多人干吗，万一那恶男人一恼怒，李启程出事儿了怎么办?"

"他们都是我的同学，铁哥们，又不是警察，你怕什么。快走吧，快走，别耽误时间了。"谢燕这时比小龙刚才等她的那阵儿还要急。

小龙还不肯走，还在问："不是我怕，是那男人会怕，一怕就会拿李启程说事儿，我不能让他出一点事儿。"

谢燕急了："我说成小龙，你怎么这么啰唆，他们都是给你送钱来的，你以为我是摇钱树啊，一摇就摇出五千块钱来。快走吧，我们都不进去，在外边等着不就行了。"

小龙这才放心地走在前边。

李启程不像小龙那么神情恍惚，一直稳稳当当地坐在床上。他的心一直平静不下来，七上八下的，不知道小龙到底借到借不到钱。

那男人戒备心很强，一直骑着门槛坐着，既能控制屋里的人也能观察外面的动静。当他看到有四五个人向这个方向走过来时，感觉不妙，立马到屋里拿了把菜刀，然后把李启程押到了门口。这阵势，真和电影里的恐怖镜头差不多，把小龙吓得倒退了几步。

"你们别过来，要是再往前走一步，我就宰了这小子。"那男人冲着小龙几个人说。

"大叔你别误会，我们都是小龙的同学，是给你送钱来的，你先把李启程放了，我就把钱给你。"谢燕反应快，边解释着边从兜里掏出一叠红艳艳的百元钞票说："四十四张，我们几个给你凑的，一张也不缺，你把他放了，这钱就是你的了。"

小龙怕那男人不相信谢燕说的话，又心惊胆战地补充了一句："真的大叔，她叫谢燕，是我的同学，她们是真的给你送钱来了，你快把我哥哥放了。"

那男人不但没有放开，还把刀又往李启程的脖子根挪了挪，说："你们让个女的把钱送到屋里，别人都离这里远远的，我拿到钱就放人。"

谢燕爽快地答应："好，听我的，你们都离这里远点，我进屋给这位大叔送钱，谁也不许进来。"

几个人包括小龙在内都本能地往后退了几步，谢燕大大咧咧地向屋里走，把钱递给了那男人："给你钱，放人吧。"

李启程被那男人一推，被推出了门外。谢燕也随之被推了出来，然后门被那男人紧紧地关住了。只听屋内传来老太太的骂声："造孽呀，你这畜生，你还要害多少人，出门怎么不让车撞死你。"

也许是得到了钱男人高兴了，竟然对这骂声没有回应。他点完钱，抽出一张扔到了老太太的身边说："给你这个月的伙食费，别再说我不孝顺了。"

之后，那男人在门缝里向外望了望，看着没情况，推开门就往外走。极快的速度，他已经被两个男人拧住了胳膊按在了地上，一双手铐"喀嚓"一下戴在了他的手上。

"奶奶的，老子上了你们的当了。"那男人还骂骂咧咧。

"哈哈，这就叫什么样的人吃什么样的饭，你就继续到大牢里吃你的窝窝头去吧。"谢燕和其他人从旁边的墙的侧面钻出来，脸上透着胜利的喜悦。

"是呀，奶奶骂得一点都没错，你真是个畜生，甚至连畜生都不如。"李启程也恶狠狠地说。

"谢燕，我们按着他的腿，你过来把他兜里的钱掏出来。"其中一个押着他的人说。

谢燕上前把钱掏出来，查了查问：“怎么少一张？”

“丫头，丫头，你过来，那一张在我这儿。”屋里，传来老太太微弱的叫声。

谢燕走进去没有拿老太太手里的钱，关心地问：“奶奶，你的腿好点了吗？要不要我们送你到医院去？”

老太太忍不住又感动地掉下了眼泪：“不用了，丫头，我歇几天就会好的，给你们这一百块钱，你们快点把他带走吧，让他在大牢里住一辈子才好。”

谢燕没有拿钱，又从兜里拿出一百块钱硬塞进了老太太的手里说：“奶奶，你腿都成这样了，一定需要点儿药什么的，拿着吧。”

“可不能丫头，你快把两百块钱拿走，我愧得慌呀，那小伙子背着我把我送回来，却遇到了这畜生，我对不起他呀。”老太太愧疚地抹着眼泪说。

这时，李启程和小龙也走进屋说：“奶奶，你就拿着吧，就当我们的一片心意。”

“奶奶，是我把警察带来的，你儿子让警察抓走，你可不要恨我呀。”看到老太太这样可怜，谢燕突然也很愧疚。

“我得谢谢你，丫头，他早该进监狱了，要不，他还不知道要害多少人呢。”

……

他们几个人和便衣警察一起押着那男人到了派出所，做完笔录后，天也近黄昏了，谢燕提议，找个地方吃饭唱歌去。

小龙赶紧拒绝说：“不行不行，我还得到粥屋去干活。”

谢燕问：“什么粥屋？干什么活？”

小龙说：“勤工俭学，我在粥屋干活赚饭吃。”

谢燕说：“今天就不去了，今天的饭钱，我付了。”

小龙摇摇头说：“这可不行，我中午就没去，现在得赶紧过去给人家说一声，要不人家会开除我的。”

“那我们和你一起去给粥屋老板说，在那里喝粥吃饭，你做我们的服务生，吃饭了再去唱歌，好不好?”谢燕还是不依不饶的。

“行，怎么不行，这个主我当哥哥的做了，今天我为他当了一回人质，他得伺候伺候我，给我压压惊。”李启程不等小龙回答抢在前头说。

有了李启程这句话，小龙当然没什么可说的了。谢燕要拦车，李启程挡回了她的手说：“今天，我们几个在大街上走走吧，来城里这么久了，好不容易有机会和你这么漂亮这么飒爽的老乡一起走走，我可不想放过这个机会，也趁机给这座城市释放一下青春的魅力。”

“好呀好呀”。和谢燕一起的女生也拍手叫好。

“我说小龙，还有小龙他哥哥，我得郑重地给你们介绍一下我的这位同学，她叫马丽，刚才那两个便衣警察里有一个就是他的哥哥，她的亲哥。今天多亏她了，到派出所就把她哥哥请来了。”谢燕颇为自豪地介绍。

“还说呢，你吓死我了，你知道我在那屋里最怕的是什么吗，就是怕小龙把警察带过来，那我的小命就不保了。”李启程说。

“不是我报警的，是谢燕带过来的，我不知道那两个人是警察。”小龙赶紧为自己辩护。

“没有人怪你，反正我也没死。”李启程歪着头说。然后又把头向马丽这边调皮地歪了一下说：“真的得谢谢你和你哥哥救了我们哥儿俩。”

马丽脸红扑扑地摇摇头说：“不用谢不用谢，谁让我哥是警察呢。”

## 5

智斗“敲诈勒索”的那天晚上，小龙、李启程、谢燕和马丽四个人在“粥屋”吃得特别开心。“粥屋”老板听他们几个绘声绘色地描述当时的惊险情景后，不但没怪小龙耽误了上班时间，还免费请他们吃了这顿饭，夸他们的英雄气概和聪明智慧，夸得几个年轻人都飘到了云彩上。

年轻人，真是越遇到刺激的事情越兴奋，一点都没有感到后怕。吃过饭，他们又一起去歌厅唱歌，谢燕请客。小龙没来过这样的场合，也不会唱歌，就只管欣赏。马丽很内秀，也不好意思唱。谢燕和李启程两个算是唱过瘾了，流行的不流行的，也不管唱好唱不好都唱。李启程还点了几首情歌和谢燕对唱，两人配合得还挺默契。结束时，谢燕找出一首《橄榄树》，说这是马丽的拿手歌曲。马丽虽然内秀，还算大方，就唱了。她的歌声让小龙和李启程都很吃惊，完全不亚于原唱。

他们唱歌的地方离小龙的学校最近，谢燕又提议到小龙的学校留宿。小龙很为难地说：“你们睡哪儿呀？我住的可是男生宿舍。”

“你就不会和你们班的女生说一声，让我们两个和她们挤挤呀，都大学生了，你脑子怎么还是不会拐弯？笨猪。”谢燕笑嘻嘻地给他出主意。

“我看行，小龙，我给你挤一张床。”李启程说。

有了李启程的话，小龙就没有再拒绝的理由了，想了想说：“好吧，我去找李亚说说。“

“李亚是谁呀，是不是你的女朋友？”谢燕追着问。

小龙心一下子就跳起来，话也不自然了：“不是不是，她是我们班英语课代表。”

“你看你看，不是就不是，你心虚什么。”谢燕总是嘴不饶人。

……

小龙费了好多周折才找到李亚，对她说了一下情况，李亚义不容辞地答应了。

李启程和小龙挤在被窝里，李启程对今天的惊险遭遇还意犹未尽。

“小龙，我也算半个警察，你知道吗？”李启程莫名地问了这么句话。

“是呀，你读的是警官学院，将来是要当警察的吧。”小龙说。

“在今天之前，我从来没有喜欢过警察这个职业，自小到大，除了忙碌，我从来没有在我爸爸身上看到当警察有什么好处。”

“那你为什么还选择警官学校。”

“那不是我的选择，是我爸爸的选择，为让我上这个学校，不知道费了多大的周折，我不能太不识抬举了。”

“既来之则安之。”

“这一个学期我一直都没有安分过，也没有好好学习，甚至经常和教练唱反调。今天，经历了这么一场生与死、善与恶的较量之后，我才真正懂得警察是干什么的，如果没有警察，这世界真他妈的就乱套了。”

“那个奶奶不知道现在怎么样了？”小龙突然很伤感。

“该做的我们都已经做了，我们真管不了那么多了，用我妈常说的那句话，菩萨保佑吧。”李启程发完这句感慨突然把话来了个三百六十度大转弯，声调也压低了很多：“小龙，问你一件事儿，谢燕是你的女朋友吧？”

小龙最怕把谢燕往他的身上靠了，急忙又解释：“不是不是，她只是我的同学，你别瞎猜啊，我和她一点关系都没有。”

李启程“扑哧”一下笑出来：“没有就没有吧，你紧张什么，就算你亲过她的嘴也没什么的，都什么年代了，还避讳这个。”

“我真的和她什么也没发生过，你又不是不知道，我家里不是有英子吗。”不拿出英子来说这事儿，小龙觉得没有力度。

“英子和谢燕有什么必要的联系吗？”李启程不解地问。

“我承诺过英子的，要娶她当媳妇。”

李启程一听这个，急了：“小龙你疯了是吧，英子她可是个没文化的残疾人，你要和这样的人共度一生，你这个大学生活着还有什么意义？”

“启程，英子是我砸残疾的。”

“我知道，你也已经为她付出很多了。”

“我用一生也还不完对她的这份愧疚和她对我的情债。”

“那愧疚归愧疚，你可以以后用别的方式补偿她，不能拿自己的一生做赌注啊，那你这大学上着还有什么意义，又花钱又费时间的，你不如干脆回家和她结婚生孩子养兔子算了。”李启程语气开始冒火。

“我也不想上这个大学，是英子非让我上，说让我上大学是我爹的愿望，她要替他实现这个愿望，其实，我就是为英子才上这个大学的。”小龙越说越消沉了。

李启程气得不知道说什么才好，背过身去睡了。半天，又转过身来问：“小龙，我再问你一句，你要对我说真心话，你喜欢谢燕吗？你爱她吗？”

“没有，我和谢燕只是同学关系，我对她什么心也没有。”

“那好，从明天起，我开始追谢燕，你可别瞎搅和啊，否则我这当哥哥的可对你不会客气的。”

第二天，他们四个早早地起床，在楼下碰面了。小龙还要去“粥屋”干活，李启程就和谢燕马丽打车往学校走了。打上车，谢燕的头还从窗户里钻出来热情地冲小龙说酸溜溜的离别话：“小龙，以后你就带着我送你的手机吧，我会经常给你发短信的，你也记着给我打电话啊。”

李启程在车里没好气地冲她说：“磨叽什么呀，小心头被车撞酥了。”

谢燕也反击他：“你的头才会被撞酥呢。”

“我是友情提醒，你爱听不听。”

“我听你也不能说我头被撞酥了呀，你让马丽评评这个理儿。”

“谢燕，启程哥哥是好心，你就别计较了。”

“好呀马丽，你竟然向着他说话，还叫他哥哥，看我以后怎么收拾你。”说着，就笑着冲马丽身上扑。

“我本来就是哥哥，不但是她哥哥，还是你哥哥呢，呵呵呵呵！”

……

小龙回来上课的时候，感觉周围同学们看他的眼光都怪怪的，还以为自己的脸上有什么东西呢，忙用手在脸上抹拉了几下，却引起了一片笑声。

下课后，张栋栋把小龙拉到一边去，神秘地问：“小龙，听说你妹妹是个残疾人，而且不是你亲妹妹？”

小龙的脸立刻变得铁青，憋了半天才说：“残疾人怎么了，残疾人也是人哪，她心地淳朴善良，比城里人的心灵要纯净一千倍一万倍。”

张栋栋没想到这句问话小龙会有这么强烈的反应，忙道歉：“对不起小龙，我不是看不起你妹妹，我是觉得一个残疾女孩儿还那么自强自立，更让我敬佩，更让我感动，你千万别误会我的意思。”

张栋栋走后，小龙揪心地痛，为什么，这到底是为什么，为什么每次只要谢燕一出现，就会给他带来诸多的麻烦与伤害。他手在兜里紧紧地攥着那部手机，把手机搓得“吱吱”作响。

他想给谢燕打个电话，把心里的怨气发泄一番，号码按上了屏幕，他又删掉了。事情已经这样了，他不想再惹什么是非，更不想再吵架了。

# 第十二章

## 1

国家的“村村通”工程这一年开始在茂平县实施。接上柳树沟村那条新修的公路，往北修三十多公里就和范家庄煤矿那条幸运路的北头接通了，而且要排除一切困难打通柳树沟树到范家庄煤矿最近的那条山路，中间正好经过坪窖村。

二拐子听说这个消息非常兴奋：“英子，以后路都修通了，对咱们养殖场可是大有好处呀，四面八方的人都能开着车来咱村了。”

英子听了他的话并没有像二拐子一样兴奋，阴阳怪气地说：“有什么好的，路修通了，我那恶毒的婶子来着就更方便了。”

没想到这样一句话，却拐了个弯伤到了英子的痛处，二拐子不再说话了，而是转移了话题：“英子，给你商量点事儿。”

“说吧。”

“以前，那些收购咱们兔子的小贩们给的价钱太低了，以后不卖给他们了。”

“你说卖给谁就卖给谁吧，你不用跟我商量。”英子口气有些冷。

“我这不是跟你商量吗，你要是说卖咱就卖，我只是想多赚点钱。”

“这不用和我商量，我只是给你干活的。”英子说话有点噎人。

二拐子知道，这肯定和小龙打来的电话有关系。从小龙打电话到现在，一天多的时间，他还没看到英子笑过呢。

英子再不高兴，二拐子也不能问，这说白了是人家的家事，他也无从插手。

那晚，英子早早地钻进了被窝，在被窝里好好地哭了一场。小龙在电话里把他做好事反被人敲诈的惊险经历告诉了她，在讲述这个过程中，谢燕这个名字在小龙的嘴里出现了不知道多少遍。这正说明，她的感觉是对的，小龙现在和谢燕一直联系着，一直好着。要不，为什么小龙这么长时间都不回家，连暑假里都不回来，她觉得打工只是小龙的借口，他是不想回来见她。

哭过了，英子又安慰自己，小龙还是把她当媳妇的。他在电话里非常关心她，让她别太累了。在被窝里睡不着，英子就又想二拐子白天说过的话，想来想去，突然有了一个想法，这想法让她又精神起来，看看墙上的钟表时间还早，就穿上衣服去找二拐子。

二拐子正和母亲在屋里看电视，看到英子眼睛红红的，二拐子的母亲忙问："英子，怎么眼睛红了？"

二拐子想，英子肯定哭过，因为小龙打来的电话，也就没说什么。

"没事，奶奶，我找二叔商量点事儿。"英子露出的笑容，让二拐子的心放松下来。

"二叔，你还记着你刚买的三十只小獭兔多少钱一对吗？"英子问。

"一百左右吧，好像是。"

"那我们为什么光想着往出卖大兔子，不卖小兔子呢？我记得当初你还说过卖种兔呢，你怎么把这事儿给忘了？"

这事儿其实二拐子一直没忘，只是他的养殖场还没什么收益，没有说服力，老百姓肯定不相信，一百块钱一对小兔子，谁敢买呀。可是一旦这路修通了，他的兔子销路广了，买的人可能就多了。他心里这么想，嘴上却没有这么说出来，他不想破坏英子的这份喜悦，说："是呀，我怎么这么笨，把这事儿给忘了，明天，咱就找一个小黑板，写上，出售种兔，一百元一对，挂在风娟饭店的大门口，说不定真有人买呢。”

二拐子这么一说，英子更高兴了，还算了一笔账，说：“二叔，如果这些小兔子都能卖出去，得赚一大笔钱呢，我们就有流动资金了。”

“是呀，但愿能卖出去。”二拐子迎合着英子说。

“英子呀，就是聪明，可惜我这老婆子就是没这命，和英子成不了一家人。”老太太又忍不住发感慨。

“娘，你又瞎唠叨。”二拐子赶紧截她。

“好，不说了，不说了，我要看电视。”

英子起来走了。

当“出售獭兔种兔”这个牌子挂在风娟饭店门口后，还真引来了许多人询问，问这獭兔长大了能生几窝小兔，两只獭兔能带来多少收益，卖给谁等问题。

一时，二拐子和英子犯难了，好多的问题他们都回答不上来，所以，牌子挂出去一个月，也没有人敢买回去养。

种兔虽然没有卖出去，好消息却来了，英子的贷款批下来了。拿到钱后的第一件事，英子就要还欠二拐子的账。

“英子，你是不是不想和我合伙办养殖场了？”二拐子问她。

“没有呀，我只是想还欠你的钱，我和小龙花了你那么多的钱，不还你我心里不好受。”

“那我再问你，你贷款是不是投资这个养殖场的？”二拐子很认真。

“当然了，还了你钱，我就都投资了。”英子还是不明白二拐子为什么这样问她。

“那就对了，这钱都是大伙的，说不上你的我的，从今天起，你把钱全部投资到这个养殖场，赚了是我们俩的，赔了也是我们俩的，这养殖场欠下的债更是我们俩的，我们赚了钱先还外面借的债，还贷款，还完了再分利润，这总该公平吧。”

英子想了半天才想通，高兴地说：“我明白了，那这钱我就交给你了，你是老板，以后我花就给你要。”

“这钱我也不拿着，留些平时花的，都在这卡上存着吧，花的时候再去镇上取。不过，我有两个建议想和你商量。”

“什么建议二叔，你说。”

“第一，我想买台电脑，赶紧连上网，在网上获得更多的信息。第二，你要买个手机，这样无论是谁，联系你都方便。”二拐子仍一本正经地说。

“二叔，你是老板，你说了算。”英子听说要给她买手机，也很高兴。

“你不要老说我是老板，你也是，咱们的养殖场可叫英鹏，那就说明是你的和我的，你也是老板，特别是今天你也有投资款了，是当之无愧的老板。”

英子不好意思地笑，然后又想到一件事：“二叔，我还得给你说点事，小龙交学费的时候，我得用点钱。”

说起这事儿，二拐子不再严肃了：“那没问题，给你记上账，哈哈哈。”

英子也笑。

“英子，我们不能只顾高兴，这钱是贷款，我们必须在两年之内把贷款还上，所以，我们得努力赚钱才行。”

“明天快点买电脑吧，让我们百度一下，一定能百度出什么办法来。”

……

第二天，二拐子进一趟城，电脑就由卖家给送回来了，安装好后，英子问那安装电脑的人：“现在能百度了吗?”

那个人怪怪地看了英子一眼，笑着说：“还百度不了，得找县里相关部门拉根线才能百度。”

“什么叫相关部门?”英子问。

“网通公司，我已经办了手续，一个星期内给我们拉网线。给你手机，你看你喜欢不，卡也装里面了。”二拐子说。

英子欢喜地拿着手机，摸索了半天说：“二叔，我打打你的电话，看你的电话响不?”

“你打吧，一打准响，你打过来我就知道你的电话号码是什么了，我告诉你，你要记住。”二拐子说。

“好，我现在就拨。”

## 2

“英鹏”养殖场的电脑终于联网了。接线员把一切都接通后，交代了一些登录宽带连接与密码之类经常用的东西。英子和二拐子都听不太懂，只是按照人家的意思往纸上记。记完了，英子又禁不住问人家：“这回可以百度了吧?”

“可以了。”接线员随手熟练地点了一下鼠标，电脑屏幕上就出现了一个网页。

“我看到了，我看到了，这上面写着百度一下。”英子惊喜地大叫起来。

接线员被她的叫声吓了一跳，在心里嘀咕：“至于吗，大惊小怪的。”

接下来，英子和二拐子看着电脑屏幕，就不知个所以然了。

二拐子不好意思问，英子可没有不好意思：“接着怎么办?”

她的问话让接线员不解，就随口说：“接着得看你想干什么了?”

“不是说‘百度一下’，你就知道了吗，那我还想百度一下，我应该怎么做?”

“你想百度什么?”

“就百度獭兔，我们想把獭兔卖出去。”英子说。

“ta”，接线员找了半天也闹不清是哪个字。

“是这个，一个反犬旁一个赖皮的赖。”这次英子眼尖，一下子看见了。

“tuxinxi”，百度工具栏里出现了“獭兔信息”四个字，接线员一点，搜出了好多关于獭兔的信息：“这里都是了，你想看什么就点什么。”

“那我怎么用那个箭头点住‘百度一下’这四个字呀，你得告诉我，你手里的东西怎么用?”英子看到接线员把光标放在那儿，不知道是怎么放的。

“你知道我手里拿着的是什么东西吗?”接线员问英子。

英子摇摇头。

“这个，叫鼠标，老鼠的鼠，标签的标。”

“为什么叫鼠标?”

“它长得像只老鼠。”

“好，你教吧，我用心记着呢。”英子笑着冲接线员说。

“你再看这鼠标上，左右各一个按钮，你想点哪里，按住左边的按钮点一下就行了。”

“明白了。”

“那如果我关了电脑再开，我点哪儿就是百度了?”

英子不厌其烦地问，接线员可在这里磨叽得不耐烦了：“你用心看着，我再教你这个就得赶紧干别的活儿去了，你在电脑前慢慢地学吧。”

接线员把所有的网页都关了，然后点着桌面上的浏览器标志说：“你看这个大 e 字了吧，一点它网页就出来了。”

“那我再问你一句，如果这里面的百度看不见了，我怎么找?”

接线员指着网页上面的地址栏对她说：“你看这儿，www. baidu. com，这就是百度网页，如果没了你就打这几个字母，打回车，就是电脑上的这个键，就行了。”

这网络不是干力气活，一使劲就干了。单单这么一个百度就让英子觉得这上面的学问真是比认字要难上一千倍。英子似懂非懂，却用心记着这个网页的地址。

接线员走了，二拐子坐在英子旁边看着英子捣鼓。

英子学着接线员那样点开“e”字，果然，百度网页马上就闪了出来，英子又惊喜地大叫起来：“二叔你看，二叔你看，我学会了，百度出来了。”

二拐子也高兴地说：“是呀，出来了，你再打獭兔信息四个字，刚才我看到有好多关于獭兔的信息。”

英子学着接线员在键盘上找，找了半天，她一个字母都不认识：“二叔，怎么打，我不认识这上面的字。”

二拐子突然想起，只教了英子认字，没教过她拼音，她当然不认识了：“你看这上面是字母，也就是汉语拼音‘aoe’之类的，你听说过吧。”

“‘aoe’我认识呀，我婶子家的孩子学的时候我看到过也听他们读过，怎么和这上面的不一样。”

“那是小写，这是大写，我一会儿就教你这个，你这么聪明，保准一学就会。”

“那二叔，你来打吧，我看着。”

二拐子和英子换了一下位置，二拐子打出了“獭兔信息”四个字，立刻出现了关于獭兔信息的好多字。他找了一个收购獭兔的信息点开，看完了，又点开了一个收购信息。他非常兴奋地对英子说：“英子，这电脑真是太神奇了，太好了，以后咱们再想卖兔子，就不用在这里等着买家了，你看你看，这上面有电话，只要电话联系就行了，他们就上门来收了。”

“真的呀，有这么好的事儿?”英子还是不大相信。

“是真的，不信你来仔细看看。”二拐子又把电脑让给了英子。

英子看了半天，尽管还有不认识的字，但她看懂了，果真像二拐子说得那样：“二叔，真是太好了，早知道电脑这么好，咱们早应该买回来，说不定早就发财了。”

“英子，学会玩儿电脑了不，我把师傅给你们带过来了。”老远地，风娟就喊。

听到这话，他俩都往屋外走，只见风娟领着她儿子占领过来了。

“谁是师傅呀，婶子，你是呀。”英子问。

“我呀，英子姐，你不知道吧，我现在都是中专生了，而且学的可是计算机专业。”占领很自豪地说。

“计算机是个什么东西，我这可是电脑?”英子迷惑地问。

占领哈哈大笑起来，然后对英子说：“英子姐，看你菜鸟了吧，计算机就是电脑，电脑就是计算机。”

英子的脸马上红了起来，冲占领噘了噘嘴说：“那我又没有上过学，我怎么知道。”

“不知道就得认师傅，我可以教你，快叫师傅。”占领到外面上了几天中专，嘴巴变得油起来。

英子损他：“小毛孩子，才几天不背着大筐跟着姐割青草了，就敢在姐面前当师傅了。”

“占领，别没大没小的，快点把他们教会，让他们多赚点钱，你娶媳妇的时候我好借他们钱给你盖房子。”风娟笑着对儿子说。

“娘，我就是给英子姐逗着玩儿呢，干吗扯到娶媳妇啊。”

经过占领的指点，二拐子和英子又学会了不少的网络知识。

“英子姐，我给你申请个QQ号吧，你要不?”占领问。

“什么是QQ号，我要它有什么用?”英子问。

“是一个聊天工具，用处大着呢。”

“我又不聊天，我要那个干什么?”

“你不想聊天，比方和我小龙哥哥，还有我，还有那些想买你们兔子的人。”

“这么神奇呀，我还能和小龙聊天?”

“是呀，只要你加上他的号，他要是在线，你就可以和他聊天了，又不用花电话费。”

“那他有号吗，我怎么加？”听说能和小龙聊天，她来了兴趣，二拐子出去管兔子去了。

“现在的大学生谁没个 QQ 号呀，他准有，你给他要了加上就行了，我现在就给你申请。”

“那小龙他没有电脑呀，怎么聊天？”

“他可以上网吧呀，城市里到处都是网吧，还有，手机也能上 QQ，你让他买个手机不就得了。”

说到手机，英子的心动了一下，她想，如果小龙有了手机联系起来就方便了。

占领不大一会儿就给英子申请了一个 QQ 号，他先把自己加了进去。他手把手地教英子怎么聊天。

后来，英子还缠着占领，让他教汉语拼音和键盘上的大写字母。

拥有网络的这天晚上，英子怎么都睡不着，她把手机放在自己耳边，希望小龙能把电话打过来，和她一起分享网络给她带来的快乐。但是她很明白，小龙根本不知道她的电话号码是多少，即使电话响起来，也不会是他的。这个时候，对于英子来说，真是没有比小龙来电话更重要的事情了。

## 3

二拐子通过电脑“百度”上搜的信息，给几个收购獭兔的人打了电话，还真见效，其中山西一个姓陈的人第二天就开着车到柳树沟村来了，当他看到“英鹏养殖场”的兔子肥肥大大，皮毛也雪白短平后，当即签订了长期收购合同。

第一次，这个山西的陈先生按讲好的价钱，十五元一斤，一下子拉走了四百只大獭兔，卖了三万五千多块钱。

这下子，给二拐子和英子增添了很大的信心，心里也有了底气。

“二叔，先把你借的钱还了吧。”英子脑子里总挂念着这外债。

“不能着急还债，得先还贷款，再有七八个月，我贷的款就该还了，到时候拿不出来那不傻眼了呀，亲戚们的钱不着急，都是亲哥亲姐，没人急着给我要。”

英子把还贷款的事给忘了。

卖走兔子的第二天，小龙终于打电话来了，二拐子把电话交给了她。

“英子，我放假了，在饭店里打工呢。”小龙在电话里说。

“小龙，我会上网了，你快把你的QQ号给我，我加你，以后就能和你聊天了。”英子一时激动，第一句话就要小龙的QQ号，生怕和小龙再失去联系。

“真的呀，你会上网了，家里买电脑了吗?”小龙高兴地问。

“买了，二叔还给我买手机了，我告诉你电话号码，以后你打我的电话。”

小龙没想到家里有了这么大的变化，赶紧问：“那你快说，我一会儿存手机上。”

一时，英子的心紧揪了一下，很低沉地问：“小龙，你从哪儿弄的手机?”

“我，我拿李启程的，他买新的了，把旧的给我了。”小龙不敢说是谢燕送的，怕英子又会多想，撒了个谎。

想想，这还是小龙第一次给英子撒谎，撒过后他心里非常难过，觉得对不住英子。又一想，这慌也是善意的，为的是不让英子瞎想。

“这样啊，那我就放心了，我就怕手机来得不正当，我正想着给二叔说说，给你买个手机呢，你有了，那我就省事儿了。”听小龙说是李启程用过的，英子特别相信。

……

“小龙，告诉你个好消息，昨天山西的一个人买走了我们四百只兔子，三万五千多块钱呢，他还给我们签了长期收购合同呢。”

小龙听到这个消息有点欣喜若狂："真的呀，英子，太好了，说得我现在都非常想回家，想看看你们的养殖场。"

"那你还有没有想看的？"英子羞涩地问。

小龙明白英子的意思，忙说："想看看你，想看看我的媳妇变漂亮了没？"

英子的眼里猛地噙满了泪水说："那你别在饭店里干活了，你回来吧，我也想看看你。"

小龙能感觉出英子在哭，心也被触动，想了想还是拒绝了："英子，我已经和饭店的老板说好了，要是走了，人家会说我不守信用的，等我再来了就不让我干了。"

"那不干就不干了，我给你寄钱，我的贷款也批下来了。"英子哽咽着说。

"这我就更不能回去了，你贷款批下来了不等于你有钱了，那钱等于是借的，是有期限的，如果还不上，你们的养殖场就得被没收了。"小龙给她解释。

"真的吗，我怎么没听二叔说过要没收。"英子不信。

"不信你可以问二叔。"

"那你不回来，学费怎么给你，学费的事儿，我已经和二叔说好了。"

听到这话，小龙自惭形秽地说："英子，我很惭愧，我真的很惭愧。"

"你别瞎想了，我努力养兔子赚钱就是给你花的，让你花了我高兴。"

"那我打电话让李启程去你那里拿，让他捎过来。"小龙说。

"好吧。小龙哥，你什么时候才回来？"英子赶紧又问。

"放寒假，放寒假我一定回去，和你一起快快乐乐地过个年。"

"好，我等你回来。"

……

听说“英鹏养殖场”一下子就卖出四百只獭兔，赚了好几万块钱，村里人有点沸腾，都来找他们，想买几只獭兔回去喂喂，一打问，又都嫌一百块钱一对小兔太贵了，和二拐子讨价还价，要求五十块钱卖给他们。

二拐子考虑了考虑，没有答应乡亲们的要求。

二拐子对英子说：“不能开这个头，开了这个头，村里人都十只二十只的要，咱们的买卖就没法往下做了。再说了，就算把这些兔子便宜着卖给他们，他们不会养，养死了还是咱们的罪过，那不是给自己找麻烦吗?”

英子也赞同二拐子说的，这养獭兔是个细心活，麻烦活，打针吃药的，连喝水吃饲料都是有比例的，哪儿是一般的农民干的活儿呀!

这样一来，好多人偷偷地骂二拐子不讲人情，六亲不认。也有几个人想着发大财，狠狠心买回家的。为了让他们学会怎么养，二拐子还从县城里买了《獭兔养殖技术》送给他们看。

这村里人的麻烦事儿还没解决，英子的婶子这个大麻烦却来了，她也是听说他们卖兔子发大财了才来的。

“英子，婶子来看你了。”一进门，英子的婶子就热情地往英子的身上扑。

英子看到她那德行就恶心，忙喊：“二叔，有人找你。”然后就向屋里走去。

二拐子看到这个女人心里也别扭，又不得不应付：“你有事儿吗?”

“有事儿有事儿，我就是想和你商量点事儿，到你屋里说吧。”

英子刚到屋听到婶子这么一说又转身走了出去。

“说吧，什么事?”二拐子冷冷地问。

“听说你们一下子卖出去了几百只兔子?”她突然问。

“你明说有什么事儿吧。”二拐子不知道这个女人拐弯抹角地又出什么招。

“好事儿，对你肯定是好事儿。我们家英子跟着你干了这么长时间，你看我们家英子怎么样?”她竟然提到了英子。

“挺好的呀，很能干。”二拐子回答。

“你能看上英子，这太好了，今天我就给你俩做个大媒，把我们家英子嫁给你，英子，英子，你快过来，婶子给你商量个事儿?”说完，她把头往外伸了伸，冲外面的英子大呼小叫。

这个女人，还自以为她是英子的家长，想掌管英子的命运。英子没有理她的茬儿。

“谢谢你了，我和英子的事儿不用你操心，没有别的事儿的话，我干活去了。”二拐子抬屁股要走。

“哎哎哎，你坐下，我还没有说完呢。”这个女人硬把二拐子按了下去。

“那你快说，我还有事儿呢。”

“你说我们家英子都这么大了，腿也残了，我这当婶子的不管她谁管她呀，她嫁不着好人家，我死也不瞑目呀。”这个女人突然流下了眼泪。

二拐子不知道她的眼泪是怎么流出来的，是一种什么策略，还是真的为英子担心呢。

“英子她不会嫁不出去的，你就放心吧。”二拐子不冷不热地说。

“我可就不放心呢，你说小龙他都是大学生了，回来还能娶她吗，所以，我就想着让你们凑一对，你对我们家英子这么好，英子跟着你一定不会受罪的，我这当婶子的也算找了门好亲戚。”

这个女人还真有点难斗，二拐子想了想说：“好的，我知道了，我会考虑这事儿的。”

“那就好那就好，我，我还有点事儿。”这个女人竟然也有难以启齿的事。

“说吧。”

“你给我那十只小兔子都死了，你能不能再给我十只。”她毫无廉耻地说。

二拐子终于明白，这个女人绕来绕去，是来干什么的。

“那就再给你五只吧，我现在都卖一百块钱一对，五只就二百五十块钱，这是最后送你的了，你再要我也不会给了。”为了尽快打发走这个女人，二拐子赶紧答应了她。

“那要是我们家英子真嫁给你了呢？”

二拐子没理他，出去到兔窝里抓兔子。这个女人几步跑到门外，从门口把一个来的时候就准备好的兔笼子拿了进来说：“装这里。”

二拐子摇头苦笑。

## 4

继山西的陈先生买走了四百只獭兔之后，通过网络信息，很多外省的客商都来实地考察，有的是购买成兔，也有的购买种兔。一时，“英鹏养殖场”的兔子供不应求，很多客户都排着号等着购买。

这对二拐子和英子来说是件好事也是件头疼的事。钱是赚了不少，兔子却越来越少，再卖，就不能正常繁殖了。为了保证养殖场能够长久地发展下去，他们暂且停止了出售，不管多大的客户来了也不卖。为这，闹得许多客户都不太满意。

越是这样，乡亲们也来凑热闹。看着“英鹏养殖场”发财了，眼都红红的，也不嫌一百块钱一对小兔太贵了，都来抢着买。

这让二拐子和英子很为难。一是这种兔子已经繁殖得供不上卖了，自己也得留下一部分，淘汰那些已经过了繁殖期的兔子。二是这些村民不会养，一旦出个小毛病都会来找他们解决。你说都是乡里乡亲的，不去谁那儿面子上都过不去，光这一块就会浪费他们相当大的精力。为这，还得罪了不少乡亲。说他们发财了在乡亲面前翘着尾巴走路，有时候还会传来几声恶毒的咒骂声。

听到这些，二拐子和英子心里非常难过。他们哪儿有翘着尾巴走路呀，只是乡亲们都不知道他们的难处而已。

小龙在电话里知道养殖场的一些情况后，没少给李启程、谢燕、马丽他们唠叨。

自从经历了智斗“敲诈勒索”，他们四个就在李启程和谢燕的鼓动下，经常聚会。其实，李启程和谢燕两个人也是各怀鬼胎。李启程想和谢燕单独相处，谢燕不干，非得拉上小龙才行，如果只有他们三人，谢燕对小龙那股热乎劲，能使李启程身上的血液都变成醋，从头酸到脚，于是他就建议带上马丽。这样，谢燕在同学面前还会有些收敛。

这天，他们四个在公园里溜达，小龙又说起了“英鹏养殖场”最近发生的情况。谢燕一听这些和英子有关系的事儿心里就烦：“小龙，你能不能不讲你家里那点破烂事儿。”

“谢燕这就是你的不对了，小龙在家里就英子这么一个亲人了，你怎么说他家里的事儿是破烂事儿呢。”李启程懂得谢燕的心思，故意说她。

“我说小龙关你屁事儿。”谢燕嘴一张，话就出来了，从来不考虑自己说的伤人不伤人。

不过，李启程是习惯了，也不在乎，还笑嘻嘻地对她说：“就是关我的屁事了，你又不是不知道，小龙他是我弟弟，兄长为父，你应该知道这句话吧。”

“马丽，你看李启程光欺负我，你得帮我揍他。”谢燕没办法了，在马丽面前撒娇。

马丽就笑：“你俩呀，要是不吵架就不正常了。吵吧，我才不管你们呢。”

小龙也跟着马丽一起笑：“就是，他俩要是不吵架就太没意思了，吵吧，吵吧，走，马丽，咱俩到那边的石凳上歇会儿去。”

谢燕听小龙要和马丽一起去歇着，急着说：“小龙你真没良心，李启程你也没良心，你们忘了当初我是怎么把你们从虎口里救回来的。”

“好汉不提当年勇。”李启程嘴也很快。

小龙没在乎谢燕在喊叫什么，和马丽一起走了。

这时，谢燕竟然哭了，嘴里还是不饶人：“你们都太没良心了，你们都欺负我。”

李启程拿出纸巾上前为她去擦泪：“不哭了啊，都怪我，是我错了，我向你道歉，为了惩罚我自已，我陪你一起数星星怎么样?”

谢燕拿过纸巾，也为自己找台阶下：“谁稀罕你陪呀，再说了，天上那么多星星，你数得清吗?”

李启程上前拉住她的手说：“我这么笨，当然数不清，可你聪明啊，你数星星，我陪在你身边，就数月亮。”

这一句幽默的话把谢燕逗乐了：“李启程，我怎么从来没看出来，你还这么可爱。”

“我也很伤心，这么多年了，竟然没人发觉我这匹可爱的白马。”

“哈哈哈，还白马呢，是头驴子还差不多。”

……

小龙和马丽坐在石凳上，半天谁也没言语。

“李启程喜欢谢燕。”这样坐着也很尴尬，小龙为了先开口说话，想了半天，才想解释一下，他为什么要让她一起走开，谁知一张口就冒出了这么一句话。

“我知道。”马丽说。

“你知道，你怎么知道?”小龙问。

“我早就看出来了，启程哥哥一直追她，谢燕她，她喜欢的是你，我也看出来了。”马丽说得挺不好意思。

“不不不，我和谢燕没关系，我们只是初中同学。”小龙没想到一句话又把他和谢燕扯到一起。

“你不要那么紧张，我知道你和谢燕没关系，我也知道家里那个英子妹妹是你未来的媳妇。”

“谁对你说的，是不是谢燕？”

“谁说的有什么关系，我从心里敬佩英子，也敬佩你。”马丽说。

“敬佩我什么？”小龙问。

“敬佩你是一个有责任心的男人，自己是个大学生，在一个残疾姑娘面前，也没忘记自己的责任自己曾经的承诺。”

“谢谢你，谢谢你能读懂我的心。”小龙的心陡然地动了一下，有一种感动还有一种麻酥酥的感觉。

“你和我客气什么，我们现在都是好朋友了，以后你有什么心里话可以对我说，有什么需要帮助的也告诉我，我家就住这个城里。”

“你家住城里，你为什么还住宿舍？”小龙也是没话儿找话问。

“我爸爸妈妈都是工厂里的工人，经常上夜班不在家，我哥又谈了个女朋友，嫌我碍事儿，就让我住宿舍了。对了小龙，刚才你不是说到英鹏养殖场的事儿了吗，我有个好主意，不知道能不能行？”

“什么好主意，你说说。”

“你不是说现在养殖场的獭兔已经供不应求，乡亲们也凑热闹争着来买种兔吗？”

“是呀，英子说最麻烦的事儿是乡亲们不会养，买回家三天两头来找他们，最主要的是这时间耽误不起呀！”

“我想，可以把种兔卖给乡亲们，而且给他们签下比外面收购价位稍微低一些的收购合同。然后让英子他们办一个免费的獭兔培训班，可以高费用请一个专家来讲课，这样乡亲们不但学会了饲养獭兔的知识，回收也给他们带来了保障，解决了后顾之忧，养殖场回收的兔子也会给英子他们带来效益，这个效益和请专家的高费用比起来，应该远远超过它不知有多少倍。而且，这个专家是高费用请来的，说白了就是被雇来的，乡亲们在养兔子中遇到什么事情了，就让他去解决，这就为英子她们节省了很多时间，可以在养殖场专心地培育种兔了。这样一来，养殖场的种兔培育不会断，成兔收购也不会断的。”

小龙听得目瞪口呆，外表清秀的马丽内心会蕴藏着这么多的智慧：

“太好了马丽，这个办法真是太好了，我怎么就想不到呢？”

“我也是瞎琢磨的，不知道实用不实用。”

“肯定实用，我听着就实用，我马上就给英子打电话告诉她，太谢谢你了马丽。”

## 5

“英鹏养殖场”采用了马丽出的主意，果然大有收获。不仅仅在本村形成了养獭兔的热潮，十里八乡的也都来买种兔。当然了，马丽的主意不仅仅是这些，她加上了英子的 QQ，经常在网上给英子出主意。

两年之内，二拐子和英子不仅还完了贷款，还完了所有的外债，还有了利润分红。这一有利润，养殖场的账面就不像以前那么糊涂了，每走一笔账，谁走的账，都记得清清楚楚的。

开始二拐子和英子谁也没想分得那么清楚，可是有外债的时候倒没出过什么差错，这有钱赚了却老出差错，经常对不上数。

二拐子说：“亲兄弟还明算账呢，这账面不清楚，我们就没法儿完备地往前走，还是清楚点吧。以后，养殖场里所有的花费都从养殖场的账上走，个人花销就个人出，都不能在这里拿，即使拿了也得抓紧还上。他们还商量好了半年一分红。”

有了钱，就是和以前不一样了，英子每个月都给小龙寄足够的生活费。小龙呢，也在英子的“教训”下不再给粥屋打工了，该吃的吃，该穿的穿，过上了和城里人没什么区别的校园生活。

在大三那年暑假里，马丽应英子的邀请，征得了家人的同意，跟小龙一起到柳树沟村来度假。这下子可热闹了，李启程和谢燕是三天两头往养殖场跑。

谢燕因为对英子有写辱骂信的愧疚，开始不好意思去，是李启程硬把她拉过去的，去了见英子对她很客气，也很尊重才放松下来。现在的谢燕有了李启程，心里对英子没有了妒忌，反倒和马丽一样佩服起她一个残疾人的才干来。

大热天的他们几个来了也不闲着，背着柳筐一起到山上去给兔子割草。

马丽是城里来的，山上割草的场面以前只有在电视电影里见过，当她亲身经历时，感觉特别刺激。

李启程和谢燕呢，不是大城市里的孩子，也都是独生子女，娇生惯养的，不用说这种粗活，就是细活也没干过。但是两个人现在正在热恋中，是需要输进新鲜的生活血液的。

英子怕马丽细皮嫩肉的被晒黑了，专门到镇上给她买了顶大大的太阳帽。说是太阳帽，其实就是平常老百姓们去地里的时候戴的草帽，只是材料不是麦秸的，是什么的英子也说不清，就是比草帽要高级一些。

马丽见到这顶帽子，很惊喜："真漂亮，英子，帽檐这么大，你能再送我几顶不，我带回去送给我妈妈和好朋友。"

同样的一顶帽子，村里的女孩子戴着就很平常，让马丽戴起来，显得别有一番风味和情趣。

"真是绝代佳人哪！"李启程故作惊讶般地发表感慨，拿着带来的数码相机给她拍照。

马丽习惯了李启程的这种说话方式，指着谢燕对他说："那才是你心目中的绝代佳人，别在我面前装了。"

"他成天装洋葱，我都快受够了。"谢燕话虽这么说，语调却有着撒娇的状态。

李启程赶紧上前抱了谢燕一下说："亲爱的，以后不装葱了好不好，我装蒜。"

这句话逗得大家都笑了。

看着四个人说说笑笑，打打闹闹地走了，英子心里不时地泛出一些惆怅。是羡慕他们的知识还是嫉妒他们的快乐，是为他们这种快乐高兴还是有一些失落，英子也闹不清。

二拐子能看出英子脸上的变化，哪怕是细微的变化，只是他无法吱声，只有默默地关心着她。为了让她高兴，几个人来了吃的花的都是从养殖场的账上走的。

英子更能感觉出二拐子对她的好，她有好几次找到风娟，说让她给二叔说个媳妇。风娟明白这丫头的心，也找人给二拐子说了几个丫头，其中还有一点毛病没有的，结果二拐子都没有答应。索性，风娟也就不管他这事儿了。

小龙暑假开学不久，从城里来了一个都市报记者，说是要采访英子的事迹。英子认为自己没有什么事迹，也不太配合。后来这个记者给马丽打了个电话，让马丽说服她。

原来，这个记者就是马丽哥哥的女朋友，叫吴秋雅。马丽从柳树沟村回去后，在家里绘声绘色地讲英子一个残疾人如何如何和命运做斗争，如何如何办养殖场，如何如何供原本和自己没有任何关系，还是害她成为残疾人的小龙上大学。

马丽讲的关于英子的故事，像磁铁一样吸引着吴秋雅。吴秋雅当即决定来采访英子。

马丽在电话里给英子讲了很多，还说到对养殖场以后的发展是有好处的，英子这才勉强答应了。

为了使英子有一个好的状态，也为了采访得更全面，吴秋雅放弃了问话式的采访，选择了让英子讲故事的方式。

吴秋雅在养殖场住了三天。这三天，英子干什么，她就跟着英子干什么，像个朋友一样。英子也渐渐不那么矜持了，晚上睡觉的时候把心里话全都掏了出来。

半个月后，都市报社会新闻版以整个版面刊登了身残的英子为坚守一句承诺自强不息的故事，主题叫：“折翼天使，用灵魂诠释生命之舞”，副标题叫“中国最后一位童养媳的故事”。

故事从英子被小龙的排子车砸残，英子被家人抛弃后，小龙承诺她当自己的媳妇起，以童养媳为主线，一步步描写了她把供小龙上大学作为使命，与命运苦苦搏斗，和另一位残疾人合办獭兔养殖场的经过。

为了体现副标题的力量，更有力地吸引读者感动读者，吴秋雅在文章里提及二拐子的篇幅很少，只简单地提了一下二拐子对英子如何如何的帮助与支持。

文章刊登出来后，在全省引起了不小的轰动，许多读者打电话到报社询问英子的联系方式，想亲自和这位童养媳联系一下。吴秋雅出于对英子的尊重，一直没告诉任何人英子的联系方式。

这篇文章刊出来后，小龙的学校也跟着沸腾起来，大家只知道英子是个残疾人，还不知道原来英子是小龙的童养媳。小龙一时被同学们问来问去的，还有的同学引来了各个小报的记者找他采访。一时，小龙有点招架不住了，请假躲了起来。

马丽帮着小龙在外面租了一间小房子，跑前跑后地每顿给他送饭。

马丽一直跟小龙道歉，她说本来是想做好事儿的，没想到给小龙惹来了这么多的麻烦。

小龙说没什么，只要英子高兴就行。

柳树沟的乡亲们是看不到都市报的。村里，除了二拐子因看了吴秋雅寄来的报纸后有些不平静，其他的一切如常。

# 第十三章

## 1

又是一个二月二龙抬头的日子。

这天，“英鹏养殖场”旁边新开的“新月理发店”集聚了许多村里大大小小的孩子，排着队等着剃“龙头”。一时，孩子们叽里呱啦的吵闹声不断，还有的孩子没有大人的看护，随便就跑到养殖场看兔子。二拐子的母亲见到这些孩子，嘴里的闸门又拉不住了，洪水般冲向二拐子。

“儿子，你也给娘说说，娘这辈子还能看到孙子不。娘知道你喜欢英子，可英子她心里没有你，你也不能在这一棵树上吊死不是……”

二拐子最怕的就是娘的唠叨，对他来说，这唠叨又不仅仅是唠叨，是一碗盐水泼在了他深深的伤口上。二拐子不愿意听也不敢听，开起三轮车到县里买饲料去了。

不仅二拐子心里有伤，老太太心里也有伤，二拐子的伤口怕疼，老太太的伤口更怕疼。二拐子一走，她就流着泪找英子开闸放水。

“英子呀，儿子他不让我说话，我要是再不在你面前把我心里的话说出来，我会憋死的，英子，你别走，你听我说几句好吗？”老太太泪眼婆娑地求英子。

英子不知道老太太到底受了什么委屈，忙安慰：“奶奶，我不走，有什么话你说吧，我听着。”

“英子，我儿子就喜欢你，你真的不知道啊？”老太太一副期待的表情。

英子没想到老太太上来就问了这么一句，一时竟然不知道怎么回答。

“英子呀，你说我二子对你好不？”老太太看着英子不回答，又接着问。

“好。”英子回答。

“我也看出来了，他对你，是真好，他哪个女人也不见，哪个女人也不要，他就一心一意，实心实意地在等你呀英子，你说，我们真的就成不了一家人吗？”老太太越说越激动，泪水越流越凶猛。

英子觉得自己好无措，看着老太太这么痛苦，也不能抬屁股走人。

“英子呀，你倒是说句话呀，你到底有心没心和我们成为一家人啊？”

“奶奶，咱们今天先不说这个了，我要喂兔子去了。”英子也想逃了。

老太太哭得更厉害了：“英子呀，你不能走，你必须告诉我，你到底想不想和我们成为一家人，你不告诉我，我就不让你走，英子，我就想在进棺材之前能见上我的孙子一面，你就告诉我吧，你能不能和我们成为一家人？”

听着这越来越离谱的话，英子也再忍不住了：“奶奶，我是小龙的媳妇，我不会嫁给二叔的。”说完。英子也哭着从屋里跑了出去。

英子一口气跑到了家里。一路上，村里人见她瘸着腿跑，都用异样的眼光看她，议论她，她全然不顾，她就想往家里跑。

家，小龙寒假回来住过，摊开被子闻，仿佛还能闻到小龙的气味。抱着被子，英子的耳边似乎又传来了小龙温馨的话语：“英子，等我毕业了，就回来和你一起养兔子，用赚到的钱在村里盖一座小洋房，我们一起在洋房里过日子。”

英子幸福地笑着，撒娇地说：“才不让你和我一起养兔子呢，我要让你在城里当官。”

“我不想当官，我只想和你一起过平常的日子。”

“那我想当官太太行了吧。还有，这也是叔叔一辈子的心愿，要不我以后到坟上怎么向叔叔交代呢。”

说到爹，小龙马上失去了满脸的笑容：“我对不起我爹。”

英子接着他这句话说：“你要是回来和我一起养兔子就更对不起你爹了，这兔子我自己养就够了，你只管在城里当你的官，我赚的钱给你在城里买房子，买汽车，一定让你风风光光地做人。”

英子的话又使小龙的思绪从爹那里飞了回来，他感动地拥抱着英子，第一次亲吻了英子的脸。然后说：“那官可不是谁想当就能当的，如果我当不了官是不是你就不要我了。”

“才不是呢，我要我要，无论你是什么我都要。”英子撒着娇。

那一刻，是英子最幸福最快乐的时刻。

想到这些，英子用手摸了一下小龙亲吻过的脸，顿时感觉脸上又一阵炙热，眼里的泪水不听话地往外溢。溢着溢着，英子抱着被子大哭起来，仿佛只有大哭才能把心里的苦水都倒出来，才能把心里的幸福都表达出来。

哭完了，英子看了看手机上的表，马上就要中午了，估计小龙也下课了，忍不住给小龙拨了一个电话。

“英子，有事儿吗?”小龙在电话里问。

听到小龙的声音，英子的泪水又流了出来：“小龙，我不想和二叔伙干养殖场了?”

小龙很惊讶地问：“为什么，二叔是不是欺负你了?”

英子赶紧说：“不是不是，小龙，你别往歪处想，我是觉得我不能再和二叔一起养了，二叔岁数都那么大了，连个媳妇都不娶，你说让别人怎么认为呀，我不想让村里人瞎说我和二叔好。所以，我要和他分开。”

小龙说："也是，分开就分开吧，那你们怎么分，兔子好分，地就那么一块。"

"我还没给二叔说过这事儿呢，我想如果二叔愿意的话，就把养殖场在中间垒个墙，他一半我一半，如果他不愿意，就多给他一块，三分之二也行，我就要三分之一。"

小龙想了想说："这样也行，你养不过来我们可以在村里雇一两个人，就像二叔那时候花钱雇着你一样，给人家开工资。只是你给二叔说的时候要好好考虑考虑，找个机会，不要太冒失，二叔对咱们有恩，千万别让他多想了。"小龙在电话里叮嘱她。

"知道了，放心吧。"得到了小龙的支持，英子很高兴。

挂了电话，英子锁住门往养殖场走了。二拐子大半个上午看不到英子，正想给英子打电话问她到哪儿去了，英子就眼睛红肿着回来了。

"英子，你到哪儿去了，正找你吃饭呢？"

"我回家收拾了一下，小龙走的时候把家弄得乱七八糟的。"

老太太心里有鬼，现在安稳多了。一顿饭的时间，她一声都不吭。

其实，英子今天以前从来没有和二拐子分开养殖场的想法，甚至想都没有想过。是今天老太太的逼问让英子不得不考虑她和二拐子的未来了。

英子不是笨人，这几年来，二拐子对她的好她当然全都记在心里。她更明白二拐子不是无缘无故地对她好，说什么对她好是想证明给别人看，她们残疾人也能自强自立，这些话都不是二拐子的真心话。二拐子喜欢她，一直抱着娶她的希望，他也许在内心不相信小龙一个大学生会回来娶她做媳妇，所以，一直等待着，等待着。

二拐子不曾想到，这样的等待更让英子感觉不安。每每二拐子一对她好，她就感觉小龙要离开他，要把她嫁给二拐子。她很害怕自己的这种想法，还找风娟婶子给二拐子说过媳妇，被二拐子拒绝了。

以前，她不想让二拐子找媳妇是因为她觉得一旦二拐子娶了媳妇就会把她赶走，她再也不能挣钱供小龙上学了。现在不一样了，她在这个养殖场投了资，也还完了所有的债，她现在可以和二拐子平起平坐了，离开二拐子她完全可以自立。

当然，英子并不是长了翅膀想飞了。她想，只有她狠心地离开才能让二拐子对她死了心，她只有这样做，只有离开这个养殖场让他先娶媳妇，过上幸福的日子，她才能和小龙结婚。

不是有快刀斩乱麻这句话嘛，英子是不想让这乱麻把二拐子的心勒得太深。

## 2

风娟的儿子占领中专毕业后为找工作犯了难。风娟本想，自己这几年开饭店也认识了一些人，拉了一些关系。特别是近两年，这路修得四通八达，一些有头有脸的人也时常来这里吃饭。靠着这些关系，再送点礼，占领在范家庄煤矿找个事儿干应该不是问题。这一找才知道，如今找个工作是太难太难了。范家庄煤矿要人是要人，要的是采煤工，后勤部门的工作人员都是关系非常硬的，也必须是大专生以上。

风娟让儿子读中专，就是想让孩子有点出息，哪儿舍得让孩子下煤窑干这有今天还不知道有明天没明天的活儿。后来到县城找熟人打问看有没有合适她儿子干的活儿才清楚，现在大学生到处都是，一个中专生想找个不错的工作是不大可能的。

后来，占领在县城的一个网吧做了一名网管。

风娟没少给英子唠叨为占领找工作的难处。说者无心，听者有意，英子就想到了小龙毕业后的工作问题。小龙上一回大学不容易，英子可不想让他在范家庄煤矿这样的地方干工作。那县城的工作是不是好找呢，英子也通过一些认识的人问过，那些人都说，工作很难找，现在大学生多似牛毛，找一份好的稳定的工作那真是太难了，除非有两样东西，一样东西是钱财，一样东西是权力。

权力这东西英子是不着边的，这钱嘛，英子虽然不是家财万贯，花个十万八万的，她还能凑凑拿得出来。

经过这几年做獭兔生意的磨炼，英子已经不再是个青涩的小丫头，再加上有了电脑的帮助，她的眼界见识多了，心里的路子也广了，说话办事都干练起来了。英子细想了想小龙工作的事，觉得还得找李所长。

第二天，英子从县城花五百块钱买了两条烟，在一个星期天，找到了李所长的家里。

“李叔叔，我有事儿还得找你帮忙。”英子一进门就直截了当地说，把烟从包里拿出来放在了李所长的跟前。

李所长看到英子拿着这么贵重的烟找上门来，心里有些紧张，问：“怎么了英子，养殖场遇到什么麻烦事儿了？”

英子说：“叔叔你别那么紧张，不是养殖场的事儿，是小龙的事儿。”

“小龙他怎么了？前几天启程打电话还说和小龙在一块儿玩儿呢。”李所长更紧张了。

英子看到李所长这么紧张，马上微笑着说：“小龙他没事儿，叔叔，你别这么紧张了，我是说小龙马上就毕业了，想让你帮他找个工作。”

李所长听到这话才放松下来：“是这事儿呀，英子你说哪儿的话儿，太见外了吧，小龙他是启程的结拜兄弟，也就是我的干儿子，给他找工作我是义不容辞的。”

“就是就是，你叔叔早就想着小龙这事儿呢，比他亲儿子还上心呢，你就放心吧，只是可能要花点钱的。”李启程的妈妈一边给英子削苹果一边说。

“那太好了，谢谢李叔叔了，你只管找吧，花多少钱我都花，十万，二十万都行，我会想办法凑出来的，我只想让小龙找个好工作。”英子高兴地说。

李所长突然很感动，英子这样一个残疾姑娘，竟然不惜重金给小龙找工作。

“英子，有你这句话，我就是再难也得想办法给小龙找个工作。这钱嘛，肯定是要花的，也可能真的会花个十万八万的，也可能花不了，到时候咱们再说钱的事儿，今天这两条烟你带回去，叔叔不会收你的烟。”李所长又把烟往英子的包里放。

“就是就是，你叔叔可是清官，他给别人办事都不收礼，何况给自己人办事儿呢，你拿回去，拿回去。”李启程妈妈把苹果递到英子手里说。

英子把苹果接过来，又放下，把烟从包里掏出来：“叔叔，今天这两条烟我不会拿走的，就算你不帮小龙找工作，我也不会拿走的。叔叔婶子，认识你们这么多年，你们对我和小龙怎么样，我心里都清楚着呢，我们也没什么可报答的，这两条烟就算我和小龙孝敬你的。”

“不行不行，你带回去，我们是一家人，不用这么客气。”李所长还是往她的兜里放。

“叔叔，不是我和你客气，是你在和我客气，你这样客气，就是不把我当家里人，你要是不收了我这两条烟，我就再也不到你家来了。”

英子把话说到这份儿上，李所长也就不再推辞了：“既然这么说，那好吧，那我还是收下吧。”然后，李所长又转换话题问：“英子，听说你们的养殖场现在挺红火，我好久没时间去看看了。”

“养殖场挺好的，只是我不想和二叔伙着养了，我想单干。”

“有魄力，有本事，只要是觉得自己有能力单干就单干，叔叔支持你!”

“英子，你先和你叔叔聊着，我出去买点菜，在家里吃了饭再走。”李启程妈妈说。

英子说：“不了婶子，我马上就要走了，不麻烦你们了。”

李所长说：“哪儿能说走就走，今天吃了饭再走，你要是不吃叔叔可不高兴了。”

英子不好意思地点了点头。

“叔叔，现在城里的房子什么价钱?”英子问。

“怎么？你想在城里买房子?”

“是呀，小龙马上就要毕业了，他如果在城里工作，我就给他在城里买套房子，再赚了钱，我还要给她买辆汽车呢，城里人有什么，我都要让他有，让他风风光光地做人。”英子很自豪地说。

这句话再一次深深地感动着李所长。在这以前，曾经在都市报上看到过关于英子的那篇文章，文章里也写了英子如何如何办养殖场供小龙读书。可是，将来小龙为了报恩娶了她，会不会毁了自己的一生。那时候他心里还觉得堵得慌。今天，他是真正地感觉到了，英子她有一颗无私的金子般的心，小龙和她生活在一起，不是毁灭，而是升华。

从心里，李所长对小小的英子产生了一种深深的敬佩。

英子回来后，再也压抑不住自己的想法，到屋里找二拐子说事儿。

“二叔，我想找你商量点事儿，奶奶，你也在这儿听着吧。”英子说。

“什么事儿?”二拐子问。

“二叔，我想单干。”这个开头，是英子想了很久才说的。

二拐子有点听不懂：“怎么叫单干?”

“就是和你分开干，这你都听不懂啊。”英子故作不在意地说。

二拐子心里一沉，半天没反应。老太太不明白了：“英子，你这是怎么了，是你二叔对你不好了?”

英子心里想，就是因为他对我太好了，我才想着分开，我不想伤他太深了。她想了想，还是继续演戏：“奶奶，你想多了，二叔他没有对我不好，是我想和他分开挣大钱。二叔，你同意吗?”

二拐子没理由不同意，也没有理由同意，他还是不语。

“二叔，小龙马上就要毕业了，他一毕业我们就要结婚了，我们一结婚，我还住在这里多不好看呀，你就为了我和小龙的幸福同意了吧。”英子故作求他。

二拐子此时的心在流泪，也许是流血，他的大脑也许已经没有什么意识了，但他却点了点沉甸甸的头。

“二叔你同意了，是吧，我们就把养殖场的地和兔子都分一分，你要三分之二，我要三分之一就行，我们垒一道墙，我在我的地方再盖几间小房子住，你说行不?”英子兴奋地说。

“你一半我一半。”二拐子说了这六个字，抬屁股走了出去。

“英子，你这是怎么的了，干得好好的，干吗要分呀?”老太太问。

“奶奶，我是想让你早点抱上孙子。”英子不管老太太能不能听懂她的话，也抬腿出去了。

## 3

英子把和二拐子分开干的事儿给风娟说了，把自己的苦衷也对风娟说了，风娟知道这孩子的心是善良的，表面上对二拐子是无情，实际是为他着想，非常理解也非常支持她。

“英子，以后有什么需要帮忙的你就说一声，我帮不了你的，叫你叔过去帮你干。”风娟说。

能有这样一个婶子把自己当亲人，英子心里自然热乎乎的。从最初到现在，英子都把风娟当成最信任的人，有什么心里话都对她讲。

英子找了个风娟闲下来的时间，把二拐子叫到了那里，又把分开的事情确定了一遍。英子说：“二叔，虽然现在咱们的账面是清清楚楚的，我不欠你的钱，可是，我欠你的情是我一辈子都还不完的，这地，我只要三分之一，兔子我们对半分，厂的东西都归你。今天当着风娟婶子和叔的面儿，让他们给咱们当个证人，咱们立个字据，你看行不行?”

二拐子没有任何表情地说：“地一人一半，兔子也一人一半，你不欠我什么。”

英子给风娟递了个眼神，风娟明白英子的意思，说："二小，英子说的在理儿，这些年要不是你，英子她生活也没个着落，更别说小龙上大学了。英子这孩子是有心，不想在良心上过不去，就想多给你一些。要我说，三分之二有点多，就分五份，你要五分之三，英子要五分之二，这兔子还平分，二小，你说这行不?"

"行，我看这样就挺好，我就替二小做这个主了，就这么办，二小，你别再坚持一人一半了。"风娟丈夫没容二拐子再说什么，就拿来纸和笔写了字据，他们都签上了字。

这签上字后，英子就着手垒墙头，盖房子。当小龙毕业回来，这房子都盖好了，连养殖场的名字都写好了，叫"英子养殖场"。二拐子的改叫"春鹏养殖场"。

看到一个养殖场变成了两个养殖场，小龙心里也特别的别扭和难受，还专门让风娟炒了几个菜，陪着二拐子在那里喝了一场酒。这一喝，二拐子和小龙都喝高了，喝得当着风娟的面都哭起来。

"小龙，我今天高兴，我好久没有这么高兴过了，我为你和英子高兴，只要看到你们幸福我就高兴，我高兴，我今天高兴——"二拐子一边哭着，嘴里还一边说着高兴。

"二叔，这些年我得感谢你，没有你的帮助和支持，我小龙怎么会念到大学毕业呢，你的恩德小龙我一辈子记着，无论我到哪儿也忘不了，我要一辈子把你当亲二叔，我会记着你的好——"小龙念叨二拐子的好。

他俩是各自说着各自的话，谁也不听谁的，谁也不顾谁。看着两个人这样，风娟也被感染得跟着哭了。风娟听得真切，这小龙的话是真心真意的，这二拐子的话，是反的。

……

李启程的工作很快得到了落实，到了县里的监狱当狱警。小龙的工作还在进行中，这一批毕业生学劳动经济的就有五六个，这五六个都想进人事部门，的确有点难度。李所长已经在英子那儿拿了五万元塞了进去，还在观察动静。

趁还没有工作的空儿，小龙在养殖场帮助英子干活儿。说是干活儿，英子只是让他在屋里玩儿电脑，看着她 QQ 头像里的客户有什么新信息。那些粗活儿，比方喂兔子什么的，她也不舍得让他干。

割青草的活儿现在英子已经不亲自干了，她让一些小孩子们去，然后割回来一筐草给他们两块钱。一些小孩子们放学后反正也没事，非常乐意去，每天挣两块钱可以买些零食吃。

英子在自己的养殖场盖了三间房，一间自己住，一间小龙住，还有一间放饲料和乱七八糟的东西。

电脑是英子刚买来的，就放在小龙的那个屋里。小龙看到英子的 QQ 签名上写着出售优良獭兔成兔和种兔，还有联系电话。他也学着英子在自己的 QQ 签名上写上出售优良獭兔成兔和种兔，把自己的电话也写上去了。他还用手机拍了许多兔子的照片放在了 QQ 空间里。没想到，才过了两天，就有人电话联系他，说想买一百对小獭兔，小龙对人家说，来吧，没问题，保证品种优良。那人告诉他明天就来拉货。

小龙一兴奋，大呼小叫地就跑了出去："英子，我卖出去了一百只小兔子，明天那个人就要来拉货了。"

英子一听慌了，说："你怎么能随便就让人家来拉货呢，咱们现在没有那么多种兔，快告诉我人家的电话，这种兔得预订，还得先把钱打到咱们的账户上。"

小龙哪儿知道这么多，赶紧把电话里的号码翻出来给了英子。英子回完电话后告诉他："以后有什么事儿要提前给我说一声。"

小龙像个做错了事儿的孩子说："知道了。"

看到小龙这个样子，英子笑了："好孩子，去玩儿电脑去吧。"

"谁是孩子呀。"小龙也笑了。

这"英子养殖场"才算稳定下来，英子最不愿意看的那个人就又来了。她看到了一个养殖场变成了两个也很吃惊，跑到风娟那里问了一下才知道是怎么回事。然后一头扎进了英子这里。

远远的，她就看到英子在喂兔子，边往她跟前走边大声说着："我说英子呀，我听说小龙大学毕业了，我来看看你们，我还给你们带来了好吃的东西，你看，这是你最爱吃的贴棒子面饼子，焦焦脆脆的，保证比那锅巴还好吃，婶子呀，专门给你和小龙做的。"

小龙从屋里钻出来一看，是这个讨厌的人，又钻进了屋里关上了门，在门缝里观察外面的动静。

英子冷冷地说："你来干什么，你是给二叔说媳妇走错门了吧，他在那个院儿里，我们分开了。"

"不是不是，我是专门来看你和小龙的，还给你们贴了棒子面饼子呢，你别看这东西不是什么好东西，这十里八乡的，还没听说过比我做得好的呢，你尝尝英子，婶子做的饼好吃不?"

英子不抬头也不再理她，只管喂兔子。

"英子，我知道你生婶子的气，那时候婶子不是家里穷吗，所以，婶子什么都不舍得让你吃，你不要太跟婶子计较了，婶子以后不会再那样了，你想吃什么，只要你给我说一声，我保证做好给你送过来。这路现在修得这么平，我骑自行车用不了二十分钟就到了，方便着哩。"

英子不知道这个女人今天又安的什么心，说："那谢谢婶子了，把饼子放到屋里去，你走吧。"

"嗯，我这就给你放下去。"说着，挎着篮子就往房屋那里走。

三间房二间都开着门，她不进，她知道小龙肯定在这间关着门的屋里，就敲这个房门："小龙，我听说你大学毕业了，来给你送点饼子，听说这是个稀罕东西，在城里买都买不着。"

小龙不情愿地把门打开说："谢谢你，我不吃。"

"你还给我客气什么，英子都说让我放这儿了，你尝尝，好吃着呢，我儿子都说比那锅巴还好吃。"说着，她拿了一个就往小龙的手里递。

小龙接过来又放在了篮子里说："行，我一会儿吃。"

这个女人不客气地坐在了小龙的旁边，看着小龙玩儿电脑说："小龙呀，我听别人说，你和我们家英子的事儿都上报纸了，你和我们家英子什么时候结婚呀?"

"还不知道。"

"我看，就挑个日子把事儿办了吧，这事儿一办，你们就不用一个人住一间屋子了，多不方便呀，我还想着早点见外孙子呢，要是你们有了孩子，我就给你们看孩子，我保证把你们的孩子看得好好的。"

小龙心里想："你这个黄鼠狼，有没有这样好心呀。"毕竟她是长辈，他不愿意说得太难听："还有事儿吗，没事儿，我得帮英子喂兔子去了。"

"那你去吧，婶子没有别的事儿，就是想看看你们，那我走了啊。"

那女人走了后，英子和小龙想来想去，都没想透这个女人来的目的。

## 4

自从养殖场由一个分成两个后，二拐子的生活还真由此改变了不少，他从邻村雇了个叫秋红的离婚女人做帮手。英子听风娟说，这个离婚女人是自动找上门来的，她嫌丈夫好吃懒做，和丈夫离婚了，自己带着三岁的儿子过日子。过日子得需要钱，她把孩子扔到母亲那儿，到外面找活儿干。她找二拐子的时候，把自己的情况对他说了，二拐子说他正缺人，就把她留下了，让她住在英子住过的屋子里。

毕竟是过来人，这个秋红很勤快，也很讨二拐子的母亲喜欢，听说二拐子还有娶她的心呢。

当然，有些事儿别人不容易知道，风娟也是听秋红自己说出来的。

英子的日子倒是过得很快乐，她有小龙伴在身边，每天忙碌而幸福着，也为小龙的工作而期待着。

小龙的工作一直没有落实，李所长也一直在跑，说让他再等等，已经有了眉目。英子一直瞒着小龙为他找工作拿了五万块钱的事儿，因为她不知道小龙知道了这件事儿后会是什么反应，如果他知道后大动干戈，倔着脾气不上这个班那就费力不讨好了。她和李所长商量好，无论花多少钱都要瞒到底。

小龙毕业后开始还觉得这种生活挺刺激，也很满足。日复一日，月复一月，他开始感觉无聊。一个大学生，满脑子的知识，每天却围着这些没有任何语言的动物转来转去，不憋闷才怪呢。

英子看出了小龙的郁闷心情，怪心疼的，说："小龙，你要是觉得闷得慌就出去散散心吧，到县城看看李启程的房子装修得怎么样了，问问他和谢燕什么时候结婚。到省城找同学玩儿去也行，只要你高兴就成。"

小龙想了想说："省城还真有同学约我去玩儿呢，只是，我走了这兔子怎么办，你一个人怎么能忙得过来。"

英子说："这好办，我们也可以学二叔那样，雇个人呀，让风娟婶子在这附近给咱们找一个就行了。"

小龙问："找个什么样的人?"

英子想了想说："什么样的都行，只要能干，又能和我做伴。"

"那男的也行吗?"小龙调皮地瞪着眼睛故意问。

英子小手举起来就要打他："小龙你真坏，看我打扁你。"

小龙一下子就跑开了，还在开玩笑："我去找风娟婶子去，让他给你找个男的来做伴，呵呵呵呵。"

英子小嘴儿一噘说："找就找，我才不怕呢，一定要比你帅才行。"

"好，就找个比我帅的，呵呵呵呵。"

……

风娟的人缘就是好，没两天，就给英子找来了干活的人，是一个和她岁数差不多的妇女。这个妇女是本村的，她早年丧夫，两个儿子也已经成家，自己不老不少的，愿意干点活儿。风娟孩子小的时候找她要过孩子的鞋帮样，挺相中她干的活儿。

只要是风娟相中的，那就错不了，英子也很乐意。

这干活的人一找来了，小龙就到省城玩儿去了。

其实，并没有同学约小龙到省城里玩儿，约他的是朋友马丽。马丽毕业后在省城的一个大型企业办公室工作，平常招待客人，打打文字材料，也整天忙忙碌碌的。忙里偷闲，趁领导不在，她还可以和同学朋友聊聊天。

有一天，马丽在 QQ 里对小龙说："小龙，我今天去相亲了。"

按说马丽相亲和小龙没什么关系，他们只是因为谢燕才成了朋友，小龙的心却跟着马丽的这句话紧揪了一下，问："那个男的怎么样?"

"不知道，我没看清楚他长什么样子?"

小龙的心又跟着马丽这句话松弛下来。

一会儿，马丽突然问他："小龙，你真的很爱英子吗?"

这个问题问得突然，也的确难住了小龙。怎么回答呢?

他想到以前很多和他还谈得来的同学都问过他这个类似的问题，那时候他的回答是："我心里只有她。"

那样的回答是说爱她吗？小龙一时也被自己曾经的回答弄糊涂了。

爱是什么？李启程给过他答案，说爱就是看见那个人就心潮澎湃，抱着那个人就波涛汹涌，一旦离开那个人，心就跟被抽离一样地疼痛。

可是，他看见英子从来没有心潮澎湃过，更没有波涛汹涌过，更谈不上心被抽离般疼痛。他不知道怎么回答，就反问了一句："马丽，你知道什么叫爱情吗?"

马丽回答他："爱情就是经常想着一个人，想得再也容不下第二个。"

小龙问她："谁告诉你的?"

马丽说："我自己体会到的。"

小龙的心又一紧："你爱的那个人是谁?"

马丽像是很随便地说："现在不告诉你，你如果来找我玩儿，我就告诉你。"

聊这些话的那天晚上，马丽发了一条短信问小龙："你还没告诉我你爱英子不爱呢?"

小龙不知道应该怎么回答，在他心里，不管爱与不爱，英子都应该是他的唯一，是他小龙的媳妇。这是他的承诺，是永远也改变不了的事实。

小龙拿着手机看着这条短信，无意识地打出了几个字："我去找你，你告诉我你爱谁好吗?"然后手指一按，发了出去。

马丽回过来短信说："好，我等你，你一定要来。还有，记着把我给你发的短信删除，最好把我们的聊天记录也删除，千万别让英子发现了，她会多想的。"

……

小龙去省城找马丽有点鬼使神差，马丽见小龙有点情不自禁。

在火车站，马丽见到小龙，鼓足勇气跑上前紧紧地抱住了他："小龙，你真的来了，谢谢你!"

这个举动出乎小龙的意料，顿时，他的心狂跳不止，两只手不知放在哪儿，就像两张翅膀一样飘在两边，声音还有点颤抖着问："你谢我什么?"

马丽更紧地抱着他，脸羞涩而红润，不敢抬头又不愿意放开，说："谢谢你来看我。小龙，我求你一件事。"

"什么事?"

"用，你的胳膊环住我的腰，好吗?"本来很短的一句话，性格内向的马丽断了几个段才说出来。

此时，小龙猛然想到李启程的那句话："爱就是看见那个人就心潮澎湃，抱着那个人就波涛汹涌。"

小龙慢慢地放下自己的胳膊，他浑身都燥热起来。

许久，小龙才清醒过来，赶紧松开马丽说："马丽，对不起，我不应该对你这样，我没有资格和你这样。”

马丽说：“你是说你有英子吗？我不在乎。”

“是我没有资格。”

“谁都有资格拥有爱情，如果没有爱情，那这辈子岂不活得太惨了。”

“那你该告诉我了，你爱的那个人是谁？”小龙问。

马丽拉着他的手边走边盯着他，许久，说：“小龙，你在侮辱你自己的智商。”

“马丽，你怎么这么说？”

“你看，那树上的鸟儿都知道我爱谁了，你比那鸟儿还笨吗？”马丽往路边的树上指了指。

小龙突然再次拉起马丽的手，紧紧地攥住，说：“马丽，你不能爱我，我什么都给不了你。”

“我不在乎天长地久，只在乎曾经拥有。从我开始爱上你的那天起，我就没想过要和你朝朝暮暮，不是你没有资格，是我没有资格，我是后来者。”马丽哭了。

小龙的心仿佛也哭了，很痛的感觉。他拉着她跑到一个拐弯处，再一次紧紧地把马丽抱在怀里，用滚烫的唇为她吸取那酸楚的泪。

……

## 5

男女一旦有了肌肤之亲后，自然会衍生出许多梦幻，尤其是女人。

在攥着小龙的手走在大街上时，马丽一直都在这梦幻中游走，小龙亲吻过她的每一寸肌肤都深深记下了他口中所散发出来的气息，这气息让她久久沉醉。

马丽不同于谢燕，谢燕无论干什么都很勇敢，不管成功与失败都敢于尝试。马丽对于没有把握成功的事从不主动去做，她最怕失败。

从小到大，她的命运从没有自己主宰过。在她的父母眼里，她是一个乖乖女，父母说什么听什么。

既然这样，马丽也不会随便把自己的心里话对父母说的，尤其是自己的爱情。有一次在饭桌上，母亲当着哥哥嫂子的面问她有没有对象，她的脸一个子就憋得通红通红的。

当然，马丽也有知心人，那个人不是谢燕，而是她的嫂子吴秋雅。

要说吴秋雅的性格和马丽也迥然不同。吴秋雅是纯正的北京人，父母一直做生意，家里经济条件非常好，把她娇惯得说一不二，脾气也十分暴躁。她自从当了都市报的记者后，在形形色色的采访对象中，让她的心灵一次次受到冲击和震撼，慢慢地，她变得非常善解人意。对马丽，她像亲妹妹一样呵护着。

自从吴秋雅采访英子的稿子在报纸上刊登以后，她经常和马丽讨论英子和小龙这两个人。马丽也不知道是怎么了，一旦吴秋雅谈到小龙，用自己的观点去挖掘小龙内心世界的时候，她总觉得自己的心跳就会加快。这心跳一加快，脸上身上自然有反应，吴秋雅能感觉到这种反应，自然也一言点透了她。

马丽从此只把对小龙的感情对吴秋雅说。为了鼓励马丽勇敢地追求自己的爱情，吴秋雅拿自己做参照物做比较。她和马丽哥哥结婚让她的父母看起来是下嫁，父母怎么都不同意，吴秋雅也是不顾家里的反对，奋不顾身冲破了世俗的。

马丽没那么勇敢，对自己的爱情也没有信心。她觉得自己和吴秋雅不一样。吴秋雅和哥哥的相爱是有未来的，她和小龙，即使相爱也没有未来，只会有痛苦。那张报纸上的内容足可以说明一切。

吴秋雅一直坚持说，报纸只是一张纸，一撕就什么都没有了，唯独爱是铭刻在心的，只要有爱就有未来。

“那么，英子呢？”马丽问过吴秋雅一个很实在也很严肃的问题。

吴秋雅也很严肃地告诉马丽：“英子和小龙不适合，她一定有另一份爱在等着她，比如报纸的文章中，还有一个默默爱着她的二拐子，相信时间会证明一切。”

在QQ里聊天约小龙出来，不是马丽打出来的字，看着马丽瞅着电脑眼泪汪汪的样子，吴秋雅又心疼又着急，让她一边去，她冒充马丽和小龙聊天。

在小龙来省城之前，吴秋雅一直在给她打气，并鼓励她：“如果爱他，看见他就紧紧地抱住他，如果你有这个勇气，你就赢了一半了。”

马丽做到了，至于是输是赢，她无法预料，起码她做到了，她为自己的勇敢感动，也为那拥有爱情的滋味眩晕。

男人和女人就是不一样，小龙此时已经清醒了许多，这一清醒，他就感到自己有巨大的负疚感。这负疚感让他想挣脱马丽，但是被马丽攥着的那只手这时就像个俘虏，连丝毫挣扎的力气都没有。

“小龙，你打算什么时候回去？”马丽低着头把头靠在小龙的胳膊上边走边问。

“三四天吧，日子长了英子会担心的。”小龙说这句话的时候没想到马丽的手会不自主地颤抖。

“你真幸福，还有她惦记着。”马丽没有说出英子两个字，用了一个“她”。

小龙说：“我不知道我是幸福还是不幸，她对我越好，我就感觉欠她的越多，包袱越重。”

“你还没有回答我呢，你爱英子吗？”马丽又问起了这句话。

在今天之前，在马丽没有这么真实地闯入他的内心世界之前，小龙感觉自己是爱英子的。那时除了英子，他没有别人，在心里没有别人的时候，他只能认为自己是爱她的。今天，他不敢回答马丽这个问题，他更不知道怎么回答这个问题。

小龙想了许久，说：“我只能爱她，一生一世地去爱她，只有这样我才能不愧疚也不亏欠她的。”

“你决定了吗？”马丽突然停下脚步，用期待的眼神看着他，那泪汪汪的眼睛让他心痛，让他不忍心说出他的答案。

“不是现在才决定的，是命中注定的。”

“命运掌握在自己手里，你一个大学生怎么还信那一套？”换成以前，马丽不会这样说，有吴秋雅的支持，她身上就有一股支撑她的力量。

“以前我也不信，我不听我爹的话，非去拉那辆排子车，才造成了这样的后果。所以，我信了，一切都是命。”

“那你为什么还要来找我？”

小龙一时哑口无言。

是呀，他为什么要来找她，为什么？为什么？难道就为知道马丽她心里爱着谁这个答案吗？肯定不是的，那么他究竟为了什么呢？他低下头看着眼前这个他吻过的女孩儿，一股心酸，一股强烈的冲动，又把她紧紧地抱在了怀里。

“小龙，我爱你。”马丽终于鼓足勇气说出了那句深藏已久的话。

“我没有资格爱你，我什么都给不了你。”小龙紧紧地抱着她。

“我只要你说句真心话，你爱我吗，我只要你这句话，我不在乎有没有未来。”

小龙再也没有理由让这样一位爱他的女孩伤心了，心碎地说：“我爱，我爱你。”

“有你这句话就够了，起码我曾经拥有过你。”

马丽的泪水在眼里流，小龙的泪水在心里流。

在这样一个开放的年代，在偌大一个省城，他们却只能用泪水来诠释爱情。

……

这一个下午，小龙和马丽就在这城市的大街上，牵着手一直走，一直走。大街上车水马龙，人来人往，他们不怕人打扰，更不怕人偷窥。

人生都要经历很多第一次，第一次都是刻骨铭心的。对小龙和马丽来讲，同样也经历着人生最重要的第一次，那就是爱情。爱情对每个人来说都应该是美好的，都应该是不可亵渎的。可是他们，却没有勇气拿爱情与命运作斗争。此时，在他们心里，爱情是多么的脆弱，仿佛一用力，就能听到爱情破碎的声音。

所以，他们只能小心地守护着，珍惜现在拥有的快乐。也许，他们也只能用逛街的方式来宣泄他们的爱情。这样，他们的爱情也算在人生的旅途中走过这么值得留恋的一段，即使是短短的留恋。

也巧了，一家理发店门口那个硕大的音箱里冒冒失失地钻出来一首歌：

爱你不在乎天长和地久，哪怕我只是曾经牵过你的手。爱过的伤还疼在胸口，看着你独自消失在街头。爱你不在乎天长和地久，哪怕我只是曾经短暂的拥有，爱过的人如今在心头，看着我在昨天停留……

## 6

小龙来省城的那天晚上，跟着马丽到哥哥家里住。这是吴秋雅和马丽商量过的，马丽的哥哥最近出差在外，小龙在这里比较方便。

尽管吴秋雅是第一次见到小龙，小龙对她来说，并不陌生。从故事中的小龙到眼前这个真实的小龙，从英子到马丽，吴秋雅用飞一样的速度在大脑里把故事和现实作了比较，她觉得她支持马丽是正确的。

为了使有情人终成眷属，吴秋雅觉得自己非得当一回菩萨，点化一下小龙才行。

晚饭后，吴秋雅故意把马丽支出去买东西，这样才有机会。

吴秋雅给小龙泡了一杯茶。

“小龙，工作快落实了吧，听丽丽说你要到县里人事部门工作。”吴秋雅还是从工作开始说起。

"还没有，可能得再等一些日子。"

"英子现在好吗？我挺想她的。"

"她挺好的，就是和二叔分开干养殖场了。"

"哦，为什么好好的要分开干？"这一点是吴秋雅没有想到的。

"她觉得自己干能多赚点钱，想早点买房子买车。"

"为你吗？"

"不光为我，也为我们的将来。"

吴秋雅一听这有点心急，就直奔主题："小龙，你觉得英子和你适合吗？两个人在一起不是一时，要一生的。"

小龙明白吴秋雅想说什么，觉得怎么回答也不妥，干脆就别着劲儿回答："我必须和她在一起，否则我的一生将无任何意义。"

"你真的很爱她，觉得和她一起会得到幸福？"

"是的，我爱她，我们会幸福的。"

这让吴秋雅有点迷茫了。马丽明明发短信告诉她，她都做到了，小龙也说爱她了，怎么这么快就变卦了。这于情于理都说不通呀。

但路已经被小龙堵死了，吴秋雅也没什么再可以往下点的了。

马丽回来后不久，小龙就说他有点困。吴秋雅知道，他可能在逃避马丽。

吴秋雅在被窝里把和小龙的谈话统统地讲给了马丽。马丽一听在被窝里钻不住了，泪水渐渐打湿了被子。

吴秋雅心疼她，一边安慰一边再次鼓励她："去吧，找他去，人的一生不长，爱一个人不容易，错过了机会会痛苦一生的。"

"我不敢去，我怕。"

"你怕什么，勇敢一点，为了一生的幸福。"

"我能得到幸福吗，万一是痛苦怎么办？"

"那也说明自己爱过了，经历过了，争取过了，就没什么遗憾了。机会不是每时每刻都有的，说不定你哥哥明天就回来了。"

马丽要穿衣服，吴秋雅把衣服给她拽下来："穿什么衣服，穿睡衣就行了。但是你要记住，如果他不爱你，你千万别犯傻把自己轻易地交给他。女孩子要把最美好的留给爱自己的那个人。”

马丽就这样被吴秋雅鼓动着走进了小龙的房间，她看到小龙已经睡熟，然后闭上眼睛，掀开被子钻了进去。立刻，她闻到了小龙身上那种让她留恋的气息。

小龙一切都清楚明白，他只是在装睡。猛然，被窝里钻进一团滚烫的火球，烧得他浑身炙热，他的身体陡然地颤抖了一下，然后开始膨胀。他不敢动，更不敢说话。

突然，马丽柔软的嘴唇贴在了他的脸上，而后游到了他的嘴上。这几乎让他窒息的温柔让他身体膨胀得越来越厉害。又突然，马丽的身体一动，将他的身体轻轻地一触，立刻，他忍耐不住地从身体里窜出来一股东西，使他禁不住“哎呀”一声，慌忙用手去捂下身。

幸好，小龙还穿着秋裤。

马丽没有经历过这些，但常识她还是懂得，她赶紧开灯从旁边的柜子里拿出卫生纸递给了他。小龙慌张地接过来，擦了一下，像做错了什么事一样，说：“对不起，真对不起马丽。”

马丽站在床下呆呆地看着他，泪水又流了出来：“小龙，你是爱我的，对不对?”

小龙坐在床上，不敢言语。

“我说过，我不在乎有没有未来，我只在乎你爱不爱我，刚才你的反应就证明你是爱我的，对不对，你告诉我?”

对马丽这样一个内秀的女孩子，今天能在他面前表白这一切，那应该是鼓着怎么大的一种勇气呀，小龙岂能没有一点感觉，看着楚楚可怜的马丽，他下床将她抱住。

“马丽，我没资格爱你，我什么都给不了你。”

“我不需要你给我什么。”

“马丽，看来我明天必须走了，再不走，我的心就永远也走不回去了。”

“那你就留下来永远陪我。”

这句话又点醒了小龙，他推开马丽说：“不可能，我不可能留下来的，我明天一大早就回去，马丽，你快睡觉去吧。”

“我不睡，我要陪你。”

“你要是不去睡觉，那我现在就走，一刻也不在这里留了。”

马丽这才恋恋不舍地离开了这间屋子。

小龙在第二天清早悄然无声地走了，他决心在回家的路上，就把马丽彻彻底底地忘掉。然而，越是想忘记就越容易铭记。一路上，他的大脑中一会儿是马丽，一会儿是英子，一会儿是英子，一会儿是马丽，把他折腾得脑子都快炸了。到家后，他一头扎进漆黑的被窝里。

看到小龙回来，英子很高兴地说：“我知道你是累坏了，吃了晚饭再睡，我特意为你做了好吃的菜。”随后，英子把手伸进了他的被窝。

往常，小龙会攥住她的手，让英子把他拉起来。今天，小龙却非常气愤地说：“别闹了，我累了，不想吃饭，只想睡觉。”

英子没有生气，很神秘地说：“小龙，我有一个好消息要告诉你。”

“有什么好消息明天再说好了。”

英子不依：“不行，我就现在告诉你。你的工作找好了，李所长说，你下周就可以去上班了。”

小龙从被窝里钻出来，不相信地问：“真的?”

“我什么时候骗过你呀。”

“嗯，知道了，你去吃饭吧。”小龙说完又把被子蒙在了头上。

英子又撒娇地说：“我要你陪我一起吃饭，我还有个好消息要告诉你。”

小龙又从被窝里钻出来问：“什么好消息?”

“你起来吃饭我就告诉你。”

“不起，也不吃，我很累，不说算了。”说着，小龙又把被子往上拽蒙住了脑袋。

“看把你急的，那我就告诉你，我正在找李所长帮我打问县城里商品房的事儿，如果有合适的，就买下来，我要让别人对你另眼相看。”

这个消息来得很突然。以前他也没少听英子说在县城买房子，可买房子不是一天两天的事儿，也不是一个两个钱的事儿，得慢慢来。这突然的提起又惊得小龙从被窝里把头钻出来。

“咱们哪儿有那么多的钱，你别瞎闹腾了。”小龙说。

英子像受了委屈：“谁瞎闹腾了，我现在钱是不够，我已经问了李所长，他说买商品房是可以贷款的，我把养殖场抵押出去贷款买房子。”

“胡闹，刚还完贷款又要贷款，你贷款有瘾是不是，你是不是没有债还了心里就不舒服。”小龙也没想到这么难听的话怎么就从自己的嘴里溜达出来了。

“没有债我就是心里不舒服，我就要贷款买房子，我就喜欢买楼房，买上了你不住我住。”英子气愤地扔下一句话走了。

小龙又重新把头蒙在被窝里。想想刚才英子的话，一股内疚之情油然而生。想起从砸着英子的那一刻开始，英子就时时刻刻为他而坚强，为他而努力，用一个残疾的身体来阻挡一切困难，把美好和希望都留给了他。

难道这不比爱情更值得珍惜吗。爱情是什么，是看不见摸不着的。英子对他的这种好，是实实在在的，真真切切的，没有人能够把这种真实从现实中驱赶出去。

突然又想起风娟曾叮咛过他的一句话：“小龙，不要让英子为你白受苦，为你白遭罪，无论你以后做什么工作，一定要做个有良心的人，不要辜负她对你的一片心。”

这句话像突然刮过来的旋风，在他的大脑中转了几个圈圈，就奔驰而去。他大脑中的爱情被旋风刮得四处逃散，居无定所。

他从床上爬起来，向英子的屋走去，边走边没脸没皮地大叫：“英子，我要吃饭。”

# 第十四章

## 1

原本，小龙没有上大学之前，对农村生活还是比较依恋的。那时候，他失去了父亲，身边没有任何亲人。对英子他有一种依恋，母亲一般的依恋，他理想中的未来就是和英子一起生活。

结果，在省城读了四年大学后，他内心有了一个和以前不一样的人生观念。特别是在家待业的这一段时间，更能让他体味到农村生活的单调与乏味。

小龙在准备到人事局上班之前，特意到县城找李启程做伴，去商场挑选了一身名牌西装和一双名牌的皮鞋。这一身衣服他花了将近一千块钱，是他长这么大花钱最奢侈的一次。

人都是有虚荣心的，小龙穿上这身衣服后洒脱英俊，使他顿生许多自信。英子围着他看了又看，瞅了又瞅，惊讶地说："真是人靠衣裳马靠鞍，小龙，你穿上这身衣服比电视上的大明星还帅气，改天，我到县城再给你买一套。"

"再买一套干吗?"小龙问她。

"换着穿呀，以后你在机关混来混去的，不穿的人模狗样怎么行。"英子说。

小龙心疼上了："这衣服太贵了，可别再买了，我可穿不起。"

英子却很大方地说："不贵，让你穿，花多少我都不嫌贵，我赚钱就是让你花的。”

小龙的心又被英子的这句话触动了，心一热，上前拉住英子的手说：“等我挣了工资，我也给你买名牌衣服穿，我也要你穿得漂漂亮亮的。”

英子靠在小龙的身上幸福地说：“小龙，我们结婚吧。”

小龙顺势把英子搂在怀里，本来想好好地抚慰她，大脑却不太听使唤，马丽穿着睡衣钻进他被窝的那个场景又见缝插针地钻进来，任他怎么赶都赶不走。

英子看着小龙只是紧紧地抱着他，不动也不说话，噘着嘴问：“小龙，你是不是反悔了，不想和我结婚了？”

“不是不是，我是想着，如果咱们结婚是不是应该有个新房子？”小龙赶紧为自己找了个理由。

“当然得有新房了，我们就贷款买个房子，明天就买。”英子迫不及待地说。

“看你急得，说吃就端，你以为买房子像买包烟一样容易哪，还是等我们有了钱再买吧，嗯，听话。”小龙抱着她，像哄孩子一样哄着。

“那你得承诺我，等我们买了新房就结婚。”英子开始撒娇。

小龙“嗯”着，点了点头。

……

第二天，小龙摇身一变，成了一名人事局办公室的秘书。以前有李所长的打点，人事局的领导和其他人员对他都非常热情，让他第一天就感觉到了办公室的温暖，一种上班的愉悦。

小龙上班一走，英子就不安分了。自从昨天小龙答应她买了新房就结婚后，她恨不得立刻就把房子买到手，立刻就做新娘。

小龙一走，英子就去镇上找李所长说贷款买房子的事儿。李所长告诉她，贷款买房子的手续挺啰唆的，用养殖场抵押也不一定能办成，说现钱买比较快，如果现在没有那么多钱，就等等再买。反正，现在县城的地方一片又一片的都在开发，不会买不着的。

李所长哪能懂英子的心思，他只是不想让小龙和英子负着债过日子。

英子在回家的路上想了又想，还是觉得这房子非买不可。怎么办？她翻来覆去地想，最终她想到一个字：借。

这一想到借，她首先想到的是风娟，又一想，不能向风娟借，她儿子正在谈恋爱，马上要盖房子要结婚的，正是需要钱的时候。

她无奈地想到了二拐子。其实，除了二拐子，也许没人肯借给她那么多钱了。

自和二拐子分开养殖场后，她也没怎么到二拐子那里去过，有秋红在那里，她怕去了说不清。

为了安全起见，英子给二拐子发了一条短信，说有事想和他商量，如果方便让他到她的养殖场来一下。

二拐子没多时就到了。

“出什么事儿了，英子。”二拐子的神态带着几分担心还有几分关心。

英子看到二拐子非常紧张，更不好意思一开口就是借钱，就先找了个别的话题：“二叔，你是不是，和秋红就要，结婚了？”

“你又听谁瞎说的？”二拐子问。

英子赶紧解释说：“没有没有，我没有听谁说，我猜的，我看秋红对你挺好的。”

二拐子苦笑了一下反问她：“你是不是要和小龙结婚了？”

提到小龙，英子的脸上就荡起一层红晕：“我们买了新房子就结婚。”

“结婚的时候可别忘了告诉我一声，我给你们送大礼。”二拐子心里很苦，脸上却笑着说。

话题越扯越远了，英子赶紧又往回拉：“二叔，你最近真的不结婚啊？”

这话搞得二拐子一时摸不着头脑，干脆直接问：“英子，有什么事儿你就直说吧，别这样，你这样，二叔心里别扭。”

英子长出了一口气，鼓足勇气说：“二叔，我就是想在县城里买套房子，可是钱不够，你能不能借我一些？”

原来是借钱，二拐子没觉得怎么为难地说：“不就是借钱嘛，说吧，借多少？”

“李所长说一个房子需要二十万，我手里有七万多点，你借我十万吧，我把兔子再卖点。”

十万对二拐子来说真不是个小数目，英子觉得他应该还是有的。

二拐子想了一下说：“行，你什么时候要，就到我这里拿吧，卡上就这个数，还有你的兔子，别卖给别人了，卖给我吧，三万块钱的兔子，我收购了。”

英子觉得二拐子会借给她，没想到会这么痛快，非常兴奋也非常感谢地说：“二叔，其实，我知道你对我好，以后，我和小龙会好好报答你的。”

“不要这么客气，只要你什么时候都把我当你二叔，我什么时候也不会把你当外人。其实，我也知道你和我分开是为我好，我什么都明白。”二拐子说出这话，眼睛开始发憋，赶紧说：“好，你什么时候用给我发个短信或者打个电话，过来拿说行，密码还是原先咱们用时的密码。”

二拐子说完转身走了。

这天晚上，小龙下班回来，也异常的兴奋，把第一天上班的经历一点点地说给英子听。英子认真地听着，鼓励他好好干，一定要当个官，混出个人样来，那样才对得起死去的爹娘。

英子总是会在无意中说起小龙的爹娘，她这一无意，小龙马上从兴奋中急剧陷入了无限的悲痛和思念之中。毕竟，爹死得太惨了。

他想起了爹的那个愿望，那个让他当官娶城里媳妇的愿望。一想起这个愿望，他又想起了马丽，想起了那个晚上，想起了马丽钻进他被窝的那一刻——

他不敢再往下想了，努力让脑筋往回转，对英子说："饭好了没有，咱们吃饭吧。"

英子低声说："好了。"

英子知道刚才说话伤着了小龙，更没敢把向二拐子借钱的事情告诉他，小龙不会理解她和二拐子那种微妙的关系，她怕会产生误会。她已经想好了，到时候房子买了，她就告诉小龙钱是从风娟那里借的。当然，她会提前和风娟把这个招呼打好，彼此保守这个秘密。

## 2

李启程和谢燕这对相见恨晚的情侣要结婚了，婚期定在元旦。

自从李启程穿上那身霸气的警服后，那种看起来威风凛凛的样子让谢燕多少觉得总有一天会把握不住他。为了避免夜长梦多，她主动提出要结婚，李启程也同意结婚。

后来，他们俩和各自的父母一商量，都表示同意。

李启程和谢燕的婚姻算得上是门当户对，两家父母对他们的婚姻都是比较满意的。双方都是独生子女，双方的父母也是很通情理的，碰面一合计，买房子买车一家出一半钱。

李启程和谢燕的婚礼办得隆重而风光，在县城最大的一家饭店举行。婚礼主持人是谢燕的母亲从县电视台请过来的节目主持人，她把一个简单的婚礼主持得像联欢会，风趣而热闹，赢得台下一阵又一阵的掌声，给这场婚礼添了不少彩。

台下，县里有头有脸的人物居多，他们走遍天下，对他们来说这样的场面可能是司空见惯，拍手只为凑个热闹而已。

对小龙和英子来说可以说得上精彩纷呈，盛大隆重，他们从心里都生出十二分的羡慕与期待。

马丽也从省城赶来参加了他们的婚礼，英子把她拽到身边坐。英子眼里的马丽是一个可爱洋气的城里姑娘，对马丽和小龙在城里的一夜之情，她一无所知。

爱情的眼里容不下一粒沙子。马丽两次和英子相处，竟然有着完全不同的心境。那一次暑假到柳树沟，英子对她那么热情，还给她买了那么漂亮的太阳帽，让她温暖而感动。而这次，英子还是原有的热情，却让她感到阵阵的寒冷，尤其她不时地拉拉小龙的手，扯扯小龙的衣服，对她简直是一种无可忍耐的折磨。

在李启程挽着穿着礼服的谢燕走过红地毯的那一刻，马丽不时地用余光瞟小龙一眼，她发现每次她瞟小龙的时候，小龙都在瞟她。在她看来，这就是爱的共鸣，这表明他们心有灵犀。

眼前又响起了来之前吴秋雅的那句话："如果爱他就勇敢地为他留下，不管以后经历多少风雨，嫂子都是你爱情的后盾。"

"留下来，我就要留下来，为了爱情，英子，我要和你经历一场智斗。"马丽做了这个决定。

这就是爱情的力量，自古以来爱情的力量就是这样不可阻挡。

小龙能看出马丽脸上写满了心事，在这种情况下，他又能如何去抚慰呢。

看到谢燕穿着婚纱和李启程挽着胳膊走过那长长的红地毯，小龙何尝不为此心动。他立刻想到他和英子挽着胳膊走过红地毯的情景，虽然那长长的白裙子会掩盖住英子那两条参差不齐的腿，一走路和他会是多么不协调。想到那种讥笑和怪异的目光，小龙浑身战栗。

小龙不由得把头扭向马丽，在和马丽眼神交叉在一起的那一瞬间，他的心又开始狂跳。回头再看李启程和谢燕，仿佛变成了他和马丽，一个是英俊的白马王子，一个是美丽的白雪公主，他们走得那么飘逸，那么自然，那么让人羡慕——

这时，小龙感觉到英子的手紧紧地攥住了他，这使他不由得向马丽看了一眼，还好，马丽没有看见英子的这个动作。他用另一只手把英子的手拿下来，轻声说："别这样，人太多。"

英子冲他努了努嘴，他冲英子做了一个苦笑的鬼脸。

……

参加完李启程和谢燕的婚礼，小龙本来想着在县城逗留一会儿的，英子老是缠着他回去喂兔子。向李启程和谢燕道别后，小龙问马丽："你什么时候回城里?"

马丽微微一笑说："我打算多住几天，我喜欢茂平的山还有茂平的人。"

这话里的寓意小龙能听得出来，李启程和谢燕更能听得出来，只有英子没有听出来，她上前拉住马丽的手说："那你有时间可要到我的养殖场玩儿。"

马丽点了点头。

小龙刚要骑车往回走，英子阻止了她："我带你去一个地方看看再回家。"

"什么地方，你不是说急着喂兔子吗?"

"看看就回去，很快的。"

英子一脸的喜悦，坐在电动车后面指来指去告诉他应该如何走。

在路上，英子不停地讲李启程和谢燕的婚礼办得如何如何排场，小龙只听一声不吭。

英子嫌小龙不吭声，一直在后边挠小龙的背。

小龙急了："别胡闹，会摔倒的。"

"谁让你不说话呢，你说话，我就不挠你了。"

"说什么，我不知道说什么?"

"说我们将来的事儿呀，对了，小龙，我要告诉你一件事，你可不要怪我呀。"

"什么事?"

"谢燕曾经给你写过一封情书让我交给你，我给毁了，那时我害怕她缠着你不放，现在好了，她嫁给了李启程，我不怕了，所以我要告诉你这件事。"

小龙只是简单地“嗯”了一声。

英子不相信小龙会没有反应，又追问：“你怎么光嗯嗯，你真的不怪我?”

小龙很平静地说：“不怪。”

英子迅速地撩起小龙的衣服在背上“叭”地亲了一口，又迅速地把衣服放下来。

这突如其来的举动差点让小龙摔倒了：“你干吗呀，怎么还胡闹。”

英子狡辩：“我才没和你胡闹呢，我是在亲你，好了，停停停，到了。”

小龙急速刹车，英子往下一跳，趔趄了下险些摔在地上。小龙责怪地说：“看是吧，不听话。”

这是一片新盖的商品房，小龙明白了英子要他来看什么了，她是想买房子。

“小龙，你说这里的房子怎么样?”英子盯着小龙期待地问。

小龙随便看了一眼说：“挺好，我们走吧。”

“不行，你得陪我到房子里去看看，看了再走。”英子这话有点发嗲。

小龙很不明白英子今天参加了一个婚礼怎么如此兴奋，变得像另外一个人似的。

英子把车锁住拉起小龙的手往楼的近处走，然后数着单元口：“一二三四，就是这个，走，上去看看你就知道了。”

小龙机械地被英子拽着到了五楼，英子指着一个门甜蜜地说：“小龙，这就是咱们的家。”

小龙很吃惊：“你说什么?”

“我说这就是咱们的家，这个房子我买下了，是用你的名字买的。”英子得意地说。

这让小龙有点蒙有点傻还有点太不理解，买房子这么大的事情英子竟然不和他这个大男人商量一下。要是以前他还是一个学生的时候他还可以理解，可以接受。可是现在，他都工作了，是大人了，怎么英子还会这么漠视他，他觉得这对他来说简直是极大的不尊重。

“谁让你用我的名字买房子的，我能赚钱了，我自己会买，不用你买房子。”小龙非常暴躁地大喊。

英子被吓得浑身哆嗦了一下，委屈地说：“你干吗这么吓人，咱俩谁买房子不一样，你还和我分你我吗？”

“那你也应该跟我商量一下嘛，这么大的事情怎么能自己做主。”

“我就是怕你不同意买房子才不敢对你说的，就来了个先斩后奏，你别生气了。”

“钱是从哪儿弄来的，是不是又从二拐了那里拿的？”

“不是，是从风娟婶子那儿借的，借了十万元，把咱们的兔子卖给了二叔一些。”看着脾气越来越大的小龙，英子不敢大声说话。

英子从来不知道小龙还有这么大的脾气，她是真害怕了，她怕小龙真会反悔不和她结婚了。

“把房子卖了，把借的钱全还了，房子等我们什么时候挣了钱再买。”小龙命令英子。

英子的腿一下子就软下去了，像是跪在了小龙的面前，哭着求她：“小龙，别让我卖了这房子好吗？求求你了，是我错了，我应该和你商量的，都是我的错，我以后有什么事儿都和你商量，我什么事儿都听你的，只求你别让我卖了这房子，我求求你了，你就看我供你上学的分儿上，原谅我好吗？我以后都听你的。”

小龙虽然气未消，看到英子这么无助这么可怜地求自己，而且当英子说让他看在供他上学的分儿上，他心软了，愧疚之心又涌上心头，拉起英子的手说：“起来，走，我们回家。”

## 3

马丽为了追求自己的爱情，已经对谢燕和李启程表明了自己的决定。她这个勇敢的决定马上得到了两个人的鼎力支持。他们认为，支持马丽就是解救小龙，否则小龙这辈子就葬送了。

就算马丽不向他们表明自己的感情，谢燕也早在上学的时候就知道了她喜欢小龙，自然，李启程也早就知道了。

既然决定留下来，得策划一个比较完美的方案，以争取最后的胜利。一个是李启程的干弟弟，一个是谢燕五年的同窗好友，为了小龙和马丽的未来，他们真是煞费苦心、一本正经地坐在一起商量这个方案。

首先，马丽说出了自己的想法："我想在茂平先找一份工作，有一份工作干了我才踏实安定。"

谢燕说："这没问题，我给舅舅说一下，你和我一起工作就行了。"

谢燕的舅舅是县钢铁厂的人事部经理，也是钢铁厂一个股东，谢燕毕业后一直在钢铁厂的行政部门工作。以马丽在省城企业的工作资历，进钢铁厂办公室是没问题的。

"那还得麻烦你给我找一间宿舍，我不能老住在你的家里，你新婚蜜月的，我多不好意思呀！"

李启程调侃地说："那有什么，你是我将来的弟媳妇，我们是一家人。"

谢燕坐着就把腿伸过去踹了他一脚说："别那么没正经的，说正经事儿呢。宿舍也不是问题，马丽这些都是小事儿，我们还是说说下一步应该怎么办吧。"

"现在我也不知道应该怎么办，我想，就先等等吧，看小龙知道我没有回去后会是什么反应。"马丽很无奈。

“这是守株待兔，就小龙那只死脑筋倔兔子，一心想报恩，就算被你逮住了，也会很快在你手里挣脱的。”李启程了解小龙的个性。

谢燕很赞同李启程的这个观点：“启程说得对，小龙这个人我太了解了，如果他发现有人在逮他，说不定绕着你走。”

李启程一听这话又讽刺她：“我说老婆，你怎么这么了解她，是不是你也逮过他？”

李启程的话刚落，谢燕的腿又踹了过去：“找死呀你，我就是逮过他怎么了，我就是逮过他，你怎么着吧。”

李启程开始嬉皮笑脸地说：“你都成我老婆了，我能怎么着你，只要马丽不打你就行了。”

“马丽才不像你那么坏呢。”谢燕冲着马丽说。

马丽已经习惯了他俩这种一贯的调侃，也清楚谢燕和小龙的从前，不在意地笑了一下。

“李启程你今天给我老实点，咱们得赶紧商量马丽和小龙的事情。”谢燕也觉得在马丽面前挺不好意思的，赶紧把话题引回来。

“那就使死磨硬缠法。”李启程说。

“怎么个死磨硬缠法？”谢燕问。

“马丽这么漂亮的一个城里姑娘，怎么也比英子那么个残疾农村姑娘有魅力吧，马丽就靠自身的这种资本来缠着小龙，让他就范，我想，缠不了多长日子，他准投降。”李启程扬扬得意地说着他的方法。

马丽一听就否决了：“不行不行，我嫂子说过，对小龙和英子只能智斗，不能硬攻，否则会起到反作用的。”

谢燕说：“就是，你嫂子说得对，不能硬攻，如果只是爱情的话，对于小龙不攻自破，问题是小龙对英子并不是爱情，是报恩，在他心里，恩情比爱情重要，一定得让他改变思想观念，认为爱情比恩情重要了才行。”

谢燕的这个观点李启程也极度赞同：“老婆你说得太对了，我们得想办法转变小龙的思想观念，让他知道报恩的方式不止一种，以后机会还很多，而爱情错过了就再没有机会了。”

“那怎么让他转变啊，人的性格是很难改变的。”马丽脸上带着忧愁。

李启程胸有成竹地说：“这件事情就交给我吧，让我这个当哥哥的教育他，教育不过，我就揍他，一直揍得他把思想观念转变了。”

“不能打他，会打坏的。”马丽赶紧说。

李启程毛病又犯了：“看看看，我还没揍呢，你就开始心疼了，这怎么能成呢，舍不得孩子套不住狼。”

“你刚才把小龙当兔子，现在又把他当成狼了，要解救小龙，真的就那么难吗，我就不信想不出更好的办法。不过，靠打不行，小龙他是你兄弟，不是你的犯人。”谢燕说。

“这不行，那也不行，那我们应该怎么做，要不就这么放弃吧。”李启程也泄气了。

谢燕急了：“放弃更不行，放弃就等于失败，就等于我们太窝囊了，太没智慧了，就等于马丽和小龙都会痛苦一辈子。不行，不能放弃。”

说到放弃，谢燕再急也没有马丽的心更悲痛，如果他俩放弃的话，靠她自己，她更没有信心争取了。听到谢燕说不肯放弃，她的心才稍稍稳定了一些，她说：“我想起了我嫂子还说过的一句话，不知有没有道理。”

“什么话?”他俩异口同声地说，对这句话充满期待。

“她说，在小龙和英子这件事上，小龙怎么样都是次要的，最主要的是英子，要想改变小龙，必须先改变英子，让英子认为自己和小龙是不合适的，而且是极度的不合适，让她自动而退，去寻找自己适合的。只要英子改变了，小龙这里顺其自然地就改变了。”

“对对对，你嫂子说得太对了，不愧是个大记者，脑瓜子就是聪明。”李启程茅塞顿开。

谢燕也跟着说：“哇，你嫂子太有才了，我们研究了半天怎么就没想到这个呢？”

一下子，气氛就没那么紧张了，好像他们已经成功了一样。

马丽问：“英子的个性我也了解一些，她对小龙情深意长，这么多年，她把全部的精力都放在了小龙身上，我们能改变得了她吗？”

“也是，肯定有难度，她虽然认识几个字，并没有上过学，是二拐子一个一个教给她的，在理解程度和文化修养上，肯定是不够的。在她心里，她为小龙付出了这么多，小龙不娶她，那就是天理不容，没有良心。其余的道理对她来说讲不通，就像秀才遇到兵一样。”谢燕琢磨了一下说。

听谢燕这么一说，大家又犯愁了。三个人开始绞尽脑汁地想办法。

不大会儿，李启程想起了二拐子，说：“老婆你刚才不是说二拐子教她识字吗，据我通过小龙了解，这个二拐子比英子大不了几岁，这几年来，一直非常关心英子和他，只要他们有什么难处，二拐子都会帮助。你们想想，二拐子跟英子和小龙都没有任何关系，二拐子为什么会那么关心英子和小龙，那还不是因为喜欢英子呀，咱们就从二拐子这入手怎么样，让二拐子把英子娶了，不就万事大吉了吗。”

谢燕说：“二拐子要是能娶她早就娶了，还能等到现在呀。”

“为什么不能？”李启程问。

“英子不嫁。”谢燕说。

李启程说：“那咱们就想办法让英子嫁才行。”

“有什么办法吗？”马丽问。

“骗英子，咱们就说小龙在省城和你睡过了，让她伤心，主动和小龙分手。”

“不行，这怎么行？”马丽为难地说。

谢燕看了一下马丽说：“马丽，启程说得有道理，英子伤心的事情应该是小龙的背叛，只有让她知道小龙根本不喜欢他，背叛了她，才有可能让她改变思想。”

“太不道德了吧。”马丽还是不赞同。

“舍不得孩子套不住狼，马丽，你就听我们一次，无论英子怎么问你，你就坚决说是真的。还有，我们得给二拐子把事情说明白了，让他配合我们，在她最伤心的时候主动向英子攻击，也许咱们真的会成功。”

……

## 4

还真像谢燕说的那样，马丽的工作根本不是问题，她把马丽往舅舅面前一带，又一介绍，工作就解决了，宿舍也有了。

找了个休息日，李启程开车拉着谢燕和马丽到英子养殖场来进行他们第一步的计划。

车往养殖场一停，英子就热情地迎上来：“看到新车我就知道准是你们俩。”

谢燕赶紧下车说：“结婚那天人多，我们也顾不上你们，现在总算闲下来了，启程非找小龙来补酒。”

这时，小龙从屋里走出来，看到他们上前就在李启程的背上拍了一巴掌：“你这家伙，来喝酒也不提前说一声，让我也准备准备。”

“不用你准备，酒我带着一箱呢，菜嘛，风娟婶子那儿还不是要什么有什么呀。”李启程笑着说。

“那我们就好好地喝一场，从毕了业后我们还没有一起喝过酒呢。”小龙说。

谢燕抢着话头说：“是呀，上学的时候我们四个经常一起喝酒，喝了酒就去唱歌，想想那时候，真是怀念。”

“四个人，还有谁?”英子问。

谢燕和李启程都嘿嘿一笑，谢燕把车门一拉说：“就是车上这位大美女，哈哈哈哈，马丽美女，请你下轿吧。”

谢燕这么一说，李启程把胳膊一张，又调侃：“要不要我抱你下轿？”

李启程话刚落，就被谢燕猛踹一脚：“滚你个大头鬼，就算下轿也轮不到你抱，还有小龙呢，你说是吧小龙，呵呵呵呵。”

马丽羞红着脸从车上下来：“你们俩光瞎说，不理你们了。”

这话虽是调侃，让小龙和英子感觉有点不对头，小龙看了一眼尴尬的英子说：“英子，你去对风娟婶子说一声，给咱们留个屋，今天中午咱们在她那儿喝酒。”

英子“嗯”了一声向门外走去。

看见她走远了，小龙才敢大胆地看了一眼马丽，转向李启程和谢燕说：“求求你们在英子面前别瞎说，免得引起不必要的误会。”

“好的好的，不说了不说了，咱们说正经的。”李启程说。

看到马丽，小龙的心里既紧张又欢喜，还有几分担忧，脸上的表情有点复杂，他问：“马丽你还没走啊？”

马丽还没开口，谢燕的嘴又不依了：“小龙你干吗这么问？你这是嫌马丽在这儿住着呀，她又不是住你家，你着什么急。”

小龙急忙解释：“我哪儿有那个意思啊，我只是打声招呼嘛。”

谢燕还是不饶：“打招呼哪儿有这么打的，就冲你这句话，马丽不走了，赖也赖茂平了，嫁也得嫁茂平。”

李启程也接着这话茬说：“那太好了，我们四个又能经常一起喝酒唱歌了。”

……

中午的酒桌上，英子说自己不会喝酒，非得帮风娟干活儿，李启程和谢燕硬把她拉了过来。李启程说：“今天我是到你们家里来喝酒了，主人不在多没意思啊，你必须在。”

英子坐到酒桌前，谢燕和李启程就按商量好的，讲一些关于国家和世界的一些政治形式问题。在省城上学他们四个人一起逛大街的时候，经常一起高谈阔论，现在再谈论起来也很自然。他们是想用这种方法来拉远英子和他们之间的距离，实际是她和小龙的距离。

小龙上学时就关心国家政治，现在说起这些更是头头是道，他并不知道自己已经上当了。

这招果然见效，英子起身要走："你们说吧，我听不懂，我给你们端菜去。"

李启程不再拉她，而是说："那你去吧，一会儿我敬你酒，感谢你对我老弟小龙这么多年的照顾。"

提到小龙，英子就满脸的自豪，她不知道说什么，就走了。

才上了两个菜，李启程就把酒打开，每人倒了一杯，又把英子叫过来说："今天我非常高兴和你们一起喝酒，我要求大家为了我和谢燕的幸福一同干了这杯酒。"

英子为难地说："我没喝过酒，你们喝吧。"

"那不行，为了我和谢燕的幸福，你必须喝，你要是不喝，那我和谢燕过得不幸福了得找你说事儿。"李启程说。

英子看了一眼小龙，小龙冲她笑了一下："就为他们的幸福破一次例，喝了吧。"

"好，就喝这一杯。"英子说。

英子喝完这杯酒帮忙端菜去了，他们四个又继续一杯接一杯地喝，每一杯酒都会找个合适的词来解释它的意义。

英子每端上一个菜都要在他们面前站上一会儿，听他们说些什么新鲜词。

菜上全了，几个人也喝上劲儿了，话越来越多，越来越没谱。

李启程喝得最多，话也最多。她叫英子坐过来，端起一杯酒对她说："英子，我得敬你一杯，这些年你照顾我兄弟不容易，我兄弟能遇到你这样的妹妹真是他的福分，我说什么也得敬你。"

谢燕也端起酒说："马丽，端起酒，我们共同敬小龙的这位妹妹一杯，她应该是天下最好的一个妹妹了，来，干杯。"

小龙不知道他们几个搞什么鬼，他们都知道英子是他的未婚妻，为什么说是他的妹妹。有马丽在场，他也不好意思解释什么。

英子也听着这话不对劲儿了，听着他们说她是小龙的妹妹，难过得要死，当着这么多人的面，她更不好意思去解释什么。

英子说什么也不喝这杯酒了。李启程想再劝，风娟过来为她解围："你们几个喝吧，英子她实在不能再喝了，喝多了兔子就没人管了，你们喝吧，我让英子帮我包饺子去。"

英子被风娟拉走了，心却不肯走，她一边包饺子一边往这边瞅，耳朵直愣愣地听着他们在说什么。

李启程把话说得差不多了，谢燕上场了。她把酒端起来递到小龙面前："小龙，你真不够哥们儿，你我同学一场，和启程兄弟一场，怎么和马丽搞对象都不敢对我们说一声，为这，你得自罚一杯。"

小龙看了看马丽，马丽坐在座位上低头不语，又朝英子的方向看了一眼，英子正在愤怒地瞪着他。他没端眼下这杯酒，对谢燕解释："谢燕你误会了，我和马丽真的没什么。"

谢燕知道他中计了，就接着使连环计："小龙你有什么不好意思的，都睡一个屋了，还不承认，真不像个爷们儿。"

谢燕这话一出口，如泼出去的水，收是收不回来了。小龙把谢燕那杯酒从手里夺过来："谢燕你喝多了，都开始说胡话了，启程你快别让她喝了。"

李启程知道小龙是害怕了，忙说："她没事，让她喝吧，她好久没这么高兴过了。"

这时的小龙真有心急如焚的感觉，他需要一个还他清白的解释，他把期待的目光转向马丽："马丽，你给他们说什么了，你快给他们解释，我们是清白的。"

马丽深情地看着他，眼泪不由得流了出来，泪水一滴滴地掉在了桌上的酒杯里。她端起酒杯，把酒一饮而尽，然后哭着说："放心吧，我不会让你负任何责任的。"

怎么会这样，小龙实在不明白，他们三个怎么会这样不理解他。于是小龙一手端着酒杯，一手拿起酒瓶，倒一杯喝一杯，喝一杯倒一杯，一直把瓶里的酒喝完才罢休，之后，他就趴在酒桌不省人事了。

……

## 5

当小龙从醉酒中醒来，已经将近第二天中午了。

他觉得头还是晕晕乎乎的，使劲地把头甩了几下。

他看了看环境，发现是睡在自己的屋里，身上的衣服却没有脱。

小龙猛然想起醉酒前所经历的一切。

“英子，英子。”小龙心有余悸地叫着英子的名字。

好久，没有回声。再叫，还是没有回声。他赶紧从被窝爬出来，去外面找，结果没有找到英子，发现风娟正在兔窝里给他们喂兔子。

“婶子，英子呢?”小龙的心此时慌乱不堪，忐忑不安。

风娟像是没听见一样，只顾喂兔子，不理他。

从小到大，风娟婶子一直像亲妈一样，是非常疼他的，现在对他的这种态度真叫他不寒而栗。

“婶子，是我错了，我不应该喝那么多，你快告诉我英子干什么去了?”小龙鼓足勇气又问。

风娟转过头漠然地看了他一眼，冷冰冰地说：“我要是知道她在哪儿，就不来伺候这些兔子了。”

“她什么时候走的，你知道吗?”

“从昨晚就没见她了。这丫头，命真够苦的，从小就没了爹娘，受尽婶子的虐待，又被你砸残了腿，她不怪你不恨你，反过来拼命地赚钱供你上学，到头来你是出息了，却丢了良心，让她落下个人不是人鬼不是鬼的下场。”风娟说着，伤心地哭了。

小龙赶紧解释：“婶子，我没丢良心，我真的没丢良心，我知道英子为我受了很多苦，我会照顾她一辈子的。”

风娟抹着泪说：“都和人家城里丫头睡过觉了，还不是丢良心，那你倒是给我说说，什么才叫丢良心？”

“我没有，婶子，我真的没有和马丽睡过，我只是在马丽的哥嫂家住过一晚上，是他们说的醉话。”

“我就不信，一个丫头家，你没跟她睡，她就那么不要脸地说你跟她睡了，我看马丽那丫头根本没那么没脸没皮。”

看来小龙浑身是嘴也说不清了，委屈的泪水也流了下来：“婶子，你是从小看着我长大的，我什么样儿你比谁都清楚，就算世上没有一个人相信我，你也应该相信我呀，婶子，我真的和马丽没那事儿。”

风娟看着小龙哭了，心疼了，话语也软了：“我相信你有什么用，得叫英子相信你。”

“婶子，告诉我英子在哪儿，我给她解释去。”

“不知道。”

一种不祥的预感笼罩在小龙的心头，他赶紧掏出手机给英子打电话，只听电话传出一个他不愿听到的声音：“你拨打的号码已关机，请稍后再拨。”

风娟说:“我早打了几百遍了，关机。这丫头，千万别想不开啊。”

这句话说得小龙心惊胆战，他赶紧拨李启程的手机。

“启程，英子去找你们了没有？”小龙急切地问。

“没有呀，英子找我们干吗？”李启程懒洋洋地说。

“她不见了，昨天晚上就走了，不知道去了哪儿，都是你们几个惹的祸，要是英子出了什么事儿，看我找你们算账。”小龙说完就把电话挂了。

小龙想了想，骑着电动车尽快地往县城跑，他觉得英子有可能去县城的新房子那里，结果赶到那里又失望而归。

小龙从县城返回家里，他一路幻想，他幻想一进家英子会泪眼汪汪地站在她面前，哪怕是重重地给他几个耳刮子，他也会感到欣慰。

而小龙一回到家，看到的不是英子，是李启程和谢燕。李启程和谢燕急忙赶到小龙跟前问：“找到了吗？”

小龙无奈地摇了摇头。

谢燕朝二拐子那里跑去。

看到二拐子和一个女人正在一起喂兔子，谢燕的心一揪，有一种不祥的感觉。她骂自己怎么这么笨，怎么不提前问一下二拐子有没有女人，万一这个女人真是二拐子要娶的女人，那他们这场计划不就变成一场闹剧了吗，要是再为这事儿闹出点人命来，自己岂不是罪恶至极。

谢燕走到二拐子面前说："你还认识我吗，我是小龙的同学谢燕。"

二拐子和秋红同时站起身来，二拐子笑着说："认识，是不是找小龙玩儿来了，到旁边的英子养殖场去找吧，我们早分开了。"

谢燕说："我不是来找小龙的，我找你有点事儿，你能和我单独说几句话吗？"

二拐子从兔窝里跳出来，和谢燕往一边走了走问："什么事儿你说吧。"

谢燕看了看秋红问："那个女人是你的媳妇吗？"

二拐子摇了摇头说："不是，是我雇来的。"

谢燕吊在头顶上的一颗心终于放了下去，这才敢说英子的事儿："英子昨晚就不见了，你知道她到哪儿去了吗？"

这话让二拐子也感到紧张："不知道呀，她怎么了？"

谢燕不好意思地说："昨天我们几个在风娟婶子那儿喝酒，喝得有点高了，说了一些不该说的话，可能她生气了，跑了。"

二拐子认为不会是那么简单的事儿，英子不会因为他们说几句不中听的话就跑的，一定是有别的原因："你们说什么了，能告诉我吗？"

"我们说小龙和马丽睡过觉了，就是上次来的那个漂亮女孩儿。"谢燕硬着头皮把这话对二拐子说了。这本来也是他们计划中的一项，谢燕就毫无掩饰地说出来了。

二拐子听了很生气："你们真是胡闹，这种话能乱讲吗？"

谢燕说："我们也是为了你着想才这么说的。"

二拐子不明白了："你们为我着想，这哪儿是哪儿啊？"

谢燕说："你不是喜欢英子吗？我们想凑成小龙和马丽，让英子嫁给你，这难道不是对你好吗？"

原来他们是这么想的，二拐子也理解他们的用意，这不是为了他，是为了小龙和马丽。他仍很气愤地说："这种事情不是强求来的，你们这么做只会害了她，她根本就不会嫁给我的。"

"如果你努力，她会嫁给你的。"

"什么叫努力，我已经努力过了，没有用，她根本不喜欢我。"二拐子情急之下也表明了自己。

"那是你努力不够，这次就是机会，她知道小龙背叛了她，一定是伤心欲绝才跑的，你一定把握住这个机会，用触及心灵的办法来安慰她，给她依靠和安全感，你会成功的。"谢燕说。

二拐子看着她，说："你们这些读书人心计太多，杀人都不见血。现在说什么都没有用，最紧要的是赶快找到英子，别让她出什么事儿。"

"是呀，我们马上想办法去找，你记住我说过的话就行了。"英子对二拐子说完就回到了英子养殖场。

李启程和小龙正在为昨天的事情争执着。谢燕上前劝住他们："你们这样吵来吵去的有什么用，咱们赶紧想办法找英子。小龙，你想想，英子还有没有能去的地方？"

小龙无奈地蹲在地上说："除了她的叔叔婶子，她再也没有一个亲人了，可她不可能到那里去。"

谢燕说："要不这么着吧，我马上写个寻人启事，让我妈拿到县电视台，今天晚上英子再不回来，明天就播。"

李启程说："那就这么办吧，小龙，我们再分头到附近的野地里呀，山坡上去找找。"

这时，小龙突然站起来问："马丽在哪儿，英子会不会去找马丽?"

谢燕说："不可能，马丽的电话昨天晚上刚换号，英子不可能会联系着她。"

小龙急得用拳头在自己的头上捣了几下说："我去山坡上看看。"

谢燕对李启程说："我们开车在附近的路上转转，再到你爸爸的派出所看看，让他给想想办法吧。"

……

# 第十五章

## 1

李所长听了儿子和儿媳诉说了英子失踪的缘由后，骂他们简直是胡闹。因为是自己儿子儿媳惹下的麻烦，他马上派人四处寻找英子的下落，包括英子坪窨村的婶子家。结果到晚上十来点，还是一无所获。

在英子失踪的第二天上午，县电视台播放了她的寻人启事，中午晚上都会重播。

马丽还在办公室等着谢燕带给她关于小龙和英子的信息呢，她仍不知道英子失踪的消息。谢燕不让李启程告诉马丽这件事，她怕一旦被马丽知道了，马丽会因为害怕而失去争取的勇气。

风娟在电视上看到英子的寻人启事后，觉得事情闹得有点儿过了，对藏在屋里的英子说："英子，咱不能再藏下去了，电视台都播了寻人启事，再藏下去保不住还会闹出点儿什么事儿来。"

"婶子，你说我该怎么办呢，小龙真不要我了，我活着还有什么意思。"说着，英子的泪又潸然而下。

风娟递给她一个毛巾，劝她："英子你可别瞎想，小龙他可没有说不要你，我不是对你说了嘛……小龙说他根本就没有和马丽睡过觉，是谢燕她们喝醉了说的醉话，小龙这孩子我了解，他不会干出那种缺德事儿的，你可不能死呀活呀地瞎折腾自己。"

"那婶子你说我怎么出去，我见到小龙怎么说?"

“你什么也别说，让他说，看他说什么，他要是说得不中听了，婶子也饶不了他。”

“那我现在就出去见他吗?”

“你在这儿等着，把手机开开，我去看看他在哪儿，我让他给你打电话，要他给你道歉。”

“他要是不给我道歉呢?”

“他敢不，他要是真敢不道歉，那也就断定他丢了良心，一个没良心的人，咱还不要他呢，咱们都和他断绝关系，你以后就做我的闺女，我给你找个好婆家。你就在这儿等着，我找他去。”虽然这话是用来安慰英子的，也是风娟掏心掏肺说出来的。

风娟见到小龙时，小龙正钻在被窝里睡大觉，风娟一看就急了，一下把被子从他身上撩到一边：“好呀小龙，英子丢了，你不去找，还有心在这里睡大觉，你给我起来去找英子。”

风娟惊讶地看到，小龙搂着一条绳子，顿时被吓住了：“小龙，你这是唱的哪出戏呀，你搂着绳子干吗?”说着，风娟伸手就去拽绳子。

小龙紧紧地搂着：“要是英子真的出了什么事儿，我也就不活了，我没脸活着，是我害了她，我对不起她。”

“小龙你可不能干傻事儿，英子她不会有什么事儿的，你再打电话给她试试，说不定电话就通了呢。”

“英子她不会开机的，我已经伤透了她的心。”

“别把什么事儿都看成铁定了的事儿，你打打试试，你快打打，说不定真的就通了。”

看小龙不动，风娟从旁边拿起他的手机就拨英子的号码，然后惊喜地说：“通了、通了，你看我说得没错吧，小龙，你快给英子说话。”

小龙一骨碌从床上坐起来，从风娟手里夺过电话：“英子你在哪儿，你快告诉我你在哪儿?”

电话里传来英子不断的抽泣声。

小龙焦急地说："英子，我求求你了，你快说话，你要是再不回来，我也就不活了，我把上吊的绳子都准备好了，不信，你可以问风娟婶子，风娟婶子就在我身边呢。婶子，你快对英子说，让她回来。"小龙把电话递给了风娟。

风娟拿起电话，语重心长地说："英子，小龙说的是真的，他搂着绳子我拽都拽不出来，幸亏你的电话通了，要是不通，小龙真保不住做出什么傻事儿来呢，快回来吧，别再赌气了啊，小龙他是有良心的人，他不会扔下你娶别人的，你说是不是小龙，让他给你说。"风娟又把电话递给小龙。

风娟的话一语双关，说给英子听，同时也提醒了小龙。

小龙接过电话说："对对对，英子，只有你是我的媳妇，你对我那么好，我要是不娶你，我就太不是人了，请你相信我，好吗？英子。"

英子在电话那边嘤嘤地哭起来："我不相信你，我不相信你。"

小龙看了看风娟说："当着风娟婶子的面儿，我发誓，我要是不娶你，出门就叫车撞死，这样你相信我了吧，英子，我真的会娶你的。"

英子还在哭泣："那你告诉我，你和马丽到底是怎么回事儿？"

小龙急忙解释："上次我去省城玩儿，没地方住，就住马丽的哥哥家了，我和马丽真的是清白的，一点事儿没有，你就相信我吧。"

"我相信你可以，你要发誓一辈子再也不见马丽了。"

"我发誓，我一辈子再也不见马丽，我要再见她，我就被车撞死。"

风娟听得不入耳了，夺过电话对英子说："好了英子，小龙他歉也道了，誓也发了，你就听婶子一句，回来吧，不许再瞎跑了啊。"

"婶子，你让他在家里等着我吧，我一会儿就回去了。"英子说完就挂了。

风娟把电话递给小龙说："他说让你等着她，她一会儿就回来。小龙，婶子再嘱咐你句话，你别认为你多读了几年书，多识了几个字，自己的身份就有多高了，没有英子，你狗屁不是。"

小龙羞愧地点着头："婶子，我知道。"

风娟回家后，又嘱咐英子："英子，小龙他既然已经道歉了，你回去了也别太为难他了，适当地让他长个教训也就算了，要知道给他个台阶下，他毕竟是个男人，男人是要面子的。"

英子点了点头，然后一拐一拐地往回走去——

小龙正琢磨着见到英子怎么说，英子就到了他的面前。

看到英子苍白的脸，哭得红肿的眼睛，小龙的心很痛，他抱住了英子："英子，你到哪儿去了，你可把我吓死了。"

女人的泪就是多，高兴了流泪，痛苦了流泪，感动了流泪，心酸了也流泪。英子流了几天的眼泪，泪水也没流干，小龙这么一抱，刚止住不久的眼泪又涌了出来。

小龙推开她的身体，两只手抱住她的头，把脸凑上去，去吻英子的泪水。

这小龙的脑子也就是怪，在抱英子的一刹那，又一个镜头从遥远的地方闪了进来。

那是他抱着另外一个女孩儿，一个可爱的女孩儿，他也这样去吻她的泪水。那泪水，曾经让他着迷，让他一点一点地吸进自己的嘴里，又一点一点地用整个身体去分享。

小龙抱着英子，努力地把脑子里闪过的镜头封死，努力地去吻这个属于他的女人。英子的胳膊缠绕在他的腰间，也紧紧地搂着他，让他有点喘不过气来。英子的泪水，也一点一点地被小龙吸进嘴里，然而，那泪水不知为什么却是苦涩的，像在城里喝的咖啡，他还是使劲地咽进了肚里。

"小龙，我们尽快结婚吧，好吗？"英子陶醉过后，对小龙乞求般地说。

小龙抚摸着她的头发，点着头说："行，我们结婚，你说什么时候就什么时候，我听你的。"

## 2

李启程和谢燕那边，知道英子已毫发无损地回到了家，心里既感到踏实又感到焦虑，他们只有暂时静观其变来决定下一步的戏应该怎么演。

小龙和英子这边，找到风娟，想商量下一步该怎么做。

既然两个孩子诚心地过来了，风娟也说出了自己的心里话："小龙英子，如果你们真把我当个长辈，把我当成你们的亲人，那你们就都听我一句，尽快把这婚事儿给办了。住新房子不住新房子有什么要紧，那房子又跑不掉，迟早还是你们的，等以后你们有了钱再慢慢去装修就行了。现在最主要的是你们两个人心贴着心，手拉着手过日子，只要两个人的劲儿都往一处使，这日子就没个过不好的。小龙，你先说，行不?"

小龙看了看英子："英子说行就行，我没意见。"

英子羞涩地低下头说："只要小龙没意见，我也没意见。"

风娟看他们俩的意思是都同意，说："既然你们都同意，那你们也就别再拖了，小龙你就在这周找个时间和英子到县民政局把结婚证先拿了吧，免得你那几个同学又来瞎搅和，把英子再搅和跑了。这证一拿，你们也就算合法夫妻了，别人再搅和也搅和不动了。证拿了，我再找个算命先生给你们看个日子，热热闹闹办个婚礼。你们要是想在县城饭店里办，那咱们就到县城饭店，你们要是不想在那儿，要看得起我这个小店，那就在我这个小店里办，小龙你就把你的同事同学们请过来，我保准也给你伺候得好好的。你们说行不?"

小龙痛快地说："我看行，就在你这儿办吧。我和英子都没有亲人，把最了解我们情况的人叫过来就行了，我的同事都还不是太熟，就不通知了，英子你要是觉得谁近就请谁来。”

小龙做出这样的决定是他早就想好了的，就在李启程和谢燕那次婚礼之后，他就决定不大办婚礼了，他和英子的婚礼越简单越好。现在的社会，人的眼睛和嗅觉都太敏感，说不定又会出现什么样的麻烦事。

女孩子一旦爱上一个男人，就想对全世界宣布她的爱情，结婚当然是宣布她爱情开花结果的一个最重要的形式。穿上洁白的婚纱让心爱的人挽着手走过红地毯，那应该是一生中最重要的一个时刻，没有这样的时刻，那婚礼就如同让女人穿上漂亮的衣服却被关在黑暗的屋子里那样痛苦。

英子不太高兴地说：“到时候再说吧，我也不知道怎么着好。”

显然，英子对小龙的决定不太满意。

小龙和风娟都能感觉得到。

风娟笑着说：“这事儿不着急，你们回去再好好商量商量，怎么好怎么办。”

风娟也没有想到英子会对小龙的决定这么不满意。风娟和小龙的想法完全一样，再怎么说小龙也是工作人，如果大家都知道小龙娶了一个残疾的农村姑娘，就算不说也会有人看不起他，觉得小龙这个人档次太低，会影响他的前程。所以，她才说如果不想在县城，就在她的小店里办。在她心里，她没有一点招揽生意的意思，她只是不想让小龙在大婚的日子里遇到尴尬的事儿。

英子回去了坐在床边生闷气，小龙知道她在生什么气，急忙哄：“不生气了啊媳妇，你说怎么办咱们就怎么办，我的意思是，咱们俩都没什么亲人，到县城的大饭店也是浪费。”

英子喘着粗气说：“你根本就不是怕浪费，你是看不起我，嫌我是个瘸子，怕我丢了你的人。”

“你说哪儿去了，我什么时候嫌你丢人了，你光瞎想。”

“我没有瞎想，我早就看出来了，你就是嫌我丢人，我每次到县城里买东西，你都不让我去单位找你，你不是怕我给你丢人是什么，你需要花钱的时候怎么不嫌弃我，现在你觉得自己能挣钱了，就嫌弃我了，你就是嫌弃我。”英子又哭起来。

英子一哭，小龙就手足无措，他真的好害怕英子一生气再失踪了。

“不哭了啊，我真的没有嫌弃你，我不让你去我单位是因为我还对单位的人不太熟，等我和他们熟了，都知道你是我媳妇了，我自然就让你去了。”小龙上前抱住了她。

这一抱，英子像是更委屈了，两只胳膊搂住小龙的脖子，把头靠在小龙的肩上哭得更厉害了：“你嫌我我也得跟着你，我生是你的人，死是你的鬼，你别想把我扔了，你扔不掉的，你要是扔掉我，我就去死，我死了变成鬼也不会放过你。”

这话说出来让小龙感到极度的恐惧，小龙知道，英子对他说这句话，不单纯是在撒娇，她是在威胁。对小龙来说，这种威胁的力量不亚于一包炸药爆炸的威力，同样会使他无处可逃。

……

第二天，小龙请假和英子到县民政局办结婚证去了。

“户口本身份证拿过来。”民政局管登记的女工作人员说。

小龙和英子都把证件放在了桌子上。

“怎么是一个户口本，女方的呢？”

“和我的在一起。”小龙说。

女工作人员往后翻了一张，又拿起两个身份证看了看问：“你们怎么是兄妹，近亲是不能结婚的，你们难道不懂吗？”

英子赶紧解释：“不是不是，我们不是兄妹，以前我们就不是一个村的。他的户口现在已经不在这上面了，不信你再看看，他已经迁出去了。”

女工作人员又翻回来看了一下，成小龙的户口的确写着已迁出：“已迁出不能证明你们不是兄妹关系，兄妹关系是不会因迁出而改变的。”

“我的户口是后来从坪窖村迁过来的，我们真的不是兄妹，真的不是，你看，我们的姓都不一样。”英子解释着。

小龙也跟着解释：“我们真不是兄妹，我们一点血缘关系都没有。”

女工作人员越听越糊涂：“那女方为什么要把户口迁到你的户口本上，你们无血缘关系，是怎么把户口迁到一起的？”

英子说：“是李所长给我迁的，就是青山镇派出所所长李学刚。”

女工作人员很吃惊地“哦”了一下问：“他儿子叫李启程对吗？”

小龙说：“对对对，李启程是我的结拜兄弟。”

女工作人员仔细地瞅了他们几眼，对他们说：“你们稍稍等一下，我去请示一下领导，看领导同意不同意你们登记。”

女工作人员向另一个屋走去，开始打电话，电话通了，她有些神秘地说：“老公，你猜我今天碰到谁了？”

电话那头说不知道。

“我碰到你对我说的那个李启程的干兄弟和那个残疾姑娘了，他们今天来登记结婚，要不要通知李启程一下。”

对方急切地问：“你给他们办证了没有？”

“没呢，他们的户口在一个户口本上，户口本上显示是兄妹关系，我正在问他们的关系，他们说那个女的户口是李学刚给她迁的，我断定是李启程对你说的那个干兄弟，赶紧给你打电话，你快点打电话问李启程应该怎么办，快回我电话，我等着。”

“好，你一定先别给他们办，等我电话。”

不一会儿，电话过来了。

“老婆，李启程说了，千万不能办，你想办法拖拖他们，他们下次再来，再想办法拖，千万千万不能办，明白吗？”

“明白。”

女工作人员接完电话从那屋走到这屋，对小龙和英子说：“领导说了，你们不能登记，必须有村里的证明，证明你们不是兄妹才行，你们改天再来吧。”

小龙和英子只有无奈地走了。

## 3

小龙和英子这么快就要登记结婚，这是李启程和谢燕万万没有料到的。李启程接到陈广文打来的电话时，很震惊，他告诉陈广文，一定要让他老婆把这件事情往后拖，拖得越久越好。

陈广文也是一名狱警，是和李启程同时参加工作的，和李启程关系还算铁。李启程闲着没事的时候经常给他说说自己的一些事情，特别是结拜兄弟成小龙和英子的故事。他曾经多次很悲哀地对陈广文说，如果成小龙娶了那个残疾的英子，那他这辈子就算栽了。

陈广文的老婆在县民政局管结婚登记，这不，就遇到了成小龙和英子。

陈广文的电话一放，谢燕就急得直跺脚，忍不住骂开了小龙：“小龙你个王八蛋，我们诚心地想帮你一把，想让你有个好日子过，你怎么这么不开窍，都和英子登记去了。”

李启程也很生气，也骂他：“没出息，真想狠狠地揍他一回，揍他个稀巴烂，让他知道什么叫疼。”

谢燕又安慰自己说：“还好还好，没有登记成，看来，连老天爷都不赞成他们的婚姻，给他们设下障碍。”

“可是明天呢，就算明天登记不成，还有后天大后天呢，小龙这小子倔着呢，他认定要和英子结婚了，他总会把结婚证拿到手的。”李启程说。

“这可怎么办，我们得赶快把马丽叫过来，看她是个什么意见，有没有高见。”说到马丽，谢燕叹了气说：“你说咱们也是，当事人不在场，咱们俩为他们当这热锅上的蚂蚁，被炒得蹦来蹦去的。不行，我得马上把马丽叫过来，给她讲清楚了，如果她不主动争取，我们也就不管了。”

“对，这是马丽的事，得让她自己争取。”

……

谢燕一个电话，马丽就赶过来了。

谢燕把英子失踪和小龙去登记的事儿统统向马丽讲了一遍，马丽听得大惊失色。她流着泪说：“他们都要结婚了，我还有什么可说的，可能小龙他真的爱英子，根本就不爱我。”

“胡说，小龙他不可能会真正地爱英子，如果爱英子他就不到省城去找你了，我怎么从来没看出来你这么笨，这几天你联系过小龙没有？”谢燕问。

“没有，我不敢联系，我怕小龙和英子吵架。”马丽怯生生地说。

谢燕急了：“你怕个鬼呀，你就是得想办法让他们吵架，他们不吵架一天天和谐得不得了，你还有什么机会。”

“我总觉得我和英子抢小龙有点不道德。”

谢燕一看马丽的软弱样就生气：“你不和英子抢那更不仗义，你想呀，小龙要是和她结婚，过不了个一年半载，两个人就会为文化素质上的差异而产生距离，就算没有你的介入，小龙他也会因为得不到应该得到的而有外遇的，甚至离婚，你现在把小龙争取过来那才叫救了英子呢，让她嫁给她应该嫁的人，一个真心爱她对她好的人，她才能过上幸福的日子。”

“那她们都要结婚了，我应该怎么办？”马丽的泪又掉下来。

“结婚还有离婚的呢，何况现在他们还没有登记成。马丽只要你一句话，你到底还要不要争取，你要，我们就竭尽全力地帮你，你不要，我们也就不劳心费神了，也许你在省城还会找一个比小龙要好上千百倍的人。”谢燕不知道马丽哪儿来那么多的眼泪，怎么老也流不完。

听谢燕说这个马丽有点着急了：“不，我不想再找别的男人，我只想要小龙一个，你们说我应该怎么办，你们给我想个办法吧，我该怎么办？”

李启程说：“有你这句话就好办了，我们怕的是，我们起早贪黑地为你忙活，还让你说我们活该。”

谢燕问：“启程你有办法能使小龙不和英子结婚吗？”

李启程摇摇头说：“还没有，我想总会有的，活人怎么能让尿憋死呢。”

“白说，不憋死也得尿裤子。”谢燕有点泄气。

李启程说：“老婆你看这样行不行，我明天到小龙的单位去一趟，我通过熟人让小龙办公室的领导给小龙打个电话，就说近一段时间可能有省里领导前来检查工作，领导让他们每天都得按时上班，不准请假，这样小龙也就没有去登记的机会了。至于下一步，我想马丽你得亲自上阵了，光靠我们的力量是不行的，你才是最坚实最中心的力量，必要的时候，要有献身精神。”

谢燕说这个办法可行。

马丽却想不出来她应该怎么上阵：“那我应该怎么办？”

谢燕想了想问：“马丽，小龙知道你什么时候的生日吗？”

马丽摇头说不知道。

谢燕说：“这就好办了，明天小龙一上班你就给小龙打电话，说你马上就要回省城了，恰巧又赶上你的生日，希望能再见他最后一面，道个别。”

马丽问：“他能出来见我吗？”

“我说马丽你怎么对自己这么没信心，小龙他不是个神，他是个人，他也有感情，你都说要走了，又是你的生日，他有什么理由不来见你呢，他一定会出来的。”谢燕肯定地说。

李启程说：“约会的地点要温馨一些安静一些才行，要不就让他来咱们家里吧，咱们到我妈家住一晚上。”

谢燕说：“行，我给他们准备些红酒之类的东西。马丽，你可要把握住了，成功与失败就在这一晚了，你一生的幸福也就决定在这一晚了。”

“可是，可是，就算我和他——他也不一定会不和英子结婚呀!”

“他要和你真那个了，不负责任，你看我怎么收拾他，我非揍扁他不可。”李启程攥紧拳头说。

“马丽，你要心眼儿多一点，你要找机会引导小龙，让小龙知道，二拐子比他更合适英子，只要小龙一动心，那就说明他并不想娶英子。上次真没劲，这二拐子一点劲儿都没使上，大概这就是人残心也就是残缺的吧，连自己完美的人生都不敢追求。”谢燕又叹气。

李启程说她：“谁像你呀，说风就是雨，说吃就端，要天下的人都成你这样了，不乱套才怪呢。”

谢燕从脚上脱下一只拖鞋冲李启程打了过去，李启程一躲，鞋正好落在床上。李启程从床上把拖鞋拿过来恭敬地递给谢燕：“老婆大小，请穿鞋。”

谢燕把脚一抬，那只鞋就被李启程给她套在了脚丫子上。李启程又调侃：“真乖，老婆会自己穿鞋了。”

谢燕的嘴一噘，然后脸上露出幸福的笑。

这场面，让马丽从心里万分的羡慕。她突然想起报纸上曾经的一句话，把日子过得像游戏一样好玩儿。用这句话来比喻李启程和谢燕的生活真是恰如其分。

马丽渴望过这样的日子，她在心里为自己呐喊助威，要为未来加油。

## 4

有人说，爱情就像是一剂毒药，失败了就等于毒发身亡，成功的爱情就等于——毒药找到了解药，两人牵手克服千难万险后的天长地久。

马丽先前并不这么认为，她也对小龙说过，她只在乎曾经拥有，不在乎天长地久。事实并不是先前想象的那样，也只能说，那时候爱情的毒药还不算浓，还没有足够的威力将之毒死，现在这味毒药又加入了其他成分，已变得浓烈，她一不小心喝到了自己的肚子里，再找不到解药，她将毒发身亡。

在给小龙打电话的时候，马丽是意志特别坚定的。

“小龙，我是马丽，你还好吗?”

当马丽柔软而又伤感的声音从电话里传过来的时候，小龙就有一种温暖的感觉。这还是那次“喝酒事件”后第一次听到马丽的声音，他说不清楚自己是喜悦还是悲痛：“你呢，你还好吗?”

“我——不好，一点都不好。”听到小龙的声音，马丽的眼里就溢出了泪水，声音也哽咽了。

马丽的哽咽让小龙痛惜，在这种情况下，他只有伪装：“你怎么了，遇到什么不顺心的事儿了吗?”

“是你，都是你，都是你，如果你不曾出现在我的生命里，我也不会这样痛苦。”马丽从哽咽上升到痛斥。

在小龙心里，马丽是柔弱的，爱哭但有一种忧郁古典的美，和林黛玉真有很多相似之处，看见她就从心里产生一种怜爱之心，就甘愿为她遮风挡雨。此时的他又恰似贾宝玉，浑身上下都被束缚着，欲爱不能。他真怕马丽有一天会像林黛玉一样抑郁地离开这个世界，他怕极了，却无能为力。这种无奈又无助的疼痛让他只能沉默不能言语。

“我明天就要走了，可能——再也不会来这里了，我想再见你最后一面，可以吗?”

小龙没有想到马丽还住在茂平：“那你现在在哪儿?”

“在谢燕和李启程的家里，他们俩这几天一直在李启程的父母那儿住，你下班后来找我吧。今天正好是我的生日，我想和你一起度过这个日子，就算明天死去，我也没有遗憾了。”马丽真的说到了死这个字。

这是小龙最害怕的，最痛心的：“我不许你死，我要你好好地活着，我马上去见你。”

马丽也意想不到，小龙会这么急切地想见她：“你现在别过来了，我不想耽误你上班时间，正好我现在也想出去买点东西，你下午下班后过来吧，我等你!”

“好，你等我，我一定会来见你的。”

……

一整天，小龙的思绪都飘摇不定。虽然答应了马丽见面，心里却动荡不安，只要一闲下来，马丽和英子两面流泪的脸就会浮现在他的眼前，耳边还不时传来英子骂他丢良心的声音。尽管这样，小龙还是决定去见马丽，这也许真是他和马丽今生的最后一面。一想到最后，小龙有种从头痛到脚的感觉。

小龙在电话里给英子撒谎说他晚上要值班，不回去了，英子问值什么班，他说办公室的人要轮流值班，今天轮到他了。

这个谎是小龙想了再想才想出来的。办公室的确有轮流值夜班的规定，小龙来的时间还不算长，对单位的事儿不是太熟悉，领导没有安排他。他这样对英子说，也说得过去。

马丽没等到下班时间就赶到了谢燕的家里，她得赶在小龙的前边。

看到消瘦的马丽，小龙心里更增添了几分怜惜：“马丽，你瘦了。”

小龙一句关心的话，马丽又心酸又委屈，泪水夺眶而出。

小龙向四周环视了一下，确定屋内无人，伸手把马丽抱在了怀里，疼爱地说：“我这不是来了嘛，不哭了啊。”

没想到这句话倒惹得马丽的泪更凶猛了。女人总是这样，哭得越凶越证明她内心的脆弱。小龙无法掩饰自己对她的诸多抱歉：“马丽，我知道你的痛，我的心里也痛，但我没有办法，请你理解我好吗?”

“我理解，我就是忍不住要爱你，爱得喘不过气来，想要死的感觉，我怎么办？你告诉我，我应该怎么办才好？”马丽蜷缩在小龙的怀里，抽泣着。

“马丽，你不要这样，你心疼，我的心比你还疼，我又能怎么办，英子她为了我几乎付出了她的全部，我没有任何理由离开她，我更不能找任何理由离开她。”小龙这是掏心窝子的话。

“你有，你完全有理由离开她。”

“什么理由?”

“你对她不是爱，是恩情，还因为有人真正地爱着她，为她毫无怨言地付出了很多，她应该选择一个真正爱她的人，她选择你不会幸福的，你们根本不合适。”

“你是说二拐子吧，我也能看得出来他对英子好，我也知道，英子就是怕还不清二拐子那份情债才和他分开养殖场的，我不能勉强，我只能做我自己能做到的，我承诺过英子的，我欠她的，是这辈子都还不清的。”

“那我和你一起还，我们把她当亲妹妹，还她一辈子，她要什么我们给她什么，好吗小龙，不要让我离开你。”这时的马丽有些痛不欲生，抽泣的身体欲从小龙的怀里往下坠。

这种状态让小龙很害怕，让他突然想起红楼梦中林黛玉听说贾宝玉娶了薛宝钗后的那种悲惨场面，这种感觉让他一使劲抱起马丽向卧室走过去，然后轻轻把她放到了床上。马丽两只手交叉在一起勾在小龙的脖子上。她只是轻轻地一用力，小龙的嘴就压在了马丽的嘴上，马丽那火炭一样的嘴唇让小龙大脑一片空白，他的身上像着了火，燃烧着——

许久，小龙被马丽这团火烧得有点痛了，为了及时地浇灭这团火焰，他趁马丽喘气的间隙，抬起头来说：“我想喝酒，有吗?”

马丽突然想起昨晚谢燕说过的话，忙说：“有，都准备好了。”

“好，那我们去喝酒，我想喝。”

“你等着，我去准备。”

马丽向餐厅里走去，她惊讶地看到，餐桌上已经准备了四个菜，两瓶红酒，这菜都是她和小龙最爱吃的。马丽又禁不住心里一热，泪水又想往外流。她努力控制着，叫小龙：“来吧，准备好了。”

小龙坐在马丽的对面，倒了满满两杯酒说：“来，马丽，先祝你生日快乐！”

杯一碰，小龙就仰起头把酒倒进了自己的肚里，马丽只喝了一小口。

这是他们喝酒时的惯例，男的喝整杯，女的可以随便，量力而行。

接着，小龙一杯又一杯地和马丽碰，一杯接一杯地喝，一直喝得胡话连篇，酒瓶朝天。

马丽把他扶进了卧室，定了定神，鼓足勇气地把他的衣服一件一件地脱掉，给他盖上了被子，自己也脱掉衣服钻了进去。她闭上眼睛把小龙的头抱在胸前，这时的小龙已经醉得没有任何意识，乖乖地在她的怀里躺着，胸前，只能感觉到小龙的呼吸，这也总够让她陶醉……

天亮了，小龙从醉酒中醒来才知道自己埋在马丽的怀里，看到自己一丝不挂和马丽躺在一起，意识到昨晚一定发生了什么事情。他轻轻地把头从马丽怀里抬出，还是惊醒了她。

“马丽，我昨晚做了什么？”小龙急切地问。

马丽羞答答地答：“你干了什么你自己还不知道呀。”

小龙想起床，马丽又抱住了他：“你现在不能起床，我抱了你一晚上，你得抱我一会儿。”

小龙内疚地说：“马丽，对不起，我喝多了，如果我做了什么，请你原谅我好吗？”

不说这话马丽可能还没有那么伤心，一伤心就流泪：“你就会说对不起，难道一句对不起就完了吗，一句对不起就等于你什么都没做吗？”

“那你叫我怎么办？”

“抱着我，紧紧地抱着我，我要你抱着我小龙，我爱你。”

小龙抱住了她，这时的他全身都紧张得要命，他弓着腿，生怕再碰到那片禁区——

“小龙，我知道你是爱我的，我才不顾一切来投奔你，我根本不是为谢燕的婚礼才来的，我是为了你，我已经在这里找了份工作，我愿意等你，哪怕是天荒地老，真的，我是真心的，为了我们的未来，去努力好吗，我们可以给英子一个未来的，真的，我们把她当亲妹妹一样，努力给她一个美好的未来好吗，你并不是她最完美的未来……”

听了马丽的一席话，小龙的心蠢蠢欲动……

## 5

这人的一生究竟要经历多少磨难才算到头，英子一直在心里计算着。从小到大，从大到老，她经历过的，还要经历多少，她都要计算一下。经历过的，她要从中得到教训总结出经验，没有经历的，她也要做好充分的心理准备，好让自己碰到的时候不再那么受伤。无论她怎么计算，就是计算不出来，一计算到未来，她的脑子就乱套，现实生活中，她根本找不到一个可以计算未来的方式。

拿办结婚证的事儿来说吧，就算是碰到了一点小问题，也不应该算是磨难吧，无非就是走路的时候被路上的一块小石头绊了一下，你把这块小石头用脚踢到一边去就没事了。没想到，刚踢了这块石头又遇到了另一块，说不定石头踢完了前边的路上还会爬满棘刺，让你欲退不甘心，欲走怕扎脚。

英子现在就是这种感觉。在小龙打电话说晚上要值班时，她就有一种直觉，小龙一定在撒谎。为了证实她的直觉，天刚刚亮她就坐车往县城去了，她赶到人事局时，还远远不到上班时间。她要进去，被值班门岗堵在了外面：“找人还不到上班时间，请在外等会儿。”

英子想了想，怕人家还不让她进，就说：“我是来找我丈夫的，他昨晚值班。”

“你丈夫叫什么名字？”

“成小龙。”

门岗仔细地看了看她，问：“不对吧，成小龙好像还没有结婚。”

英子尴尬地说：“我是她未婚妻。”

门岗不大相信她的话，也闹不清楚她的来历，在值班表上查了一下，对英子说：“值班表上没有成小龙的名字，昨晚值班的是吴焕希。”

门岗刚说完这句话，楼里就走出来一个男人，门岗指着这个男人说：“那不，就是他。”

吴焕希看着门岗指着他和一个女子说话，走上前问：“赵师傅，怎么了，这人是干什么的。”

门岗说：“说是成小龙的未婚妻，来找成小龙的。”

吴焕希“哦”了一下说：“成小龙还没上班呢，等一会儿再来找吧。”

英子是为了证实小龙有没有撒谎而来的，但她最不想得到的结果就是她的直觉是对的，她几乎是颤抖着声音问吴焕希的：“那你们单位有没有安排小龙值班？”

吴焕希说：“还没有，他还不了解单位的一些实际情况，没别的事儿我走了啊。”

英子听到这话，把头往边上一别，泪水就流了出来，身体也随之一晃。吴焕希不了解她什么情况，欲上前扶她，没想到，她却一拐一拐地走了。

门岗和吴焕希望着英子远去的背景，眼光也变得迷惑。

……

英子真有踩在了棘刺上的感觉，她每走一步都疼痛不已，更痛苦的是，她想把扎到肉里的刺拔出来，却无从下手。她几次拿起手机，号码打上去，却没有力气拨出去，她害怕极了，她害怕突然会飞来一块巨石，重重地砸在她的头上，她害怕无法承受这种疼痛，她害怕自己会这么毫无价值地死在这里，她一步步向回去的方向走，只有那里才是她的家，是她自己一步步踩出来的路，只有那里才没有棘刺……

小龙走在上班的路上，一边陶醉在和马丽的温存里，对未来充满憧憬，一边又害怕着英子会将他开膛破肚，非挖出他的心看看是黑是白才行——

“成小龙，今早有个残疾姑娘找你来着，说是你的未婚妻。”门岗赵师傅正要下夜班，看到小龙，给他打了一声招呼。

对门岗来说，也许只是一声招呼，对小龙来说，这却是一声炸雷：“那她呢？”

“走了。”

“她说她是干什么来了？”

“她说你在值班，我告诉她不是你，是吴焕希值班，正好吴焕希也在场了。”赵师傅也许看出小龙的脸色不太好看，也没再多说，挥了挥手，走了。

小龙也真有被英子开膛破肚的那种感觉，他好像看到了被英子从他身上挖出的那一颗黑心在光天化日下不规则地跳动——

许久，小龙恢复过来。

人可能总是这样，一旦认为自己已经不可救药了，也就不再顾及许多了，就像一个死刑犯被压到刑场，逃是逃不过去了，眼一闭，任你们枪子怎么飞过来，反正结果都是一个样。

这么想着，小龙也就没那么害怕了，他不再害怕英子开他的肠破他的肚，他怕的是英子自己折磨自己，如果再有一次失踪，会是一个什么样的结果，他不敢想象。他思考了一下，赶紧给李启程打电话。

“启程，你可得帮我一下，帮我圆个谎。”小龙又用谎言来对李启程说。

李启程猜也能猜出来会发生什么事，马丽已经向他们报告了结果。他还是装作很不知情地问：“又遇到什么事儿了，你说吧，上刀山下火海，你哥我都愿意。”

小龙很感动，说：“我昨晚上和同事喝酒，喝多了，睡在了同事的家里没有回去，你现在就给英子打个电话，对她说我昨晚和你一起喝酒了，喝多了没回去，你千万要说服英子，别让她一时生气再离家出走了。”

李启程觉得小龙对他撒这个谎有点可笑，又有点可爱，他明明是睡了女人还说睡在了同事家，他偷偷地在心里笑，表面很大度地说：“没问题，我马上给英子打电话，这么点事儿，我想英子她会理解的，包在你哥身上了。”

……

小龙不安地等着李启程的电话打过来，许久，手机上终于出现了李启程的名字：“电话我打了，是你多想了，英子她根本没有生气，她说她知道你是工作人，交往多，不在乎你这个。”

英子能这样说，李启程觉得再正常不过，小龙就觉得有点不正常了。英子明明知道值班的话是他撒的谎，怎么还这么大度，知道他是在说谎话后也不打电话质问他，英子究竟是怎么想的，让他难以琢磨。

反过来又一想，不管怎么着，只要英子不离家出走，不出意外，什么事情都能解决。

小龙反复琢磨马丽的话，越琢磨越觉得有道理，每琢磨一次，道理就更深一层。必定，就算英子不残废，和他也是有距离的。一是文化素质上的距离，再一个就是人本身的距离。英子是被他砸成残疾的不假，是把他供到大学毕业的也不假，这是铁的事实，他从来没有否认过。但是就为报答这份恩情，为了十六岁的承诺给她一个家，给她一个名分，她就能幸福地过上一辈子吗，小龙不敢保证真能让她过上称心如意的日子。在他心里，已经存满了另一个人，而留在英子身边的也只是一具躯体。如果他不和英子在一起，他完全能保证像亲妹妹一样照顾她，爱护她。小龙想，这不是良心不良心的问题，如果就这样娶了英子，却不能给她幸福，这才叫最不负责任的男人。

小龙突然想起两句话来，他忘记了是从哪儿看到的，好像是在网上。他坐在办公桌上，拿起笔和纸把他想起来的话写了下来：

世界上最遥远的距离不是天涯海角，也不是生与死，而是两个人明明在一起，两颗心却形同陌路；世界上最遥远的距离，不是我站在你面前你却不知道我爱你，而是明明知道彼此相爱，却又不能在一起，还要面对爱你的人，用冷漠的心，掘出一条无法跨越的沟渠。

小龙不知道他记得这两句话对不对，但是这两句话无论与网上的相不相同，都是正确的，是毫无疑问的。

前一句能够清楚地解释他和英子在一起不能得到幸福，后一句更明白地证明他不和马丽在一起，那将是极其残酷的事情。

# 第十六章

## 1

小龙是带着期望，带着歉意，带着不安回到养殖场的。他看到英子正在兔窝里喂兔子，忙放下车走过去，赔着笑对英子说：“英子，我回来了，昨晚上喝多了，睡李启程家里了。”

英子不理他，继续喂她的兔子。

“英子，你别生气啊，你如果真生气，你就打我几下子好了，我保准不跑。”这时的小龙表现得有点傻乎乎。

英子站起身来不冷不热地看了他一眼，说：“你查查，咱们还有多少只獭兔，赶明儿，都把这些兔子卖了，不养了。”

小龙吃惊地问：“这养得好好的，为什么不养了？”

英子冲他冷笑了一下，阴阳怪气地说：“我养够了，累够了，把你供到大学毕业了，有工作了，楼房也买上了，我该跟着你到城里享福去了。”

小龙知道英子这话儿里肯定有话儿，这不是她的真心话，这是气话，赶紧接着道歉：“英子，你就别再生我的气了好吗，这兔子咱先不卖，先养着，看看行情再说好吗？”

英子用尖锐的目光盯着他问：“看什么行情，有什么可看的，我不想养了就不养了，这是我的养殖场，这里的每一寸土地每一块砖瓦每一只兔子都是我挣来的，你有什么权利、有什么资格要求我做什么事儿。”

这句话真把小龙的嘴给堵住了。英子的话虽然声调不高，字字砸在小龙的心上。英子说得一点儿都没错，这里是没有什么东西属于他的，他的确是没有资格要求英子什么。

小龙知道英子在生气，这气生得也很大，这气生的是哪出，他还搞不明白。难道她是知道了那晚他和马丽在一起了。看反应，没那么强烈，也不像是呀。如果就是生他撒谎说值班的气，也不会气到不养兔子了啊。他想来想去怎么都想不透，他想英子应该说的不是真心话，是在嘲讽他。于是，又笑着问："英子，你真舍得把兔子卖了呀，你是故意在让我生气吧，不如你拿根棍子在我身上打几下子算了。"

小龙这么一说，英子真从兔窝里跳出来，在地上拣了根挺粗的棍子冲小龙打过来，小龙吓得就躲，棍子还是一点儿都不客气地落在了他的背上，小龙刚要说话，第二棍又要打下来，他捂着头往后退了几步，看着怒气未消的英子说："英子，你真的打我呀，这么狠心呀！"

也许是这一句把英子说恼了，她拐着腿几步又追上来，举起了棍子。小龙没再躲，上前抓住了她的手，把棍子从她的手里夺过来扔了，也气愤地说："英子你干吗？实心实意地想把我打死呀，这到底是为了什么，你倒是说出来啊，你攥着拳头叫我猜，我哪儿能猜得那么准，我是给你说谎了，我说值班却去喝酒了，这也不至于犯死罪呀，你到底闹得有够没够？"

"我没够，我打死你都觉得不够，当初，你把我的腿砸断了，我什么怨言都没有，为什么，就因为你说长大了要娶我当你媳妇，为你这句话，我坚强地活着，养着你，等着你，到头来我养的等的是什么，是一只狼，一只黑心狠心没良心的狼。"英子歇斯底里地喊出了她内心的话。

小龙这时有些惊魂不定。他是第一次看到英子发这么大的脾气，而且发起脾气是这样的可怕，他面无表情地说："英子，原来你真的那么认为，认为我是一只黑心的狼。"

英子接着狂喊，像是要把这么多年的怨气一下子都喊出来："你就是一只狼，是一只恶狼，你吃了我的心，就要把我扔了。"

小龙意识到什么，急问："是不是马丽对你说过什么了？"

提到马丽，英子咬着牙恶狠狠地冲小龙说："成小龙，我就知道你在骗我，你骗我说你在朋友家喝酒，你是找那个马丽去了是不是，你是和她睡觉去了是不是，上次你说你没和她睡过，我就不相信你，我原谅了你，我没想到你这么不知好歹，你恩将仇报，你骗得我好狠哪！"

既然英子这样不理解他，还这样地误会他，他也不想再解释什么，这样难听的话英子能够说出来，那他也趁机说出了他的心里话："英子，也许我们真的不合适，不如，我们各自寻找各自的幸福吧，这家是你的，我什么都不会要，我回我的家去。"

小龙说完抬腿就走。英子三步两步跑上来，抱住了他的腿，使劲一拉，两个人一起倒在了地上。

英子流着泪，话还是恶狠狠地："你想跑，没那么容易，我供你上大学，给你找工作，为你买房子，你就这样想走，门儿都没有，你走了我就自杀。"

听到自杀，小龙真不敢走了，他因此变得无奈："英子，我不知道你今天到底是怎么了，也许，这么多年来，你为了一个目的一边在受苦受累一边在伪装自己，也许，今天的你才是最真实的你，你这样，我不敢娶你，我害怕，我真的好害怕。"小龙哭了。

看到小龙哭了，英子刚才那股硬挺着的坚强也被小龙的泪水打破了，她爬到小龙怀里，大哭着说："小龙，你不要离开我，你要离开我会死的，我真的不能没有你。"

小龙相信英子的这句话是她的真心话，他也想说一句自己的真心话："我娶了你，你照样会死，也许咱们都会死。"

“为什么?”英子不明白地问。

“我不爱你，也因为我们不合适做夫妻。”小龙很清楚地回答。

英子又问:“那你告诉我，你和那个城里的马丽是不是真的?”

“是的。”这时候的小龙已经没有掩盖自己的必要了。

英子“噌”地从地上站起来，指着大门口怒喊:“成小龙，你给我滚，你马上给我滚出养殖场，这里的东西没有一件是姓成的，都是我英子的，你快给我滚，我再也不想看到你，从今以后我和你一刀两断，你再也不要踏进我的养殖场半步。”

小龙没料到，英子能说出让他滚的话。看来，他已经伤透了英子的心。再一想，长痛不如短痛，这样也好，于是也站起身来拍了拍自己身上的土，说:“英子，你别把我想象得那么坏，我只是觉得我们不合适，等你真正找到你的归宿后你会明白我的意思，不管你怎么骂我，怎么恨我，我都会把你当成我的亲妹妹，永远记着你对我的恩情，永远想着报答你对我的恩情。”

“我不需要你报答，我也不是你的亲妹妹，你快点给我滚，滚呀，快滚。”英子一点都听不进去他说的话。

小龙抬腿走了，走得那么沉重，也感觉那么轻松。

## 2

英子这次受的刺激太大了。当小龙头也不回地走掉以后，她觉得浑身上下软得像是一团泥，尽管努力地站着，还是怎么都站不稳，总想瘫在地上。

英子也不知道自己到底是怎么回到屋里，怎么躺在床上的，这一躺下去，她想起来都起不来。晚饭没吃，兔子没喂，混混沌沌天就黑了，又混混沌沌，天又亮了。她一直做梦，做的还都是噩梦，噩梦醒来，却又忘了梦到了什么。迷迷糊糊，她觉得有人在叫她:“英子，你醒醒，你醒醒。”

她想醒，怎么都醒不了，她使劲地摇头，头怎么也摇不动。后来她听到好多人在说话，却听不清楚是什么人在说，说的又是什么。索性，她不再想醒，沉沉地睡去。

这一觉，英子睡得很踏实，她醒来的时候，感觉浑身黏糊糊的都是汗。

英子突然想起了那些兔子，那些兔子一定饿得乱窜了，她睁了睁眼睛，然后想起床。

“姐，你醒了。”

在这里，竟然有人叫她姐，她揉了揉眼睛，模糊地看见眼前有一个女孩子在盯着她。

“姐，你不认识我了呀，我是春俏。”

英子想起来了，她是有过一个妹妹叫春俏。记得原先，婶子打她的时候，春俏妹妹总是吓得躲在远远的地方哭，等婶子打完了走了，她才敢上前来看她受伤了没有，还有时候，春俏会拿着好吃的偷偷地让她吃，这已经是英子感觉最温暖的记忆了。

这是她记忆里那个春俏妹妹吗？再说了，自从她被小龙的车砸残废之后，春俏妹妹再也没有出现过。这么多年了，她们都相互忘记了，又怎么会突然出现在她的面前。英子认为自己还在做梦，她摇了摇头，好像是在问自己：“我是不是还在梦里？”

“不是的，姐，真的是我，我真的是春俏。”

英子不解地问：“那你怎么突然跑到这儿来了？”

春俏回答：“姐，我是遇到为难事了，我娘把我送到你这儿来躲几天，谁知道今早我们一来就赶上你发高烧说胡话，也亏得我们来了，都病成这个样子了也没有人知道。”

英子毫无表情地说：“病死了最好，活着有什么意思。”

春俏问：“姐，你怎么了？是不是嫌我来找你了，我知道我娘对你不好，对不住你，我长大懂事后一直说我娘，后来她也知道自己错了，还给你们打饼子送过来呢。”

英子想起了那次婶子送饼子的事儿，想起来了她也没有为此感动，现在她的心也有点冷漠，她觉得这个世界都是冷漠的。唯独让她惦记的还是她的兔子，她掀开被子要下床，被春俏又按到了被窝里：“姐，你现在不能往外走，烧还没完全退呢。”

英子坚持要起来：“我得喂兔子去，要不兔子会饿死的。”

春俏说：“你就知道兔子，你就关心一下自己吧，兔子风娟婶子和二拐子叔已经给你喂过了。”

“他们也知道我病了？”英子问。

“是呀，是我娘把他们叫过来的，二拐子叔还给你打了一针呢。”春俏说。

英子不知道还发生了这么多事情，看来自己真的是病得不轻。她想了想，又问春俏：“除了他们，还有谁来过不？”

春俏点了点头说：“有。”

“小龙来过吗？”

“没有，我听风娟婶子给那个叫小龙的打电话来着，在电话里把他骂了一回，然后让我照顾你，急匆匆和二拐子叔到城里找他去了。”

英子知道他们到城里找小龙干什么去了，心马上揪揪起来，整个人更像系在悬空的两根稻草上，摇摇欲坠。

同时，英子的心里还充满了强烈的怨恨，怨恨小龙的自私与冷漠，这时候用最恶毒的话骂小龙，她都觉得不解气。

春俏突然捂着嘴巴跑到外面吐去了，吐完了又回到屋里。英子冷漠地看着她，问：“你怎么了？”

春俏毫不掩饰地答：“我怀孕了。”

听到怀孕两个字，英子的心竟然抖动了一下：“你结婚了？”

春俏苦涩地摇了摇头说：“没有。”

英子惊讶地问：“你没有结婚怎么会怀孕？”

一句话说到春俏的伤痛处，她的泪就顺着脸庞直流而下：“他说他会娶我的，我就和他——没想到，我有孩子了，他却不见人了。”

又是一个不负责任的男人，英子一下子想到了小龙。她怎么都想不明白，世界上为什么有这么多坏男人，难道这些坏男人的心都不是肉长的吗？他们怎么连自己的妻子孩子都不认呢？

英子的泪也悄无声息地流了下来。

春俏擦了擦泪说："他是青山镇镇长家的二儿子，我是在青山镇上学时认识他的，开始他对我非常好，还到我家去过呢，没想到，他知道我有孩子了，就失踪了，打电话打不通，找他，他家人说他到广州去了。"

虽然这么多年她和春俏没有见过面，也没有多深的感情，毕竟是一个和自己有着血缘关系的妹妹，她怨恨小龙，也心疼这个无助的妹妹："那怎么办，你肚子大了会被别人看出来的。"

春俏又哭了："我也不知道怎么办，我爹我娘到他们家里找过一趟，他父母根本不承认，还说老二已经和县里的一个老师订婚了，还是个大学生呢。"

又是大学生。提到大学生，英子有着不一般的痛楚，也不管这个大学生和她们联系上联系不上，就骂："大学生有什么了不起，都是坏蛋，他们上了大学，受了教育，还不如一个平常老百姓有良心。"

春俏也听出来英子不对劲儿，问："姐，你是在骂那个叫小龙的吧。"

"我骂的大学生多了，李启程、谢燕，还有那个狐狸精马丽，都不是什么好东西。他们不就是多念了几天书吗？有什么了不起的！"

"姐你说得对，大学生也没什么了不起的，他们也吃喝拉撒睡，和我们没什么不一样的，老二那个订了婚的大学生老师我见过，长得还没有我好看呢。"春俏在英子的话里找到了点自信。

英子又不明白春俏的话了："原来你知道人家有个大学生未婚妻呀，你怎么还和人家胡来，你怎么这么没出息?!"

春俏哭得哽咽了："我就是没出息，谁让我喜欢他呢，我喜欢他喜欢得控制不住感情，再说了，他也答应过我和那女老师退婚的，他向我发过誓他要娶我的。”

小龙承诺她当媳妇的那一幕又出现在英子的脑子里，那是她永远的十六岁，她永远都铭记着。承诺是什么，承诺就像一个两三岁孩子说过的话，一转眼，是什么，早已不记得了。

英子想再说什么，这时，春俏的手机响了，春俏说是短信，打开一看，脸色逐渐变得煞白，她把手机一下扔到了地上，趴在床上大哭起来。

英子捡起手机，那条短信还在屏幕上亮着，信息人的名字是老二，内容是：春俏，对不起，请原谅我以前的年少无知，也请你谅解我和你在一起时的情不自禁，经过我这么多天的深思，终于明白，我们俩极不合适，就算结婚也不会得到幸福，所以，我不会再和你交往下去了，近期也不会回去的。请保重。

英子看得明白，这是一条绝交信息，内容虽然含蓄，却是极度的绝情，春俏肚子里的孩子他提都没提，像是什么都没发生一样。她禁不住又骂了一句：“王八蛋臭男人。”

此时的春俏比起昨天的英子，更痛心疾首。

## 3

小龙对风娟和二拐子的到来并没有感到惊讶，他知道，他们是来兴师问罪的，他已做好了充足的准备，几乎是穿上“盔甲”来应对的。

风娟还算理智，没在人事局闹事儿，把小龙叫了出来，随便在离人事局很远的地方找了个角落，气急败坏地冲小龙说：“成大学生，你还认识我不?”

小龙低着头，不敢言语。

“成小龙，你说呀，我今天就想问问你，你知道我是谁不，你要是不知道，我二话不说，马上就走。”风娟一屁股蹲坐在边上的一块大石头墩上，一副轻蔑的神情。

二拐子一声不吭，靠在旁边的一棵树上，也用一种怪怪的眼神注视着他。

小龙那准备好的一肚子话被风娟这无厘头的问话搞得无从说起。

风娟更急了："成小龙，你说呀，你到底认不认识我？"

小龙想抬头，头沉重得怎么也抬不起来，他使劲往下咽了一下口水，说："婶子，我知道你是为我和英子的事儿来的，我也知道我对不起英子，感情这事儿——不能强求，我和英子是兄妹之情——不是爱情——"

"小龙，你少给我扯谈，我问你认识不认识我，我没问你别的。"风娟还是不肯放下这句话。

"婶子，我是你从小看着长大的，你像亲妈一样疼我爱我，没有你就没有我的今天，我会报答你的，一辈子都把你当妈一样孝顺。"小龙低着头说。

风娟从地上站起来，拍了一下屁股上的土说："好，我就盼着你说这句话，既然你知道我疼你爱你，也知道报答我，那今天你就得听我的，马上跟我回去和英子把婚事儿办了。"

终于奔到主题了，小龙准备好的话也派上了用场："婶子，婚姻的事儿不能强迫，报答和爱情根本就是两回事儿，你和英子对我的好我永生难忘，我会用我的一生去报答。"

风娟知道小龙这是不愿意跟她回去："你说你怎么报答，你以为你以后挣了钱给我们几个就算报答了呀，我不稀罕你那几个臭钱，英子更不稀罕，她要是稀罕钱就不会供你上大学了，不会给你花钱找工作，借钱买房子了。"

小龙好像有点听不明白了，这供他上大学和借钱买房子的事儿他都知道，花钱找工作的事儿，他是一无所知，他迷惑地问："婶子，你说我工作的事儿也花钱了，我怎么不知道。"

"你不知道是因为英子心眼好，她不想告诉你这件事儿，怕你心里会难过，她为了你的工作瘸着腿不知道到县里跑了有多少趟，光明着就送出去五万，成小龙，你以为这五万块钱英子挣着容易啊，她起早贪黑，不舍得吃不舍得穿，不舍得雇用别人，她为的是什么，是为了让你有个出息。现在，你是有出息了，都进人事局了，以后说不定还会混上个一官半职的。可是小龙，有句老百姓传下来的话你知道吧，吃水不忘打井人，你倒好，水喝上了，把挖井人给忘了，你想想，你还是个人不？你要真觉得自己还是个人，就跟我回去，马上和英子结婚。”

沉默了半天的二拐子这时也说话了：“英子一根直肠子为你，为了你她腿都可以不要，她的腿为什么会成这个样子，如果不是心疼你和你爹挣钱不容易，她干吗要早早地下地干活，一次又一次地推迟复查时间，甚至知道还有治疗机会也不争取，她为了谁，那时候她怎么不像你一样，就不为自己的未来多想想，现在看起来，她就是个傻子。如今你和谢燕他们合起伙儿耍着歪心眼来对付她，你们真够狠的。”

……

小龙被他们赤裸裸地数落了个够，此时，他就像一个逃兵开始丢“盔”弃“甲”，最后被二人“押”到了英子面前。他们三人没有想到，现在躺在床上的已经不是英子，而换成了春俏。

风娟忙问：“这是怎么了？英子你好了吗？春俏怎么了？”

英子也很着急地说：“她说肚子疼，都疼了老半天了。”

二拐子赶紧走上前说：“怎么会肚子疼，快让我看看。”

英子说：“她大哭了一会儿，就叫着肚子疼，疼得头上都出汗了。”

二拐子看了看春俏的脸，发现很苍白，问：“春俏，你说说你肚子哪个部位疼，怎么个疼法儿？”

春俏无力地说：“和来月经一样疼，可能是孩子要掉了。”

二拐子和风娟都很吃惊，齐声问：“你怀孕了？”

春俏毫不遮掩地说："是的，都两个月了。"

二拐子说："我那儿有保胎药，我回家拿去。"

二拐子被春俏的话给挡住了："别，我不保胎，掉了正好，要拿你就给我拿点打胎药吧，让我早点把肚里的孽种打干净。"

风娟问："既然已经怀了，干吗要打掉，打掉孩子对身体是有坏处的。"

春俏哭着说："他爹已经不要他了，我还要他干吗，我要了他，他会跟着我受一辈子苦的。"

英子看了看站在一边的小龙，脸上带着复杂的表情，就着春俏的话儿，冷冰冰地说："还是别要了，打掉吧，他爹已经跑了，根本就不承认他，他生出来，春俏和他都得受罪。"

这时，只听到春俏喊："我的身上好像流出什么东西来了，快给我卫生纸。"

风娟忙说："小龙，你先出去吧。"

英子拿着卫生纸递给春俏，春俏擦了一下拿出来一看，都是鲜红的血。英子吓得不知所措："二叔，出了这么多血，怎么办，她会不会有事儿?"

二拐子说："这是孩子流掉了，才两个月大的孩子，不会有大事儿，流完了就好了，我回去拿消炎的药，给她输上液，只要感染不了就没事儿。"

……

英子的婶子傍晚的时候才知道春俏流了产，她心疼地守在春俏跟前，流着泪安慰女儿："俏俏，流掉了流掉了吧，不要难过了，那镇长家根本不是人，打心眼里就看不起咱们。我又找他们去了，人家就不承认孩子是他们家的，还骂孩子是野种哩，咱们就别想着人家了，等你身体好了，娘给你找个合适的人家，咱们照样能把日子过得好好的。你看你英子姐，一个人办起这么大一个养殖场，不是照样把日子过得红红火火的嘛……"

说到这儿，英子的婶子转头看了看英子，未开口泪先流：“英子，婶子对不住你，婶子现在想起来以前对你的不好，心里就难过得要死要活的。有时候想起来你那么小就整天背着个大柳筐天天去割草，我整个晚上都睡不着，就算睡着了，梦中还是你背着一大柳筐草弯着腰往回走的样子，醒了婶子这心里难过得也是要死要活的，泪也流得满枕头都是。”

春俏这时也躺在床上微弱地说：“姐，我娘说的是真的，我见过她哭过好几回，你就别再恨她了，我们还做一家人好吗姐，我们以后都好好地生活，我们姐儿俩像亲姐们儿一样不分你我，都坚强地活着，而且活得比别人更好，让别人都羡慕我们，好吗姐?”

英子的心没石头那么硬，婶子的一席话早已戳在了她的软肋上，春俏的一席话更感染了她，多年消失的亲情在内心早已泛滥，她泪眼模糊：“好，我们都好好地活着，过适合我们的生活，好好地过日子，让别人都羡慕咱们。”

于是，小小的屋子里一片哭声。小龙的眼一酸，转身走了出去。

## 4

小龙悄悄地离开了养殖场，到了城里约了马丽出来见面。

马丽既高兴又担心，拉着小龙的手，有点发哆地问：“怎么样了，英子她答应嫁给二拐子了吗?”

小龙从马丽的手里抽出自己的手，很婉转也很伤悲地说：“马丽，你是个好女孩儿，我很喜欢你，可是我——可能不适合你，你回——省城吧，我相信——你会找到一个——更适合你的男人。”

马丽明白了小龙的意思，忽闪着一双亮晶晶的眼睛，已经泪流不止。小龙了解她，所以不敢抬头看她。

马丽上前紧紧地抱住小龙，把头靠在小龙的胸前说：“不，我不走，我就要你，我要和你一生一世在一起。”

小龙这时高高地仰起头，机械地被马丽抱着，他不敢低头，他害怕嗅到马丽头发的香气，害怕嗅到让他难以拒绝的“爱情的味道”，他闭着眼睛说：“我们——还有来生，来生在一起好吗？来生你——等着我，我去找你，无论你在天涯——还是海角，我都会——找到你。”

“不，我不要来生，我就要今世，小龙，不要让我走，没有你，我会死的，小龙，我爱你，你不爱我吗？难道你真的想让我像林黛玉一样痛苦忧郁地死去吗？你不要这么狠心好不好，我求你不要这么狠心。”马丽有点崩溃的样子。

小龙的心也已经支离破碎，为什么会这样，让两个女人都为他如此痛苦，老天这是垂青他还是折磨他呢？

现实还是把小龙的思绪硬拽了回来：“马丽，不要这样好吗，你长得这么漂亮，家里条件又好，将来会有一个比我好多倍的男人疼你爱你的。”

“英子她不是有二拐子吗，二拐子那么疼她，为什么她还不肯放过你，我去找她，我现在就去找她，让她不要再和我抢你了，我现在就去。”马丽说完要走。

女人，在爱情面前，根本就没有任何智商。小龙一把拽住她，把她又揽在怀里说：“马丽，不要冲动，听我说完好吗？英子她很可怜，她从小失去了爹娘，受尽婶子的虐待，又被我砸断了腿。这么多年来，她把我当成唯一的亲人，为我，她受的苦数不清有多少，连我的工作都是她跑前跑后，送了五万块钱找的。我一想到她瘸着被我砸坏的腿求爷爷告奶奶地为我奔走，心里就愧疚难当。她对我的情是我小龙今生报答不完的，不用说给她一个婚姻，就算让我为她去死，给她一个生命我也会做到无怨无悔。”

“那我呢，你就不亏欠我的吗？早知道断一条腿就会被你可怜，就会拥有你，我也会让车撞坏一条腿。”马丽从小龙的怀里钻出来。

“不许你瞎说，你不会失去我的爱，我会永远都爱着你，永远永远地爱着你，等我有时间了就去城里看你。你不是说过吗，不在乎天长地久，只在乎曾经拥有，我们曾经拥有过，你会永远都拥有我的心，真的马丽，我会爱你天长地久。为了我的爱，好好地活着，为我好好地努力活着，好吗马丽，不要让我心痛，不要再这样狠心地折磨我，心疼心疼我好吗？咱们不是经常听一首歌叫《有一种爱叫做放手》吗，你还记得吗？”小龙深情地抱着她，用脸贴着马丽的头发，故作安慰地忍着悲痛说。

马丽流着泪念道：

如果两个人的天堂
像是温馨的墙
囚禁你的梦想
幸福是否像是一扇铁窗
候鸟失去了南方
如果你对天空向往
渴望一双翅膀
放手让你飞翔
你的羽翼不该伴随玫瑰
听从凋谢的时光
浪漫如果变成了牵绊
我愿为你选择回到孤单
缠绵如果变成了锁链
抛开诺言
有一种爱叫做放手
为爱放弃天长地久
我们相守若让你付出所有
让真爱带我走
有一种爱叫做放手

为爱结束天长地久
我的离去若让你拥有所有
让真爱带我走说分手
为了你失去你
狠心扮演伤害你
为了你离开你
永远不分的离去

马丽一口气念完了这首歌的歌词，半天沉默不语。小龙也沉默着。他们就这样紧紧地抱着，享受着这离别前的宝贵时光。

此时无声胜有声，两颗心也像他们的身体一样紧紧地贴在一起。

……

既然是两个人决定了的事情，李启程和谢燕也再无计可施了，只有为马丽默默祈祷与祝福。那一晚，谢燕为马丽准备了一场“豪华”的离别酒，小龙也参加了。酒桌上，四个人再也找不回上学时的那种自由与狂妄，那种野性的快乐……最后，马丽向小龙提出了最后一个条件，要小龙送她走，再回去和英子团聚。

小龙没有理由拒绝马丽这个并不过分的要求。那一晚，他们四个人喝的都很多，横七竖八地在地上躺了一夜……

“离别”一词，在小龙的心里，一直都是那么的可怕。父亲为他钻到车下，那种生死离别的滋味，让他刻骨铭心，那种伤痛不能言喻。如今，他要再一次品尝这种离别，经历再一次的刻骨铭心。

也许，这种酸楚的泪，也是青春滋味的最好见证。青春，就是一道明媚的忧伤。

小龙的心是跟着火车的轰隆声远走的，这声音让人心醉，更让人心碎。

当人生的一个段落突然结束变成过往时，怀念就会袭击而来。离别的车站，视线早已模糊不清，伴随着两个人的泪水，这个时刻会永远定格在小龙和马丽的心里。

默然离开离别的车站，小龙把泪流到了心里，他不停地告诫自己：让一切都成为泡影吧，一切终将是宿命。

回到单位，小龙重新整理了一下办公桌上的凌乱，还用平常自己擦脸的白毛巾把办公桌上的玻璃擦了又擦，仿佛在擦自己那颗受伤的心。

同事们用怪怪的眼神看着他，仿佛永远也读不懂他的心里到底写着什么。其实，自从英子出现的那天起，那种眼神就一直伴随着他，他更读不懂，那些怪怪的眼神到底隐藏着多少不敢说的秘密。

小龙已经不在乎这些眼神了，他给自己倒了一杯茶，把工作报表拿了过来，认真地工作起来——

## 5

在二拐子的精心治疗下，春俏的身体很快有了好转，脸色也红润起来。

英子的婶子想起以前在二拐子面前的丑态，非常惭愧也非常尴尬地对给春俏输液的二拐子说："她二叔，你千万别计较我的以前，我现在已经和以前不一样了。"

二拐子说："我从来没有计较过，我知道你也不容易。"

一句不容易把英子婶子说得心酸了："她二叔，你真是个好人，这么多年，多亏了你照顾我们家英子，她才过成现在这个样子。说真话，我真想有你这么一个好亲戚，你这么好的人，我们到哪儿找去？"

这句话把二拐子说得有点不好意思了。

英子的婶子叹了口气接着说："俏俏，你说娘说得对不，你二叔他真是天下的大好人。如果你愿意，娘就做主把你嫁给他，保准你一辈子享福。"

春俏很不情愿地"哼"了一下，嗲着说："娘你瞎说什么呀，我现在不嫁人。”

英子看着春俏的样子，突然笑了一下，很自信地对婶子说：“婶子，春俏全胳膊儿全腿儿的跟二叔不合适，你要是看二叔好，想给二叔结亲戚，就把我嫁给他吧，我们还算般配。”

一时，二拐子、春俏和婶子都愣住了，半天，婶子才回过神来，问：“英子，你打小就是小龙的媳妇，怎么说改嫁就改嫁呀，小龙他怎么你了？”

英子想也没想就说：“那小时候说的话还算数呀，我已经考虑过了，我和小龙不合适，他是大学生，我是老百姓，他是健康的人，我是残疾人，那差距是太远了，总有十万八千里那么远，你说，我们能过幸福吗？”

英子的婶子想了想，说：“也是，就像春俏和那老二闹的，多不好。我想过了，就是闹得春俏和那老二结了婚，春俏也过得好不了，咱还不是低三下四地给人家当一辈子保姆呀，说不定哪一天人家有新欢了，连保姆都做不成，抬腿就把咱踢出门儿了，到那时候，咱又有什么办法呢。要不说，这孩子流掉了挺好，是老天爷长眼睛，给我们春俏留下了一条后路。英子，你也一样，嫁给小龙看起来是挺风光，这风光的日子过不了一辈子，到头来，受了委屈有了苦水想吐都吐不出来，只能自己往肚里咽，你说，咱图个什么呢。”

二拐子岂能料到英子会开口要嫁给他，不相信也不敢相信更不愿相信，他知道，英子对他，根本没有那么深的感情。

二拐子把英子叫到外面，很严肃地对英子说：“英子，你别发混账，小龙这几天是没回来，我和风娟都给他打过电话，他说，他已经和马丽分手了，把马丽送走后，就回来和你结婚的。”

听到这话，英子仍毫无改变地说：“我才不和他结婚呢，他对我一点都不好，我可不想跟着他生一辈子的气。小龙这人，当我哥哥挺好，当我丈夫，不合适。”

“英子，你说的——可是真心话？”二拐子半信半疑。

“二叔，你都认识我这么多年了，我什么时候对你说过假话，你不相信我那说明你不喜欢我，你说，你是不是不喜欢我，喜欢那个秋红啊？”这么多年来，英子第一次在二拐子面前摆出一副撒娇的状态。

二拐子忙接着她的话，很不好意思地说：“谁说我不喜欢你，我等了你这么多年，还不是等你这句话啊！我才不喜欢那个秋红呢，是她光在别人面前胡说，我早想把她辞了，只是一时找不到帮手，你来了，我马上辞了她。”

英子拉起了二拐子的手说：“二叔，那你还等什么，赶快找人把养殖场的那堵墙拆了吧，它多碍事呀！”

二拐子怜爱地瞪了她一眼说：“你还叫二叔，叫二叔，还怎么嫁给我呢？”

“那叫什么？”英子故作迷糊地问。

“叫老公，从今天起，你叫我老公，我叫你老婆，行不？”

“行，李启程和谢燕就是这么叫的。不过，既然你是我老公了，我还有一句丑话要说在前头，要不我怕以后我们会打架。”

二拐子的心一紧：“什么丑话？”

“我要是嫁给你了，借你那十万块钱，可就不还了啊。”英子看起来很认真。

二拐子以为什么大事儿呢，开玩笑地说：“不还就不还，不还我也沾光，你把自己这么便宜就卖给我了，我会偷着笑你傻的。”

英子接着说：“除了这十万块钱，县城还有一套楼房呢，我不会拿来当嫁妆的，我要送给我哥哥娶媳妇用，你要是同意呢，咱们就拉钩，不同意就拉倒。”

二拐子对英子说的事情根本不屑一顾：“我当有什么天大的事儿呢，不就是一套房子嘛……你愿意送给谁送给谁，我才不稀罕呢。”

“那你可不能后悔啊。”

“我不后悔，你也别后悔啊，如果后悔现在还来得及，要是叫了老公可就来不及了，我是不会放手的。”二拐子还是有点晕乎，像是在做梦。

英子伸出手，钩着指头说：“来，我们拉钩。”

二拐子伸出手指又缩了回去说：“不行，光你给我提条件了，我也得给你提个条件，否则我太吃亏了。”

这回该英子紧张了：“什么条件？”

“就是你养的那些兔子，你得给它们说清楚，它们到了我家都得归我管，都得听我的，要是不听，我就不让它们吃饱，我饿着它们。你答应我这个条件，我才肯跟你拉钩。”

英子被二拐子幽默的话逗得笑起来：“行，我一会儿就告诉它们，它们谁不听话，我就拿棍子打扁它们，来拉钩吧。”

“拉钩，上吊，一百年，不许变。”两个人像小孩子一样，拉完钩后都哈哈哈地大笑起来。

二拐子已经很多日子没有看到英子的这种笑了。她的笑，在他心中永远是最美的。

英子的婶子和春俏在屋里看着他们俩开心地笑，也欣慰地笑了。

紧接着，英子和二拐子找到风娟说了他们要结婚的事儿，风娟也不相信英子说的是真的。这前几天还为小龙闹得要死要活的，短短的几天时间，怎么会说变就变了呢。

英子和二拐子的人品和性格，风娟都是清楚的，她也没把他们当成外人，婚姻并非儿戏，怎么能说变就变呢。她问英子：“英子，你二叔不是别人，这当着他的面，我也就不拐弯抹角了，你不是不喜欢你二叔吗，怎么突然就要嫁给他，你是不是在和小龙赌气呀，如果是，我现在就给小龙打电话，让他马上回来，他已经和马丽分手了，说要回来娶你。”

英子懂风娟婶子这是担心她，解释说：“婶子，这几天，通过春俏的事儿，我看清楚了也想清楚了。小龙说得对，我和他真是不合适，就算到一块也不会幸福的。以后我就把小龙当亲哥哥，我相信小龙不是个没良心的人，也不是坏人，即使他娶了马丽，他也会认我这个妹妹的。你说，这样不是更好吗？”

风娟被英子说得也无言以对了，她转过来对二拐子说：“二小，那英子以后就交给你了，你一定要好好对她，你要是让她受了委屈，我可不饶你。”

……

## 6

小龙是抱着决心，抱着信心回到养殖场的。

养殖场的变化让他惊呆了，他怎么都找不到自家的大门了，连“英子养殖场”这几个字也找不到了。眼前又回到了从前，宽宽的大门，门子上面高高地横着一个大牌子，牌子上面赫然写着“英鹏养殖场”几个大字。

风娟发现了小龙，也看出了小龙的惊呆，把小龙叫到了家里。

“小龙，英子要嫁给二拐子了。”风娟不知是喜悦还是伤悲。

小龙惊讶地问：“为什么？”

“英子说，你说得对，她和你不合适，过不幸福。”

这原本是小龙最希望得到的结果，现在，听到风娟这样说，为这个结果难过得要死：“她不能嫁给二拐子，那样我太对不住她了，我这就过去阻止他们。”

风娟一把拽住了就要往外走的小龙：“干吗呀？你不是一直盼着她能嫁给二拐子吗，怎么现在她要嫁了，你又着急了？”

“我愧疚，所以我和马丽分手了，回来和她结婚，我要用一生来报答她的恩情，她不能不给我这个机会。”

“你是欠英子的，你欠她的太多太多了，不用说一辈子，你十辈子都还不清，不过，英子已经让你伤透了心，也对你死了心，她跟着你不会幸福，跟着二拐子会幸福的，二拐子比你更知道怎么疼她爱她。

所以，婶子不希望你再去打扰她现在平静的心情，你要是真对英子好，就听婶子的，好好地给英子当哥哥——”

小龙低着头，眼泪啪嗒嗒往下掉，然后，走进了“英鹏养殖场”。

远远的，刚喂完兔子的英子和二拐子就看见了小龙。远远的，英子就大声地冲小龙喊：“哥，你回来了啊，快进屋，今天我给你做好饭吃。”

这个“哥”字，英子叫了已经不知有多少遍，唯独这一次，把小龙的心都叫碎了……